An Obama's Journey

走出肯尼亚
一个人和一个家族的奋斗

马克·奥巴马·狄善九 / 著

韩慧强 / 译

人民文学出版社

著作权合同登记号图字01—2015—6241
An Obama's Journey
Mark Obama.Ndesandjo
ⓒ 2014 Mark Obama.Ndesandjo

图书在版编目(CIP)数据

走出肯尼亚:一个人和一个家族的奋斗/(美)奥巴马著;韩慧强译.—北京:人民文学出版社,2016
ISBN 978-7-02-011619-5

Ⅰ.①走… Ⅱ.①奥… ②韩… Ⅲ.①传记文学—美国—现代 Ⅳ.①I712.55

中国版本图书馆CIP数据核字(2016)第095731号

责任编辑　王瑞琴
装帧设计　刘　静
责任印制　苏文强

出版发行　人民文学出版社
社　　址　北京市朝内大街166号
邮政编码　100705
网　　址　http://www.rw-cn.com

印　　刷　三河市鑫金马印装有限公司
经　　销　全国新华书店等

字　　数　300千字
开　　本　710毫米×1000毫米　1/16
印　　张　26　插页7
版　　次　2016年6月北京第1版
印　　次　2016年6月第1次印刷

书　　号　978-7-02-011619-5
定　　价　48.00元

如有印装质量问题,请与本社图书销售中心调换。电话:01065233595

在北京与巴拉克会面。正是在2009年的这次会面中,我才第一次意识到,我的有关家庭暴力的描写竟使他跟我这么生分。在此后的一次采访中,他宣称两年前才第一次遇见我。我实在搞不懂他为什么非要那么说;实际上,我们的第一次见面是在1988年。

奥玛(当时叫丽塔,老奥巴马第一个妻子的女儿)、马利克(当时叫博比,老奥巴马第一个妻子的儿子)、戴维和我,一次在泛非宾馆游泳。约摄于1970年。

在白宫,巴拉克与我一同分享闲暇时光。摄于2009年。

我酷爱中国书法,坚持临摹。图为我在朋友家书写唐人的一首诗。约摄于2012年。

巴拉克·奥巴马与我合影,2008年竞选期间摄于得克萨斯州奥斯汀。1990年代中期,我们曾在旧金山会面。后来几次去芝加哥,都未能与他取得联系。

奥巴马总统与我和我妻子雪华在北京瑞吉酒店见面。这是他第一次见到我妻子。"她很可爱!"他在邮件里夸赞说。我赞同他的夸奖。摄于2010年。

2009年，巴拉克带领部分奥巴马家族成员和亲戚参观白宫。2011年，继父西米翁·狄善九病逝，我请求巴拉克在这张母亲喜爱的照片上签名，作为礼物送给她。巴拉克欣然应允。图下是巴拉克签名。

在五月花饭店演奏钢琴。就职典礼期间，奥巴马家族的部分成员住在这家具有历史意义的饭店；有时我抽空在这架美妙的钢琴上弹奏一曲。摄于2009年。

在奥斯汀与巴拉克合影,还有弟弟约瑟夫(母亲与西米翁所生)和他的妻子多拉。多拉是个巴拉克迷。"虽说他阅人无数,可他仍记得我们婚礼筹备的一些细节。"她说。

我母亲露丝与继父西米翁合影,他们共同生活了三十六年;西米翁于2011年辞世。摄于2006年。

关于本书的部分评论

马克在椎心泣血地被除早年生活的梦魇的同时,又成功再现了他在三大洲不同文明间的艰难求索。他追忆自身的失败与成功,种族主义、丑闻或二者兼有,也咏唱音乐、慈善事业,以及远观既是对手又是胞兄的巴拉克·奥巴马总统实现其政治理想所带来的欢悦。

——约翰·凯恩斯,《离乡者,出发!》作者

《走出肯尼亚》讲述了一个人在不同文明中寻求自我认知、相互理解与宽容的动人故事。它不仅仅是奥巴马总统同父异母兄弟的自传。作者以惊人的充满魅力的真诚笔触再现了他在非洲的童年,在美国的成长以及后来移居中国的经历。的确,马克·奥巴马有过一段非凡的人生旅程,值得向世人一说。

——热尼·马什,《南华早报》记者

如同任何一部伟大的自传,本书远不止写了一个人的经历;这是一部展示人性及相互关系之书,其中有许多值得借鉴之处。我十分喜爱书中有关非洲的美丽、残忍和她那令人拍案叫绝的冷漠的描写。马克成功地再现了美国技术泡沫之前那些欣悦的时日,以及远走中国,见证了中国人弃旧图新、激昂奋发的生活场景。本书每章开头都有一段阐

发音乐感召与意义的文字,颇有创见,这在自传体中很可能是独一无二的;这段文字有效地为本章定下基调,自然而然引出后面的故事。马克仅有的几次与巴拉克会面的场景布置得也颇见功力,令人脑洞大开。大师的笔触,辛酸的往事以及诸多很有见地、可圈可点的思考,读者自可辨识。

——弗里茨·高尔特,《中国之门》作者

马克的自传是一部激动人心的书,尤其是他努力将早年那段充满暴力的人生经历复现出来,有助于激励和指导孤儿们战胜自身生活的磨难。他是生活加诸我们的不幸的、难以忍受的、无力掌控的环境——而这些在一个人的早年生活中常常会遇到——的幸存者。就像一个真正的幸存者,他运用写作和音乐天赋影响着身边的人们,激励他们为自身也为世界创造更美好的未来。

——萨拉·阿兹曼,犹太人大屠杀幸存者,艺术家

《走出肯尼亚》向一种独特的由不同宗教、种族、大陆和教育背景交织而成的人生投去一瞥;自传作者开始作为一名物理学家步入社会,其间经过古典音乐的陶冶和哲学思想的启迪,而所有这一切均统一于马克这一人物身上。面对不公、偏见及困苦,这部自传为人生注入一种乐观的精神。

——察其·约克德,《晚祷》记者

在当今的世界上,奥巴马可能算得上是最有名的姓氏了,因而,任何一本与这位美国总统有联系的书必将引来众多世人的目光。不过,马克·奥巴马的这部自传所讲述的远不止是这位世界第一名人的兄弟的故事。本书或可称作奥巴马的人生历程;但从许多方面来看,尤为重

要的是,本书描绘了一个人在三种不同文化背景下的自我发现……说到人生历程,它是一个家族悲欣交集的传奇。通过不同人物的对话,传记复活了家族中的一段历史,字里行间充满博爱的精神……你不会听不到作者的心声,它不时在故事情节中对你说话。是的,作者对他与奥巴马总统之间关系的认识尤其精彩,而且各家媒体大肆炒作;其实,阅读本书的快乐远不止于此。在这部书里,马克要向你讲述一个动人的故事,他讲得也的确精彩动人。

——马特·霍恩,商务教育硕士,居于中国广州

谨将此书献给无名的、有一双铲形大手的男孩，兼怀戴维·奥皮尤。

引 言

这不是一本讲个人发迹变泰或取得其他世俗成就的书,因而,倘若你打算从这本书里读到什么新鲜有趣的发财故事,你恐怕要失望了。这本书是专写日常琐事的:我只想在书里叙一叙父子之情、兄弟之情,母女之情、姊妹之情。这本书不写仇恨与复仇,它的宗旨在寻求生命的意义;而且,它是一部关于家庭纽带、自我发现的最终获赎的回忆录。

书中记述的人物、事件,以及我所使用的人名,仅仅依据我个人的记忆。但显而易见,我的记忆并非完美无缺,倘若书中有什么错漏之处,尚祈读者海涵。

我的一个兄弟叫我"怪人",嫂子米歇尔·奥巴马提到我时用的是"迷途的人"这个字眼。当初听到他们用这样的绰号称呼我,心里着实有些恼火。可仔细想想,这些称谓虽不无夸大之处,可终究反映了我性格中的一个侧面。我写这本书的一个初衷,便是要对我至今已走过的曲曲折折的成长之路给出一个合理的解释,使我对自己有个更为清醒的认识,并真实地记录下我是如何在这个世界上打拼出自己的一番天地的。圣雄甘地说得好:"发现自己的最佳方式,莫过于为他人服务而忘却自我。"

我出生于肯尼亚,在美国迷失了自我,却又在中国获得重生。从前经历的世事纷纭,诚所谓"剪不断,理还乱",眼下回过头来瞧瞧,竟也不像当初那样繁杂、紊乱了。我如今对自身生命的起点看得更清了,尽管仍无法知晓这生命如何终结。我将本书奉献于那些迷失在尘世中的旅人:在他们矢志不渝地寻找自我的道路上,或许能从我的经验中获得某种启迪。这本书尤其是写给那些走在各自生命旅途中的年轻人看的,我衷心祈愿他们能从我的经验中获得裨益,从而在未来的人生道路上避免栽同样的跟头。或许他们中的有些人能够从中受到启发,从而走上服务于世人的道路。

马克·奥巴马·狄善九
中国深圳,2014

只有当我们冒险——而我们所要面对的首要的、最大的风险,莫过于真诚地面对自己——的时候,我们才能真正改变自己。

——瓦尔特·爱默生

噢,你是那个迷途的人。

——米歇尔·奥巴马

目　录

序幕:北京的冬天,2009 …………………………………1
第 一 章　肯尼亚:一切的开端 ……………………………8
第 二 章　父母:失败的私奔 ………………………………20
第 三 章　裂解:黑牌威士忌 ………………………………47
第 四 章　洗　濯 ……………………………………………66
第 五 章　弟弟戴维:一场悲剧 ……………………………81
第 六 章　性、海滩及跨种族家庭 …………………………99
第 七 章　关于外婆的音乐及流浪的犹太人 ……………110
第 八 章　圣徒与罪人 ……………………………………127
第 九 章　在布朗大学,就做个布朗人 …………………144
第 十 章　手足之情 ………………………………………163
第十一章　西部的哈佛 ……………………………………184
第十二章　年轻人的鲁莽:再次认识到自己的丑陋 ……204
第十三章　文化冲击与不合时宜的修女 …………………220
第十四章　数字革命,播下反叛的种子 …………………237
第十五章　战争爆发:我向往东方 ………………………248
第十六章　中国:天朝上国 ………………………………259
第十七章　孤儿与一杯水 …………………………………284
第十八章　爱与梦想 ………………………………………299

第十九章　新方向和条幅 ························ 320
第 二 十 章　新美国已然莅临 ······················ 334
第二十一章　聚首白宫 ···························· 347
尾　声　肯尼亚之春 ······························ 372
附录一　奥巴马家族谱系，从1700年至今 ············ 398
附录二　奥巴马总统自传《我父亲的梦想》节选 ······ 399

序幕:北京的冬天,2009

有时,在记忆的荫翳里,或者说在时光的那些模糊地带,某个家族成员的脸就移花接木,错搭在我的脖子上了。太容易弄混了,你很难搞清这杂凑的家伙头在哪儿,脚在哪儿。

母亲和我都长着大鼻子。我哥哥奥巴马总统①则有两只扇风耳。父亲长着一双大手。家族中所有成员都有种朝极端处卖劲的倾向,某些器官大到足以惹人注目的程度,只是还不至变得丑陋而已。

妻子和我刚刚抵达北京的瑞吉酒店,巴拉克也正好赶来迎接。我们经过安检,来到楼上某处一个小小的接待室立定。屋内装饰着佩斯利涡旋纹②壁纸,家具属绿与猩红两色的法兰西拟古式样。在白色的壁炉上方,悬挂了一幅现代气味十足的丙烯酸绘画,很像没聚焦的照片。长绒沙发和硬背椅随意摆放着,整个房间给人一种混杂的感觉,既像办公室,又像是一户人家的起居室。房间里各处的台灯灰暗不明,领事馆人员进进出出,一个个像无声的魅影,益发给这个防守严密的会面地点增添了某种难以言状的神秘感。

---

① 本书提到我哥哥巴拉克·奥巴马·侯赛因二世的时候,我使用小巴拉克这一称谓;我记得家里的其他成员也是这么称呼他的,以免与我们父亲的名字相混淆。——作者原注(本书脚注除标明为作者原注外,其余均为译者注。)
② 佩斯利涡旋纹,这是一种颇具苏格兰古风的纺织纹样,名称取自苏格兰西部以纺织闻名的佩斯利小镇。纹样由圆点和曲线构成,繁复而细腻,起源于古巴比伦,后在波斯和印度亦曾广泛采用。

听到背后有个声响,我转过身去,只见门口站着个人,影子被走廊上明亮的灯光投射进来,我一眼就认出了这个长着一对永远向外张着的大老鼠耳朵的家伙的轮廓。他走到屋内光亮处,我才看清了他那张沉毅的严肃的脸。比起上次见到他时——那是在他就职周期间——脸上的皱纹明显加深了。我突然觉得有些手足无措。我见到了哥哥,身为美国总统的巴拉克·奥巴马。

在就职典礼周,他曾向我许诺:"我会在中国跟你们夫妇见面的。"

直至在北京与巴拉克会面,我才真正把他视为美国总统;而在此前,我一直将他视作我的兄长——他确实比我高些,也大一些,但仍旧只是兄长,别无其他。他进门后见到我,本能地伸出手。刹那间,我感到情感上受到了伤害,我拥抱了他①,他也默默无言地拥抱了我。我嗅到了一丝香烟味,知道尽管他本人和米歇尔都做了最大努力,可如今又破戒了。就在我们相互拥抱的当儿,他原本可以问我一些什么,我原本也十分乐意回答他的问话;在从前的几十年间,这最终成了我俩共同享有的亲密时刻。1988年夏天那次我们在肯尼亚会面,在对待我们共同的成长经历和我们共同的父亲老巴拉克·奥巴马的问题上,他那具有律师式的理性及颇具人类学的探究的目光里有着某种冷酷与诘责的意味。

"我真想知道巴拉克现在到底是怎么想的。"我出版《从内罗毕到深圳》一书时,一位朋友这么说了一句。

如今,连姐姐奥玛也跟我生分了,就因为我在书里公开谈论那位习性不良的父亲,而她一直将父亲当作偶像来崇拜。在见到小巴拉克时,她对家中的暴力事件几乎只字未提。

我想,我所能期待的最佳状况,就是他对我和姐姐奥玛之间发生的争吵充耳不闻;至于最坏的情况嘛,他或许就此再不搭理我了。

---

① 在西方人的习俗中,家人及亲朋好友间不讲客套,见面以相互拥抱为礼。此处奥巴马总统只伸出手,似不像家人见面,因而作者感到感情上受到了伤害。他没有伸出手,而是照一般家人见面的礼节,拥抱了奥巴马总统。

哥哥究竟会怎么想？

"你近来怎么样，马克？"他问。我更仔细地审视着他的脸。他的粗糙的皮肤略带些黄色，尽管那皮肤下包裹着的一团火焰几乎马上就要喷涌而出。他的两眼显露出些许混杂的神情，既厌倦又屈从，正像一个人深知这副担子的重量——这需要他时刻保持警觉与责任感，既没法回避，又从没个歇息。

"马马虎虎，伙计。"我真不知说什么好，就随口应了一句。他穿着一套不错的西装，是那种漂亮的略带点银光色调的海军蓝。我仔仔细细把他通身上下打量个遍：每一个针脚都那么清晰可辨，每一道褶裥都熨熨帖帖。他的左颊上有一道青肿，是不巧被电动剃须刀剐了一下留下的。他上装的翻领上端端正正别了一枚有国旗标志的领针，位置恰好与那条色调鲜明的蓝白点领带打结处平齐。

他的那句话又在耳边响起："我会在中国跟你们夫妇见面的，只是不能在深圳。他们不会让我跟你们一同进餐的。"

哥哥信守了诺言。可他的心思在别处，或者说恰如某人此时已忙得焦头烂额。他贪婪地吞下一杯茶，然后是第二杯、第三杯；每吞下一杯，意兴也就减一分。我或许是他的第一百杯茶，而在这一年之中肚子早已灌得溜圆，远远超过了他的想望。

整个会面期间，巴拉克只微笑了两次。

第一次微笑是在看到我母亲的照片的时候。我的小说即将面世，我制作了一些假书，即那种只有护封、里面装订着白页的图书样本。

"选出一些你家人的照片，贴在白页上，给巴拉克瞧瞧。"飞往北京之前，妻子建议我说。

我打心眼里喜欢这个主意。我俩急切地挑选出父亲、已故的弟弟戴维、母亲和我的照片——大约都是巴拉克以前没见过的——然后一张张贴在假书的白页上。我又在每张照片旁写下一些简短的说明和忆旧的话。

"你母亲还好吗？"他问。

"她很好。"

"代我向她问好。"

浅浅地一笑,轻轻翻一下嘴唇,睫毛也只几乎察觉不出地稍稍动了一下,好像有些害羞,再也没法说出更多这类客套话了。这微笑的确是发自真心的,与他平日在公众场合或选战期间的那种矫揉造作的表演迥然不同;这微笑是他冲破冷峻、阴郁的个性的真情表露。他的微笑充分表明,我们各自的母亲及外祖母,都在双方的生活里产生了强大的、不容忽视的影响力。

第二次微笑是在我们翻看父亲的一张照片的时候,父亲正在桌前攻书。

这张照片摄于老巴拉克·奥巴马在夏威夷大学读书期间,神情严肃,正全身心地投入学业之中。照片上部还能看到有个弯弯的颜料的印痕,大约是从前热恋时的一吻留下的。这张照片揭示了父亲性格中的另一侧面,即我在长大成人之后由衷为之赞叹的一面。正是这样一种勤奋与专注,才使得他在学业上如此出类拔萃。

哥哥在看这张照片时又笑了一次——但这一次半笑不笑,其中掺杂着拒绝就这一话题与我作进一步交谈的意味。我忘记了在私下里,在公众演讲的场合之外,哥哥骨子里或许仍是个黑皮肤的希斯克里夫①,他所面对的是终日在荒原上咆哮着的单调、阴沉的风暴,既冷酷又孤独。他什么都没说,但我知道,他此刻是不会宽恕我的。②

竞选期间,我们曾见过几次面,一次在得克萨斯州首府奥斯汀,我精心挑选了一幅自己书写的条幅赠给他:

咫尺天涯

---

① 2011年安德里亚·阿诺德导演的英国电影《黑人希斯克里夫》,导演大胆改编原著英国女作家艾米莉·勃朗特的长篇小说《呼啸山庄》,希斯克里夫由原著的白人变成黑人,时间改为现代,饰演希斯克里夫的黑人演员,基本没什么台词。在这里作者想表达的是,奥巴马语言不多。

② 在《从内罗毕到深圳》一书里,马克曾写到早年家中的暴力事件,奥巴马总统或许感到书中暴露了家庭隐私,有损于他的公众形象,因而不肯原谅马克。

如今,在北京的这间屋内,哥哥与我近在咫尺,然而两颗心又相距得如此遥远。我原还希望聊一聊老奥巴马;或许,在交谈中对我们这两个同父异母的儿子为何竟走上如此不同的生活道路会有相当的理解。

然而,我怎么竟然痴心妄想单靠几张老照片,即便再搭上我写的那本小说,便可使哥哥向我敞开心扉呢?他在过去的几十年中抱定的种种信念,一个成人内心所怀有的对其生父牢不可破的崇仰之情,怎么可能因某个没见几面的兄弟的看法而有所改变呢?

我太幼稚了。

前面提到的那位朋友的确给我提了个很好的问题。可这一问题最终也没有答案。

巴拉克对我那部小说究竟怎么个看法,他到底是如何评价的,他从没亲口跟我提起过,或者至少他从没主动提起过这事。我可没那份勇气去强迫他说出自己的看法,尽管我几乎已揣摩到他的真实想法——而在那一时刻,哥哥的神态简直吓死人。他眼下飞黄腾达,实在今非昔比了,于是就变成了一个巨大的可以自由滚动的钢球,而任何挡在面前的人和事都将被碾得粉碎。

偶因一回顾,
便为人上人。①

当时,他的矜持明白无误地告诉我,他不愿意喜欢我,更别说像兄弟

---

① 引自曹雪芹《红楼梦》第二回"贾夫人仙逝扬州城,冷子兴演说荣国府"。贾雨村早年未发迹时,寄居于姑苏城内一名乡宦甄士隐家附近的葫芦庙,中秋夜甄士隐邀贾雨村来家饮酒,家中的一个丫鬟娇杏深感贾雨村仪表不凡,终非久居人下之人,两人邂逅时便频频回首顾盼。后在遭受一场大火之后甄家败落,而贾雨村进京赶考得了进士,选为本地县令。娇杏上街买线,恰巧与新到任的县老爷贾雨村重逢。贾不忘旧情,娶娇杏为二房;不久正房染疾故去,娇杏遂被扶了正。

一样爱我了。

几年前写到父亲时,有个段落尤其让我感到困难,泪水一下涌出了眼眶。妻子吃惊地望着我,她弄不懂一个大男人怎么竟会如此动情。

"宝贝儿,由于这本书,家里人会恨我的。"我解释说。

她抱住我,向我保证说不会的;她明白我这么做是对的。

就在同一天稍晚时候,在北京,记者问起我们俩的会面,哥哥回答说:"我对他不太了解。只是在两年前,我才头一回跟他见面。"

他在对话中竟用第三人称来称呼我,听起来的确感觉怪怪的。或许我本该考虑到记者的问题有些唐突,但在当时,我的内心所感受到的痛楚实在让我无暇顾及什么推理或谅解了。不管怎么说,在这之前我们早就见过不知多少次面。

他已经不是我哥哥了,他成了美利坚合众国总统。这是个正在作秀的巴拉克;面对媒体的聚光灯,政客们每天都在作秀。也许我本该想到,有关我俩之间亲情的话题弄不好会节外生枝,而出现事先准备好的、温和的对答难以招架的局面。可哥哥到底亲口说出那些拒不承认兄弟情谊的话,实在让我如鲠在喉。

那天见面接下来的情景,我简直云里雾里,不大说得清了。就在我还没弄清是怎么回事的时候,巴拉克已起身,前去与中国首脑会面了;我和妻子也起程飞回深圳。

回家后有了充裕的时间,我把事情前前后后思索了一遍,然后提笔给巴拉克写了一封信:

亲爱的哥哥:

北京的会面太棒了!我希望你能抽暇读一读这封信,我知道你日理万机,每天都要面对重大的挑战……

许多年前,你曾尝试与我讨论生活的意义,尤其打算在父亲的问题上交换意见。当时,我没能向你敞开心扉。一年以前,姐姐奥玛曾对我说:"世间的万事万物,都有各自的时辰。①"这些日子,我一直在考虑这么两件事:一件是你我之间中断的对话;另一件便是那些被认为是"不合时宜"的事情,在某些情况下却变得合时宜了。你的竞选对我来说是不合时宜的,然而却敦促我开始思考多年前我们曾一同讨论过的那些问题。我开始追忆我们在阿列戈的家——你对此处所知甚少,而我则在这个家里生活了许多年。你一直在追寻父亲的幽灵,而我则一直在逃离它。许多年来,我如此煞费苦心地要忘掉自己的过去,可到头来这一努力却可悲地失败了。由于我没能真正认识我自己,因而,我在此后的岁月里犯了许多可怕的错误……

我在许多年里都未采用奥巴马这个父姓,它是我早年悲惨生活的记忆的一部分,你改变了我的这一做法。你使我为这一父姓感到骄傲,并激励我追溯往昔岁月……

巴拉克,我要跟咱们这个家庭的所有成员重新取得联系,而你是这一联系中的关键的一环。当然,没有你的协助我照样可以达到目的,不过要付出更大的努力才成……

我有多少话要跟你说呀,巴拉克,然而我们的时间却极其有限。随着我对个人经历及从前生活场景的追忆的深入,我真诚希望我们能将多年前开始的对话继续下去……

爱你的
马克·奥科思

他没回信。我从没问过他是否读了那封信。不过,尽管此次在北京的会面苦乐参半,我仍将终生铭记在心,我记得哥哥的拥抱,记得他的第一个微笑;时下北京正交严冬,这份同属于一个家族的感受令我备觉温暖。

不过,就我们双方来说,我们的起始处是在非洲。我们各自的人生道路,以及我们日后的种种差异,正是在那里初露端倪。

---

① 此话源自《圣经》。

第一章　肯尼亚：一切的开端

音乐感召

伊戈尔·斯特拉文斯基《春之祭》

俄罗斯作曲家伊戈尔·斯特拉文斯基的管弦乐《春之祭》中有个迷人的段落，开端处的那个诡异而充满感召力的旋律突然被弦乐器齐声奏出的一阵狂躁、高亢、原始的节奏所打断。乐曲一下抓住了听众的耳朵，此时乐曲引出一段粗犷的舞蹈旋律，表明有个少女将被用于献祭。据说，1903年乐曲在巴黎首次公演，有人深深被这段旋律打动了，一时竟立起身，不自觉地在前头那个人的后脑勺上打起了拍子。对我而言，肯尼亚就如同这支管弦乐：这里的一切都像是乐曲中的那些对比鲜明的旋律，其中往往包含了原始的与陈旧的、不宽恕的和严厉的性质，你很难用语言表达出来；然而，这里却充满了与大地的律动相应和的迷人的美。

非洲是个鲜明的对比与残酷的冷漠相交汇的大陆。你来这儿瞧瞧狮子狩猎、捕杀的场景，瞧瞧那鲜活的生命机体转瞬间便在光天化日之下被撕得粉碎；你瞧瞧它轻巧地将一只剑羚①衔在嘴里的情景——所有这些

---

① 剑羚，生活在非洲和阿拉伯半岛平原，偶蹄目牛科大羚羊属四种大羚羊的统称。剑羚成群栖居于非洲和阿拉伯半岛的荒漠和干旱平原。

第一章　肯尼亚：一切的开端

场景都发生在非洲那片覆盖于巨大的苍穹之下又无边无际的大陆上——而这样的场景所带给你的是一种谦卑的人生体验。我该如何向你表述在如此美丽又如此粗犷的环境中成长的经历呢？正如阳光透过钻石的剖面，我能与你分享的便是在我的意识中时隐时现的那些记忆与光影的碎片。年复一年，日复一日，往日的时光一去不返，恰似飘浮于滚烫的大道尽头的一片幻景。

我出生于1965年，在肯尼亚一直长到十八岁。早年经历的一些重大事件既在我的生命中留下印记，同时也使我得到了滋养，并以此为资源建造起自己的精神家园。生于斯长于斯既是我的福分，又是我的梦魇。由于我来自一个跨种族婚姻家庭，非洲人不把我当作他们的兄弟。那些同龄的孩子当面用污言秽语称呼我：混血儿、乔塔拉①、白人，令我深恶痛绝。有一段时间我把混血儿当作骂人话，意思就跟狗崽子差不多，甚至比屁股还让人恶心一千倍。有些人随口就说出了这个字眼，跟说玫瑰、椅子这类日常用语没两样；其实，他们的这种麻木不仁对我的伤害很像白人至上主义者口中的一句骂人话。

"你是个混血儿，对吧？"常常有人用随随便便的语气这么问我。

"别搭理那个乔塔拉。我不喜欢他。"同学们也经常会说。

我是个白皮肤的黑人或黑皮肤的姆尊古②。我比所有的白人都黑，但比所有的黑人都白——在这两者中我都无以存身。既然不能与黑人同胞交朋友，我很快就接受了母亲的白人文化，交上一些白人朋友。尽管这里仍有个限度，他们中的大多数人不会让我超过这个限度，不过，我仍跟他们有了一般的交往。在相当长的时间里，这类交往对我来说也就足够了。只要听到一两句好话，我就开足马力，不顾一切地往前冲——我行我素，自力更生。

我的非洲同胞在自己的族群里也搞歧视这一套，其严酷程度与美国

---

① 乔塔拉，斯瓦希里语中对混血儿的称呼。
② 姆尊古，斯瓦希里语中对白人的称呼。

的种族歧视毫无二致。他们像从前的英国主子一样对自己氏族或部落以外的同胞发淫威,既狂妄自大又冷酷无情,既不问青红皂白又缺乏自律。在肯尼亚的四十多个民族中,这种权力的泛滥是从此前七十余年的殖民统治者那里承袭下来的一桩丑陋的遗产,又跟已初露端倪的氏族偏见、裙带关系搅在了一起,益发难解难分。这些官僚老爷们恶劣至极,他们向黑人和白人一律施以淫威。

在2013年新航站楼启用之前,肯尼亚的乔莫·肯亚塔机场一直是一副老面孔,仿佛自打1958年建成以来就不曾有一丝一毫的改进。一进入机场,一处处尖锐的边角和粗糙的轮廓便毫不妥协地展露在你的面前,与之一同映入眼帘的还有可口可乐和移动电话等广告,仿佛事后添加的一般涂满各处的墙壁。随着旅客走下飞机,霓虹灯那刺眼的强光便不停地在你面前闪烁。

我还清楚地记得上世纪八十年代最初几次回肯尼亚的情景。当时我正在美国读大学,偶尔回来探亲。一下飞机,所有旅客都手持护照,在足有五英尺高的海关人员座台前站成一排。移民局的官员对这些从面前经过的旅客几乎不屑一顾,偶尔抬头朝他们瞅一眼,也是一脸严肃,目光冷峻。

"护照。"

我连忙将美国护照递到那个低着脑袋的家伙面前:"在这儿呢。"

长时间的停顿,然后哼了一声:"嗯——"

我常常会被问及一些十分唐突的问题,有时,我会请他们把问题再重复一遍。只是在这个时候,他们才抬眼瞅瞅我。有的时候,这些人的脸出奇的年轻;不过,他们的头上往往已夹杂了一缕缕白发。他们脸上所表露出的那种厌烦情绪你几乎可以用手触摸到。"Haki ya mungu(老天爷呀,向上帝保证),我为什么偏要在这儿待着呢?"他们很可能在扪心自问。

第一章 肯尼亚:一切的开端

然而,在这个位置上他们可以滥用职权,这又使他们感到欣喜。

就在这四目相视的当儿,我觉得自己被扒了个精光,我恨自己竟如此软弱无力。漫长的一分钟在静默中流逝,我甚至听得见在头顶上闪烁的霓虹灯发出吱吱的尖叫声。

"嗨——这是什么?"那位官员蓦地问一句。

我的脑门开始冒冷汗,好像是一架即将失事的以色列1862航班[①]。当然,此事并不危及生命安全;那位官员全然一副公事公办的模样,既不热情,也丝毫没有同胞之谊。他们大权在握,而且对这种感觉的确是蛮受用的。他们甚至可能会拒绝我入境。这时,我想到了母亲。要是遇上什么麻烦,她会设法帮我摆脱的。我几乎嗅到了排在我后头的那些人的恐惧的味道,或者说,我完全可以想象得出他们当时的心理活动。

他们也许会叫我们打道回府。

他们或许会把我扔进监狱,跟当地臭烘烘的土人关在一起。

"嗨——这是什么?"那位官员冷不丁又冒出这么一句。

"嗨——什么?对不起,您说什么?"

他不理会我的问话,而是将护照拿给身边的同事看。两位官员凑在一起,神情严肃地用基库尤[②]语或卢奥[③]语交谈了一会儿;豆大的汗珠顺着我的脸颊往下流。最后,那位官员终于战战兢兢地将护照还给我,仿佛那上头沾满了病菌,我如释重负地把护照抓在了手里。

"你可以走了。"他用一个厌倦的轻蔑的手势打发着我。

有几次入境之后,我差点气疯了。我出生在肯尼亚,可为什么每次都要这么盘查一番呢?我真就这么与众不同吗?然而实际上,每次我都像

[①] 1862号班机(EL AL LY1862),一架以色列航空公司的波音747型货机。该航班于1992年10月4日由美国纽约飞往以色列特拉维夫,坠毁于阿姆斯特丹郊外庇基莫米尔,导致机上及地面43人死亡,多人受伤。原文写该航班属阿拉伯航空公司,似误。此处意为:好像一位阿拉伯人在EL AL以色列国际航空上。表现作者极度不安。
[②] 基库尤,肯尼亚的一个从事农业、说班图语的黑人部落。
[③] 卢奥,散居于尼罗河各支流和维多利亚湖东岸的一个畜牧部落。

以往那样面带微笑,说一声"谢谢"。

旅客中确实不乏这类事例,他们在通关时平白无故地被耽搁几个小时,仅仅由于这位性情古怪的官员恰恰瞧着他们别扭。

最近一些年,移民局的工作确实大有改进,通关比以前快了;不过,这些官员们的言行中仍表露出种种难以觉察的对旅客的轻慢。不管我如何表现,总之,肯尼亚不欢迎我回来,这就好比是一场障碍赛,我家恰巧就位于跑道中央。多年以来,我练就一套娴熟的入境本事,可依旧会碰到一些预想不到的麻烦,每次都不能顺顺当当地入境。

我带着这种不快的情绪去取行李。我抓起行李,蹒跚着朝海关走去。多数情况是用不了一分钟的时间,我就入关了;可有的时候,海关人员又啰里啰唆地把所有的问题再问一遍。

2006年,妻子陪我一同回肯尼亚,这次海关人员的态度就友好多了。

"Jambo!"我用斯瓦希里语①朝移民局那位官员的办公桌招呼一声,"我还以为你早离开这儿了呢。"这位官员冲我笑笑,然后就立刻让我们通过了。又过了一会儿,行李稽查处的一位身材矮胖的妇人朝我和妻子招招手,瞟都没瞟一眼就让我们过去了。我只需微笑着连声问好:"Jambo, mama, habari gain?"(哈罗,亲爱的,今天感觉还好吗?)

又或许这里一切照旧,变化的倒是我自己。举例来说,我如今说起了斯瓦希里语。

作为班图②语系中的一支,斯瓦希里语从阿拉伯语、波斯语及中东、南亚各国不同的语言中吸收了许多外来词汇,是肯尼亚及撒哈拉以南非洲许多国家的通用语。从很小的时候起,我就打定主意不学这玩意儿,一方面是出于生性懒惰,打算单靠英语就可独闯天下,另一方面也是由于傲

---

① 斯瓦希里语,东非斯瓦希里人使用的语言。这一语言原属桑给巴尔及附近海岸区域的班图语,后成为东非大部分地区及刚果的官方语言。
② 班图,撒哈拉沙漠以南四百多个族裔的统称,是非洲最大的一个民族,主要居住于赤道非洲及南部非洲各国。班图语属刚果语支,其中包括六百种不同的语言。

第一章 肯尼亚:一切的开端

慢自大,压根儿就没觉得学这玩意儿有多重要。此外还有一个原因,就是我的不多的朋友中主要是白人和印度人,其他一些人也都说英语,于是,我就从没想到要改弦更张。做一个地道的非洲人很难,而这么做可能获得的收益——至少在我看来是如此——又在未定之天①。

除内罗毕、蒙巴萨几个少数大城市外,肯尼亚的大部分土地不是耕地就是沙漠,其间分布着成百上千个小镇和村落。在许多了无生气的镇子上,西方文化的影响显而易见,张贴在服务商亭墙壁上的《第一滴血》《虎胆熊威》等电影中那些充满男子汉气概的美国影星的海报十分抢眼;刺耳的声响从用黑布遮挡的小屋传出,屋内正在放映最新的盗版电影。在最偏僻的乡村,居民们星期天往往聚集在露天广场或影院看电影。黄昏,街道上到处飘荡着纸屑和垃圾。有进城的人偶尔从路上走过,往往与在某个阴暗角落游荡着的流浪狗不期而遇,仿佛二者因各自的孤独而彼此吸引、相互怜惜,几乎像是被一根皮绳拴在了一起,然后蹒跚着相互躲避,各奔前程。

那么,我写到的这种遍布于整个非洲大陆的冷漠究竟是什么呢?这是一种脾性或心态,一种性状,甚至可以说是优点。它在撒哈拉沙漠中,在蜿蜒于内罗毕水泥丛林间的大街小巷,以及遍布肯尼亚全国的大小乡镇中,可以说随处可见。很早以前我去北方旅行,当时只有二十几岁。黄昏时分,我沿着图尔卡纳湖②岸徒步走着。落日温柔地照耀着凉爽的黑沉沉的土地,湖水宁谧,红霞满天,偎依于参差错落的湖岸中的湖水仿佛与四周身披猩红、紫红大袄的群山融为了一体。在这个水天相接的无边

---

① 作者似乎是说,要学会斯瓦希里语才算是个真正的非洲人,而对他来说花大力气去学会一门语言,一时还看不出有什么益处。
② 图尔卡纳湖,东非大裂谷的最大的内陆湖,位于肯尼亚北部,与埃塞俄比亚相毗连。该湖也是世界上最大的永久性沙漠湖泊和最大的碱性湖泊。

无际、无始无终的背景下,人类既渺如微尘,亦无足轻重。

多年前的那次旅行,我贸然闯入图尔卡纳这蛮荒之地。我走进莫洛人①部落,一个从远古流传至今的少数民族,他们生活在很少的几个由三四十人组成的社区里,全部人口也不过几百。他们的房屋十分简陋,然而在一个需要保持其旺盛生机的自然环境中,已算建造得相当结实了。这是些行将消亡的部落,西方文明的入侵及自身的孱弱使他们看上去总有些时空错位的感觉。他们的孩子个个生得美丽动人,棕褐色的皮肤是那么光洁,胸前和脖子上垂挂着用明亮的彩珠串成的璎珞,眼睛里既闪烁着甜美的喜悦,又不乏淡淡的哀愁。他们的目光一见到外人就避开了,在外人面前,他们显得那么羞怯。实际上,应该感到羞怯的是我们,我们是这片土地的闯入者。我们一团一伙地来到这里,留着长发,穿着粗野的咔叽布衣裤,胸前挎着个粗笨、俗艳的相机,实在不雅相。

一天,我正赶着回船上,猛地听到一个奇怪的口音。透过一座矮小的破败不堪的茅棚墙壁,我看到有个老人的轮廓,嘴里正自言自语地念叨什么。

"他每天都自言自语地唠叨。"有人解释说,"没人知道他在说什么,或许他有点神经病。"

"除了他一人外,眼下他的族群再没别人了。他们老早就死绝了,老人是唯一的幸存者。如今是村里人在照管他。"

村民们收留了他,用自己族中的善款接济他。日复一日,周围的村民都入睡了,老人仍不眠不休,一个人面对冷漠的夜空念念有词。老人的脑子里可能一直在转动着某些了不起的思想、观念,或叙述着他那已经消失的古老部族的英雄传奇和凄惨的爱情故事。

如今我意识到,我拥有老人所缺乏的东西,而这是多么幸运的事啊!我拥有通过音乐和写作表达自我的能力。倘若没有了这两样工具,我便

---

① 莫洛人,一个居住于肯尼亚东部省的少数民族,母语为莫洛语。一般认为,莫洛族已濒于灭绝,如今只留存百余混杂的成员。

第一章 肯尼亚：一切的开端

会陷入与老人相同的境地，即拥有一个对这一世界的独一无二的见解，他人既不懂，也无心过问。命运对待这位老人竟如此残酷，有关他的人生经历及他那整个已经消失的族群的历史，通通再也没人听得懂了。

我生于斯、长于斯的这片土地便是如此的冷漠。

我记得在从图尔卡纳盆地往回走的时候，随着我们的一步步升高，气候变得凉爽干燥起来，有些地方出现空气被工厂排放的烟雾污染的情况。田野变绿了，路面也更硬实和平整。居民也不同了，身着民族服装、瘦高而坚实的图尔卡纳人不见了，取而代之的是身穿西装、身材矮小而肥胖的基库尤人，他们经营着一爿爿售卖杂货和饮料的小店。商人的店铺里摆放着中国出产的电视机，并向沿途的旅客供应茶水，以此养家糊口。小贩们将货摊摆在高速公路出口，向旅客们叫卖毛线帽和挂毯等货物。随着车子的临近，他们的货物看上去十分柔软，就像草原上飘浮着的洁白的云朵。坐在尼桑大轿车的硬座上，我们真想让车子停下，躺在柔软的羊毛堆里做梦，再也不起来。然而，以相当迅猛的强度刮进车厢的风拥抱着我们，使我们感受到生的快乐。我们的车子在继续向前行驶。

唯一亘古不变的是东非大裂谷，这一在地表切削出来的断层以雄奇、奔放的气势向远方伸展着，直至与明亮的地平线融合为一。它是世界上最长、最深的地质断裂带，从北方遥远的叙利亚向南，一直延伸到莫桑比克。那些对科罗拉多大峡谷的雄伟叹赏不止的游客看到东非大裂谷，大约要惊愕得说不出话了。

一个到过肯尼亚的游客总会对那里的林木之美赞叹不已。甚至是那些死树，也自有其别具一格的美——它们的老干虬枝盘曲着向上伸展，怪模怪样，仿佛在非洲巨大的穹隆下默默地祈祷。非洲的稀树草原生长着许多腊肠树，枝头挂满了发酵的果实；粗壮的树枝如手指一般向上伸展，马赛人用枝干中黏稠、有毒的汁液涂抹箭头。金合欢树随处可见，它们宽阔的树冠亭亭如盖，可以为树下的动物遮阴。还有非洲乌木，当地人用作通便剂和制作家具。尤其令人难以忘怀的是在韦斯特兰住宅区的那些树木,每当有清风从卡鲁拉森林①吹来,你就能听到低沉的铃声,如同千百只银铃在敲响;可一旦狂风大作,树木就会发出阵阵巨大的叹息声,或如一个人在喘粗气。

在我十几岁时,偶尔与朋友们一道前往距首都数小时车程的恩贡山区,这里的土地宽广而肥沃。此地先前因丰产而一度成为英国农场主的禁脔(这里的意思是禁止分享,不知道用什么近义词代替),如今由非洲人自己经营,经营者有穷人,也有富人,生产大量受人喜爱的出口货物,包括在星巴克出售的咖啡。我们常常在一棵俯瞰葱郁的山谷的大树下休息,清风徐来,我们静静地思考这片美丽山地的未来。这里的环境在美国或中国是绝不可能找到的。那里有的是永远的喧嚣和对成功的无止境的追求,非洲则是一派平和、自由与宁静。

长大以后,我常常回忆起肯尼亚宁静的,甚至是昏昏欲睡的土地。尽管基础建设破破烂烂、摇摇欲坠,可当地百姓仍延续着传统的从容不迫的生活方式。父母经常在家里招待宾客,这些客人对我在美国和中国所取得的小小成功颇为赏识,但对西方人那种喧闹的生活大都很不以为然。我的朋友们彼此开诚布公,他们说话时从不会显露出紧张不安、急不可耐的神情;他们常常抱住两臂,静静地倾听各自的意见。

"在美国生活太难了。"一个来美国观光的肯尼亚人可能会惊讶地说,"在肯尼亚,我们有时间就去跟朋友见见面,消消停停吃顿饭,悠闲度日。可在美国,所有的人都在拼命工作!"

这类外表的随和不仅包含着懒散的乐观态度,其中也不乏倔强甚至残忍的智慧——这种智慧偶尔,尽管不常见,便从他们机敏的讥讽中表露出来。

我的童年和少年时代便是在这种平稳的节奏中悠然度过的。有些时候,内罗毕的这种缓慢的生活节奏几乎让我发疯,我焦躁地祈盼着发生些什

---

① 卡鲁拉森林,位于内罗毕郊外的一处高地森林保护区,占地一千公顷,被公认为世界面积最大的室内森林。

第一章　肯尼亚：一切的开端

么事情；可究竟祈盼什么，连自己也弄不清楚。还有些时候，我在园中凝视着从花茎上抽出、摆出一副展翅欲飞模样的天堂鸟，幻想这些宛若翅翼的黄色、橙黄色的花瓣有朝一日能带我远远地飞离此地。然而时间一如既往地向前迈进，如同一位审慎的天使，将那份既不可避免又绝不宽假的命运带给像我一样深感事业未竟的人，也带给当地那些冷漠得让你抓狂的人们。

有那么多人受了我故乡（我指的是肯尼亚，正像美国和中国，那里同样是我的故乡）的蛊惑，去那里寻梦。他们中间有些人就像我母亲，最终在那里实现了自己的梦想；可大多数人面对比预期困难得多的现实生活，梦想破灭了。

肯尼亚首都内罗毕便是一座梦想之城。大约于1900年前后，铁路从东部海岸延伸至此；而仅在一年以前，这里才刚刚建起一座日常用品仓库。自此，内罗毕作为英国殖民地肯尼亚——直至1920年，肯尼亚作为英国东非受保护国的称谓才为世人所知——的商业中心日渐繁荣。城市的命名取自马赛人埃瓦索尼罗比一词，意思是冷水；然而实际上，这地方既潮湿又难受。火车蜿蜒穿过稀树草原、高原以及肯尼亚南部湿地，像一条喷烟吐火的钢铁巨蟒。它吞吐着远道而来的游客；它饥肠辘辘，永远也吃不饱。在英国军队——即基库尤人伟大的先知切格·瓦·基比鲁所预言的手持有魔法的杀人棒、像青蛙一样的白人——平定了肯尼亚人的反抗之后，另一些人携带妻儿，来到这片非洲腹地寻觅新的生活。

等到铁路最终将蒙巴萨与卢奥人维多利亚湖畔的土地——父亲的出生地距此不远——连接起来的时候，有越来越多的英国人来肯尼亚定居。在气候温和的艾博德尔山区，以及距内罗毕不远的恩贡高原一带，他们开始实现自己的梦想。

随着时间的流逝，这些定居者的服饰和习俗，包括种族、宗教，都在发生着改变①，但梦想一如从前：开创崭新的生活。

我还记得一位老朋友，犹太女诗人丽贝卡，她确信肯尼亚便是她的应

---

① 此处说到种族的改变，大约是指前来定居的英国人有些与当地人通婚。

许之地①。在贝多芬《英雄交响曲》的鼓舞下,她从纽约来到肯尼亚,为她的创作找到了灵感。在狂喜的梦幻般的诗行里,丽贝卡将非洲人,尤其是马赛人,描写为人类的最后希望。她从托拉②中寻章摘句,搜寻犹太人与非洲人之间联系的蛛丝马迹。对于丽贝卡的这些激动人心的布道顶好是缄默不语,可继父西米翁偏能叽咕出一大套说词;母亲只礼貌地报之以微笑,那意思是说:我一点也闹不懂,但我猜想你是对的,尽管我觉得这种做法实在有些愚蠢。肯尼亚人也有自己的伟大梦想,只是与那些有关物质的成功的梦想不同罢了。

这里电子产品贵得吓人。只有寥寥可数的几家咖啡馆,但这些咖啡馆不是太脏,就是贵得没边。也没电视节目可看。唯一由政府运营的电视台只播放黑白电视节目。我觉得这里的食物也平平无奇。一个西方人来肯尼亚生活,他对生活的预期恐怕要来一个根本转变才成。

丽贝卡最终离开了肯尼亚,真所谓乘兴而来,败兴而归。但那是另一篇故事了。

正如母亲可能做出的评判,像丽贝卡这样的人来肯尼亚或许有点傻。他们或许太理想主义,太天真了。他们完全没有意识到,尽管肯尼亚人对来此度个便宜假期的德国佬、英国佬讨好逢迎,然而要在肯尼亚生活,这里还有阴暗、悲观的一面;个中隐情,只有那些在肯尼亚生活得最久的人方能深知底里。

是的,有人会说,这些外国人是犯傻。更尖刻的人则会用斯瓦希里语嘀咕一句:克瓦利姆尊古尼姆金加。确实,白人都是蠢货。

面对肯尼亚的美与丑、粗犷与细腻,我只是个人类经验与情感的感受器;总有一天,我会对自己所感受到的作深入的反思,以期最终能有所领

---

① 应许之地,又称福地或者乐土,源自《旧约全书·创世记》第15章、第28章,是上帝应许给亚伯拉罕后代的土地。
② 托拉,犹太人将《旧约全书》的前五篇,即所谓"摩西五经"(《创世记》《出埃及记》《利未记》《民数记》《申命记》)抄写下来,制成经轴,称作托拉。他们把托拉作为每天的日课,日诵一段,一年三百六十五日诵毕。

悟。肯尼亚是我的生地,这里交织着光明与黑暗、温暖与冷酷、腐朽与新生、接受与拒斥、神秘与超越、神佑与诅咒;在这里,有的爱得到了回报,有的则空劳一场。这样的对比有利于界定肯尼亚的那种独有的混合了非洲之美的性质;千百年来,正是这种美将无数外国人吸引到它的海岸和内陆。有一天,我母亲也被吸引来了;而我的梦想也在这种非理性之中,在神圣的悖谬与各种相互对立的事物的融会之中发端。

这张照片是我在马赛马拉拍摄的日出。它抓住稀树草原荒寂、粗犷的特征,表现出非洲大陆的雄浑与浩瀚无垠。

第二章　父母:失败的私奔

音乐感召

拉赫马尼诺夫:《23首钢琴序曲》之五

　　第一次听这支舒缓的序曲,担任钢琴演奏的是钢琴家斯维亚托斯拉夫·李希特①,演出棒极了。由这支乐曲联想到我的父母,因为乐曲包含了许多彼此对立的旋律,每个旋律各自述说一段内心深处的隐秘的情愫,有时两两相对,有时则琴瑟和谐。乐曲虽标明为《序曲》,但由于作曲家采用了ABA曲式以及大量运用由左手奏出的音域宽广的琶音,我常常将其视为一支夜曲。从某种意义来说,这些音域宽广的琶音就代表了母亲矢志不渝地追求理想的心,而与之相伴的旋律则代表了她生命中的两个男人,一个是老巴拉克·奥巴马,一个是西米翁·狄善九。

利伯·马库斯②:

　　说来怪好笑,许多年前,我乘飞机来到肯尼亚,当时绝没想到竟

---

① 李希特,斯维亚托斯拉夫(1915—1997),俄国伟大的钢琴演奏家,二十世纪世界最伟大的钢琴家之一。出生于乌克兰的日托米尔,自幼随父学习音乐,后入莫斯科音乐学院师从名师涅高兹。自上世纪六十年代起到西方演出,产生深广影响。李希特亦曾来华演出。
② 利伯·马库斯,作者马克的昵称。这一名称取自古罗马有名的君主马库斯·奥勒留(121—180年)。

第二章 父母：失败的私奔

会在这地方度过我的大半生。不后悔——比起留在美国,(我)在此度过并仍继续度过的岁月更充实,尽管我仍热爱美国及生活在那里的亲朋故旧。

爱你的妈妈

母亲最近发来一封信,用圆珠笔在淡蓝色的卡片上潦草写下这么几句话,背面印着花卉图案。因为她一直是用电子邮件的,这封信——我猜,母亲是在一种怀旧的心绪下写的——着实让我吃了一惊。

1964年8月,母亲飞抵肯尼亚乔莫·肯亚塔国际机场,一走出舱门,第一眼望见的恐怕就是远处在正午的烈日下闪烁着微光的恩贡山区。她身上的衣物过于厚重了,那一身行头在波士顿的洛根机场倒正合适。她下了舷梯,朝那团灰不溜秋、无以名之的单层房屋走去。她在这里一个地方看到的黑人恐怕比此前遇见的全部黑人都多。她对自身的天生丽质浑然不觉,面对身旁的那些稍感惊讶的工人们,起初信心十足,然后有些犹豫不决,最后终于停住脚步,不知该朝哪儿走了。

在洛根机场,来送行的只有一位至交;双亲艾达和乔拒绝为女儿送行。

在母亲跟她的女友最后抱别前,女友大喊:"露茜①,为什么你非要到那地方去呢？全都是黑人！"

外婆对女儿这次私奔的态度,母亲是这么描述的：

> 当我决定起程飞往肯尼亚,准备嫁给奥巴马时,我的一位朋友告诉我,艾达当真开始揪自己的头发。一想到有个黑人要娶她的露茜,她实在受不了。起程之前,她把街坊四邻通通聚到家里,他们全都异口同声地劝我别走。在此后的许多年里,她一直不搭理我。我走后,

---

① 露茜,作者的母亲露丝的昵称。婚前全名露丝·比阿特丽丝·贝克。

她的精神一下子崩溃了。为了使母亲康复,父亲带着她在国外旅行了三个月之久——她真是伤透了心。

露丝·比阿特丽丝·贝克以前从来没坐过飞机,什么飞机也没坐过。肯尼亚距美国有千里万里之遥。然而她一意孤行,毫无惧色,那股子倔劲简直就像一只斗牛犬。她无怨无悔地抛下在美国的所有一切,一心一意前去跟她所爱的男人相会。

她本来指望父亲老巴拉克·奥巴马去机场迎接她的。可除了一些或让你厌烦的,或正在忙碌着的工作人员,她没见着一个认识的人;毫无疑问,她替他编造出种种借口——而这正是恋人们的拿手好戏。他们可以原谅对方身上的各种缺点;恋人们实在宽宏大量,他们既不会抱怨什么,也从不会替自己辩护。①

1936年,母亲露丝出生于美国马萨诸塞州诺福克县的小城布鲁克莱恩,此地处于马蹄形的大波士顿的环抱之中。小城创始于1638年,于1705年建镇;此后,小城对外来人口一直很有吸引力,移民从贵格会②信徒、爱尔兰人、犹太人,到意大利人乃至东欧各民族、以色列人、中国人及其他亚裔,可以说一应俱全。外祖父乔·莫里斯·贝克是个跑街的向公司或居民推销货物的商贩,以此赚些蝇头小利。他和妻子艾达·因杜尔斯基属第一代移民,都是二十世纪初叶从俄国和立陶宛的种族大屠杀中逃出

---

① 1998年,母亲写了一份回忆录,其中包括她与父亲一同生活的经历。我的小说《从内罗毕到深圳》中主人公戴维与母亲的通信,就是在母亲的回忆录的基础上写成的。——作者原注

② 贵格会,基督教新教的一个派别,又称公谊会或者教友派,十七世纪出现于英国,因"听到上帝的话而发抖"得名,故又称之为"震颤者"。该教派主张和平与宗教自由,团契之间亲如兄弟。贵格会曾受到英国国教迫害,移民到美洲后又受到清教徒的迫害,大批贵格会教徒由此逃离马萨诸塞州,定居在罗得岛州和宾夕法尼亚州等地。

第二章 父母:失败的私奔

来的犹太幸存者。他们为能从底层上升至中产阶层而感到自豪,认为自己实现了美国梦。

"他们一生都在奋力打拼。"母亲常常骄傲地说。听得出来,她一直对双亲为她付出的一切心怀感念,尽管她与父母之间存在着分歧和冲突。

"父亲积攒下的钱财除维持一家人的生计,还可购置一处漂亮的房产。这时,我们从布鲁克莱恩搬到了牛顿市。"

父母十分溺爱这个独生女,"露茜",他们常常慈爱地这样称呼她。在艾达的一次小产后,他们给露丝领养了一个妹妹,取名珍妮特。从外表看,这是一个正常的中产阶层犹太裔美国人家庭——直至露丝决定飞往肯尼亚为止。

我还记得十一二岁那年到波士顿探亲的情景。我们跟乔和艾达一起住在牛顿市的家里,这是一处富庶的郊区。

"你会喜欢街上那家吕本三明治的。"外婆跟我说。我们俩一道走进路上的一家小热食店。我们招来一些顾客的好奇目光,他们大都是上了年纪、退了休的犹太人;不过,她说得没错,这家吕本三明治味道好极了。

第二次去是在我即将入布朗大学读书的时候,过去跟外婆住了几周。家里的一位长期租户爱德华给了我一些忠告:"我们对这地方全都知道得一清二楚。你妈妈是犹太人。我是爱尔兰人。你是犹太——加黑人。我要说,波士顿的某些场所,比如说查尔斯敦,是不宜去的。他们不欢迎像你这样的人。"

说着,话音一下子转低,免得被外婆听见,仿佛把什么秘密透露给了我。"我的意思是说……有些你可以去的地方又不欢迎我去。这是一码事,你明白吧?"

我只点点头。我没去查尔斯敦,并非由于爱德华说了什么,而是由于波士顿还有许多更有意思的地方可去,如法尔尼厅市场、哈佛广场、伊莎贝拉·斯图尔特·加德纳博物馆……

我在波士顿住过两次，那里的一切都显得整洁、有序。法尼尔厅、科普利广场、T码头——在我看来，所有这些地方都华美得恍若仙境。然而在上个世纪六十年代，也就是母亲遇见父亲老巴拉克·奥巴马的年月，种族隔离正在垮塌，而波士顿则是这一旧传统中最坚实的一环。在这前不久的1956年，美国最高法院将有关布朗诉教育局案的裁决发至各州，指示全国实行种族隔离的白人、黑人学校"以十分审慎的速度"合并。然而，这些种族隔离学校是在旧时代建立的，学生入学也是有意根据种族的不同而分属不同的校区。1964年，美国通过民权法案，并由此引发全国性的暴力冲突，这对于波士顿不同种族本已高度混居的地区来说，跨区接送学童的校车简直不堪重负。由于这一地区中小学和大学高度密集，居民们在人际交往中因种族问题而经受了巨大的压力，包括种种暴力的和非暴力的抗议事件。某些地区，如南波士顿，则顽固地保持其族群特色，此类现象在这一地区的居民中亦非鲜见，如在昆西、查尔斯敦等地，某些白人居民与当地黑人或西班牙裔移民老死不相往来。

"我对这类事件可以说一无所知。"母亲这样对我说，"父亲一直教导我，衡量人的标准是要看他这个人怎样，而不是看他的肤色如何。"

"我总觉得自己太胖了。"她又补充说，仿佛这也是她在二十多岁便做出那个重大决定的原因之一，"那段时光，我的内心就这么无主见。"

据我个人的经历来看，这种无主见源自在选择正确的人生道路方面的失衡与混乱。母亲当时下决心离开美国，除这个原因外，我相信其中还别有隐情。或许，她想借此逃离自身所处的中产阶层生活的百无聊赖。摆在她面前的很可能是日复一日地重蹈波士顿百姓人家的陈迹，跟女友们一道喝喝咖啡，聊一聊各自的男友，洗衣服，给三年级的学生们上课，乘上再熟悉不过的有轨电车在布鲁克莱恩城内蜿蜒的街道上穿行。另外，肯定还有敦促她早日结婚的压力——来自父母和朋友们——足以把她压垮。

在回忆录中，她追述了遇见父亲之前一段时光的情景。她已从西蒙

第二章 父母:失败的私奔

斯学院毕业,与安和安尼特两位朋友一同住在波士顿:

(我)飘荡着,做临时性的秘书工作。后来,安建议我去参加一个暑期训练班,拿一个小学教师资格证。我听从了这一建议,然后就像安尼特一样,在布罗克顿小学找到一份职业。从九月至次年的六月,我们每天早上都要艰难地走到学校去上班。我教那些十至十一岁的孩子,尽管大体说来我是喜爱教师这个职业的,然而由于缺乏经验,我每天都累得筋疲力尽;到了这年年底,我患了贫血症。

碰巧,她的社交圈也出现了与她的家庭背景迥然不同的一些人:

一天,我坐街车回公寓,有个黑人就坐在我后边。我猜想,大约是他觉得我不那么可怕,于是我们俩就开始聊起来。他来自尼日利亚,几乎就住在我们公寓对面。他邀请我去参加一个晚会,就是一起坐坐、聊聊之类的活动。我去了。我那个时候非常孤独,脑子里也没准主意。任何一张友好的脸都可能让我上钩。在很短的时间内,我们俩就上床了。我觉得我爱上了他,可在仅仅一周的山盟海誓、颠鸾倒凤之后,他就飞回尼日利亚了。我被那家伙甩了,可他的一个朋友又跟我好了起来,他跟我说,那家伙原来是有妻室的。天哪,我被惊得目瞪口呆。

不久之后,她就遇见了我父亲:

不过,下个星期天又有一次聚会,这个新朋友说,他想带我去。就是在这次聚会上,我遇见了我命中注定的那个人——也就是说,遇见了你父亲。他一下子吸引了我,没过几天,他跟一位美国朋友(上年纪的)来我宿舍,要带我出去。从此,我就走上了一条全新的生活道路。

我完全想象得出他们第一次见面的情形。老巴拉克·奥巴马代表了一股自然的力量。

父亲摆出一副咋咋呼呼的模样,或许还戴了别具一格的太阳镜,指缝里拎着个烟斗,在屋里高视阔步,低沉而颇具穿透力的嗓音在四壁间回响,这会给厌倦了现实人生而又十分敏感的露丝留下怎样的印象啊。她遇见了他;她猜想,他跟一般的男人不大一样:神秘、有魅力,甚至还有那么一点危险性。她完全有可能将老巴拉克·奥巴马——当时刚刚从哈佛毕业——当成了一名出言不逊、火气十足的知识分子;他的聪明才智曾一度征服了他身边的那些人,从而受到人们的赞誉,有时遭人忌恨,偶尔也会由此博得女孩子的青睐,就像露丝那样。

他在剑桥(这是波士顿的一个区,哈佛大学所在地),跟另外几个非洲留学生住在一起。从那以后,我几乎每天都去他的宿舍。我觉得我非常爱他——他是那么富有魅力,一点儿不让我觉得乏味——可是,他却让我有点儿不大放心,尽管他说他也爱我。值得庆幸的是,那是在艾滋病流行之前;否则的话,我肯定完蛋了。他到处滥交,我肯定会让他给报销掉的。当然,我对这些一无所知,而且自认为是堕入了情网。

在两个月的热恋和欢愉之后,他说他要回肯尼亚了。他说,要是我跟他去肯尼亚,而且喜欢上这个国家的话,那么,我们就结婚。我信了他的话。如今我知道了,他跟他遇见的每个娘儿们和姑娘都许下过这个诺言,可当时我一点儿也不知道。就这样,1964年8月,我打算飞往肯尼亚。

波士顿是她唯一熟悉的城市,然而她却要离家远行。是某种东西促

第二章 父母:失败的私奔

使她跨出了这一大步,抛下她所熟悉的一切,奔向那个与美国截然不同的非洲国家。露丝·贝克在爱情上是个梦想家,在人生的旅途上,再也没有什么人比这类梦想家走得更远的了。

母亲的这种心甘情愿的上当受骗,其中或许有些可爱之处。一个玩弄他人情感的男人——而这男人的情感也可能被他人玩弄着——凭着内心的洞见就能知道,她信赖他。她不光会原谅他的缺点,还会夸大他的能力。确实,他十分欢迎她的无知和蠢笨,因为这么一来他既可逃避责任,又可将过去的隐私藏匿起来。

不过,有一件事没法隐藏。

1956年,老巴拉克·奥巴马娶了他的第一个妻子凯齐娅,生下丽塔和博比两个孩子。我不知道是什么让父亲向露丝坦白了此事。他或许仅仅想做到诚实;也可能他的确很喜欢她,因而就慢慢向她吐露了实情。不过,我更愿意相信,他对她的爱逊于她对他的爱;他内心可能还揣着这么个念头:倘若她对此事看得十分严重,他正好趁机跟她一刀两断。于是,1964年春,他就向她坦白说他有两个孩子,问她是否愿意照看这两个孩子。

他又告诉她,他还有个"跟美国女人生的孩子"——母亲是这么说的。他没隐瞒他新近与斯坦利·安·邓纳姆——也就是美国总统巴拉克·奥巴马的母亲——刚离婚。

"我知道他在美国有个儿子,但我不在乎。"她说。至于邓纳姆其人,她后来跟我说:"我倒不想知道。"

当母亲获悉她爱的这个男人在肯尼亚已育有一子一女,在美国还有个妻子,而这个妻子眼下或许离了,或许没离,她的反应如何呢?她在这爱里陷得太深了,简直如醉如痴,居然一口答应去给那两个孩子当继母!

有时我真想知道,母亲执意前往肯尼亚,这会让她陷入怎样一种艰难的处境。她不光要应对老巴拉克·奥巴马及其文化等错综复杂的情况,还需对付对方家人的反对。

露丝若嫁给一般的异教徒,她的家庭或许还能容忍;老巴拉克·奥巴马岂只是个异教徒而已①!

"很多犹太人不喜欢黑人。"有时,我说了几句称赞犹太人的话,妈妈就打断我的话,这么说。

老奥巴马不光是个外国人,而且黑得出奇。他的肤色黑如乌木;在他脸上这片不见光亮的背景的映衬下,两眼犹如双子星座,牙齿白似珍珠。父亲的肤色黑得吓人,实在也没法再黑了。这黑色似乎已超越了颜色的层面,那情景就仿佛是不见星月的午夜,或你在梦中跌下万丈深渊。他又出身于穆斯林家庭——尽管就个人而言,他不信教。他的家乡距美国有千里万里之遥,文化与美国迥乎不同。

一个出生于布鲁克莱恩犹太人家庭的孤独的姑娘,居然凭借自身的天真与淳朴将所有这一切异质的因素通通融合在了一起,而且凑凑合合将这段婚姻维持了七年之久,着实让人惊叹!

不过,那天在波士顿的晚会上,两个年轻人握手订交,双方家庭怎样似乎全没放在心上。他们年纪还轻,身心充满活力,只想尽情享受眼前的大好时光。

"晚会上,奥巴马实在是个有趣的人物。"母亲对我说,"他总是那么富有魅力,是个跳舞的好手,而且常常会出故事。我当时年轻,喜欢这一套。"

有关老巴拉克·奥巴马童年时代的情况,我知之甚少。1936年,他出生于肯尼亚西部内陆的尼扬扎省拉丘昂约县人烟稀少的贫瘠的土地上,村庄名卡尼亚德希昂。祖父奥尼安戈·奥巴马是殖民地②的一名厨师,祖母哈比芭·阿库穆是祖父的第二个妻子,夫妇后来移居夏亚县的阿列戈-科盖洛。这段婚姻是短暂的,两个人吵闹不断,而奥尼安戈严守宗教戒律的个性益发使得哈比芭不堪忍受。最后,哈比芭终于逃走了,把儿子老巴拉克·奥巴马留给了祖父。祖父奥尼安戈虽说早年是在拉丘昂约度过的,

---

① 作者在这里连用了 Gentile、goy 两个词,都是犹太人对异邦人、不信犹太教的人的称谓,由此可以看出露丝一家对她与老巴拉克·奥巴马这门婚事的反对态度。
② 肯尼亚自1895年沦为英国的殖民地,至1963年12月12日获得独立。

第二章 父母：失败的私奔

一战、二战期间均曾作为筑路工、厨师和战士到过前线。祖父后来娶了莎拉·奥格维尔，也就是受人爱戴的莎拉奶奶，是她将父亲抚养成人。老奥巴马在祖父的九个孩子里排行老二。他在靠近肯杜贝的根迪亚读小学，然后升入夏亚县的恩吉亚中学。后来，他考入负有盛名的马赛诺中学，这个学校的老师称他是个聪慧异常的学生。根据学校记录显示，他因其成绩优异由 B 班转入 A 班。

我小的时候经常去阿列戈，记得那是个又脏又穷、尘土弥漫的地方。到处遍布着热带灌丛、低矮的丘陵及被禽畜踩踏得稀烂的红土；到处放牧着牛羊，空气里充满浓烈的牲畜粪便的气味。夜间，有时你可以望见很远的地方，看见月光映照着维多利亚湖——非洲最大的湖泊，尼罗河的源头——宁谧的湖面，仿佛有无数仙女在舞蹈。

最近，叔叔赛义德·奥巴马跟我说起祖父奥尼安戈·侯赛因·奥巴马："年轻的时候，也就是在他最强健的那些年月，他曾为英国人在埃塞俄比亚及其他地方作战，后来才回到了肯尼亚。"叔叔告诉我，"生我的时候，他的年岁已经很大了；死的时候已将近一百零五岁。虽说能证明这段历史的人们如今都不在了，但我知道一战时他曾在前线做过劳工或士兵。他经常外出旅行，身体棒极了。有的时候，他能在两周内从尼扬扎省的南部一直走到夏亚，用哨音吓退猛兽，然后再徒步走到内罗毕。二战前，他曾在桑给巴尔度过了许多年，可能是在殖民政府里干些小差事。"

有人说，在桑给巴尔，由于对英国主人的基督教义的不满，又由于在这个巨大的港口多元文化的影响下，奥尼安戈皈依了伊斯兰教。英国殖民者称他为乔治·卢卡斯；自皈依伊斯兰教之后，他更愿意人家称他为侯赛因·奥巴马。二战期间，他作为厨师（英国人通常让非洲人在军中做仆役）肩扛步枪，远远地跑到北非、锡兰[①]、缅甸、埃塞俄比亚及中东等处去

[①] 锡兰，斯里兰卡旧称。

作战。

尽管战争是恐怖的,然而毫无疑问,两次世界大战的经历也使他眼界大开,见识了许多来自不同文明的人们。或许这种经历也唤起了他的梦想,希望自己的后代能获取更多的文化知识。不过,回到肯尼亚,英国人继续雇用他作厨师,在这个职业上他可能觉得自己是大材小用了。从某些方面来看,我总觉得祖父是个无师自通的知识分子,他没受过正规的教育,却懂得自身的价值,而且受不了那些笨蛋的颐指气使。他严格尊奉《古兰经》的教义,并开始研读园艺学著作。

"他是个十分严肃的人。"一次谈话中,保拉·施拉姆·哈格贝里(娘家姓)告诉我。上世纪五十年代,奥尼安戈·侯赛因在保拉的母亲格洛丽亚·哈格贝里家做过厨师。格洛丽亚·哈格贝里是美国的一名教师、激进主义者和社会活动家,与丈夫戈登一道为独立运动的首脑人物乔莫·肯亚塔老人(肯尼亚的第一位总统)及卢奥族领袖汤姆·姆博亚等人创立了跨种族论坛。后来,她还帮助我父亲和许多人赴美留学。我还有幸在一篇有关格洛丽亚的文章中读到回忆我祖父的内容,文章刊载于2009年的《东非报》上,标题为《种族平等的坚强斗士》。

"他从来不笑。我当时大约只有十二岁。"保拉回忆说,"他住在我家屋后的仆人房。我记得妈妈曾想办法给仆人房通上电,但没能办到。他每天晚上都在昏暗的房间里读《古兰经》。有的时候,你爸爸来敲门,于是,我们就听见他大声用英语彬彬有礼地问:'老头子在这儿吗?'"

"通常,奥尼安戈·侯赛因身穿穆斯林长袍,"保拉继续说,"头上戴一顶土耳其无边毡帽。他干活的时候不穿鞋,就那么光着脚走来走去。我记得有一回他脚上扎了根钉子,站在那儿不声不响地猫下腰,把钉子拔出来。我吓了一跳。我问他:'疼吗?'他只耸了耸肩,什么话也没说。"

另一位则说他是个"高个子、花白头发并很有尊严的人"。我甚至

第二章 父母:失败的私奔

能想象得出祖父的模样:每天晚上蜷缩在自己的小屋里,在灯下日复一日地读着《古兰经》,灯焰在他那张虔敬而枯瘦的脸上映出微弱的红光。我还记得我的阿姨朱丽安娜,我小的时候是由她照看的。朱丽安娜能轻松地抓起一只热烘烘的平底锅,还能空手端起一锅滚开的热水或热汤。平日,朱丽安娜总是光着脚屋里屋外到处走;另一个帮佣也是如此。

"希塔齐马尼诺,(别碍我的事儿)!"有时,我也斜着眼想瞅瞅她的长满老茧的脚,她就用土话申斥说。然后脸上浮现出笑容,眨眨眼,皮肤在炉火的映照下红光闪闪,让我尝一块查帕提斯①。

父亲长到四五岁时,祖母就扔下他,逃回到肯杜贝的娘家去了。家里人跟我说,由于祖父奥尼安戈·侯赛因的家长作风,常常对之施以暴力,因而哈比芭才离开了他。但我对这一说法仍有些疑惑,在具有浓烈传统特色的、家长制的卢奥族社会中,男人在家庭里的支配地位不是司空见惯的吗?这里也如同非洲的大多数地区,女人常常被视为财产。有关哈比芭的故事还有不少可说,但其中大都是我拿不准的。有人说,我小的时候她曾来看过我,但我不记得有这回事。有个无可争辩的事情,就是父亲在六七岁时与妹妹扎伊托妮从家中逃出,去寻找母亲。后来,兄妹俩在前往肯杜贝的途中迷了路,满身脏污,被祖父追了回来。

父亲童年时代所经历的家庭裂变,从某些方面看未尝不是他后来与妻儿的关系上出问题的先声。

"一个人小的时候失去了母亲,"母亲曾对我说,"这对孩子来说是件大事。"

当然,我不能不承认,父亲早年的经历,他的勇气及反抗精神支撑着他在湖岸边度过了一个个群星闪烁的夜晚,并在逃跑途中激励着他躲避非洲腹地的猛兽及传说中的妖魔的侵害。

---

① 查帕提斯,又称罗提,是一种从印度传入的面饼。

若有了飞翔的翅膀,还要脚干什么?

从某种意义来说,画家弗丽达·卡洛①的这句话也表达了哈比芭、母亲甚至父亲童年时代内心的渴望、痛苦及梦想。最后,他不像祖母那样凭着一双脚,而是乘上飞机,迅疾奔向梦想。

我记得在阿列戈老家曾见过一张祖母的照片,她紧靠丈夫坐着,怀里抱着父亲,漂亮的脸蛋上傲气十足。她的两颊颧骨凸起,眉骨棱角分明,不由令我联想到卡洛的自画像。像卡洛一样,祖母的两眼也闪露着愤怒与反抗的光芒,她知道自己蒙受了冤屈。我从照片上看到了祖母的那颗骄傲的心,她要走自己的路,她要逃走,做自身命运的主人。

"我要逃走,老头子,绝不会让你逮着的!"我完全可以想象得出她内心的话。

祖父母那代人的照片既如同探照灯,照亮了这一家族生息繁衍的历史,同时也是反驳社会一般流言的有力佐证。肯尼亚的马赛人②相信,照片上的人像会摄取人的生魂,这东西可不是闹着玩的,他们轻易不照相。父母早些年留下的照片,以及我幼年时期的照片,对于我解开记忆中那段岁月的谜团很有帮助。

"照片嘛,呸!"外婆艾达可不这么想,她经常说,"为什么要保存那些死人的照片?"

在外婆看来,这些照片对活人来说既无所谓,同时也是对当前人生的

---

① 弗丽达·卡洛(1907—1954),墨西哥女画家。自幼患小儿麻痹,十八岁时一次乘车外出遇车祸,又奇迹般活了下来,终身为病痛所苦。此后开始凭借镜子作自画像,有《我的诞生》等。
② 马赛人,东非的一个游牧、狩猎民族,生活于肯尼亚南部和坦桑尼亚北部的东非大裂谷地带。

放弃。然而从这些斑驳古旧的老照片里,能够看出这一家族成员的某些特征,如今通过基因密码又在我身上映现了出来。就拿父母1964年恋爱期间拍摄的几张照片来说,其中有一张母亲坐在沙发上,穿一件亮闪闪的晚礼服,整洁而娴静。父亲躺在近旁,下身穿一条宽松的便裤,上身是一件纯棉衬衣。父亲把两脚搭在母亲的大腿上,位置紧靠相机,看不见脑袋。脑袋在画面之外。我看到这张照片时不禁吃了一惊:母亲在闹着玩呢。可以想象得出,他们在嬉戏,两个人真可算得上鱼水相得了。这让我颇感不安,因为我从未亲眼见过这样的场景,而在此之前他们之间琴瑟和谐、夫唱妇随的一面我竟毫不知情。

尤其令我惊讶的是母亲的另一张照片,当时父亲正在读哈佛。

这是一张黑白照片,母亲的单人照。母亲面带微笑,穿晚礼服,半坐、半倚在一张白色沙发的边上,真是光彩照人。背景十分单纯,甚至有些过于简朴了。她的身后就是一面光秃秃的白墙,此外更无他物。她上了妆,头发拢得紧紧的,露出修长的颈项,一副耳坠熠熠生辉。她在照片上显得那么漂亮和自信,与那个她自以为毫无安全感的犹太姑娘判若两人。我将照片上那张光洁得不见一丝皱纹的脸与她如今满面皱纹的苍老的脸作一番对比,发现母亲的一双眼睛及脸上的微笑依然如故。她的双眼是那么明亮,其中蕴含着如佛陀一般的慈悲与宁静。

我一直想知道这张照片是在哪儿拍的。是在外婆家拍的,或者是在她与父亲邂逅的地方拍的?再不,就是在她正要跟父亲一道去参加晚会的时候拍的?照片上的每一个细部都像水晶一般清晰可辨,而背景中的每一样东西似乎都是细心布置的:坚实的沙发、赤裸的白墙,以及剪裁得体而使得身体的轮廓清晰地显露出来的晚礼服。我见她身子斜倚着沙发,好像是在寻求支点。或许出于对未来生活前景的不安,即使在这个时候她仍在权衡各种选择的利弊。后来我才知道,这是他们在父亲的宿舍拍摄的三张照片之一;另外两张父亲加入了进来,其中之一便是父亲随意将两脚搭在母亲腿上的那张。

33

"那个时候我年轻,幼稚。"母亲的两眼略带伤感地说。然后她摇摇头,努力回到当下,而从前的历历往事已恍如隔世。尽管母亲一再声称不后悔,可每次追忆怀孕那段日子的情景,总不免有些伤怀。这个时候,母亲的眼睛里充满泪水,两手紧紧抓住我,仿佛是在用力开启罐头或苏打水瓶,一张涨红的脸也贴在了我的脸上。

"有的时候,马克,你会变得十分刚强。我不知道这是为什么。可我为了你付出了那么多!因为我是这么爱你。"

1959年初或年中,老巴拉克·奥巴马到美国设于内罗毕的问询处寻求帮助,申请前往美国的大学读书,那一年他二十三岁。他见到文官鲍勃·斯蒂芬斯。斯蒂芬斯夫人在给我的邮件中这样说:

> 你父亲来寻求帮助,他想到美国去读大学。鲍勃感到爱莫能助,他既没有中学毕业证,也没有剑桥的毕业证。不是由于学术上不行,显然是由于某种品行不端——搞不清是怎么回事……他得到伊丽莎白·穆尼的帮助,这是一位美国妇女,在肯尼亚进行一个成人扫盲项目,如今已故去。我想,她在经济上帮助他抵达美国;然后,他就在美国获得了一笔奖学金。他没能像其他被选拔出来的留学生那样搭乘1959年的航班飞往美国,而是在稍晚的时候才起程的。后来,在他读书那段年月,他又获得了肯尼迪总统1960年签署的发放肯尼亚留美学生助学金的部分款项。我们是从科拉·魏斯处获取这一消息的,当时她正在美国非洲留学生委员会任职。

看到这封邮件,我特别注意到其中的两个细节。首先是父亲的坚持。尽管他手上缺少必要的毕业证书,可他仍矢志不移地推销自己,叫他们相信他是值得他们一伸援手的。其次是邮件中提到的品行不端。我联想到后来自己读大学时的种种触犯纪律的行为,想到自己在进入布朗大学时也没有高中毕业文凭。如此之类的巧合实在不少,真是有其父必有

第二章 父母:失败的私奔

其子。

就在父亲与母亲相识的几个月前,肯尼亚终于脱离英国的殖民统治,获得了独立地位。自从利文斯通、斯皮克、伯登等探险家"发现"维多利亚·尼扬扎——后来分别称为肯尼亚、坦桑尼亚和乌干达——以来,非洲人民已经为自身的解放奋斗了一百多年。最后,由于乔莫·肯亚塔①老人在政治上的坚强领导,英国人势力的日渐式微,茅茅②武装力量的反抗,以及全球对殖民主义态度的转变,英国人虽觉有损颜面,也被迫承认了肯尼亚的独立地位。那些有地产的英国人——他们也自称为肯尼亚人——则希望将这一国家变为另一个由少数人统治的南方或罗德西亚,但这种反对的声音不久就沉寂下来,后来就再没人理睬了。然而,殖民时代遗留下来的残余仍以各种形式存在着。在过去的数十年里,英国人一直在利用各阶层之间的冲突来分化、统治殖民地的居民,而这种冲突如今又以裙带关系、宗族主义及种族歧视等面目再次出现。肯尼亚可能成为多民族、多种族的国家,但却无法实现完全的和平,如在选举期间,这个国家便时常因暴力冲突而不由自主地陷于瘫痪状态。

独立之后的几年是令人振奋的,我完全可以想象得出,基库尤、卢奥、坎巴、卢希亚等肯尼亚的四十多个民族多么欣喜地看到最后一批英国士兵终于开走了。他们相信,如今非洲人可以自己担任政府官员,并建立起自己的一套行政系统。老巴拉克·奥巴马,卢奥族的一位杰出人物,自然是个响当当的候选人。

起初,父亲在夏威夷读书(他就是在那儿遇见了奥巴马总统的母亲斯坦利·安·邓纳姆的),然后由夏威夷转到哈佛,继续攻读经济学。作为肯尼亚的第一批留美学生,他属于那个少数享有特权的精英集团,无疑声名

---

① 乔莫·肯亚塔(1893—1978),肯尼亚独立运动领袖,肯尼亚独立后的第一任总统,被称为肯尼亚国父。
② 茅茅,二十世纪五十年代肯尼亚人民发起反对英国殖民者的武装斗争运动,茅茅是该运动组织的名称。

显赫。后来回到肯尼亚,在生活蜕变、家庭分崩离析之前,他的政治生涯有段时间一路走红,可以说是相当顺畅。

却说当年他回到了肯尼亚,而他新结识的美国恋人也随后追了来。奥巴马并没像露丝所期望的那样来机场迎接,但露丝毫不气馁:

> 我四下张望,遇见机场监督员玛丽·拉迪耶,她认识奥巴马(可见他在当地的确大名鼎鼎),她让我先跟她回家,然后设法跟他取得联系。几个小时后,他露面了;我们一道离开了,开始一起生活。

露丝对父亲的看法马上改变了,好像他在这儿变了个人,完全不是她在波士顿认识的那个人了。母亲仔细推敲着词句,对我说:"那个时候,生活在美国的非洲人还受着某种行为规范的限制,尤其是在与白人妇女约会的时候,更是如此。一旦带着女人回到老家,从前的那些限制仿佛就荡然无存了。对于家庭和朋友,他们仍固守着一套传统观念。在许多情况下,那些白人妇女只好打点起行囊,一走了事。"

母亲在回忆录中说,他很高兴见到她,可是:

> 他从一开始就酗酒,整夜不回家,骂我(有时还动手打我,经常打伤我);可是,我那时仍爱着他。我毫无安全感,因而就好歹凑合着过。我是8月来的,12月在两位证婚人的陪同下,我们到民政部门登记结了婚。
>
> 然后,我们居住在罗斯林置业的一所大房子里,那地方冷冷清清的,我每天晚上都哭,想念父母。

她为什么没乘下一个航班飞回美国?首先从他这方面来看,倘若他不爱她,为什么没抛下她,回到他生活中的其他女人身边去呢?我相信,父母两个人身上都有股一条道走到黑的犟劲,有股死不认输的犟劲,而这股犟劲也遗传到了我身上。这是深深埋藏于一个人禀赋中的十分顽固的东西,是性格中的某种"缺陷",而这"缺陷"一旦施之于一个有意义的目标,如在我的家族中所发生的那样,则会转化为成就伟业的巨大力量之源①。虽说露丝对奥巴马的情感陷得很深,可这种情感实际上也是充满矛盾的,其中既有爱,也掺杂了愤怒与苦涩,以及对不可知的命运的恐惧。

　　事实上,奥巴马在性格上颇具神经质特征。他常常会在很短的时间内情绪大变,从热烈的爱转化为极度的残忍。当然,他早年有过受创伤的经历,既敏感,又天资聪颖,而这二者的结合,便构成极大的破坏力。他常常用取笑的方式在精神上折磨我,还打我。而我竟莫名其妙地跟他过了七年。我就这么苦苦地支撑,因为我爱他,而且我对自己非常、非常没有自信。我的自信是在离开他之后才建立的,而在与他一起生活的时候,我是非常软弱的。然而,终于有那么一位——孟古②——上帝——命运之神插手了,对此事作一了断:我就此与奥巴马劳燕分飞。

有关巴拉克·奥巴马总统的母亲斯坦利·安·邓纳姆,人们纷纷传言他们在夏威夷同居时,曾发生过家庭暴力事件。正像母亲所说的那样,非洲的男人们到了美国,他们的行为方式与从前有很大的不同。尤其是在上世纪五六十年代,由于自身所处的少数人地位,他们在行事上有所忌惮。一回到非洲老家就不同了,他们被身边的家人、故旧包围着,有着与其配偶相比重要得多的社会关系;配偶通常沦落到男人们的财产的地位,而被迫受男人的支配。男人们回到肯尼亚之后的这种变化如同给了那些白人妇女当头一棒——她们中间有的受教育程度甚至比男人还高,

---

① 毫无疑问,此处的所谓成就伟业,自然是指小巴拉克·奥巴马当选美国第44、45两届总统。
② 孟古(Mungu),斯瓦希里语,意思是"上帝"。

其结局往往是可悲的。外公外婆第一次从波士顿飞到肯尼亚，不禁为我们在伍德利的家周围肮脏的环境所震惊。房子又小又脏，奥巴马经常外出酗酒，钱不够花，露丝生活得很不幸。我记得我们连一双好鞋也没有，我常常赤着脚跑到外面去玩。母亲一辈子也忘不了外公的话："你这叫自作自受！"

她自作自受，这种生活她忍受了七年之久，其中有几方面的原因。

她跟自己的娘家闹翻了，尤其是跟外婆闹翻了；外婆很多年都没法宽恕她居然嫁给了"有色人种"，尽管后来外婆在这方面的态度有所缓和。

其次，母亲热爱肯尼亚；外国那些幼稚的旅行者对肯尼亚的种种偏见，她会毫不犹豫地予以抨击。

"这些人哪，"谈到那些旅行者评判肯尼亚的腐败及宗族主义的种种言论，母亲常常会轻蔑地说一句，"他们到这儿转个三五天或几周时间，就以为对我们的方方面面都了如指掌了！"

"肯尼亚人都是好的。"母亲总坚持说，"男人总是到处胡搞，这就使得女人们的处境糟糕透顶。可是，"说到这儿，她又会犹犹豫豫地补充说，"肯尼亚人一直欢迎我。美国存在着严重的种族歧视，在那儿，我简直没法把孩子们抚养成人。"

最后，说到底，她的内心仍对父亲怀有爱；同时，她也担心一旦婚姻破裂，会失去自己的孩子。

……

飞抵肯尼亚不久，母亲就怀孕了。1965年11月28日，我在内罗毕的阿加·卡恩医院落生。那是个星期天，时间是深夜两点左右，外面正下着瓢泼大雨。

"这是个雨天，所以嘛，我儿子应该叫奥科思。"父亲颁布命令说。同父异母的姐姐取名奥玛，因为她是脸朝下出生的。三年后，弟弟戴维也来到人世，他降生得又快又顺利，因而照卢奥人的规矩，他就起了个奥皮尤的乳名。

母亲的意见不同。

第二章 父母:失败的私奔

"我不能叫你只有这么个卢奥人的名字。我要给你起一个能让人联想到西方传统的名字。我在《圣经》里读到过罗马人马克①的事迹。他这个人很勇敢,是个了不起的英雄。于是,我就给你起了马克这个名字。"

不过,我的降生并非如母亲所愿。

"我可不想生孩子。我想,我们走得太快了。"多年以后,母亲对我说,"我那时年轻、单纯。我想打掉这个孩子,可我不知道怎么办。我对这事一无所知。"

说到最后一句话,她两眼睁得大大的,好像有人扬鞭向她抽来,她在奋力自卫。

"所以说,你的到来多少有些意外。可奥巴马想要个孩子。"

说着,她转过身,用她那淡褐色的两眼望着如今已成为男子汉的我,简直有点不敢相信。

"当时你踢得那么厉害,我心想,你这是在要我的命。"她大声说,"可是,你生下来之后,我心里真有说不出的高兴。"

我妻子说,如今常常困扰着我的那种持续不断的不安全感,源自在母亲的子宫中最初几个月的生命体验。

"怀你的时候,她本来就没打算要的。你知道她不爱你,因而心里总感觉不安。甚至在那个时候,你母亲的感情也传递到了你身上。"

这怎么可能?我用冷静的客观态度倾听着母亲的述说(后来在她的回忆录中也读到了这些内容),心想:我来到了世上,事情就是这样。我毫不怀疑,她如今是爱我的。然而反思自己在母腹中受胎的最初几个月的经历,难道从此便种下因由,决定了我终生萍踪浪迹,东西飘零,一直在寻求他人的庇护与爱,而且不管付出怎样的代价,我总须奋力前行的命运吗?

一旦生下我,母爱就赢得了胜利。

---

① 指《圣经·新约》中的约翰·马可(John Mark),曾撰写《马可福音》。

母亲在我身上寄予了莫大希望。我是她的长子,尽管在她看来,我不是个省心的孩子,但她相信我将来可望成就大器。从许多方面来看,我一生都在努力实现母亲对我的厚望与期待。

我闹不清我在母腹中那么踢蹬,是打算出来见见世面,还是赖在子宫中永不出世。不过我喜欢下雨,这或许跟内罗毕的那个潮湿、阴冷的星期日早晨有关,我一路踢蹬、哭闹着离开了母体。

可是,生子的喜悦仍旧难以补偿夫妇间日复一日的争吵和打斗。在与奥巴马共同生活的第一年,露丝实在不堪其苦,最后回美国了。

我苦撑苦掖过了一年。这时,奥巴马的一位朋友说,他可以帮助我解脱出来。我决定回美国。我从父母那里得到一张飞机票,便飞走了——带着我的奥科思。我的父母给咱们找了个住处。我没法带着个黑孩子跟他们住在一起。尽管他们爱我,可他们实在不知道该拿我和我的孩子怎么办。可是,没过几周,你父亲就追来了。这是我没料到的。于是我又跟他回非洲了,因为我仍爱着他。当然——我们搬到了城市委员会之家,在那儿住了四年左右时间——他一点儿没改,或许比以前更糟糕。

我记忆中最早的一件事,是跟在母亲身后穿过伍德利那幢房前的一片田地。我穿着尿不湿,这东西很像裙子。她走得很快,我跟不上她。那天是大太阳,草长得很高,阳光就像一片片薄薄的金色羽毛,轻盈地在微风中飘舞。那时候我肯定有两三岁了。我在母亲的身后紧赶慢赶,这让我有一种挫败感。她走得很快。她的两条腿粗壮无比,我怎么也追不上。我想超过她。有人说,要了解某人的一生,关键是要找到这人当初的动机、欲念,也即某种念头或冲动,即使处于婴儿期,他对这个欲念的追求也比其他任何念头都强烈。这一说法似乎不无道理。也许这就是为什么我如此争强好胜,力求在样样事情上都超过母亲的原因。

第二章 父母:失败的私奔

1969年9月,弟弟戴维出生了。在我们与老巴拉克·奥巴马一起生活的那阵子,母亲还同时照看着博比(后来叫马利克)和丽塔(后来叫奥玛)。博比那时候六岁左右,丽塔小一点儿。丽塔不像博比一开始就跟我们一起住,她在四五岁时被父亲送进了寄宿学校,后来才跟我们住在了一起。根据母亲的说法,这两个孩子,尤其是丽塔,是在他们的父母离婚时从母亲凯齐娅的手上抢过来的。凯齐娅跟老奥巴马结婚时是按照卢奥人的传统仪式拜过堂的,虽说他们事实上已分道扬镳,但凯齐娅的嫁妆并未退还给娘家,因而,依照卢奥人的传统观念,他们两人就不能算离婚。尽管有些相反的报道,不过,根据那些熟知父亲的一些至交的说法,老巴拉克·奥巴马一直没再回到凯齐娅身边,即使在与母亲离婚之后也没再回去。我是老巴拉克·奥巴马的第三个儿子(在博比和小巴拉克·奥巴马之后)和第四个孩子。老奥巴马一共生了六个孩子:小巴拉克·奥巴马、博比、丽塔、戴维、乔治和我。

在我看来,母亲承担起抚养丽塔和博比的责任,这再自然不过了。再加上她有帮助他人,尤其是帮助孩子们的强烈的意愿。多年以后,她自己建了一家幼儿园,还常常为内罗毕的汤姆斯·巴纳多之家等儿童慈善机构募捐。

她认为她能够承担起抚育凯齐娅的两个孩子的责任,这个念头源自她那错位的自信。"我会比这个家庭的其他成员做得更好。"她对自己说,"奥巴马不抚养博比和丽塔。我来抚养。他把钱都花在酗酒和搞女人上面了。我打心里可怜这两个孩子,我知道他们失去了自己的母亲。"

可是,不管母亲在弥合家庭关系方面抱有多么美好的愿望,我跟博比和丽塔之间总是有那么一段距离。他们因母亲对我的偏袒心怀忌恨,而我自己又处处占尖。要占有母亲的爱,即使后来有了戴维,在我看来也是一场搏斗。如今回想起来,我当时的处境十分孤独,迫切需要获得一种安全感,大人们对此一无所知。家里的兄弟姐妹们也有同样的需求,而能提供这种安全感的只有母亲一人,每个人都想分得自己的一份。作为母亲的长子,我把竞争者想通通赶走。

博比经常打我,我的确有些怕他。作为家庭里的长子,老奥巴马肯定在他身上寄了莫大的希望。依照卢奥人的传统观念,在这个家庭的孩子里博比是最重要的一个,他要为自己的责任与个性奋斗终生,并要懂得自己的分寸。有几次,他一连几天不回家。不过,有一次他救了母亲一命;为此,我要终生感谢他。

丽塔对我十分冷淡,她蔑视我。或许她认为是我和母亲偷走了她父亲,又把她从自己的母亲身边抢夺过来。相反,她爱父亲,因为她是父亲的独生女;她可能把母亲当作了自己的竞争者。她将自己的敏感深深埋藏起来,她的愤怒像阴燃的灰烬,含而不露;然后遇到某个危机时刻,就一下子燃起熊熊烈焰。

有几回我跟丽塔争吵得很厉害。我记得有一回我得到个生日礼物,是个充气的游泳池。我那时五六岁了,我不记得是谁给的,这东西当时是簇新的,颜色鲜艳,既结实又富有弹性,很受孩子们的喜爱。我那时候从没得过这么值钱的东西,这件礼物的确让我很高兴。我在游泳池里注满水,在自家小房子前的草地上一玩就是几个钟头。

"奥科思,我要出去跟朋友们玩。下午你能把游泳池借给我玩一玩吗?"一天,丽塔问我。

我拒绝了。居然要借我的游泳池!这就如同眼下有人要借你刚买的iPhone玩玩。这东西既珍贵,又容易弄坏。

"借我玩一玩吧。我会很小心的。我给你带几块糖回来,行吧?"

丽塔的一张嘴挺会哄人。那时候我们手上的玩具寥寥可数。零食也吃不着什么,有的时候,我们会摘些房子四周厚厚的树篱上结出的果子解馋,而这些果子通常是苦涩的。像奶酪、冰激凌等糕点,或芒果一类水果,实在太奢侈了。

"要是你能小心在意的话,那就行。"我不情愿地答应了她。

丽塔兴高采烈,一蹦一跳地出去玩了。等她回来时,游泳池弄坏了,再也没法充气了。我一连哭了几个小时;丽塔把我的玩具弄坏了,我心里简直恨死她了。

如今几乎已过去了四十年,但此事仿佛仍历历在目。最近提起这件往事,妻子还笑我:

"事情过去了这么久,亏你竟记得这么牢!我猜想你肯定非常喜欢水,喜欢游泳。"

当然,是父亲给了我超凡的记忆力和专注于重大目标的感知力。这些个性有助于我在备考期间每天持续工作数小时;不过,这也导致我在处理问题时过于呆板,阻碍了我去寻求其他变通的办法。

"一个聪明人,可在社交上却是个失败者。"提到老奥巴马,母亲常常评价说。

她想公正地做出评判——就像称橘子,力求公平合理。她既不想替他辩护,也不想给他抹黑。无疑,她不想在对待父亲的问题上使我心存偏见;不过,在我的一再追问下,她会用那种干巴巴的、几乎不带任何感情色彩的方式透露出一些他们之间关系的细节。

我们经常陪他去酒馆和宾馆,尤其是内罗毕的两个有名的夜总会星光俱乐部和泛非宾馆。我们在车里等,或在周围溜达,直到他跟朋友们喝完酒。当时我年岁很小,这些往事如今回想起来,就如同一叠没对准焦距的彩色照片:这儿是一座宾馆,那儿是一张酒渍斑斑的饭桌,一辆白色日产轿车在高低不平的道路上行驶着,发出吱吱咔咔的声响,不时引来行人好奇的目光。我还记得有一次,我们也是这么在夜总会的门外等。

"爸爸去哪儿了?"我问。

"他一会儿就回来。"母亲回答说。

我看见他正在一丛灌木旁,站着没动。"他在那儿呢!他在干什么?"

"没什么,他在浇花①。"

---

① 婉辞,意思是在撒尿。

我也想浇花;可我过于矜持,没敢那么做。

在我的记忆中,这是一件有关父亲的想来好笑的琐事,甚至我也想学学他那副自在洒脱的样子。如果说他身上还有着某种我渴望具有的素质,那就是他的这副自由自在、无拘无束,甚至有时大大咧咧、大喊大叫的模样了。然而,父亲在自由的表达方式上,代价过于高昂,其结果也对孩子们产生了深刻的影响。最终,这个家庭的所有成员都为此付出了惨重代价。

老巴拉克·奥巴马在内罗毕一位朋友的家庭聚会上,旁边是个不知名的朋友及孩子。直至有个朋友指出,我才恍然大悟,这是我手上有数的几张父亲的照片中他面带笑容的。这一时期,他有一份好的工作,有房子,有个漂亮的妻子。约摄于1965年。

在夏威夷大学读书时,老奥巴马是个优异的学生。他在这儿认识了奥巴马总统的母亲斯坦利·安·邓纳姆。在哈佛,他认识了我母亲露丝。

父母于肯尼亚结婚后不久摄。我喜爱这张照片,是因为背景中暮色渐深,仿佛是些放肆的不知名的幽灵。约摄于1964年。

母亲露丝·狄善九,娘家姓比阿特丽丝·贝克,还是一位劲头十足的网球爱好者。约摄于1952年,波士顿。

老巴拉克·奥巴马在夏威夷大学校园；不久即转入哈佛大学，在那儿与母亲相识。约摄于1963年。

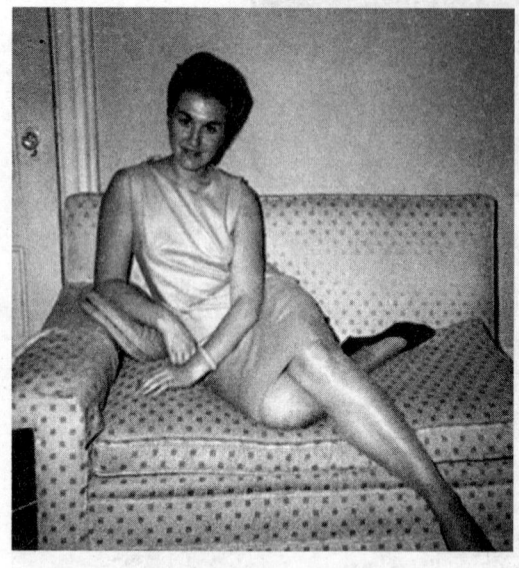

露丝在波士顿与老巴拉克·奥巴马相识，那时正做教师。约摄于1964年。

母亲和我。我出生于1965年11月28日。直至今日，我与母亲感情甚笃。

第三章　裂解：黑牌威士忌

音乐感召

查尔斯·艾夫斯：《金色的耶路撒冷》管乐变奏曲

　　查尔斯·艾夫斯是个保险商，由于偶然的机会，他成了美国一位伟大的作曲家。他的作品多属无调性音乐，在那些未经音乐训练的人听来不甚悦耳，他们通常认为他的乐曲没有旋律。一次听石匠荒腔走板地唱歌，父亲对他说："你盯着石匠的脸，倾听岁月的歌唱。别过多地把注意力放在声调上——要是那样的话，你或许就听不到音乐了。听着那些婉转的低声吟唱，你就别指望乘着粗犷、史诗般的音乐升入天堂。"这支乐曲是专为行进中的几支管乐队写的，几支管乐队在城市广场上两两对进，各自吹奏不同的曲调。乐曲中有一种相互拧巴的劲头，这不禁让我想起父母共同生活的最后几年的情形，以及他们度过一段粗犷、史诗般的婚姻生活后所遭遇的覆亡。

　　"这不好。"在我出版了小说《从内罗毕到深圳》之后，我的一个哥哥发来邮件说。我在小说里写了家庭暴力。"有些事最好不去说它。"他说。
　　哥哥马利克小的时候叫博比，他生得孔武有力，是个大块头。马利克肤色黢黑，他一笑，嘴里就露出两排白牙。他头上生着鬈曲的短发，偶尔戴一顶土耳其无边毡帽。他走起路来时常佝偻着腰,好像他这副高大的身材让他感到不自在。他的两眼总是通红的,仿佛还没从宿醉和稀里糊涂的梦境中醒来。马利克的梦不像是好梦。他的情绪和话语都浸染着从前岁月的色彩,颇为消沉;他为自己在这场家庭悲剧中所扮演的角色深感愧悔,就像他那又短又粗的颈项上套了一副沉重的枷锁。

"这阵子你在哪儿,马克?你一下子走了这么久。"我们相互拥抱后,他问候说,"你的妻子在哪儿?有孩子吗?"

他的嗓音既深沉又温柔。他手大脚大,坐在全包式的沙发上,仿佛连沙发也一下子变矮了。为参加哥哥奥巴马总统的就职仪式,我们一家人聚在华盛顿特区的五月花宾馆。

"你知道,我们都称呼你为中国的那个'怪人'。"他面带犹豫地说,可转瞬之间就烟消云散了,"不过,我们知道,你总有一天会回来的。"

我们已经有三十多年没见面了。《从内罗毕到深圳》虽属虚构,但其中有许多情节与我的生活经历相似。写这部书算得上我完成的最困难的任务之一,因为我知道,它会对这个家庭的其他成员造成伤害。然而我逐渐意识到,完成这部小说的过程,同时也就是我对自己性格及动机的认识的一个组成部分。

我记忆中的早年生活实在无幸福可言。我那时候连一个伙伴也没有,我常常独自一个人玩。那些认为童年总是天真无邪、无忧无虑的人们,实在是在自欺欺人。我的童年常常伴随着隐然逼近的打斗,甚至是危险;我好像生活在一个永远被夜晚的黑暗与焦虑笼罩着的孤岛上,母亲如象牙一般白皙的皮肤则是这孤岛上唯一的希望与爱的灯塔。在此后的许多年月,这种威胁一直躲藏在记忆的深处,并时常在梦里浮现出来。我常常做噩梦,这种早年的记忆仍时时向我袭来。这些困扰着我的细节益愈清晰可辨:一张戴眼镜的黑人的脸,愤怒的咆哮声,茂盛的草丛,以及散落在地上的黑色酒瓶的碎片。

尽管我知道父亲才华出众,不过对我来说,他至今仍是个谜。我记忆

第三章 裂解:黑牌威士忌

中的父亲,是我还是个孩子的时候所看到的:一个笨拙的、沉郁的黑人,时常发出怒骂或斥责声,两眼永远是通红的。文凭及博士学位一类东西在孩子那儿行不通。在孩子们看来,重要的是那些随手可见的证据,是在拆散还是在凝聚这个家庭。早年的经历就像炉底的灰烬,会持久地保留在成年人的记忆里:这记忆还很灼热,尽管已不大能说得清,但仍旧危险。

直到今天,我仍不知道他是否爱我们;相反,我总有这么个念头,从父亲的本心来说,维持这个家庭实在是出于迫不得已。我能够感受到他内心的愤怒、痛苦与悔恨;他人虽在,其实心不在焉。我不由自主地想,他或许一直想回到从前读书的岁月:他早年在美国度过的那段前程似锦的岁月。那时他结识了母亲;甚至更早,他与斯坦利·安·邓纳姆和小奥巴马在一起的岁月。在他的眼睛里,那段时日的确充满了无限的可能性。

我的心底回荡着徐志摩那清新的诗句:

> 那榆荫下的一潭,
> 不是清泉,是天上虹,
> 揉碎在浮藻间,
> 沉淀着彩虹似的梦。①

每天,老巴拉克·奥巴马望着母亲,他的内心一面追怀往昔岁月,一面喟叹回到从前已不可能:他记忆中的五色斑斓的彩虹,如今已变成了泥淖。

然而,他给这个家庭带来的不仅仅是令人陶醉的旧梦,以及苦乐参半的忧伤感受。

母亲说,老奥巴马打她,打我弟弟戴维。"我不记得他打过你。"一次,母亲说,"我想,他是想让你离他远点儿。"

---

① 引自徐志摩的诗《再别康桥》。

父亲打过我，尽管不经常打。那时，身边甚至连一个帮手都找不到；我的记忆里至今仍留存着这些事件的碎片：一只扬起的手、苏格兰威士忌的气味，以及随时都可能临头的那鬼鬼祟祟的一击。总是那只扬起的黑色的巨掌。我努力在记忆的深处挖掘，可总有个什么东西阻拦我，有个痛处叫我住手。有些事情正如马利克所言：最好还是别说。

甚至直到今日，承认父亲"打我们"都让我感到害羞。有很长一段时间，我痛恨有关自己软弱的记忆，想把它从脑子里驱除出去。但结果恰恰相反，往事愈益清晰地映现出来，从前的一幕幕场景经过这些岁月，竟又在我的脑子里活跃起来。

～

我和老巴拉克·奥巴马一起生活的日子，大多是在内罗毕郊区的伍德利镇度过的。距我们所住的那条街不远处，是一片大草地。那些年，草地上散布着用帆布和木桩搭建的临时帐篷，卖软性饮料、盗版光盘和药物。亚当斯商业长廊是个小型的商业带，有专供家长购物的杂货店，有地方银行及肉店，尽管长廊里光线昏暗，人头攒动。不远处就是我们家，一座式样普通的用红砖砌成的单层建筑，挤在一个狭小的似曾相识的住宅区内。茂密的灌木丛将我们这座小岛与外界隔离开来，除了我手上的钥匙，没人能进入这栋房子。

我们的生活是由持续的斗争和统治构成的。哥哥姐姐统治我，我统治弟弟。母亲不在家，照看我的仆人干活时，就一连数小时把我锁在橱柜里。我记不清母亲是怎么发现的了，只记得有一天他被解雇了。空气中弥漫着恐惧与紧张，尤其是夜晚。一次，母亲在黑暗中大叫一声，她一头撞上了博比。他手持一把大菜刀，她把他当成了夜贼。我吓坏了，哭喊着向母亲扑去。我的脑子里至今还印刻着那两张脸：母亲年轻时的脸和哥哥的那张低垂着的非洲人的大脸，在银色的月光的映衬下，两张凝固的脸

第三章 裂解:黑牌威士忌

恰成一幅剪影,如同罗马人的天神杰纳斯①。

父亲酷嗜苏格兰的黑牌威士忌。时至今日,"黑牌威士忌"几个字我也能倒背如流,就像我能背诵一首爱尔兰民谣,一点不带土音;或背诵主祷文。当年在天主教的一所高中读书时,我们日复一日地聆听这篇主祷文,简直如雷贯耳。不管什么时候,只要父亲一出现,我就能凭借威士忌的那股香甜、刺激和令人兴奋的气味认出他来。在没有谁能够幸免他的辱骂之外,黑牌威士忌,后来是红牌威士忌,可以说是他的体中又增添的另一样成分。

在我的眼睛里,黑夜,父亲的脸,家里的非洲裔的兄弟姊妹,甚至我自己的肤色,都与具有仇视、威胁、毁灭等性质的事物联系在一起。我能够找到的唯一安慰,便是那个生我的女人身上的无私的爱;我和这个女人通过一条无言的自我保护和忠诚的纽带连在一起。

记忆实在是个奇怪的东西,先前看上去十分正常的事件一旦与成年人的智慧结合在一起,立刻就显得迥然不同了:一桩桩往事就像覆画,底层隐匿着从前老画家留下的草稿,上面则是一张全新的生活图景。如今我才明白,母亲有时为什么不愿摘掉那副墨镜了(尽管她总说,老巴拉克的拳头多数是打在身上的)。如今我才明白,当我与父亲合影时,为什么我总躲着他的一双大手了。我们奥巴马一家人的手都大;这双手既可用来创造,也可用来降低自己的人格。我的一双手可以让我在钢琴上游刃有余,轻松地够到十二度音。父亲在夜里醉醺醺地回到家,就用他的大手一拳将母亲打倒在地。为保护母亲,我一边冲过去抱住母亲的腿,一边哭喊着。如今我才明白,我为什么只记得她的两条腿,而不记得她的躯干,甚至也不记得她的脸。

"你对他照顾得太多了!"父亲对母亲叫喊着,他那巨大的吼声从起居室传出,在卧室里很容易听得见。

---

① 杰纳斯,罗马神话人物,相传前后各有一副面孔,又称两面神,既守望过去,又瞻望未来。司万物起始及变迁,因而又转化为门户、道路及终结的守护神。

还有一些时候,我常常在半夜或清晨被从外边传来的奇怪声响弄醒。我害怕夜晚的黑暗,就等着母亲来给我把被子掖好。不管走到哪儿,我都带着我的安乐毯,唆溜着手指头。在关灯之前,母亲总是体贴地将安乐毯放在我身旁。

"别关上门,让外边的灯光能照进来!"我常常这样叫喊。

我突然醒来,就见灯光透过门框四周的缝隙照进来。门外传来钝重的击打声和吼叫声,紧接着就听见母亲愤怒的或痛苦的尖叫声。有一次,我听到一个巨大的撞击声,然后就听见起居室的门砰的一声被撞开了。在昏暗的灯光下,我看见母亲躺在了地板上,父亲则站在一旁,拳头攥得紧紧的。如今作为一个成年人,当我试图回忆起更多的细节时,这让我感到十分痛苦,我不由关闭了记忆的闸门。父亲打在母亲身上的每一拳我都感同身受;父亲的每一次施暴都将我试图为自己建立起来的世界击得粉碎,而我正是在学习和游戏中寻求我的避难所的。

有的时候,我听见门的撞击声,然后大街上就传来一阵母亲的抽泣声。家里只留下了我和他;我开始哭,不知道她为什么要抛下我。然而,几个小时之后,她最终还是回来了,紧接着再度响起叫喊声。后来,母亲在回忆录中描述这段经历:

> 我还记得有几次我跑到了街上,他在后面追,我哭喊着找人帮忙……要写出记忆中的这些往事,这对我来说是十分痛苦的;但我知道只有写出来,才能就此了结。我记得我在街上奔跑,有个邻居出来帮忙。那天我住在一位朋友家,然后再央求奥巴马让我回家,因为我不能忍受与孩子的分离。一刻也不能忍受!

我还记得那天夜里的情景。房门上传来可怕的撞击声,我从睡梦中惊醒,听到门外响起父亲的叫喊声。我待在自己的房间里,被吓呆了。整个房间被突然降临的寂静笼罩着,然后随着一声响,前门一下子被撞开了,紧接着就传来母亲的令人恐怖的叫喊声。母亲的叫喊声不像是正常人的声音,也不像演员们在电影中发出的那种声音。她的叫喊声那么吓人,倒像是某种动物发出的声音,音调又高又平。她一遍一遍地叫喊着。这声音如一把利刃,直刺进我的心脏。我害怕极了,不敢走进起居室。我听见博比和丽塔在哭,还听见父亲在对母亲吼叫。这些声音持续了几分钟,接着是一阵乒乒乓乓的撞击声,以及家具被撞翻的刺耳的声音。然后就听见另一个人用卢奥语在跟父亲说着什么。最后,我终于走进起居室,只见母亲倒在沙发上,哭泣着;父亲被一个当地人劝阻住。一把长刀掉落在地上。母亲的回忆录填补了其间的空白:

> 我获准了(针对你父亲的)限制令。一天夜里,他回来了,又喝得酩酊大醉。门锁着,他敲门,我拒不让他进门。可是,丽塔为他打开了房门。他冲了进来,气愤已极。他把我摔倒在沙发上,用刀抵住我的喉咙。
>
> 博比救了我。他跑到街对面,把邻居喊来。要是没有他的话,我恐怕就死了。

长到六七岁时,我有了第一次性经验。有个住在我家对门的小男孩,常常跟我们一块玩。他比我大很多,大概有十岁或十一岁了。一次,我一个人在园子里玩,他朝我这边走过来,身旁还有个我不认识的男孩。

"奥科思,我这儿有个好玩的东西,想瞧瞧吗?"

我点点头。

"到那边去。"他指着一个地方说,这地方离我家有段距离。

我惦记着好玩的东西,就跟他们跑到园子的篱笆那儿。这地方草长得又高又密,严严实实地遮住了我们几个人。

"瞧瞧这个。"说着,他脱下裤子。

他的小弟显得那么奇怪,上头好像长了一层黑乎乎的霉菌。我不知道那是怎么弄的。

"你的小弟怎么啦?"我问。另一个孩子笑了起来。

"病了。"

"大人喜欢把这东西插进你的屁股里。我给你演示一下,怎么样?"那大孩子很快说。

我不记得是怎么回答的了。或许我点了点头。我记得我趴在草地上,他就压在了我身上。我感到很疼。然后他站起身,跟同伴一块儿跑了。我不知道发生了这件事有什么要紧,不过,当时我跟谁都没说。这之后有几个月的时间,我一直琢磨着要是我的小东西也发了霉,该怎么办?

有时我就纳闷,这事当时我怎么没跟母亲说?我想,这大概是由于早年的人生经历让我变得坚强了些,我跟自己说:"告诉了妈妈,又能怎样?"好像打老婆孩子、同性间的强奸这类事件每天都在发生,司空见惯。

正像马利克后来说的那样,这事再正常不过了,有些事最好还是别说。

最近,有个评论者认为我在小说里写到的这个事件是强奸,我才确实开始有所认识。后来母亲告诉我,继父西米翁在我寄给他们的草稿中读到这一场景,也不禁吃了一惊。在此之前,我一直以为这不过是孩子们之间的嬉闹。

※

到了第三次婚姻结束时,老巴拉克·奥巴马那闪耀一时的智慧火花就此黯然,成了一堆阴燃的余烬。倘若在正常的环境中,父亲卓越的才华也许能促使他有一番作为,甚至成就一番辉煌的事业。然而,年轻的肯尼亚共和国盛行的裙带关系和宗族主义日益成了他人生道路上的阻碍;而他在处世方面不够圆滑,言谈举止又过于浮华,以及早年在成长过程中所受到的精神创伤,益发使得他升迁无望。他在政府部门所担任的职务越来越无足轻重。肯尼亚的政治使他那野心勃勃的天性蒙上了不祥之兆,而持续的酗酒则完全、彻底地逐渐将他的聪明才智消磨殆尽。

他的那种自我憎恶与自我毁灭的倾向也遗传给了我,成了我个性中的一部分。在我的心灵中,母亲洁白的肌肤与父亲黑如乌木的容貌,象征了永不可调和的两极。有很长一段时间,我痛恨父亲身上所体现的一切,无论是属于他自身的个性,还是属于非洲文化中那些正面的东西。由于这种强烈的对父亲的反抗意识,我在情感上转向了给我带来慰藉的西方文化与音乐。

在母亲与老巴拉克·奥巴马共同生活的那段日子,他家的亲戚经常连个招呼也不打就登门了,而且一来就没完没了地住着。有个塞图妮大姊,在我们家住了近一年,常常穿一条嬉皮士的裤子,而且对自己的一头大鬈发自恋得不得了。然后是奥戈萨叔叔,他甚至以年轻人的那种天真无邪的方式爱上了母亲;不过,后来他的爱最终转变为一种无害的崇拜。其他人则常来常往,最后,这些人就像夜间的鬼影,在父亲的周围形成一个无形的内地生活环境,而他正是在这一环境中成长起来的。母亲可受不了这种闹哄哄的环境,婚前她就让父亲承诺,他们要保持自己的私生活。在关于私生活和对家族所肩负的责任方面,西方文化和非洲文化有着迥然不同的观念。这种冲突也将会在我成年后的生活中出现反弹。

那个时候我们经常去阿列戈-科盖洛。我们一大早上路,驱车一整天抵达祖居的老屋。对许多旅客来说,去基苏木的路有段时间是十分危险的,司机每时每刻都可能撞上停在路上或抛锚的车子,掉进一个大坑,或拐上一条没有硬化路面的岔道。警察可能会向你索贿,盗匪会将你洗劫一空,连个招呼也不必打。最近这些年,道路的状况已大为改观,旅客可以抄近路,走去马赛马拉的好路,或经由凯里乔、纳库鲁两地绕行。

我们的汽车打由非洲大裂谷和神秘的隆戈诺特山旁经过。我记得路旁还能看到一座几乎完全被茂密的灌木遮住的小教堂遗址,那是意大利战俘在二战时期修建的,如今已整饬一新,辟为旅游景点。随着车子的前行,土地愈益肥沃,田里种植着甘蔗、小麦、高粱、谷子、除虫菊、羽衣甘蓝等作物,在微风中泛起绿色或金色的波浪。在凯里乔绿油油的田地里,我们能看到茶农和他们的孩子们——白人种植园主把土地从基库尤人和坎巴人手里夺过来,发展起这一行业,生产出世界上最好的茶叶。

我们经由凯里乔继续前行,驶至阿海罗,最后在黄昏晚些时候抵达基苏木。幸运的话,当我们经过马塞诺雄伟的山岩和砾石时,还能看到太阳降落在赤道上的壮丽景象。最近,这里还出现了一片片稻田,是对亚拉河与维多利亚湖交汇处的滩涂进行改造而成的。成千上万只鹳鸟、鸽子、翠鸟、锤头鹳、白鹭如滚滚尘埃一般飞落到成熟的稻田里,立刻被大批敲着平底锅的妇女赶走;她们敲出的声响震天动地,简直能驱走妖魔。

我当时只有五六岁。戴维尚在襁褓,我想,这样的旅行没法带他,除了有一次他正在发疟疾,不能把他一个人丢下。通常是请人在家里照看他,母亲打一上路就开始算日子,直至回到家把他抱在怀里。我闹不懂我们为什么要离开内罗毕的家,大老远跑到这一处贫穷的茅草房里去;这里的人穿着廉价的衣服和草鞋,说着我听不懂的语言。

由于我不说卢奥语,因而我也从未被这里的非洲孩子所接纳。我的一副沉默寡言的模样也被视作高傲,受到他们的轻蔑和取笑。所有这一切都让我感到陌生、困惑和令人畏惧。

不过,这中间也有轻松的甚至颇有些怪诞的时刻。晚间,我们大多去当地的酒馆,酒馆只一间屋子,屋子中央只光秃秃地吊着一只电灯泡,靠墙放着几排长凳。屋外也摆了些式样单薄的桌椅,桌上的大酒杯里全都倒满了啤酒,男人们用卢奥语说笑,喊叫。

第三章 裂解:黑牌威士忌

空气中弥漫着能激起情欲的、油腻腻的发酵玉米酒①的味道。在当地电台播放的摇滚乐的声浪里,说话的人只有大声叫喊,才能让对方听得见。当父亲与村民们喝到下半夜的时候,他早把我们忘在了脑后。母亲和我就常常溜出去,躲进一间小杂物间,里边有一张不大的铁架床。我们俩就在嘈杂的声音中相互交谈着;等到说话说累了,母亲就站起身走出杂物间。

"妈妈,咱们回家吧。"有时,我一边听着村民们的叫喊声、啤酒瓶的撞击声,以及收音机里播放的本加②乐曲的节拍声,一边央求母亲说。

"别作声!你可以睡一会儿。等走的时候,我会来喊你。"

她轻柔地帮我把被子掖好。我不想回住处。我想回内罗毕,那才是我既熟悉又住得惯的地方。我本想睡一会儿,可酒吧的吵闹声震耳欲聋。此时我不再为头顶耀眼的灯光所苦,可我刚一迷糊,蚊子立刻就围攻上来了。

一天夜里,吵闹声太响了,我只好从杂物间跑出来,闷闷不乐地靠着父亲、母亲站着。酒馆里的男男女女乐呵呵地坐着闲聊,精湿的木桌上堆满了啤酒瓶和酒杯。

"哎——哟——"

酒馆里响起一阵如魔鬼哭嚎般的声音,仿佛发自四周这片陌生的土地。我转过脸来,就看到了声音的发源地,阿列戈的一位奇怪的音乐家、号手。他穿着用草编织的缠腰布,脖子上挂了几串长长的珠串,脑袋上戴着卢奥人传统式样的帽子。你再瞧他那裸露着的大肚子胀得那么鼓,以及那张乐呵呵的大脸盘,真够吓人的。他穿行在这群寻欢作乐的人中间,仿佛是一位没驾鹿车的黑皮肤的圣诞老人。

"哎——哟——"

---

① 这是一种卢奥人用传统方式酿造的烈性酒,原料有玉米、高粱、小米等,有的酒精浓度高达60%~70%。
② 本加,原名阿德本加·阿德朱莫(1986—),英国黑人音乐家,电子乐重音回响的开拓者。

我又听到那阵奇怪的声音。当他把那支像小喇叭一样的木管送到肉嘟嘟的嘴边,两腮就涨到不可思议的程度,活脱一个迪吉·格拉斯彼①,仿佛嘴里塞着什么东西,腮帮子涨成两个亮晶晶的、咖啡色的圆球。我愕然望着这两个绷得紧紧的、亮晶晶的圆球,生怕什么时候就嘭地一下爆裂开了。而在这令人作呕的腮帮子后面,两个小眼睛已眯成了一条缝,从里边透出两道疯狂而专注的目光。就在这个时候,声音从木管里倾泻而出,高亢的乐曲声仿佛真假声变奏,颇有几分对着天堂或地狱之门哭号的味道。这乐曲声是如此的深沉和粗嘎,一会儿奏出男声,顷刻间又变成了女声。乐曲声跳跃着从酒店里流泻出来,涌进峡谷、溪涧,仿佛是被从地狱中赶出的女鬼②,用她的号叫声刺破了暗夜里阿列戈隐藏着的什么秘密。然后,转瞬之间,这阵乐曲声戛然而止,那两个鼓起来的腮帮子也立刻缩了回去——又变回到老号手那张乐呵呵的肿胀的大脸。

"妈妈,那个人的脸是怎么回事?"我恐惧地喘嘘着问。

"没什么可担心的,他两颊的肌肉已经撑开了。这在他完全是正常的。"母亲微笑着,悄悄对我说。

我以某种奇怪的方式与这位老号手发生了共鸣。我希望能像他奏出的乐曲那样自由自在,像哈比芭那样无拘无束;我希望逃出这个嘈杂的地方,自由地在群峰之巅翱翔。

清晨,我常常被屋外叮叮当当的铁锅、女人们接连不断的歌唱声,以及公鸡在周围葱翠的山间喔喔的啼鸣声弄醒。到处飘荡着牛奶和牲畜粪便的气味,简直呛得你喘不过气来。

尽管我也跟村子里的孩子们一同玩耍,可相互之间几乎无法沟通。

"咱们之间有语言障碍。"多年以后,赛义德叔叔跟我说。赛义德是父亲的小弟弟,是奥尼安戈·侯赛因·奥巴马晚年与第三任妻子莎拉所生,几

---

① 迪吉·格拉斯彼(1917—1993),美国 Be-Bop 爵士乐风的宗师,兼任喇叭手。
② 女鬼,凯尔特人传说中的女精灵,她的显形或哀号预示着死神的降临。

第三章 裂解:黑牌威士忌

乎与我同龄。

白天,我有时跟随赛义德和伙伴们把牛赶到牧场上去。我瞧见其他孩子在前面奔跑着,抡起手中的木棍,如手持秒表一般节奏准确地打在那些跑得慢的老牛、小牛笨重的后腿上。身边的草木生长得绿油油的,枝叶间还挂着湿漉漉的露珠,脚下不时发出吱吱声;棕色的小径在低矮的山峦间蜿蜒穿过,如同用画笔勾画出来的一般。

几个小时后,我们回到院子里,我问厕所在哪儿。

"就在树丛后面。"赛义德指指距房屋不远处的一片不大的灌木丛。

"手纸在哪儿?"我问。

"你可以用这个。"赛义德从一棵大灌木上摘下几片叶子,递过来,脸上笑嘻嘻的,好像这是天底下再正常不过的事了。

我们的游戏包括用网子和自制的弓箭捕鸟。实际上,我记得捕鸟是相当困难的事,要花很长时间才成。我们好不容易才捕到一只棕色的、羽毛凌乱的小鸟,大家高兴得不得了,马上跑回家。

我想问他们要怎么处置这只小鸟,但我不知道该怎么问。

我跟随这群孩子来到一座茅屋,见他们开始拔毛、烹煮,不禁吃了一惊。小鸟只一点点大,在这群孩子的手中显得那么无助。烹煮的气味让我恶心,可临到吃的时候我一点不客气。

我急切地想离开这个地方,离开这群陌生的人、奇怪的气味,以及这些不熟悉的饭食。由于我当时还不能理解贫穷,因而,我没法接受这里的艰难与冷漠。老奶奶莎拉,祖父的继室,也就是那个顶替哈比芭的女人,是唯一能理解我的人。我还记得她那张和善的脸。这张枯瘦的脸上印满了深深的皱纹,而她的一双眼睛是那么明亮,其中既显露出内心的好奇与好客,又不乏个性的机敏。尽管她终日忙碌,可总会给我一两个拥抱,大声说:"奥科思总喜欢跟那些鸡啊、狗啊一块玩儿!"

她点明我的这个嗜好,然后纵声大笑;这笑声是那么深沉,那么响亮,那么高傲,简直就是出于查拉图斯特拉之口:

> 我以笑为神圣的;你们高等人,为我学着——笑!①

———

一旦回到内罗毕,家庭暴力一仍其旧。父亲转而将怒气撒到家里最小的孩子戴维身上,因为母亲不能忽视这孩子的存在。即便如此,仍需有个机会,偶然听到朋友的一句有口没心的话,母亲才终于醒悟,意识到自己所处环境的险恶。

"天哪,露丝!你没事儿吧?"一位朋友说,"这些日子,你怎么变得这么老!"

他们的婚姻显然已走到了尽头,理由已十分充分,而她至此好像最终才在自己迅速变老的脸上一一认清。

母亲在回忆录中写道:

> 一天,我驾车回伍德利……我瞧见有个白人姑娘,手里拎着个公文包,在路上走着。我决定捎上她,于是我们开始了一段决定我一生命运的交往。她叫安娜,是一名作家和艺术家。
>
> 无论怎样,她都是我的好朋友,她鼓励我离开奥巴马。奥巴马感觉到她是他的对手,于是就不客气地把她从家里赶了出去。然而,她已照亮了我的心,我决心抱定离开他的信念,继续往前走。她给我提供了一份证明材料,这样我在法庭上就有了人证……[材料中]写明她看到他如何虐待我,以及他如何酗酒,等等。大约也是在这个时候,我的表妹洛伊来看我;我们俩的关系一直很好。她恰好来非洲旅行。她来住了一段时间;她跟我说,她不明白我为什么要忍受他的

---

① 引自尼采《查拉图斯特拉如是说》第四卷《高人》。这里采用徐梵澄先生的译文,见《苏鲁支语录》第302页,商务印书馆,1992年出版。

第三章 裂解:黑牌威士忌

虐待。

这两个姑娘给了我勇气——在此之前,我很久未能获得与我具有共同文化背景的妇女的支持了——于是,我找到了前进的力量,我要与奥巴马离婚。十分幸运的是,正在这时,奥巴马决定去周游世界……他有了一笔钱,可以作一次三个月的旅行。

母亲不知道的是,老巴拉克·奥巴马这次旅行在夏威夷停留了一段时间,与斯坦利·安·邓纳姆和小奥巴马见了面;此时小奥巴马已长到十岁。至今我也不知道他是否与邓纳姆谈过有关我们的事。他告诉她他又娶了一位白人妇女,而且又生下两个孩子了吗?我猜想她不想知道这些事。不过她肯定明白,他想见她和他们的儿子。我相信,父亲一定很喜欢小奥巴马,并因此而感到骄傲;见到小奥巴马,他便可暂时从他在肯尼亚的困窘与悲哀中解脱出来。他不会谈他因酒后驾驶而导致的车祸,也不会谈他的腿在车祸中造成骨折,他的第三次婚姻的失败,以及他的政治生涯的式微。相反,他要为这个特别的场合刻意打扮一番,说不定要摆弄一下他的烟斗;他的断腿与拐杖如何配合,自然不可疏忽大意;当然,他还要谈一谈他的锦绣前程。

父亲对邓纳姆和小奥巴马有好感,这没什么难的。他们远离他,他完全可以在头脑中把他们理想化。他最恨面对现实,也不想面对至亲至近的人身上的缺点。倘若这些问题出在陌路人身上,那就没什么要紧,因为事不关己,很容易应付。一位处在困难中的远亲急需用钱,或者一位酒友需要帮助,都没什么不好办,只要一伸援手,然后就用不着再花心思了。然而,倘若是一位直系亲属急需帮助,比如说需要买药、买食物,他知道自己责无旁贷,尽管他常常无力应对这类生活中的挑战。他在这种责任的驱使下去付出辛劳,这会让他感到一种极大的不公正,好像他受了委屈。那些需要他的人使他暴露出他的无能为力,因而令他感到羞愧。由于被迫要采取行动,这让他得出结论:反复无常的命运不仅冷酷无情,如今简直就是对他怀有敌意。于是,他便转而去责备家里这些需要他给予帮助和爱的人。

他生命中的这几个女人自然要被他这种反常的心理逼得发疯;她们不知道她们要求他负起责任,竟会让他感到愧疚和愤怒。她们的温顺和感激被他理解成懦弱。父亲是个只尊重个性坚忍的人;一遇到坚忍之物,他就会上前去推挤,去痛斥,去探究,去捶击。他的心像个永远赤字的银行,而他的几个妻子一年四季都在上门逼债。而所有这一切,所有这些对于才智、精力与爱的消耗,是从不会被父亲所领悟的,因为他是个从不会反思自身的个性与行为的人。

最后,母亲终于迈出了决定命运的一步。1972年,在父亲出外旅行的当儿,在达利和菲吉斯律师事务所干练的迈克尔·肖律师的协助下,母亲启动了离婚程序。

> 此时,奥巴马回来了。他请求我终止离婚诉讼……肖先生说服我继续这个离婚程序……如果奥巴马有所改变,也没什么妨碍。我仍可以与他一起生活。
>
> 最后一次(听证会),我记得这是我一生最犹豫不决的时刻……最后,我终于坚持到底了,我们在法律上离婚了。我继续跟奥巴马在一起生活,但我告诉他,他再也不能约束我了。不过,他当然不会听我的;他想,我仍会跟他一直过下去的。可他想错了。
>
> 我受够了他的冷酷和虐待。我找了一位印度朋友,一天,他开来一辆运货小汽车。我把能带走的都塞进车里,然后带上两个孩子,逃到东教堂路韦斯特兰的一幢公寓里。
>
> 我还记得我们逃走那天的情景。那天天气格外晴朗,天空亮堂堂的。小货车上装满了箱子,母亲忙得有些喘不过气来,但她决心已定。我甚至还记得她当时说话的语气,声调里充满了重新找回的信心与决心。

第三章 裂解：黑牌威士忌

"快点儿，在你爸爸回来之前，咱们得离开这儿。"

这次搬家的确十分仓促。奥巴马什么家产也没置下（他购置的一处房产不久也抵押出去了），因而，我们的生活全靠母亲的工资维持。

几天以后，家里的女仆朱丽安娜打电话过来："太太，我可以过去跟你们在一起吗？"她过来了，随身带来一个压力锅和一张毯子。我很高兴离开了哥哥、姐姐。他们连同伍德利的那幢小房子，仿佛与父亲一道成了邪恶的暴力的化身。我还记得他们的脸，尤其是丽塔的脸——当车子即将开动时，我从车窗向外望着。她就在门口站着，故意显出一副无所谓的样子，但脸上仍不由自主地透露出一丝渴望的神情。她的一双乌黑的眼睛也在瞅着我，那神态我一辈子也忘不了。她仿佛在用眼睛对我说：你要离开我们吗，奥科思？你就要跟母亲一道离开我们吗，她也曾是我和博比的母亲呀？好吧，你赢了。我也要赠给你一份礼物，我的这份礼物就是后悔：你再也别想见着我们了，连一根手指头也别想见着。

我很高兴能离开那几扇曾将我囚禁在其中的钉着铁栅栏的窗子，窗内阴暗的房间里埋藏了多少痛苦的记忆。但我仍能看到丽塔的一双眼在寻觅着我，她正朝房间里我曾蜷缩在其中的那个座位凝视着。在我的身旁，戴维也在朝车窗外望着。我恍惚记得他说了句："我们去哪儿呀？丽塔来吗？"然后，他就开始哭起来。

但丽塔和博比没来——当我与他们再次重逢，已是多年以后——我们将在世界的不同角落，各自经历那既宝贵又脆弱的童年时代。我们彼此之间仅仅凭借记忆和基因联系着。

当然，我一直惦念他们的境遇。我们毕竟一同生活了七年之久。然而由于某种原因，母亲只能带走我们两个，因为我们是她的亲生骨肉。多年以后，我才对他们被抛弃时所感到的痛苦有所领悟。毕竟，他们从很小的时候就与我们生活在一起了。在父母结婚时，丽塔只有四岁。眼下她才十一岁，博比也只比她大一点儿。此前我们虽说一直生活在一起，可总有些貌合神离。我一直没能与他们相处得更融洽，这或许是由于他们俩比我大了许多,但也可能是由于他们与父亲的关系更紧密的缘故。然而在我看来,我们的分手意味着我再也不必为我身处其中的两个世界的争夺而战斗了:一个是白色的世界,另一个则是黑色的世界;一个是哺育我成长的爱,另一个则是充满暴力的排斥。

"我想带上他们俩,可奥巴马不会允许。"许多年后,母亲对我说,"我不能再跟他生活在一起了。"

丽塔不是露丝的孩子。博比也不是。但他们三个人之间有爱吗?他们也需要有一只母亲的手为他们指引方向,给他们抚慰吗?母亲的脸变老了,痛苦与悔恨仿佛是一只地滚球,接连不断地在母亲的脸上碾轧着。我的哥哥、姐姐最终被留了下来,像两株风滚草,在非洲冷漠的天空下随风飘荡。

我上了泰勒夫人的幼儿园。一天,老奥巴马给我理发,头皮几乎都露出来了。我感到这张照片中所有的孩子都在笑我。我在最上一排左起第五个。约摄于1970年。

父亲、母亲、我和母亲抱着的戴维合影,地点在内罗毕郊区的伍德利寓所,摄于1968年。母亲在这一时期几乎每天都遭受家庭暴力,这一痛苦又因父亲的酗酒而加剧。我紧靠着母亲,却不能保护她。我对父亲又怕又恨;在这张照片里,我似乎在躲避他的触碰。经过几十年的岁月,我最终接受了家庭的这段经历,并再次使用奥巴马这个姓。

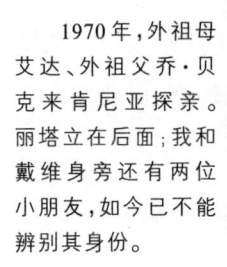

1970年,外祖母艾达、外祖父乔·贝克来肯尼亚探亲。丽塔立在后面;我和戴维身旁还有两位小朋友,如今已不能辨别其身份。

第四章 洗濯

音乐感召

保罗·安卡《初恋》（由杰克逊五兄弟乐队录制）

我在内罗毕度过少年时代的当儿，杰克逊五乐队很是流行了一阵子。一天，我在西米翁·狄善九的抽屉里找到这支歌的黑胶唱片。头发鬈曲的迈克尔·杰克逊与兄弟姊妹的舞蹈太酷了，当时，每一个十至十六岁的肯尼亚少年都穿喇叭裤，像他们一样伴随《初恋》的曲子又蹦又跳。我简直不敢相信，像继父这样的成年人，居然也会疯狂地堕入爱河。

我在水里才第一次感受到对继父西米翁·狄善九的爱。他的姓来自其父亲所属的查加人①，意思是洗濯。正如他的姓所预示的那样，我几乎没有想到，西米翁·狄善九洗净了我们生活中的种种烦恼。

不过，当他最初与母亲交往时，他在我们的眼中属于危险人物。戴维和我担心他会把母亲从我们身边抢走——他们的偷吻、拥抱，以及两人的

---

① 查加人，非洲讲班图语的民族，分布于乞力马扎罗山及梅鲁山东麓及南麓，为坦桑尼亚人口居第三位的民族。

第四章 洗 濯

喁喁情话——刚刚出现的安全生活似乎仍未到手。毫不奇怪,我们并不欢迎一个新人出现在我们未来的生活中。

不过,西米翁在这方面似乎很有两手。"一开始,我并没爱上他。"后来,母亲向我吐露当时的心情。

"既然如此,那么,当时你为什么要嫁给他呢?"

"因为我知道你们两个男孩需要有个父亲,而且,西米翁是个好男人。他还可以帮我养家。"

从伍德利逃出来之后,我们三个住在东教堂路的一个不大的平房社区,砖木结构的房屋像一个个漆成白色的鸽子笼,覆盖在一座一座小山顶上。山坡上,茂盛的野草一直伸展到山麓一条狭窄的溪边。在这个美丽的地方开始我们的新生活,实在不坏。我们想,我们终于自由了;然而事实并非如此。

有时,父亲来到这幢房前,嘭嘭地敲门;我们全都躲在小厨房的那张长条白桌子底下。"还我孩子!要不,我就动手抢了!"他大声喊叫着。恐惧几乎让我和戴维僵住了。我们俩紧紧偎依着母亲;母亲抱住我们俩,镇定地凝视着空荡荡的地板。我们就这样一动不动地待着,有时一待就是几个小时,直至门外的喊叫声归于寂静。在身边那些女性朋友的帮助下,母亲渐渐增强了勇气和力量。"下次那个杂种再来的话,看我不把他的蛋蛋割了去!"一位朋友鼓励说。

这些朋友中有个叫莉莲的,把母亲介绍给了西米翁·狄善九。

"当时,你母亲正打算找个好点的工作。"多年以后,莉莲跟我说。莉莲是个高个子女人,头发在脑后紧紧梳成一个圆髻。她的肤色比其他非洲姐妹们浅些,可有的时候她比她们更像个非洲人;她说话时经常夹杂一些斯瓦希里语。

"另外,她怕奥巴马。他常常跑到她的小屋前,在门外对她大喊大叫。他叫喊的声音那么低沉,那么奇怪。我们都怕奥巴马。个个都怕。"

莉莲知道,西米翁认识一些有着殷实房产的租户,他们可以为露丝提供一个职位。露丝第一次走进西米翁的办公室,他就被她迷住了。"多好的、多正派的一个女人啊。"他后来向莉莲袒露说,"这么个好女人,竟然嫁给了巴拉克·奥巴马!怎么能用那种方式对待这么漂亮的女人呢?"

这以后不久,莉莲很快为西米翁安排了一个生日派对,邀请露丝参加。他们俩挺合得来。"西米翁一上来就攻势强劲。"母亲写道,"当我还在跟奥巴马一起生活的时候,他就认识我——他们俩是朋友——我们开始约会……他是个十分严肃的人;我从一开始就知道,他很快就会爱上我的。他对此一点不明白,可我明白。"

为了缓解母亲持续不断地对遇见老奥巴马的恐惧,母亲的朋友们几乎每天都拉她去参加各种晚会;她们常常去格罗夫诺宾馆。因为老奥巴马不会去那儿找她,所以,她们把那儿称作藏身地。

西米翁和露丝一进门,宾馆的音乐主持就播放同一支乐曲——迈克尔·杰克逊的《初恋》。他们俩一起跳舞,该是怎样一幅奇特的景象啊。西米翁身材短粗,在灯光闪烁的舞厅里,他的那张胖脸上一定挂满了汗珠。在与西米翁翩翩起舞的当儿,她若想给他一个吻可不大容易;她一低头恰好吻在他那油光发亮的脑壳上,而不是吻在他的嘴唇上。

西米翁·狄善九身上有一半查加人血统,一半基库尤人血统。西米翁有意远离政治,竭力避免卷入各族群间的争斗,而他的卢奥族和基库尤族酒友,包括老巴拉克·奥巴马,其全部精力都在这种族群的争斗中消磨殆尽。

西米翁来过几次我们在伍德利的家。

"你和弟弟戴维总是一边喝茶,一边吃香蕉。我就想,这个习惯实在有点奇怪。"多年以后,他常常跟我提起这事。

与老奥巴马相比,西米翁既温和又开朗。后来,我们一家搬到东教堂

第四章 洗 濯

路的平房社区,每天晚上,我们家那幢小房子的门上都会响起那个羞涩的敲门声,然后,门外便出现了这个身材矮胖的男人的身影;他常常把身腰挺得笔直,对别人有关他身高的言辞颇为敏感。我们常常能闻到一股科隆香水味,瞥一眼他那四周长着整齐的棕色毛发的光秃秃的头顶。然后,他马上带母亲去高级餐馆,或去看戏。

西米翁知道,他不仅要赢得母亲的芳心,还需获取我和戴维的好感。他究竟是有意为之,还是无意中采取了这种攻略,我可说不清,反正他的确有两手。很长时间以来,我第一次看到母亲这么开心。

她努力推进着与老奥巴马的离婚诉讼;作为一个单身白人妇女,她工作、生活在一群鄙视跨种族婚姻的同伴们中间,但她顶住了压力。她就像个登山者,这种持续不断的向上攀登几乎把她累垮了;然而眼下,她马上就要登顶了。

她又开始笑了。听到母亲的笑声的确是件开心的事。有时,笑和哭两种声音十分接近;母亲的笑声和哭声则是截然不同的。

"我想嫁给他。"一天,母亲对我们说。令她大吃一惊的是,听到这个消息,我和戴维高兴得不得了。

在我看来,此事的关键之处在于西米翁与水的缘分。戴维和我都是游泳的好手。在内罗毕或蒙巴萨,每次我们俩去游泳,西米翁都陪我们一起游;不过,他的那手狗刨功夫实在没法恭维。

他的游泳技术多半是自学的,他一直没能正确掌握在游动中呼吸这一技巧。于是,他从泳池的一边一头扎下去,用两只粗壮的胳膊奋力向前划动,以蛙泳的姿势一直游到对岸,而在这中间从不把脑袋扬到水面来换气。游到对岸之后,他把脑袋伸出来,连水带气一股脑喷出来,就像一只棕色的座头鲸。戴维和我常常攀住他的两肩,他就这样拖着我们俩在水里向前游着。我还清楚地记得他的皮肤的那种坚实、光滑的感觉。当他站起来换气时,我们俩就像沙丁鱼一样从他的身上甩下来。

偶尔,他冷不丁抓住我们的腰部,把我们一下抛进水里,我们尖叫着大笑起来。就是凭着这种简单的朋友式的情谊,而非借助豪华宾馆或奔驰、高级玩具一类手段,西米翁就把我们俩拉过去了。

"在我嫁给他时,我没觉得我爱上了他。"一次,母亲对我说,"不过,我的确渐渐爱上了他。"

两个人走在一起,母亲那巨大的、粉红色的身躯比娃娃脸的西米翁高出一头,这一对情侣怕要常常引来路人好奇的目光。他的两条腿紧赶慢赶,才合得上母亲的步子;而与此同时,母亲往往有意放慢脚步,放低腰身,才能让他不至觉得够着费劲。

西米翁一直在政府主办的电台和电视台"肯尼亚之声"工作;作为一名有才华的制作人和播音员,西米翁有良好的声誉。西米翁甚至曾在他自己的一些商业广告中扮演过角色,其中最著名的一个场景是这样的:西米翁身穿整洁的西服端坐在那里,正在读报。在他的脖子上,一个看不见的妇人的两手如蛇一般在抚摸着。他继续读报,俨然一副不为所动的神情。这时,有只苍蝇开始绕着他的脑袋飞来飞去,不住地嗡嗡叫着。然后通过一个优雅、甜美的动作,一罐杀虫剂蓦地出现在画面上,一下就把这只倒霉的苍蝇喷死了。

"用这个才行!"播音员用响亮的声音说。

妇人的那两只棕色的手臂在他的肩膀上、脸上和棕色的秃脑壳上抚摸着,这一幕场景如今仍鲜明地印刻在我的脑子里。

在内罗毕,西米翁十分受人敬重,他有份稳固的收入,还有一辆漂亮的车子;然而在我看来,他对异性可以说没什么吸引力。那个时候,我的年龄已足够大了,懂得长相对异性的吸引也是重要的。我记得在看了这一则广告之后,我就琢磨:他脑袋光秃秃的,个子那么矮,甚至还这么胖。那个女人怎么竟会缠住他不放呢?

不过,母亲毕竟在他身上看到了一些我没看到的东西。

"在我答应嫁给西米翁时,我让他作了一些保证:第一,他不能打我;第二,他绝不能让他的亲戚到家里来,与我们同住;第三,他要让我的两个

第四章 洗濯

孩子上圣马利亚高级学校读书。"

"噢!"她补充说,"我还说,他得给我们买一架钢琴。"

西米翁早就开始不喜欢老奥巴马了。"他是个酒鬼,还打你妈。"他跟我说,"他开车不靠谱,像个疯子;每次开车的时候,他都是一边说话,一边挥着手,两眼从不盯着路面。我们常常在一起喝酒。有一回,我让他开车;他就是边说话边挥舞着双手,我想,他这样会让我们俩都送命的。我再也不坐他的车了。"

或许在西米翁看来,一个人开车吊儿郎当,这就预示了这个人在生命的历程中因把握不住方向而必然遭遇的后果——因为他原本就不尊重生命。

~

起初,西米翁与母亲的这段姻缘也并非一帆风顺。西米翁曾经历过一段复杂的恋情,而这段恋情直接威胁到我们这个家。他刚刚与前妻结束一段延续多年的婚姻,前妻也为他生了孩子。

订婚仪式在西米翁老房前的一片绿草如茵的宽阔草坪上举行。西米翁的儿子肯尼思,一个身材瘦削的结实小伙子,他那逗人喜爱的鼻子有些上翘,跟他爸爸长得一影不差。他在客人们的大腿间钻来钻去,活脱一个非洲版的墨丘利①。仪式上不时响起来客们的欢声笑语,凝滞、潮湿的空气中弥漫着浓烈的烤羊肉和啤酒的味道。在一株大树的浓荫下,西米翁和母亲笑盈盈地与来客应酬着。

"诸位,"西米翁终于开腔了,"我想向各位朋友通告一声。"他一手举杯,一手向客人挥动着,满面春风。

"朋友们,我想向你们介绍一位给我的生活带来爱情的女性,她将成

---

① 墨丘利,罗马神话人物,与希腊神话中奥林匹斯的十二主神之一的赫耳墨斯相对应,通常作为众神的使者,同时又是商贸之神。一般墨丘利的形象是穿一双有羽翼的鞋子,以行动敏捷著称。

为我的新娘。

"不久前我遇到了露丝,我爱这个女人。她将成为我的妻子。"

母亲的脸一下子红了,既兴奋,又有些窘迫。戴维和我站在那儿,听他这么一说,简直乐得合不拢嘴。

可就在这当儿,人群中突然起了一阵骚乱。一个胖胖大大的非洲女人披一件彩色莎丽,一把揪住了母亲的头发。

"你这个婊子!你这只母狗!竟敢跑来插在我们两口子之间……你来这儿想夺去我的家庭!"她叫喊着。

攻击者怒目圆睁。面对这位杀气腾腾的悍妇,母亲畏畏缩缩地退避着。来者是西米翁的前妻。

这个女人继续叫喊着,一边用力揪母亲的头发,一边抓母亲的脸。惊愕之余,西米翁和另外几个男人费了挺大劲,才将女人扯开。母亲、戴维和我挤进汽车,赶紧逃走了。

几个小时之后,门上又响起了那个怯懦的敲门声。西米翁走了进来。"对不起,露丝。请原谅我。"

母亲让戴维和我上楼,在床上待着。我躺在柔软的枕头上,渐渐沉入了梦乡;他们的谈话声仿佛一直在我的耳旁絮聒着,时而舒缓,时而急切,直至深夜。

不久,在1973年初,他们于印度洋岸边的马林迪结婚。至于在订婚仪式上遇到的那场争吵,母亲轻描淡写地说:"那个疯女人——这个生事的女妖精,居然敢动手打我!"

我的卢奥人名字[①]跟我总有点格格不入,而我十分自然地采用了西

---

① 指作者出生时,父亲给他起的名字奥科思。

第四章 洗 濯

米翁的姓：狄善九，这在我的心理上毫无障碍。在此后的很长时间里，每当有人用奥科思这个名字称呼我时，我总不由得联想起老奥巴马，并努力忘掉这个名字的来由。然而与此相反，母亲则尽力在说服我："这个名字是奥巴马给你的，是你的一部分。你应该接受它。"

不过，要经过许多年，我才再次称自己姓奥巴马，那也只是在某些特殊场合才使用的。与此同时，我渐渐适应了有一位新父亲。

婚礼之后，我们从东教堂路的那片平顶式住宅区迁出，搬到韦斯特兰，内罗毕的一处富庶的郊区。后来，母亲又生了两个男孩，一个叫理查德，一个叫约瑟夫。

一天，回到我们的新家，听到从开着的门里飘出一支乐曲。进了起居室，我见母亲正坐在一架大钢琴后面。我高兴极了。

"这是什么呀？"我问。

"这是钢琴，西米翁从工作室搬回来的。为了我们，他把钢琴搬回来了。"几周之后，在母亲的指导下，我开始学习弹钢琴。不过，要经过许多年，我才终于意识到，西米翁尽职尽责地将我引领到我一生中最大的一份事业面前，而这份事业将一直支持我度过余生。他给了我音乐这份礼物，为此我将终生感念不尽。

到了青春期，我与继父之间曾几度关系紧张。我感到西米翁对理查德和约瑟夫的爱超过他对戴维和我的爱。我心性高傲，简直不屑于承认我也需要他的爱，需要他的哪怕仅仅是好感。西米翁也有点吓人。我那时年纪太小，或许有点太幼稚了，还不能理解父母对孩子的爱有多种形式，不见得非要表露出来。在餐桌上，西米翁大声地嚼着自己的一份早餐和晚餐，把报纸高高地举在面前，一门心思看报，不发一言。自然，他此时的心境是内向的，从不注意周围人的谈话；他所需要的仅仅是准时用餐，读自己的报纸,坐在安静的房间,以及起居室里的那个只有他才敢坐的座位。

我们俩常常很长时间不说话。我开始躲避他,而这是很容易做到的,因为他的日程是可以预知的,他只在晚间才回家。我除了早晨在餐桌上见他一面,此外便是每周一次的出游。

每个星期天,我们一家人都要去附近的运动俱乐部吃午餐,然后挤进西米翁的轿车,去玩一个下午。我很喜欢这样的出游,我们要去的帕克兰兹、卡伦等处除景色秀丽之外,还有许多供游客选择的娱乐项目,如各类运动、酒吧、台球厅、餐馆等。

然而,我与西米翁之间的紧张关系终于发展到顶点,以至两人已冰炭不容。

"我恨他!"我跟母亲说,"你看上他哪点了?"

可母亲只耸耸肩。

一次外出,戴维已先走了一步。约瑟夫和理查德上了汽车,我随后刚要上车,西米翁终于爆发了。

"你最好别去。"他对我说。

我的确是太高傲了,我甚至都懒得问他一声为什么。我完全明白,他只是不想看见我。母亲感受到了我与继父之间的这种对抗情绪,她总是劝我:"他是爱你的。他只是不知道该怎么表达。你应该跟他多说说话。"

跟他说话?跟那个机器人搭腔!我实在不敢相信。既然他连我的面都不想见,我干吗跟他说话。

"我嫁给西米翁,是因为你和戴维需要一位父亲。你应该理解这个道理。"母亲温和地说。

就在发生那件事之后的几个星期,我最后一次跟他们一起外出。在去俱乐部的路上,西米翁一言不发。在吃饭的当儿,母亲突然站起身。

"你只想着你自己。我拒绝跟你一起吃饭!咱们走,马克!"

我本能地意识到,我是这次吵架的根源。我离开餐桌,顺从地跟在母

第四章 洗 濯

亲的身后,其他人则继续吃饭。

"咱们去哪儿?"我问。

"回家。"

"咱们怎么回去呢?"出了餐馆大门,我问。俱乐部距离我们家差不多有十英里的路。

"咱们走回去!"

我和母亲沿着砾石路往回走,汽车从我们身旁开过,行人不时用好奇的目光望着我们。阳光猛烈地倾泻在她那没遮没拦的头顶上,她的蓝裙子在热烘烘的晴空下熠熠闪耀。我还清晰地记得她走在马路中央时,她的高跟鞋在砾石上踩出的清脆的响声:咔、咔、咔。她的后背直挺挺的。我看不见她的脸,可我知道她这次的确跟西米翁闹翻了;我还从没见她动过这么大气。

她没解释为什么生气,我不记得我曾问过她。我知道,母亲与我之间的联系是牢不可破的。正是为了这份母子情,她甚至不惜跟丈夫闹翻;而我也正是出于这份情分,才跟随她走上这段长达十英里的噩梦般的归程。这次徒步回家的经历在我少年时代的记忆中印象如此深刻,正像我幼年时期奔跑在母亲身后时对母亲两腿的记忆,仿佛有一根超越时空的看不见的魔线将前后这两件琐事贯穿在了一起。

后来,我终于接受母亲的劝告,跟继父说话多些了。这下,我们之间好像打开了一道闸门。我们俩开始聊政治、电视,甚至还在一块儿聊足球。不过,尽管从前的紧张关系有所化解,但我们相互间仍觉得有些拘谨;或许是由于我有意要与继父保持一定的距离。

随着岁月的流逝,西米翁似乎也变得成熟起来。我们不再争吵,而是常常轻松地谈些有关美国、政治及生意的话题。家里的奔驰换成了菲亚特,劳力士换成了天美时。因添丁进口而增大的家庭开支要求他勇敢地承担起自己的责任,无怨无悔。我记得只有一次,母亲逼他做什么事,他似乎有些恼火。

"你不懂。"他说。母亲的话他听了不顺耳,"这是个冷酷的世界。你们哪儿知道生活的甘苦!"

多年以后,我从美国回肯尼亚小住,而此时我已离开故土很久了。

第一眼看到继父,我注意到他的变化实在太大了。他瘦了。原来他身上的外衣及内衣的圆翻领,全都撑得鼓鼓的;如今衣服里只剩下一副空骨架了。他的胖嘟嘟的两颊从前是油光光的,他的两片厚厚的嘴唇和一副圆滚滚的身段不由使人联想到他的贪吃贪喝。如今,我看到的是布满皱纹的两颊,还有他首次出现的白发。

"我们这么久没得到你的消息了。"西米翁和母亲望着我卸下行李,说,"发生了什么事?"

我避而不答。我说我一直忙工作。我说,我的老板对我付出的努力并不赏识;我没得到我应得的报酬。于是,有人给我提供了一个好职位,我就跳槽了。人家给我买了房子,还给了我更好的工作。就这样,我就有了另一份——

我没打算说这些。可是,如今我有钱了,于是,我就有了足够的信心回家了。

西米翁静静地听我说。

"你知道,马克——"他似乎有些犹豫。

我有些担心,不知道他接下来会说什么。我对自己的成功有信心了;可是,西米翁的谨慎,他的浑厚、平静的语调让我心里有点没底。

这时,弟弟理查德打断了他的话,他没再说下去。为了缓和一下气氛,我们转而讨论起政治以及肯尼亚政府的腐败。

几天以后,母亲上班去了,我和西米翁在家。起居室里只有我们俩。阿姨在外边鼓捣锅碗瓢盆,叮叮当当响个不停。收音机里播放着刚果音乐;还能听见有风不时吹过树梢,发出一声叹息。

"马克,也许咱们应该去帕克兰兹喝一杯。"西米翁说。

"好啊。等会儿妈妈吧。"

第四章 洗 濯

"你妈在跟朋友们闲聊。她们总是凑在一起,一说起来就喊喊喳喳,没完没了。没个清净时候。"他说,"这些婆婆妈妈的话,我可受不了。"

这时,我猜想他马上就要开怀大笑了。从前,西米翁经常会自由自在、无拘无束地大笑一通。

那天他没怎么笑。出什么事了?他从没单独带我出去喝过酒。他会谈什么呢?

到了帕克兰兹运动俱乐部,我们进了酒吧。除了招待员,酒吧里空无一人。人们通常称他老板或老人家,而他也十分爽利地应一声。可这天他只点点头,好像还有点不自在。

"这是我儿子。见过吗?"他扬起手,指着我说。

"没见过,老人家。"

招待跟我握了握手,"欢迎。"

"刚从美国回来。"西米翁说,"他在那边工作,并且——"说到这儿,声音就低了下去。我们要了酒。要了些红酒,然后有好一会儿,我们俩陷入了沉默。我感到老大的不自在。好像西米翁要跟我说点儿什么,在等待适当的时机。

"我很高兴来这儿,爸爸。"我说,带着鼓励的语气。他用沉思的目光望着我。

"你知道,马克,你一走这么多年,我们一直挂念你——"

"我知道。"

"我想说——"他直视着我的两眼。我等待着。

"我读了你写的那段有关游泳池的往事。"他轻声说。

我心里一惊。我记起了在我前些年尝试写作的回忆录中,有一段描述我们在一起游泳的场景。一次在水里,我玩得忘乎所以,一下跳到西米翁的身上。他通常把这当作玩笑,把我从身上甩掉,或者干脆不去理睬。可这次我的动作太猛了,他愤怒地打了我一拳。这是他头一次打我。我被打得头晕眼花,一下跌在了水里。我突然感到水里很冷。

他事后也没作任何解释。可是从那一刻起,在我看来,我们的关系跟从前已两样了。

在那段文字中,我只写了个梗概,有些细节略去了。想不到继父会有如此强烈的反应。

"我绝没想到我竟然打了你——一想到我动手打了你,我简直惊呆了。"

这时我才意识到,他竟会受到如此巨大的伤害。在他与母亲婚后的数十年中,他从没动过母亲一手指头。他和我在游泳池里发生的这件无关紧要的小事,竟会给他在精神上造成这么大的压力,足以说明他为人的光明磊落。

我们又聊了一会儿我的工作。

"我们全都为你骄傲。我打心眼里为你骄傲。你是我的儿子,我很高兴你有今天这样大的成绩。你如今确实出息了。"

最后,西米翁笑了。他的上牙中央有道缝,一向羞于在人前露丑。可是在那一刻,他的脸上浮现出谦虚的微笑,光秃秃的脑壳乌黑发亮,双目炯炯,连牙上的那道缝也不避忌了——在我的眼睛里,他是那么和善、慈祥。我如今才意识到,原来我心里竟这么爱他。

那一时刻,往事历历,一下涌上心头。全都是西米翁善待我们的一桩桩往事:在游泳池,他乐呵呵地将我和戴维甩到水中;我第一次买房时,他给予我的鼓励;我们一起玩国际象棋,每当我把他将死,他就用嬉闹的语气责骂我几句;在我过十三岁生日时,他送了我一块金表作生日礼物(后因不慎,金表弄丢了);他在资金上支持我在圣马利亚高级学校、布朗大学及斯坦福大学读书,从无怨言。而在这众多往事中居首位的,还是他从工作室搬回家的那架斑斑驳驳的大钢琴。

此时,我才真正意识到,西米翁·狄善九是爱我的,尽管他从没亲口这么说过。这个人抚养我长大成人,资助我完成学业,并用点点滴滴的深沉的爱将母亲捧在掌心。然而多年以来,我竟然仅仅把他当作这个家庭的

第四章 洗濯

经济支柱而已！

我竟然如此忘恩负义！今后,我再也不能如此不知感恩了。

在我的眼中,他已成为了一位我敬重的父亲。

透过半掩的门,一串轰隆隆的雷声传了进来。很快就要下雨了。门外,一颗颗豆大的雨点滴落在红土上,很快就被肥沃的土地吸收了。

"是的,爸爸,我知道。"我说,算是对父亲未曾出口的话语的回答。

2011年,在经历一段短暂的病痛后,西米翁·狄善九在内罗毕的家中辞世。病中,母亲在一旁悉心照料。他们一同度过了三十六年的婚姻生活;骤然永诀,这对未亡人实在是个不小的打击。

他们的夫妻之爱是慢慢培养起来的。他一直在经管家里的财政;在母亲陷入危难之时,他伸出了援手。他在无数琐琐碎碎的小事上为母亲排难解忧。他恪守了他的诺言。他从没动过母亲一手指头;他也从没让自己的亲属来与我们同住,尽管我们对他们从来都以礼相待。

他对母亲的爱非语言所能表达;他的爱全都包含在了他的一言一行之中,而非一定要用话语说出来。这让我想到了扎西拉姆·多多[①]的一首诗《见与不见》:

你见,或者不见我,我就在那里,不悲不喜。
你念,或者不念我,情就在那里,不来不去。
你爱,或者不爱我,爱就在那里,不增不减。
你跟,或者不跟我,我的手就在你手里,不舍不弃。

---

① 扎西拉姆·多多(1978—),女,中国广东人,虔诚的佛教徒。已出版过多本诗集。

西米翁·狄善九自年轻时起就是"肯尼亚之声"著名的播音员。他在商业和音乐制作方面一直很成功。

我和戴维与继父西米翁在一起。西米翁给这个家庭带来了稳固和爱,这是我们幸福新生活的开始。在这张照片里,我紧紧拉着他的手。约摄于1973年。

第五章 弟弟戴维：一场悲剧

音乐感召

罗伯特·舒曼《相认》（选自《狂欢节》）

有记者问钢琴家阿图罗·班尼特·米凯兰杰里①，他对自己录制的音乐看法如何，他大致是这么说的："我从来不听自己录制的音乐。全都是些流产儿！"每当我弹奏或聆听这支乐曲，尤其是聆听米凯兰杰里的演奏，我不由会联想到一个珍惜自己的每一刻光阴的人。我还会想起弟弟戴维，一个乐天、充沛、热诚然而却短命的人。这支短小的乐曲苦乐参半，其旋律很快由悲哀转变为欢乐，再由欢乐转变为悲哀。总之，这支乐曲令我想起一个拥有精神自由的人，他十分乐于为了眼前的快乐而牺牲掉未来。

"是的，马克先生，戴维先生，你们可要小心哪。你们俩小小年纪，谁知道在这样漆黑的夜晚会发生什么事。"

透过灶火的光焰，看门人紧盯着我们俩。这是个面目清癯的老人，模

---

① 阿图罗·班尼特·米凯兰杰里（1920—1995），意大利著名钢琴大师。米凯兰杰里善于弹奏贝多芬、德彪西的作品，对音乐制作要求甚严，一生虽有近四十年录音的历史，但成品极少，有音乐哲学家之誉。

样精瘦,但长年的劳作使他仍保持着一副强健的体魄。老人的脸上皱纹密布,正如先贤所言,如同龟壳表面的花纹,这些皱纹真实地记述了一个人的历史。当我们乘着西米翁的大轿车抵达时,随着一阵哐啷啷的锁链声,老人便带着他那副丑陋的吸血鬼似的面目呼啦啦打开院门;然后随着他那件宽大外衣的猛烈的扫动,大门在我们的身后再一次关闭。老人退回到他一夜夜守候的篝火旁。

戴维和我虽说是一奶同胞,但他不像我这么胆小,他从不惧怕黑暗。他有他的梦魇,但其中不包括老奥巴马。他后来跟老奥巴马和解了。

在韦斯特兰我先前住过的那间老房里,仍挂着一张戴维的照片。那是一张护照上用的标准照,只有肩以上部分。他的一张大脸胖嘟嘟的,两只肥大的扇风耳向外支棱着。背景是标准的红色,他穿的那件二十世纪七十年代式样的衬衣翻领活像是在肩膀上又添了两只耳朵。他面带微笑,一副生龙活虎的模样,不过,他的表情里还带着些许着恼甚至是愤怒。或许他满脑子想的全都是怎么玩,而不是老老实实地跟母亲和印度裔的老摄影师一起被关在这间摄影室里。

每当我回想起这个劲头十足、充满无限生机的小伙子,内心便激荡着一股不可遏止的情感的洪流。我爱戴维,但在从前那段少不更事的年月,我认识到这一点实在太晚了。尽管我们俩不乏亲密时刻,但整个青少年时代大都是在兄弟间相互对垒的情势下懵懵懂懂地度过的。打斗是兄弟俩相处的一大特色。每周六下午,肯尼亚唯一的由政府主办的电视台都会转播英国的摔跤节目,这是戴维和我每场必看的。我们俩更喜欢美国式摔跤。英国式的太斯文了。他们要听裁判的,不能咬人,还不能说脏话。美国式的就不,那才叫应时的东西呢,你在这类项目中能瞧见血淋淋的场面,那些上场的家伙要靠类固醇才能支撑体力,磕了牙、摔断了胳膊腿是家常便饭。跟这些够味的运动相比,英国式摔跤只算得上每天下午五点钟出现的松脆小圆饼。"咱俩摔一跤。"我常常用揶揄的口气向戴维建议说。

第五章 弟弟戴维:一场悲剧

戴维也总是毫不退让。我们画出场地,挪开家具,然后就开始摔起来。我们相互扭在一起,一次次把对手扳向地面。通常是我占上风,这也就是为什么我总想跟他摔下去的原因。最后,退却的一方总是戴维;但要让他认输,也并非易事。从这些比赛中可以看出,我们俩在每一件事上都想一争高下。但我们俩游戏的场所差别太大了。他沉浸在内罗毕丰富多彩、兴高采烈的夜生活里,如鱼得水;他跟当地的非洲人打成了一片。我则把大部分精力花在了圣马利亚学校的图书馆和高中部班级里的相互竞争上。

不过,那天晚上与看门人在一起,我们俩倒相安无事。戴维和我坐在熊熊燃烧的灶火旁;橙黄色的火苗在漆黑的夜幕下跳跃着。我们望着老人布满皱纹的脸;他正严肃地凝视着我们俩。

"为什么我们要小心呢?会发生什么事?"我追问说。

"为什么?强盗会抓住你们俩,割断你们的喉咙。"老人回答说。然后,他就用斯瓦希里语和坎巴语说了一大套,我几乎什么也没听懂。

不过,戴维对斯瓦希里语比我熟悉多了;他静静地坐在那儿,入神地聆听着老人的陈述。

"是的,从前,我也跟你们一样年轻过,那个时候比现在简单多了。当时有茅茅①,有白人。他们相互仇视。肯亚塔老人在监狱里……"

尽管老人的话我一大半听不懂,但他那抑扬顿挫的叙述中却蕴含着某种诗歌的韵律。内罗毕夜晚的冷风抽打在我们身上,我一边烤着火,一边望着戴维的一副专注的神情。而首要的是,老人向我们敞开心扉,倾吐对往昔岁月的记忆,我十分喜爱这种开朗与自由的氛围。没有对年轻一代混血儿的不信任。没有因我们身上流淌着一半白人的血液而产生的不悦。

"我就是茅茅中的一员。白人来搜捕时,我们常常躲藏在密林中。要是他们带着狗,我们就只好开溜。英国人是十分残酷的。流了很多血。

---

① 茅茅,见本书第35页注解②。

死了很多人……"

老人的声音渐渐低了,面对火光的脸上充满忧郁的神情:老人回忆起不愿回忆的东西,仿佛看到了不愿看到的情景。老人望着灶火,似笑非笑,仿佛这熊熊烈焰是一位朋友,可以帮他赶走许多年前的梦魇。

戴维是个充满火热激情的年轻人。他是个存在主义者[①],从不考虑过去和未来。他只活在当下。在我和戴维相伴的有限的时日里,也就是他从家庭的牵绊中摆脱出来,我暂且把功课甚至音乐放在一边的时候,我常常在他身上感受到某种深刻而丰富的内涵,这种内涵虽无以名状,但你却没法视而不见。

我还记得年轻时那段美好的时光,戴维和我曾一同去了趟蒙巴萨。那年的盛夏出奇的热,你穿着塑料凉鞋走在阴凉地,甚至能感受到石子的热度穿透鞋底。我们梦想着凉爽的海风,白色的沙滩,以及凶猛地冲击海岸的浪涛。西米翁反对我们外出,直至母亲想方设法说服了他。

"他们还不能照看自己。他们眼下年岁太小了。"西米翁说。

"你这个好抱怨的家伙!"母亲愤怒地反驳说,"孩子们想出门好好乐一乐,你就开始担心自己的钱袋了。你跟朋友去卡里奥科尔,把大把的钞票花在啤酒和雪茄上,也没见你心疼。如今倒好,舍不得让孩子们出去散散心!"

"你简直不知道自己在说什么。"他咕咕哝哝地说。每次跟母亲拌嘴落了下风,西米翁就拿这话来替自己辩解,这在他已司空见惯。

"没错,你想的就是这个,满脑子想的就是你的啤酒和雪茄。你可真是太大方了!"

紧接着是一阵沉默,让人感到有些不自在。

"灌一肚子黄汤,你就该拿眼瞄那些风骚娘们了。你这个惹是生非的

[①] 作者此处将存在主义完全等同于享乐主义,似乎不确。存在主义哲学意在探寻人本身存在的意义,探寻一个人如何去实现自身,并在传统偶像破灭之后尝试建立新的形而上学。

第五章 弟弟戴维:一场悲剧

家伙。"母亲朝他眨眨眼。

西米翁用斯瓦希里语咕哝着什么,好像对说他惹是生非不满;不过,在他那皱紧的眉头下隐隐透出了笑意。

"说我勾引女人!嗬,嗬!"一听他说话的口气,就知道事情解决了,尽管他坚持我们俩坐汽车去,别花那么多钱去乘飞机。

那年夏天去马林迪,我大概十三四岁。这是我们俩第一次在没有父母陪伴的情况下单独外出。眼看就要去享受两周的外出度假了,而且还没有大人的监督,这让我们兴奋不已。

就这样,在一个酷暑难当的下午,我们出发前往内罗毕的汽车站。我们打老远就瞧见那个仿佛是一座废旧车辆的坟墓的巨大停车场,在停车场的各个方向上都陈列着足足有数百码的金属尸骸。每一辆车旁似乎都堆着一些黑色的灰烬。等我们的车子驶近,我才看清所谓"黑色的灰烬",实际上是一群一群的旅客,而且大多是举家出行。有些妇女头戴穆斯林式的黑色面纱。他们正蹲在车旁闲聊,等着发车。这是我第一次乘长途车外出,以前要么是乘私家车,要么是乘火车。现在所有的人通通挤在一起,你跟他人之间失去了那种让你感到舒适的间隔,于是既没有了私密,也没有了距离。那些不常洗澡的人身上散发出浓烈的臭味以及廉价肥皂的气味一阵阵袭来。我盼望着尽早抵达劳福德宾馆我自己的房间。

我们挤进的是一辆破破烂烂的汽车;在整个夜间长达八小时的旅途中,我怎么也睡不着。紧挨着我坐的是一个年轻的阿拉伯男孩。他的皮肤是橄榄色的,一双美丽的眼睛像母鹿一般温柔。到了后半夜,随着车子在坎坷的道路上行进,他睡着了,把头倚在了我的肩膀上。他的脸庞如天神一般洁净,甚至我差点就要用手去触碰一下。我竭力保持姿势一动不动,直至他在蒙眬中有所察觉,才把头挪开。在我的另一边,戴维早已酣然入梦了。

车窗外,物体的阴影隐隐在夜幕下显露出来,看不真切。夜晚的空气从车窗透进来,吹在脸上热烘烘的。我一阵糊涂,一阵清醒,忘记了包围着我的尘垢和坐在身后的那个男人如雷的鼾声,想象着我们即将抵达的马林迪:温暖的阳光照射在背脊上,波光粼粼的浪涛滚滚不息地拍击着印度洋海岸。

行至蒙巴萨,我们搭乘马塔图——一种介于长途车和小轿车之间的小型客车——前往一百英里外的马林迪。蒙巴萨和马林迪既是肯尼亚的两个最大城市,也是久负盛名的两个滨海城市。肯尼亚的海岸在历史上既富庶,又充满了罪恶的喧嚣。大约从公元一千年起,从阿拉伯半岛渡海而来的外国人在此创立了两项繁盛的贸易活动:奴隶交易和象牙交易。时至今日,沿海城市仍居住着众多属于不同文化的民族。

在这些城市中,旅游者——尤其是来自意大利、法国、德国和美国的旅游者——是颇受欢迎的人群。他们欢喜雀跃地浸泡在蔚蓝的海水中,因其肤色而享受着皇家般的礼遇;当然,更主要的是由于他们口袋里的钱。倘若是单身游客,他们常常找当地的野鸡、野鸭作乐。多少世纪以来,由于种族间的交往与贸易活动,这里居民的肤色如同万花筒,变化多样:从乌黑到浅棕色,各种色调都有。印度人,他们有可能是最近才抵达的,而更可能是从前英国人因修建大铁路从印度运进的苦力的后裔,在这一带经营着无数的小生意。那些在人口中占多数、皮肤更黑一些的班图人,则居住在沿海的许多村庄里。

沿海的闹市区人烟稠密,与内罗毕相比有过之而无不及。在低海拔地带,空气黏嗒嗒地紧贴你的皮肤,如同在热烘烘的炉箅子上抹了一层油;最痛苦的是身体的裸露部分不慎接触到汽车的塑料椅,那简直是受刑。路面上的空气在颤抖,恍惚有幻境出现;高大的棕榈也仿佛在迷蒙、眩惑的阳光下跳起了舞。我们把脑袋探出车窗,瞧见棕榈仿佛正将绿色的手指伸向天空。然后一会儿的工夫,车子拐了个弯,印度洋那湛蓝色的海面便遥遥在望了。

印度洋在梵文中称拉特纳卡拉,意为珍珠的创造者。确实,这一称谓在我的记忆中唤起那天清晨海面上波光浮动的景象。在往昔的许多世纪

第五章 弟弟戴维:一场悲剧

里,强劲的西南季风吹动着阿拉伯奴隶贩子的单桅帆船进出这一水域。他们从沙特、阿曼一带起航,行至东非,带来乳香、没药以及其他廉价货物,以此来购进非洲奴隶和象牙。如今,此地皮肤呈橄榄色的居民便是这些商人与班图人通婚的活证。他们说古风的斯瓦希里语,即撒哈拉以南的非洲人使用的班图语与阿拉伯语混合而成的洋泾浜语,并控制着沿海地区的社会生活及地方行政。

在一千多年后,当地居民依照肤色的深浅划分等级的遗风至今犹存。在肯尼亚全境,居民们依照各自的宗教、社交及宗亲而分属不同的族群,各族群之间壁垒森严。正像许多因环境因素而出现不同种族混居的地区一样,沿海居民很久以前便是根据肤色的深浅来划分他们的等级的。戴维和我年纪小,对这些一点不懂。我们俩还是心无芥蒂、天真无邪的孩子。在那个假日的早上,首要的是略带咸味的清新的空气,椰子树上的一颗颗饱满的果实,以及碧蓝天空中飘浮着的朵朵白云,这才是我们想要的;此外,便是当我们在大洋的波涛间跳跃、嬉戏时,那冲击着我们棕色臂膀的暖融融的海水。

我们从旅客们的脖子、胳膊间挤过去,把脑袋伸出车窗,终于瞧见了堆放在劳福德宾馆入口处的象牙,如同交叉堆叠着的一摞宝剑。我们跳下车,从肮脏的路面走进宾馆大厅,总算松了口气。我们很快办好入住手续,在房间里安顿好,然后就朝白色的沙滩走去。在接下来的几天里,我们游泳、吃饭,在这座古老的小城中四处游逛。

宾馆是沿海滨建造的一排房子,每座房子附设一间不大的浴室和一个凉台。我通常在房里读书;因为没钱买书,每天就沉浸在从家里带来的一卷厚厚的莎士比亚作品选中。有一天,我正埋首书中,就听见弟弟在外边喊我。

"你过来看看。他们正干着呢!"戴维喊,"马克,马克,快过来看!"

他的声音不大,但很急切,似乎不想让人家听见。他站在凉台上,两眼正专注地望着隔壁房间。他催我过去,把我拉到与隔壁那幢房子相毗连的一道门边。尽管门关着,可仍能听见从门里传出一阵如唧筒般的抽动声,尖叫声和呻吟声。

"看!看!"他指着锁孔说。

"你到底在说什么?"我嘴里这么咕哝着,立刻弯下腰,从锁孔朝屋里窥望。

就在几天前,我瞧见一个年轻、漂亮的欧洲女人跳进泳池。这女人浑身充满活力,她生着一头金发,身材娇小,十分讨人喜爱,很像当时正在热播的电视剧《农场主的女儿》里的女主人公。戴维和我神魂颠倒地望着她,脑子里浮动着少年人的一些不着边际的幻想。

眼下,这女人就赤身裸体地躺在床上。有个大肚子的男人背对着我们,嘴里一边用粗嘎的声音号叫着,一边在女人的两腿间冲撞,一串串豆大的汗珠顺着男人油腻的粉红色的脊背流淌着。他就这样冲撞了足足有吸一袋烟的工夫;在那扇绿色的门后,我一直盯着屋里的这一幕场景看。有几次戴维把我推到一边,自己往里瞧;不过,他似乎更乐于让我过一过眼瘾。除了西米翁不时带回的一些极力要避开我们的毛片外,这是我们俩头一次瞧见男女做爱的场景。女人一边低声叫喊着,一边不住地呻吟。男人有几次压在了女人身上,我不知道她怎么还能出得来气。这男人胖胖大大,长了一副油滑、粗鄙模样,女的则生得那么小巧、精致。

"使劲,亲爱的!噢,宝贝。继续!再来!"在这一大坨粉红的肥肉的重压下,女人混杂着英语和德语不住地叫喊着。在最后一轮疯狂的冲撞后,男人终于跟那女的分开。两个人面带微笑,都有些倦意。

"宝贝,干得好。"女人咕哝说。

"唔——"他点点头,含混地应一声,转过脸看看屋门。戴维和我拔腿就跑。

我还清楚地记得这次我们在马林迪的非同寻常的经历,是因为这是有数的几次将我们俩联系在一起的事件;不久之后,我们就各奔东西了。我喜欢读书,在学业上十分用功,他则把学校看作监狱。母亲很为我的学

第五章　弟弟戴维：一场悲剧

习成绩感到骄傲，因而又夸大了我和戴维之间的对比。

"我爱你们俩。"母亲常常对我说。在戴维由于分数低，或由于跟同学、跟我打架，不得不再一次辍学时，母亲难过得眼圈都红了。

我不在乎，仿佛这正是我把母亲拉向我一边的大好时机。她能感觉到这一点。母亲后来在回忆录中也批评我不该把戴维推开：

> [马克]在学习上一直都很优秀，对所有的人都不错，单单对戴维不好；他们俩几乎没有不打架的时候。有十年时间，这成了我的心病，直至去美国读大学为止。他和戴维打得那么厉害，有时甚至把家具和窗玻璃都打坏了。如今我明白了，马克一直想让戴维服从他，戴维可不吃这套。兄弟俩打得难解难分；最后，戴维就常常离家出走——去找朋友或同父异母的哥哥博比；或者去找在伊斯特利的一位叔叔，以作为情感上的替代品。

"戴维一出生，你就经常打他。"有一回，母亲这么跟我说。母亲说的是对的。我想统治戴维，就像我常常想统治身边的一切一样。我自己则不明就里；甚至有时也有所察觉，也闹不清自己为何会如此。

戴维从不理会什么规则。他可不想由哪个人来约束自己，母亲实在管不住他。有几回戴维向我求援，希望我能给他一些帮助；可我一直在忙功课和其他杂事，没把他放在心上。最后，他终于不再求我，转而去跟博比或丽塔商量，或者去找老奥巴马家的其他人。

那时，我们俩没有女朋友。对我们来说，女人是个未知的另类物种。我在社交方面实在不开窍。对许多黑人女孩来说，我这人太斯文了；而对那些白人女孩来说，我的肤色又太黑了。戴维失去童贞比我早得多。他用一种别具一格的方式把这事告诉了我。他知道我孤身一人，需要帮助。

一天傍晚，我听见有人在窗上敲了一下。"马克，快出来。你简直不敢相信！"

"怎么——怎么回事？"我喊叫说。我被戴维从午睡中惊醒，有些恼火。

"我刚跟一个妓女干了那事。她就在我屋里。"这一阵，戴维睡在下人房里。他要求独立，要享有一定的自由；为求耳根清净，父母就答应了他的请求。他的住处是与正房毗连的一间小房，与我的窗户相隔几码远。

我觉着有点不对昧。戴维在这事上占先了。现如今，我还是个童男。

"你这家伙，简直疯了！"

"真的！"他说，声调里既有点惊慌，又不乏洋洋自得。

"她就在这儿，还光着身子呢。马克，快进来。你也来一下！"听得出来，他这话是认真的。我退缩了。我的身体有一半想接受戴维的馈赠，可保守的一面最终占了上风。蓦地，我对戴维的敌意消失得无影无踪。他比哥哥先一步破戒，未必要借此胜过过分具有竞争力的哥哥；恰恰相反，他知道我正处于孤独之中，他想与我一同分享他的快乐。

"不可能，你疯了吗？"我浑身颤抖着，不知道如何是好。恼怒似乎是我最好的防卫武器。

"来吧，来一下。不要钱！"他一边替我鼓劲，一边咯咯笑着。谨慎、体面通通都抛到九霄云外去了。在男孩的生活里，很少有什么东西比这第一次更值得珍惜的了。除了我，再也没有第二个人能跟他一起分享这美妙的时刻。他还在继续劝说着；借助这一层玻璃的阻隔，我在房里抵抗着。很快，我听见一个压低的声音，是个女人在用斯瓦希里语说着；紧接着，是一阵手镯、钱币的细碎的碰撞声。我有些后悔，磨磨蹭蹭地朝门口走去，但为时已晚。一切重归于寂静。

～

戴维是爱母亲的，尽管他本能地反抗她。我想，他感到自己是不受宠爱的，似乎在幼年时期即因目睹了家庭暴力而受到伤害。

第五章 弟弟戴维:一场悲剧

然而,造成戴维不满情绪的,还不仅仅是由于他曾受到父亲一方的有害影响。他在学习上一直就弄不好,而且常常被拿来跟"聪明的"哥哥相比;哥哥从没给过他帮助,而这位哥哥本来是可以给他添一把劲的。我记得还在他住在正房的时候,有天晚上,他跟母亲和西米翁大吵了一架。透过紧关着的门,我听见他在房里的抽泣声,声音拉得老长,看来的确是伤心了。我敲了敲门,然后进了屋。他正在床上躺着,脸冲墙,背对着我。

我在他身边坐下。"怎么啦,伙计?"

"他们为什么这么恨我?"他哭着说,脸仍扭向一旁。

"别放在心上,戴维。你有不少潜力。别哭了。"我可怜起他来,或许是因为我很少看到戴维哭。在我的眼睛里,好像他总想显得比我更倔强;那天,他第一次暴露出脆弱的一面,他同样是容易受到伤害的。

我轻轻握住他被泪水打湿的手。他的手上满是茧子,十分粗糙。"你并不真的关心我。"他说。他想把手抽出去,被我紧紧握住了。

"确实,伙计,你身上的确有些惊人的天赋。我都嫉妒你了。"

他没说什么,可抽泣声渐渐低了。

"你这话是什么意思?你比我聪明。你总是在班上名列第一。"他的两眼哭得通红。屋里灯光昏暗,再配上他的一副黑脸蛋,两只眼睛就几乎看不见了。

"你跟人交往的确有一手,戴维。你的确很有人缘。"

我常常使用人缘这个词,好像这是个令人崇敬的东西。对中学生来说,这个词的确意义重大,如同可爱、酷或有口才之类。这个词让人联想到成功,即某人在晚会上尽情狂欢,整天围着女孩子转,是个名噪一时的人物。这个词显示出平庸与伟大之间的差异。

"真的吗?"他停止了抽泣,看着我。望着他胖嘟嘟的脸蛋,我不由感到一阵怜悯。

一次,我跟母亲抱怨戴维的某种让人讨厌的习惯,母亲说:"他是你的亲兄弟,是这世界上你唯一的兄弟。"

就在这时候,我找到一本有关测智商的书;出于好奇,我给戴维、我自己,以及最小的弟弟理查德都测了。理查德那时才六岁,可分数最高,特尔曼指数高达143,的确是相当突出的;我的平均值是120左右,我觉得这个分数实在太低了(随后我花了几天时间测试,总想把这个分数再提高一些);戴维的分数在平均值以下,在90左右。我感到有些为难,最终没把测试结果告诉他。眼下,我撒了谎;我想让他感觉好些。

他没说什么,但我知道他有所触动。

几个月之后,我们俩为一件小事发生了激烈的争吵,事情的起因全不记得了。就在两个人争吵得难解难分的当儿,我说出了狠话。

"你这该死的低等生物。这辈子你什么也干不成!"

"瞧瞧你在说什么。你亲口告诉我,我有非凡的智商。你这个该死的家伙!"

"我那是在骗你呢,你这讨厌的家伙!"

他沉默了片刻。我在他的眼睛里看到了一丝怀疑的神情。在那一刻,我真恨我自己。可我又继续说下去:

"我说了谎,是想让你感觉好些。实际上,你只得了90分,低于平均值。你这个变态的、脑筋迟钝的家伙!"

他摇摇头,"我不信。"但我知道,他相信了我说的话。话既已说出口,就再也没法收回了。我如何才能描绘出他当时的脸色呢?我看到他脸上的神情由愤怒变为不信,再变为绝望,前后不到一秒钟的时间,就像用快进方式播放一段录像,展示出一朵花的枯萎过程。这是一个人永远也没法忘记的,尤其是当绝望情绪赤裸裸地显露出来那一刻的情景。我至今仍然悔恨不已。

戴维的确有些非凡的天赋。他懂得不少生活窍门。在与人交往方面,他的本事实在让我自愧不如;他尤其擅长跟那些肯尼亚同胞拉关系,甚至比那些当地人更非洲化。他可以随意跟哪个黑人群体打得火热,既轻松自如,又举止得体。他的斯瓦希里语说得十分地道,而且可以无所畏

第五章 弟弟戴维:一场悲剧

惧地说出自己的心里话。非洲人待人热诚,他们十分敬重他的这种开诚布公的态度;他们欢迎他加入到他们中间,跟他在一起言笑自如。他们对我则冷眼相对。我算是他们的名路兄弟,毫无幽默感可言,总是有所保守:虽说我总想跟他们一样,可绝不会成为他们中的一员。

戴维几年以后就离开了人世;不过,要经过很多年我才会认识到,我失去了某种十分可贵的东西。戴维原本可以教会我许多东西。他原本可以成为我抵达彼岸的桥梁。他原本可以更早地让我意识到,要成为一名同时属于两个世界的公民究竟意味着什么。要是他如今还活着,看到我正磕磕绊绊地做着这方面的努力,他或许还要嘲笑我的笨拙。然而他最终会对我有所助益,而这样的助益也只有兄弟之间才会给予。

"你们不仅仅是属于某一种文化的公民。"母亲常常对我们说,"你们是同时属于两个种族的公民,而这种跨种族的身份会使你们的心灵异乎寻常的富有。"

戴维将此作为自己的生活准则;他一直在寻求他人的接纳与爱,不管这样的施予来自何方。于是,戴维便在本能的指引下悄悄闯进了父亲的生活轨道。他希望我也接受老奥巴马,正像他做的那样。

他常常一出去就几天不着家。他经常住在博比家,还去见了从基苏木来的亲戚。一次,他又几天没在家,然后又露面了。他见房间里只有我一个人,就说:"我去见了父亲。他也想见见你。你为什么不跟我一道去见见呢?我可以带你去。"

我犹豫了。我有很久没想起老奥巴马了。这事大大出乎我的预料,我实在不知道说什么好。我的内心在进行激烈的斗争。戴维看出我的犹豫不决,就说:"他确实想见见你。你为什么不跟我去见一面呢?"

或许是由于我不想示弱,于是,我同意了。可我内心仍有些恐惧。这种缓慢然而在不断增长的恐惧像一团迷雾从我的腹内涌出,逐渐向上升,最终将我的身体紧紧包围住。

我们俩一同出发了。戴维带路,我们跳上一辆马塔图,在工业区下了车。我记得以前戴维就在此处飞快地穿过稠密的人群,转瞬间他的背影就在我的面前消失了。我们又跳上另一辆马塔图。当我们或乘车,或徒步,穿过这个贫穷街区如迷宫般的街巷时,这里所散发出的绝望的气息以及与其他行人如此近距离的接触几乎让我透不过气来。我内心的恐惧在逐渐增强。

我们在内罗毕郊区的终点站下了车,走进一片散布着垃圾、树木残株的杂草丛生的田地。在远处的蓝天下,一幢幢高层建筑赫然耸立,那些建筑上的几百扇窗户仿佛是一只只警觉的眼睛。我们沿着一条小路走过去,眼前出现一道装有倒刺的铁丝网。再翻过一道小丘,便可抵达其中的一座高楼前;而在我的眼中,这座高楼如同一个不祥的梦魇。

戴维把铁丝网撩起一些,从底下爬了过去。

我蓦然停住了脚步。铁丝网似乎成了一道不可逾越的障碍,恰如我的内心也有这么一个我不想触及的禁区。戴维转过身来,瞧见我脸上的表情,便催促我:

"别担心,马克。他想见你。别怕。"

别怕。我为什么要怕?我想。可是,我没法跨过最后这道障碍。遍地肮脏。满目凄然。我的父亲就在这儿。

T.S.艾略特曾写下这样一句诗:我要在一抔黄土中指给你恐惧。①

这是一片彻头彻尾的荒原,从里到外散发着绝望的气息,正是这种气息阻止我跨过这片冰冷的土地,走进父亲的房间。戴维一次次督促我,仿佛我就是他身体的一部分,他不该把我丢下。最后,我们俩终于分道扬镳。他继续向前走去,我则转身回家。

数十年后,我从这次半途而废的探访中学到了更多的东西。

---

① 诗句引自英国诗人T.S.艾略特(1888—1965)创作于1922年的著名长诗《荒原》,原文为:"I will show you fear in a handful of dust."这里的黄土(dust)当然指死亡。在西方基督教的观念中,人的生命来自脚下的泥土,死后亦复归于泥土;这一观念与中国人对"一抔黄土"的理解正相一致。

第五章 弟弟戴维:一场悲剧

戴维与父亲和解当然是对的,不过,他在自己的人生道路上却没能取得更大的进步。对戴维来说,我们中产阶层的生活仅仅算是一种痛苦的矫饰,既不能为自己挣得一份不动产,亦无法使你免于愁苦,不过象征了他自身的失败、自我怀疑及厌弃而已。他越来越频繁地出走。十五岁那年,他开始向路人讨钱。一天,博比在哈赖姆比大街发现了他,把他带回自己那间狭小的公寓。从那以后,戴维就不想跟这边的家庭有任何来往了。我呢,既不想继续跟他来往,也不想跟那边的家庭有什么瓜葛。然而有段时间,我心里有种莫名的冲动,想跟戴维在一起。他很少回这边的家。有一次他回来,我跟他说了会儿话,他带我去了博比的公寓。

这是仅有一个房间的承租房,在靠近马萨里山谷的一条僻静的街道上。房间中央拉了一根晾衣绳,用一块浅粉色的布帘将房间隔出一段,几块垫子旁有一台收音机,一只平底锅,另外还有一捆旧衣服。

"现在我就住在这儿。"戴维跟我说。

几个月之后,在一个雨夜,戴维跟博比借了一辆摩托车出去玩儿。然后,他就撞上了一辆卡车,当即毙命。

我还记得母亲写来的那封信;当时,我正在布朗大学读书。

  戴维死了。

蓝色的航空信封里只有这么一句话,全大写。母亲不是诗人,这是她写下的一行最好的文字。即使大作家加缪,对这类事件也只写过寥寥几个字:*母亲今天死了。也可能是昨天,我不知道……*①

---

① 引文出自法国著名作家加缪(1913—1960)的成名作《局外人》。

走出肯尼亚：一个人和一个家族的奋斗

还能说什么？在读到这封信时，我默默思忖着。一滴泪也没有。我想，我如今与戴维已成陌路。然而，此时此刻，有关戴维和我一同生活的场景、思绪，有好的，也有不好的，如潮水一般把我淹没了。在我的心被撕裂之前，赶快把这一桩桩、一件件的前尘往事推开。

数年之后，我在斯坦福遭遇个人危机，于是，这场丧亲之痛终于袭上心头。我记起我们在马林迪一同度过的那段时光。两个棕色少年皮肤油光光的，在白色的浪涛间宛若两粒乌黑的浆果。阳光照射在戴维湿漉漉的、闪光的身体上，我见他脸上挂着微笑。泪水一下冲出我的眼眶，像决了堤坝一般不可遏止。

如今，对于戴维的死，每个认识他的人都感到一分自责。在庆贺巴拉克·奥巴马总统就职的那一周，我跟博比碰面了，他如今叫马利克。他又告诉了我一些细节。

"马克，戴维遇难那天，我因斗殴被拘留。在警察局，我让戴维替我回家取些东西。他跟我要摩托车钥匙。我本来不想把钥匙给他，可我最终还是给他了。"

数小时后，在内罗毕嘈杂的街道上，戴维的摩托车失控，倒在了一辆疾驶而来的卡车下。

"马克，我每天都会想起他。这让我一生不得安宁。"大哥说。他弓着腰，垂着脑袋，既好像在祈祷，又好像有个魔鬼伏在他的背上，压得他直不起腰来。

"戴维，你爱我吗？"一次在睡梦中，我问戴维。

"不，我恨你，因为你恨我和我所代表的一切。"

"那么，戴维，你代表的是什么呢？"

"我代表的是你的另一面，你身上所具有的非洲属性，而你自己对这一点一无所知。哈奇亚孟古①！"

---

① 哈奇亚孟古，斯瓦希里语，即"向上帝发誓"之意。

第五章　弟弟戴维:一场悲剧

"那么,戴维,你嫉妒我吗?"

"我想是的。人人都知道,你是这个家庭里的成功者……"

这是我第一次将戴维的悲剧形之笔墨。我自幼便有个独特的禀赋,有一种关闭记忆的能力。但记忆永远是抹不去的;它们就沉睡在你的生命里,等待醒来的那一日,就像尘封已久的老照片。在华盛顿,我也见到了丽塔,她如今叫奥玛。

"万物都有各自的时辰。"说到一家人的聚首,她冷不丁冒出这么一句。这话拿来说明我那时伤悼少弟猝然离世的愁怀,恰如其分。

在精神上,以及在对生活的热爱上,戴维比我伟大;正是他人格上的某种东西让我感到惊愕。如今我意识到,最让我感到惊愕的是他开诚布公、宽容大度的心胸;对某些事情,我既无力也无意像他那样去理解,去宽容。他的人生目标是远大的,他想与同胞们——既包括自己家庭里的兄弟姊妹,也包括内罗毕的所有路人——共享生活之乐。在我看来是妖魔,在他看来则是天使;在我看来是天使,戴维则弃之不顾。

戴维与我的合影,约摄于1971年,即露丝与老奥巴马离婚前后。在争夺母爱方面,我们俩是一对旗鼓相当的竞争者:兄弟间充满了竞争。

戴维与我及两位同母异父弟弟理查德和约瑟夫的合影。上排左一为戴维。多年以后，戴维在一场车祸中罹难，我当时正就读于美国的布朗大学。

第六章 性、海滩及跨种族家庭

音乐感召

罗杰斯、哈默施泰因《南太平洋》

自从我们有了第一架钢琴,母亲就开始满怀激情地弹奏起来,仿佛隐藏在她个性中的那位女高音歌唱家从1940年代美国通俗音乐中找到了抒情的通道。每当她高声弹奏音乐剧《南太平洋》的曲调时,戴维和我总陪伴在她身旁,就像在她唱歌时外祖父母曾陪伴在她身旁一样。至今我还记得其中《一点不像个女人》,美丽的护士洗发时唱的那支歌,以及令人难以忘怀的《巴厘海》和经典的《迷人之夜》等曲调。这些歌曲咏唱的都是青年男女的恋爱故事,不过,我之所以至今仍记忆犹新,是由于当年我们母子三人亲密地聚在那架老钢琴旁,园中花木的芬芳随清风阵阵透进屋内的情景。

母亲的许多朋友也都拥有这种跨种族婚姻的家庭,她们的生着橄榄色皮肤的孩子们要么跟那些黑皮肤的同伴们一道玩耍,要么像我一样,摒绝这个令人失望的、谨小慎微的社会,像个隐士一般将自己封闭起来。这类家庭有许多被笼罩在绝望和分崩离析的阴影中。那些曾经把家庭缔造成更为坚强的社会细胞的男人们往往整天不着家,于是,家庭通常便落入那些勇气可嘉的女人们的掌控之中。我常常将这二者理解为拔河赛上的运动员：角力的双方遍体鳞伤，他们缓慢地将这个家庭撕扯到分裂的边缘。

意第绪语①有个词 bashert（宿命），意思是一个人的伴侣、理想、宿命之爱，或生命的侣伴。在这些反传统、非习俗而且往往得不到宗教认可的家庭中，爱情和希望便是赖以维系的纽带。这些女人被她们的宿命所捕获，加之对非洲这片神秘土地的向往，于是便抛弃自身的一切所有，移居到肯尼亚。然而，一旦发现自身所面临的社会压力如此巨大，而她们对此并无充分的准备，于是，她们有的便被迫返回故乡。这些人往往在经济上落入窘迫境地，或者更惨，在当地旨在使家长特权永世长存的法律的裁决下失去孩子。那些选择留下并生存下来的女人则是些理想主义者，或者某种意义上的避难者。但不管怎么说，她们毕竟是幸存者。我还记得我们曾去探望一个俄罗斯姑娘，那年我大约八岁左右。她拒绝流产，结果立刻被她的肯尼亚男友抛弃了。

提起这个俄罗斯姑娘，母亲总说："她人长得漂亮，心眼又那么好。她靠给人做秘书度日。她决定不回俄罗斯了。"

瓦莲京娜是个身材颀长、苗条的女人，头发红棕色。"露丝，我恨这地方，可是我不能回去。"在我们踏进她的整洁、简朴的小屋时，她喃喃地说。

瓦莲京娜说话虽一口浓重的俄罗斯味，但这丝毫无损于她那略带沙哑的嗓音、一双褐色的逗人喜爱的眼睛，以及她红润的高颧骨的两颊所具有的魅力。我暗自纳罕，即使在绝望中，她仍显得那么漂亮。我完全可以想象得出，她在表演《天鹅湖》或《仙女们》时该是怎样一副天姿国色：在银色的月光下，鲜花和天鹅伴随着音乐轻轻摇摆，她一会儿旋转，一会儿又来个皮鲁埃特单脚旋转。然后，她从舞台上一跃而起，轻若游丝，翩若惊鸿。

在与房间相毗连的小屋里，有只小床隐约可见。瓦莲京娜朝小床瞟

---

① 意第绪语，属日耳曼语族，现主要为犹太人使用。

第六章 性、海滩及跨种族家庭

了一眼。

"我在这儿活得挺好。这儿就是我的归宿。"她喃喃地说。最后,她终于垂下了两眼。她的两眼紧张地在房间里扫视着,伸手摸了摸脖子。我看到她的手指在微微颤抖,就像烟民戒烟或钢琴家因很久不摸琴而出现的反应。我分明感觉到,这话似乎连她自己都不敢相信。果不其然,没过多久,她就带孩子回俄罗斯了。

"她这步棋走错了。"母亲抱怨说,"她应该在这儿养孩子。他要生长在非洲人中间,而不该到那些排挤他的人那里去。"

但我是理解她的。瓦莲京娜生来可不是要在肯尼亚终老的。在这片游荡着狮群、猎豹、兀鹫和鹰隼的土地上,她不过是一只暂时迷失了方向的蝴蝶。

与之相反,母亲则认为,就她自己的情况而言,美国可不是抚养这些跨种族婚姻生下的孩子的好地方。她说,美国不仅有太多的种族冲突,而且有太多的暴力。肯尼亚倒是个相对宁静的地方;在这儿,她可以平平安安地、有尊严地把孩子一一抚养成人。

"跟西米翁在一起,算咱们走运。"她说,"他是个有责任心的男人,而且家境不错。他能做一个称职的父亲。他既不酗酒,也不会逃避;他有能力抚养我们。他是个好男人。"

正像她告别所有其他国家的那些朋友们——当她们各自跟非洲男友或丈夫分手,动身回国时——一样,瓦莲京娜的离去让她十分伤心。

母亲的心中怀有无穷无尽的爱。当初,她爱上了一个男人,然后爱自己的儿子,爱自己的家庭;后来,这份爱心清单就加进了许多贫苦无助的陌生人。

有的时候,她常常抨击这片"穷乡僻壤",可心里充满了爱。人们说,爱是盲目的;对于露丝·比阿特丽丝·贝克来说,盲目倒成了力量之源。这份爱的核心部分即家庭之爱,无时无刻不在她的身上表露出来。无论他人怎样讥讽或非难,她都会面无惧色、心甘情愿地陪伴在她所喜爱的人身旁。

露丝和西米翁婚后不久,全家人作了唯一的一次海外旅行,当时我十岁左右,母亲还抱着才一岁大、身体虚弱的理查德。我们飞抵罗马机场,理查德高烧得可怕,全家人急切地往酒店赶,想尽快找个医生。我们上了一辆豪华的轿车,发现身上的外币不够付车费。汽车马上就要发车了。

绝望中,母亲抱着孩子走到前面。

"请问谁能帮忙凑些钱付车费?孩子病了,我们必须乘这趟车去宾馆。帮帮忙吧。"

开始,车上的人无动于衷,他们继续读着手里的报纸,或者闲聊。人们的目光全都避开这个怀里抱着个黑孩子、正在讨钱的白人妇女。

"帮帮忙吧,只要三百里拉我们就能乘这趟车了。"西米翁、戴维和我都瑟缩在车后的座位上。我能感受到西米翁内心的屈辱;我也一样。这一时刻,我们几个谁也帮不上忙。

足足有两三分钟之久——这段时间简直长得像过了一世——她就站在那儿,向众人讨钱。最后,泪水从她的眼睛里滴了下来。座位上伸出了一只手。我听见硬币的碰撞声。

"谢谢您!谢谢您!"母亲大声地说。最后,她终于凑足了车费,我们可以乘这趟车了。

跨种族婚姻的家庭只能自己打拼,而这些家庭中的妇女们的爱时刻在经受考验。

"一旦涉及我的孩子,我什么事都干得出来。不管什么事。"她常常把脸紧紧贴在我们的脸上,深情地说。

"可是,当你离开我的时候,"有的时候,她还要加上两句,"要记着我。总有一天,你会回到美国去生活,到那时候可别忘了老妈。"

她爱美国。然而,爱却把她带到了几千公里之外,离乡背井。这究竟是怎样的一种爱呢?我心里暗自纳罕。我实在想象不出,爱的力量竟如此巨大,因为我对这类事情还从未亲身体验过呢。什么是爱?我常常扪心自问。

第六章 性、海滩及跨种族家庭

在印度洋的海滩上,我第一次吻了一个女孩。有时,我感到大海给了我最大的快乐。在狄安娜海滩和马林迪,戴维和我在海浪中欢快地嬉戏,那里的海水蓝得像祖母的眼睛,海滩则白得像牛奶。在茂盛的棕榈树下,我跟度假的伙伴们一道去捡贝壳或其他海洋生物。偶尔被海星、海胆蜇一下,而这类体验只会加深我对大海的依恋,就像椒盐卷饼上的一坨辣酱。

1975年夏,西米翁开车,我们去海滨度假。对于奥巴马一家来说,马林迪之于科盖洛①,恰如白天之于黑夜。科盖洛粗壮的灌木丛让你终生难忘,正如这里的银色海滩令你惊讶不已。牲畜粪便的臭味被腐烂海藻发出的那种刺鼻的气味所替代,瘦骨嶙峋的小鸟也让位给了白色的鹈鹕。我们吃沙拉、鱼和空心粉,而不是像在科盖洛那样吃乌咖喱和苏库玛维基②。这里的夜晚没有喧嚣,除了头顶嗡嗡低吟的风扇催我入眠。也听不见高音喇叭的聒噪;把海螺壳扣在耳朵上,就能听见大海的涛声。

这里从不缺乏音乐,跳动的心脏、澎湃的海浪、被丢弃的贝壳,以及拍打窗子和棕榈树叶的海风所发出的种种声响,便构成一支美妙的天籁。在非洲,整个世界都处在律动之中;在海滨,这种律动是一股残忍的、无所不在的、毫不遮掩的力量。然而就像大自然中的一阴一阳,许多表面看似矛盾对立的现象,实则相辅相成。

"我们六点钟就能赶到!"路上,西米翁跟一位老朋友邂逅,他大声说。他的这辆奔驰180是抓奖时得的,锃亮的漆皮和镀铬的边角没一点磕碰的痕迹。他每天一早就把车洗得干干净净,开起来好气派。不同以往偶尔周末外出,戴维和我通常坐母亲那辆老旧的绿色菲亚特,西米翁的

---

① 马林迪,肯尼亚著名海滨胜地;科盖洛,奥巴马家族发源地。
② 乌咖喱,一种用面粉做的面团,无味,不知道怎样描述;苏库玛维基,当地的一种蔬菜,如菠菜而微苦。

车子坐着稳当多了。我们在宽阔的座位上睡着了,还梦见了豪华宾馆和海岸边滚滚不息的浪涛。

　　从内罗毕到海滨小城马林迪,四百英里的路程走了近十个钟头。去海滨的路是一条漫长的、笔直的大道,有时一连驱车数小时,道旁除繁茂、枯黄的杂草铺成的一张无边无际的地毯,什么也瞧不见。偶尔可见一两株金合欢树,像一柄柄张开的大伞,在暴虐、酷暑的天空的压迫下仿佛要沉入地下一般。各游牧部落如同他们的先民,赶着畜群从一个水坑走向另一个水坑。野生动物如长颈鹿、牛羚,偶尔还有大象,不时从公路的一侧跑到另一侧,抬头警觉地望着我们。

　　一辆疾驶的马塔图本想超过我们,不想猛地侧翻,在路面上打了个滚。又有一次,我们正沿大裂谷的边缘行驶,谷底的深度逾一英里,另一辆马塔图从一侧飞驰而过,旅客的胳膊、腿从车门伸出来;透过肮脏的车窗,他们扭过黝黑的脸膛,瞧着我们。可就在这辆车向前疾驶的当儿,一场更惊心动魄的事故发生了:是车子压了一块石头,或撞上了别的什么障碍物,我记不清了,反正车子突然一下蹦起来,在空中翻了个跟头,然后车轮又落在了地面上,灵巧得就像一只猫从高处跳下。车子又摇摇晃晃地朝路旁滑出一段距离,几英尺之外便是万丈悬崖。幸喜乘客毫发无损,他们失魂落魄地从车上逃出。我们的车子缓缓地从一旁驶过,愕然望着窗外的这一幕。可没一会儿工夫,这辆车又冒着黑烟,迅速地赶过我们,就像被几个看不见的复仇女神追赶一般。

　　黄昏时分,我们车至马林迪;晚六点驶抵劳福德宾馆,正像西米翁预计的那样。我们正在办理入住手续,身后有个大嗓门就开腔了:

　　"你这无赖!西米翁,我的心肝宝贝……这阵子你去哪儿了?我一直在等你。"

　　老板娘属英裔肯尼亚人,他们是自殖民时代即移居肯尼亚的白人后裔。在世界的边缘,玛乔丽牢牢统辖着这片狭小的天地,当地的仆从无不对这位老板娘俯首听命,游客包括肯尼亚人、德国人和英国人,他们倾巢而至,十分乐意选择这家廉价宾馆。

说话间,人已一阵风似的冲到我们面前。在一缕缕金色额发的映衬下,虽说一张脸用唇膏、腮红之类涂抹得光彩照人,但究竟敌不过岁月的侵蚀。可她似乎有抗拒万有引力的轻功,脚步敏捷地在大堂里转来转去,浑身有使不完的劲头。

"我的小心肝们,这阵子你们在哪儿呀?瞧见你们真是太高兴了。噢,露丝,你真是太漂亮了!"玛乔丽的嗓音又低又沙哑;她一根接一根地吸烟,嗓子自然不会好。她说话带点舞台腔,用夸张的语调把元音拖得老长。她跟两个大人亲了亲脸蛋;轮到我们孩子,她的吻有点冷冰冰的。

"现在,孩子们,你们可得给我守规矩……"她轻声警告说。

母亲一定瞧出我有点怕她。后来,母亲跟我说:"玛乔丽年轻的时候可是个大美人。"

白天,戴维和我在沙滩上玩耍,不时冲入温暖的、泡沫飞溅的海浪。非洲的碧空与海水相接,在遥远的天际构成一个完美的新月形;此刻,整个世界仿佛正处于辉煌的顶点。

晚上,我们把脑袋探出窗子,便能感受到那个包裹着我们的宽广、善良和强大的空间。一躺到床上,凉丝丝的棉枕贴着脸蛋舒服极了,浪涛撞击海岸的声音犹如咒语,很快使我们沉入梦乡。

有时,马赛和坎巴的村民来小城跳舞,带来他们鲜艳的红蓝两色的民族服装。女人们遍身包裹着传统的珠宝,男人们则带着鼓和被称作基伯伯的令人可畏的木棒。在泳池旁的灯光的映照下,舞者的一张张乌黑的面颊闪烁着幽光,而他们的倒影则消融在泛着银光的黑沉沉的水面上。燃烧的火把、舞者不断扭动着的汗流浃背的身体,以及观众们的一双双通红的眼睛,也仿佛使大地感到欣悦,而这阵阵鼓声便是大地的律动。

广场上有块稍稍垫起的台地,迪斯科舞会就在搭建在台地上的大帐篷里举行,篷顶装点着色彩艳丽的彩旗和气球。巨大的扬声器紧靠吧台,附近搭起一个乐师们奏乐的摇摇晃晃的舞台。九点钟左右,舞会开场,锣鼓喧天,随着乐师们奏出的巨大声响,整个舞台都在他们的身下震颤着。

我通常独自走下舞池,卖弄几个最时新的舞步,可并不单单为某个什么人炫技。在人们的一片叫好声中,我伴随汤姆·琼斯或比吉斯①的乐曲跳几分钟,就回到父母身边;然后隔十分钟左右,我再下到舞池,故伎重演。

我首先注意到的是她那一头乌溜溜的长发。长发滑过她那瘦削、柔嫩的双肩,一直垂到胸部。在篷顶灯光的映照下,她的裙子闪烁出蓝、绿、黄三种不同的色彩,使她笼罩在一种高雅的气氛中。她正面对我,交叉两手,与家人坐在一起,神态很像一位公主。

我不安地变换着两腿的姿势。猛地响起音乐声,我的心怦怦直跳。她的两眼强烈地诱惑着我,如磁石一般不可抗拒。我想请她跳舞,但我拖延着。我变一下坐姿,装作没看见她的样子。

有的时候,尽管女孩们发现了我的魅力,可在女孩们面前,我的舌头就像短了一截。我尽力向她们摆出一副昂首挺胸的姿势,跟她们击掌表示一下问候,念两句我从《周末夜狂热》之类时髦电影里听来的台词。我还不知道我是谁;我不知道我的外表正像我身上的衣服,一天天在改变着。

突然,紧靠她坐的那个大胡子男人站起身,朝我们这一桌走来。他走到我面前。

"我女儿想跟你跳一个。她问你是否愿意跟她跳舞。"他带有浓重的德国人口音,说话缓慢,很有分寸。

我茫然地回望着他。在他身后,姑娘的身影已变成模糊一片。心脏在猛烈地撞击着我的胸膛。它跳动得这么剧烈,所有的人都能看出我的惊慌失措吧?我暗想。

西米翁探过身子,小声说:"马克,勇敢些。跟她跳一个。她喜欢你。"

---

① 汤姆·琼斯,即托马斯·琼斯·伍德沃德(1940—),英国威尔士歌手,据说自1965年以来售出一亿多张唱片。比吉斯,一队来自澳洲的爱尔兰裔三兄弟乐队,包括大哥巴里·吉布及双胞胎罗宾·吉布和莫里斯·吉布。他们将摇滚乐、迪斯科和布鲁斯融合在一起,风靡世界。

她父亲点点头,表示鼓励。

"我——我不能肯定。"我结结巴巴地说。西米翁微笑着,又呷了口啤酒。

"来吧。"最后,他鼓励说。德国人会意地朝他点点头。

"没问题。我们全都拭目以待!"

他走回自己的座位。我跟在他的身后。这几步路长得像永远也走不到了。

我看到,她有一双清澈而专注的褐色眼睛。"你想跳舞吗?"我问。

她只微笑着点点头。是一段轻松愉快的曲调。这支舞曲没问题,我暗想。

可一走到舞池,音乐陡然停止,然后就奏起了一段舒缓的乐曲。

我一下子慌了。这支乐曲速度太慢了。我不得不搂着她!我不得不像那些搂抱在一起的老年舞伴那样搂着她。我半转过身子。我看见父母正注视着我。在昏暗的灯光下,我看不清他们的表情,但我知道他们正注视着我。

我们俩尴尬地站立了一会儿。我有点害怕。我感到心脏在剧烈跳动。我鼓起勇气,上前紧紧地抱住她。我清了清喉咙。

"你叫什么?"

她的两条胳膊真细,她的光滑的丝绸裙子紧贴在我的皮肤上。我不知道两个人贴得这么近怎么跳,但我尽力适应着。

"玛丽亚。"她轻声说。

她的脸挨着我这么近,我能感到她呼出的气吹到我的脖子上。乐曲十分舒缓,不过,我的恐惧很快就消失得无影无踪了。

"好极了!"座席上有人喊了一声。音乐停止了。有些人鼓起掌。舞池里只有我们俩。我们感到一阵尴尬,就像自己赤身露体被人瞧见了一样,慌忙逃回到父母身边。两家大人把桌子拉到一块儿,喝酒、谈天、述说起各自的经历。

第二天,我看见戴维正跟玛丽亚的兄弟在一块打乒乓球。我躲开他们的视线。就在这时,我身旁的一个声音吓了我一跳。

"你不大说话,对吧?"说话的是玛丽亚。

"关你什么事?"我说。

她大笑起来,可没再说什么。大人去老城观光,或者睡觉,吃饭,喝酒,我们这些孩子就在一块玩儿,通常是由戴维提议。我看见玛丽亚望着戴维的样子,心里感到一阵嫉妒。为什么他那么善于交朋友?

玛丽亚则是一副轻松自在、无牵无挂的模样。当我们在宾馆四周闲逛时,她通常跟我们在一起。在一种可怕的好奇心的驱使下,有几次退潮后我们下到海滩上,观看那些搁浅的海星在毒热的阳光下缓慢死去的情景。

"你觉得它们能看见我们吗?"她问。

"它们死了。"我说。

"没有。没死。它们在等着我们——"她用两手捧来海水,浇在那些浑身颤抖、正在缓慢死去的海星上。

海水退去之后,我们踮着脚,小心翼翼地在那些裸露的珊瑚、海藻周围转悠,用网兜在浅滩上捕捞被困的虎斑贝。

我们一起玩捉迷藏时,有好几次我找不着她。可就在我屏住呼吸仔细搜索了好一阵的当儿,如同舞台上的魔术表演,她那张美丽的小脸笑盈盈地随着一阵音乐从一只座椅或一道墙后出现了,仿佛我们正身处某种小巧而特别的、不可分割的装置中。

"我很快就回德国了。"一天早上,她跟我说。蓦地,她的眼睛里充满了悲哀。她垂下两眼,看着海滩。不远处,一群与我们同龄的孩子正围着一对观光夫妇,大声叫喊着:

"贝壳,非常漂亮!老板,只要十个先令!"

孩子们的叫卖声越过坚实的、挤满游人的海滩,传到我们的耳中,清晰得就像远处船上的铃声。孩子们黑色的皮肤因汗水而显得油亮;他们急匆匆地跑在他们所要猎取的这些欧洲人的前头,脚下腾起一阵阵白沙。

第六章 性、海滩及跨种族家庭

玛丽亚抬起头,望着我。"我会怀念肯尼亚的。"

她没再说什么。她望着翻滚的海浪,面带微笑。

那天下午,我们一道玩捉迷藏。我们恰巧蹲在一只巨大的扬声器下;那天晚上,也正是在这只扬声器播放的乐曲声中,我们第一次在舞会上邂逅。我们俩的脸贴得那么近。我能闻到她皮肤上的海水的咸味,能感到她身体的温暖。她突然吻了我一下。这一吻迅捷而短促。她低垂的两眼睫毛一扬,羞涩地瞟我一眼,然后一边咯咯笑着,一边跑开了。我尝到了她嘴上的咸味,并感受到她胸部的挤压。我感到一阵尴尬,然后追过去,可她跑得太快了,我追不上。

这是我平生第一次接吻,也是我们俩唯一的一次接吻。后来,尽管我们又越过了红线,但我们本能地有了自我意识,彼此就存些戒心;而我们当初一起跳舞和那次短促的接吻,都来得太快,超过了彼此真正的渴望,两人对此也并未做好准备。

在后来的几年里,我们一家一次次回到劳福德宾馆,每次我都会回忆起当初我们一起跳舞,一起在海滩游逛,她嘴上的咸味,以及沉浸在年轻的激情迸发的恋爱中的情景:如飘荡在大海浮沤中的一只水母,或飞翔在海面微风里的一只蝴蝶。

露丝与老奥巴马离婚后,西米翁带全家人去了距内罗毕有一天车程的马林迪度假。戴维和我喜欢游泳,并在那儿遇见了新朋友。我手上拿的是那天西米翁给我买的弓箭。约摄于1974年。

第七章 关于外婆的音乐及流浪的犹太人

音乐感召

泽兹·康弗里①《琴键上的小猫》

1940年代的科帕卡巴纳俱乐部②。萨克斯的悲鸣。一对对衣着光鲜的舞者跳着狐步舞。外婆每次弹奏这支乐曲,这一幕幕场景便不由浮现在我的脑海中。三十秒后,又突然奏起肖邦的《一分钟圆舞曲》,然后转而弹奏其他乐曲,并将这些片段连缀起来,构成一个不间断的辉煌的音乐洪流。这一招常常能让孩子们坐下,听她弹奏。《琴键上的小猫》总是最初的一段。在我看来,这支客厅轻音乐强调好奇性的生动的曲调不仅反映出外婆的个性,而且也象征了所有那些随心所欲的梦想家飘忽不定、反复无常的坎坷的人生道路。

父亲老奥巴马一点也不把宗教放在心上。我们家压根儿就不存在一个基督教信仰的谱系,更不要说还有一本《古兰经》和一个拜垫。如果说

---

① 泽兹·康弗里(1895—1971),美国作曲家、钢琴家,其代表作有《琴键上的小猫》和《迷惘的手指》。
② 科帕卡巴纳俱乐部,当时纽约的一家有名的爵士乐俱乐部。

第七章 关于外婆的音乐及流浪的犹太人

他是个穆斯林的话,他可从没显示出这一点。说到我本人,我曾短暂地热切信奉过犹太教,几乎否定了基督教;然后在被送进一所天主教学校之后,却发现自己是个不信上帝的犹太人。

少年时代,宗教从不曾成为我生活中的一个要素;当我接受犹太教时,它对我来说正如身份证一类东西,不过是个人身份的标记。

父母有些穆斯林朋友,但像许多肯尼亚人(除去那些福音派基督教重生者)一样,他们保持着精神生活的个人空间,而拒绝一切劝其改宗的说教。在伊斯兰教盛行的时代,就我所知,它在西班牙催生了伟大的文艺复兴时期的艺术,而这一信仰的追随者亦曾对科学和数学的发展做出贡献。但我个人对《古兰经》及其教义则一无所知。

早年,我曾想象宗教狂热会是一种怎样的感受。我读过圣女贞德的故事,也曾读过有关先知的启示和神迹的书。我猜想,这种狂热大约类似于性高潮,只不过持续的时间长些,感受或许也更强烈些吧。后来,长到十几岁的时候,我开始理性地思考这类问题,对有组织的宗教活动产生怀疑。或许我更像老奥巴马,只是我在这方面有所意识,我们俩都将宗教习俗视作其脆弱的形式。

许多年后,我在报纸上读到祖父曾是一位穆斯林,攻击作为基督徒的哥哥奥巴马总统也属于这一信仰,我才意识到,原来我们家还有穆斯林。

"在我们共同生活的七年里,老奥巴马从来就不曾跟我谈起过宗教。"露丝跟我说,然后干笑一声,"他父亲也许是个穆斯林,他可不是。他既不是基督徒,也不是其他什么信徒。这些东西一点也引不起他的兴趣。"

祖父从一战战场回来时,就已经是个远近闻名的穆斯林了。

"他经历过许多场战争,常常离家去参加战斗。"一个亲戚这样跟我说。

历史学家指出,一战期间,英国的非洲军团曾招募了十五万左右的脚夫和战士,有五万人死亡。当时,奥尼安戈·奥巴马只有十几岁或二十岁。小小年纪被送到这样一场可怕的战争中去,回来时肯定变了个人。

111

他在战场上会遇到其他不同的宗教、民族和文化,见识了如此广阔、多样性的世界,以及它的辉煌与耻辱,希望与绝望。

或许他是奥巴马家族里的第一个世界公民。提起他的时候,人们常常说,他这个人像"屁眼里爬了蚂蚁",总是那么急躁,很容易发火,而且喜欢标新立异。

我能想象出祖父从战场回来的情景:身上挎着个卡其布的军用包,里边装着一本《古兰经》。他的妻子、孩子们瞧见他这副模样,肯定是又惊愕,又疑惑,或许只感到奇怪;不过,他们可不能无视他的希望。自从那以后,这一家人就成了穆斯林。

父亲老奥巴马一点没把伊斯兰教放在心上。他娶了个犹太教女人。不过,尽管宗教没在他的生活中扮演过任何角色,他妻子的信仰却影响了我的生活。

跨种族家庭的孩子早熟。一旦确定继承父母中一方的文化,便分明拒绝了另一方的文化,并要面对由此引发的持续不断的斗争。这就如同蛇过早褪去了旧皮。有些部分仍藕断丝连。他们过早经历了这一痛苦的抉择身份的过程。

我一向认同母亲和外婆的文化与价值观念,她们的感受性,以及她们深深植根于犹太教的对教育、艺术的喜爱。不过,是外婆艾达的那种对宗教和生活的态度,使我原本平庸的生活起了变化,并最终在塑造我的个性方面有所裨益。

我至今仍记得艾达·贝克来肯尼亚探亲的情景。最初,外公、外婆的来访是不定期的;在外公乔去世后,外婆就定期到肯尼亚来,几乎每年一次。

她从机场来到家里,通常都是一副很有气派的模样,穿一身老旧但很贵重的衣服,有时还戴一顶大檐帽,"免得让阳光晒着。"房间里立刻充满了一股浓烈的香水味和生机勃勃的气息。

"宝贝,我来了!哈罗,亲爱的!哟,多好的天啊!那个出租车司机,车后一直冒黑烟……我跟他说,不会亏待他的!"

我喜欢见到艾达。我知道她会带来礼物:巧克力、衣服和书;但首要的是,她带来了美国。在我的眼睛里,这个美好的世界生机无限,充满了各种可能性。

父母度蜜月期间,全家去了美国,住在马萨诸塞州牛顿外公、外婆家。牛奶又多,奶油含量也大;乳酪三明治好吃得没法说。电视里播放的全都是彩色动画片,如《摩登原始人》《杰森一家》等。我多么希望能逃离肯尼亚,成为她所属的那个富庶的白人世界的一分子啊!

因而,每次外婆一进门,我们就都来到客厅,挤在外婆身边,等着她打开行李。

"你带什么来啦,外婆?你带什么来啦?"

她转向母亲:"露茜,这是些飞机上的食物。"母亲则任由戴维和我在一旁大喊大叫。

外婆掏出橘子、茶包,偶尔还有醒目地印着"达美"①二字的纸巾,递给母亲。

"我可见不得糟蹋东西。"

外婆犹犹豫豫,一拖再拖,总算打开行李箱,分发礼物了。我得到的通常是巧克力,还有一两本书;戴维的礼物通常是一件精美的运动衫,或许还有一件玩具。礼物总嫌太少了。这块巧克力我要吃好几周,每次咬一点儿。最后,其他人各干各的事去了,我一直留在外婆的房间里。我坐在一旁的床上,外婆问问我的学习,然后说起她在美国的生活。一次,我问起外公。

"我想外公。我真希望他也能来。"

艾达耸了耸肩膀,"我还记得他死的那天夜晚,喉咙里发出一种可怕

---

① 达美,美国的一家航空公司,总部位于美国佐治亚州亚特兰大。也译作"三角洲"或"德尔塔"。

的声音。"她说,"那声音真吓人。我以前也听见过。后来,我总算不去想了。最后的两年真是遭罪。不过,我终于解脱了,能干我想干的事了。"

这我就不懂了。她的话听起来有些残忍。我对外公几乎没什么印象,除了还记得他是个高个子的和蔼老人,总是面带微笑,喜欢喝芝华士;开始时跟老奥巴马喝,后来跟西米翁喝。倘若他病了,外婆不得不照看他,她不是应该高兴做这事吗?照看肺癌病人怎么成了苦差事?这不是她该干的吗?

"你爱他吗?"我惊愕地问。

"爱,当然爱。可是,他临死那阵子,我只想着快点结束。哎哟,唉,我死的时候,你把我一烧,就算完事。我们都是要死的;人一死,万事皆空。"

艾达不断使用死、异教徒、可怕、哦哟、唉、哈罗这些词,可从她嘴里说出来干巴巴的,不带任何感情色彩。在她的记忆中,好像所有的感情都淌走了,只留下干巴巴的一些事件像一堆老骨头,在她脑子的各个角落咔啦咔啦乱窜。

我常常坐在外婆身旁,看她翻着一本用希伯来文写的书,努力讲解每个词的含义。"教我希伯来语,外婆。"我突然说。

尽管有些惊讶,可她还是同意了。她大声朗读起书上的词语,然而,当我问起这些词语的含义时,她则不安地望着我,说:

"我不知道。我只认识一些。你瞧这个词,耶和华,代表上帝。"

我失望了。我原本指望她能教我更多的东西。可是,当她大声朗读的时候,我爱听这种语言所发出的声音:这些词语就像一首歌的歌词,能唤起一种令人骄傲的、不可遏止的文化力量。

"我能说意第绪语。"她说。她马上就加了一句:"希伯来文不好读。"

像母亲一样,艾达的宗教观更多的是与世俗的经验和历史相联系的,而与神的概念关系不大。倘若真有上帝存在,他(她)更像是我们脚下松软的泥土:既不具有人格属性,也对世俗的争斗漠不关心。

就我个人而言,我为自己是个犹太人而感到骄傲。在我看来,犹太文

第七章 关于外婆的音乐及流浪的犹太人

明是从基督到爱因斯坦的整个西方文明的基石。少年时代,弗洛伊德、爱因斯坦和尼采是对我的理性成长影响最大的三个人。尼采是我在哲学方面的领路人,尽管他的著作常常受到排犹主义者的赞扬和歪曲,实际上,他对犹太人赞誉有加,而对那些排犹主义者则是嗤之以鼻。在十几岁的时候,我确信,世界上所有伟大的作家都能在某些方面与犹太文明谱系扯上关系。

"你是犹太人,因为我是个犹太人。"母亲告诉我,"在我们的文化中,如果母亲是犹太人,那么儿子就一定是犹太人。"

"如果父亲是犹太人,母亲不是呢?"我问。

"那不算数。"母亲笑笑说。

大约八九岁的时候,我第一次去内罗毕的犹太教会堂。平日,这幢砖砌的建筑物似乎在躲藏着,以免引起人们的注意。浓密的树荫几乎将整个这座二层的会堂遮蔽起来。一走进会堂,你立刻就被笼罩在一种宁谧的气氛中了。

跟这座会堂一样,内罗毕的犹太人行事审慎,他们全都专注于各自的营生。他们在这里生活了许多年,甚至生活了若干代,其中有些人十分富有。他们从不公开传教,可能是由于担心当地人的反感,就像他们在世界其他地区所遭遇的那样。

我记得一走进会堂,有个人就将一只祷告用的圆顶小帽扣在我的头上。小帽是丝质的,戴在头上凉丝丝的,挺舒服。

"这是我的女儿雷切尔。"有个妇人介绍说。在大人说话的当儿,女孩注视着我。她有一头长长的黑发,两只明亮的眼睛是栗色的。

"你叫什么?"

"马克·奥科思·狄善九。"

"这名字太怪了。听起来不像犹太人的名字。"

"你叫什么?"

"雷切尔。想转转吗?"

她带我在小楼上转悠。有时我想,人们加入教会或政党,完全是受了他们在那儿遇见的女人的诱惑。在这儿,我的肤色似乎没啥妨碍,我鬈曲的头发上扣着的圆顶小帽就是成员标志。在宗教辅导课上,我自由地跟其他孩子们坐在一起,课后跟他们一道在大树下玩耍。我只去了不多的几个下午,但在这些开心的时刻,我的确找到了一种归属感。

由于某种原因,后来母亲不再带我去会堂了。她的宗教信仰有很强烈的个人色彩。我相信,她曾经历过一次顿悟;自从那以后,一切传统仪式、场所、习俗之类,就与她的犹太教身份无关了。我从没见过她过逾越节①,也没见过她准备逾越节晚餐。仿佛通过耳濡目染,母亲将她的不言而喻的犹太人身份传递给我,使我的内心充满光明;我欣悦地接受了这一身份,就像花儿吮吸阳光。

"所有的犹太人都要接受割礼。为什么我没割包皮?"一天,我问母亲。

"我想,那东西是自然长着的,是你身上本来就有的物件,为什么要割了呢?"母亲说。然后,她见我似乎因此而感到有些羞愧,就说:"你出生的时候,他们问过我。你爸也问过我。我不让他们割。他也没强行让你接受割礼。"

西米翁说服母亲,让她劝我接受手术。惊愕之余,我跟她说,我不想讨论这事。事情就这么撂下了,一连几年时间没再提起。然后,到了我十二三岁的时候,一天,西米翁耷拉着脸回家了。吃饭的时候,他跟谁都不搭腔。可我压根儿就不怎么说话,所以也没大留意。吃过饭,他就坐在沙发上看报,不时朝我瞟一眼,好像有话要说,但不知该怎么张口。一会儿,母亲回房了,弟弟们也出去了,单单把我们俩留在了电视机前。西米翁严

---

① 逾越节,又称无酵节,是犹太教的三大节日之一。据《旧约全书·出埃及记》记载,这一节日意在纪念上帝召选摩西,率领犹太人脱离埃及人的奴役,前往神应允的迦南地。节日由尼散月(春月)14日黄昏开始,为期七或八日,在这段日子只能吃无酵的饼。现代犹太人逾越节晚餐包括点蜡烛、祝祷、重述逾越故事、吃无酵饼等内容。

肃地望着我,清了清喉咙。

"马克,我想跟你像两个男人那样开诚布公地聊聊。"

我点点头。

"你知道,马克,"他就事论事地说,"你应该接受割礼。"

"真的吗?"我吃了一惊,但努力掩饰着,礼貌地听着。

"那东西不割去会很脏。以后你会生病的。只有把那东西割了,你才能成为一个男人。"

"我就喜欢现在这样。"我回答说。我感到胃里一阵恶心。

"要是你以后再割的话,会流很多血的。现在时机正好。"西米翁继续说。

我知道,他这些年虽说没再提这事,可他脑子里一直在翻来覆去地琢磨这事。

"西米翁,我确实不想接受割礼。"我说,"我现在这样,真的感觉挺好。"

我不知道老奥巴马是否会同意我的意见。根据传统,卢奥人反对男人施行割礼。西米翁没再坚持。他尊重我的决定,但我知道他很失望,就像我不打高尔夫球,不玩国际象棋,不喝啤酒,不交女朋友让他失望一样。那段时间,我的确是个古怪的孩子;但他很懂得分寸,给我留下充分的自由空间。

少年时代,在我们这个非宗教化的家庭里,曾有过一些时候,我努力做个虔诚的犹太人——只要不流血,不做出牺牲就行。

有段时间,我禁食猪肉。我控制了几周,然后就不情愿地开戒了,继续吃我喜爱的那种腊肠三明治。

艾达满足了我持续不断地对家庭背景的兴趣。尽管她对希伯来语的无知不免令我失望,不过在其他方面,则给予了我有益的教育和影响,而这类教育和影响往往是潜移默化的。

她的两颊涂了一层厚厚的脂粉,不过,她的一双美丽的蓝色眼睛里闪动着好奇的目光,立刻使她的整个面容生动起来。

"告诉我,当你还是个小姑娘时,你是怎么到美国的?"我常常问。

"哦哟,你问这干吗?那些年真是够难熬哟!"

"我就是想知道,外婆。"

"当我还是个小孩子的时候,从立陶宛的大屠杀中逃了出来。"她告诉我,"我是在1900年前后抵达美国的。我从立陶宛乘一艘大船逃出来。那儿发生了许多起针对犹太人的大屠杀。当时我大约只有八岁。我对这些事知道的不多。人们不喜欢犹太人。但我不一样。我长着一头金发,眼睛是蓝色的。这么一来,人们就对我宽容多了……好像我是个异教徒①。"她骄傲地说。

我望着她干瘪的面庞,想象着年轻的艾达的模样。我的金发碧眼的外婆。这些就是高贵的标志,艾达深感自豪。她仍有一双动人的眼睛,可恰在这个时候她却戴了副不合适的假发套,一次我碰巧看见她把假发套摘了。假发套盖着的脑壳几乎是光秃秃的,这让我吃了一惊。她一点没在意我的出现,匆忙把假发套整理好,又戴回到脑袋上。

"外公的情况怎么样?"我问。

"我结婚之后,就采用了丈夫的姓氏贝克。他也是犹太人,不过,当时贝克更多地得到社会的宽容。我们家姓因杜尔斯基。"

多年后,家里的其他成员补叙了艾达留下的空白。十九、二十世纪之交,沙皇及其官僚常常对犹太人施行报复,以转移他们的政策以及在战场上的失败在民众中引起的不满。如在1903年,摩尔多瓦发生了持续三天之久的极为残酷的暴力事件,导致四十五名平民死亡。

我只好推测,但实际情况应大致不差:正是这一事件促使曾外祖父亚伯拉罕·因杜尔斯基移居美国。正像奥尼安戈·奥巴马因在一战中到海外服役,从而导致其生活发生改变一样,曾外祖父亦深受远非自身所能控制的外力的影响,从而改变了他的人生轨迹及文化。

---

① 异教徒,非犹太人,这是犹太人对其他民族的称谓,含贬义。

第七章　关于外婆的音乐及流浪的犹太人

大约在1905年左右,亚伯拉罕与其兄弟姊妹离开立陶宛,一家人分散至法国、丹麦及世界其他地区。据家人回忆,从前在故乡,因杜尔斯基一家曾享有令人尊敬的社会地位,其中的一位曾做过沙皇尼古拉二世的摄影师。

当年,曾外祖父抛妇别子,到马萨诸塞州的米尔顿投奔一个亲戚。他赶着马车走遍大街小巷,收购瓶子、废纸和破铜烂铁,嘴里哼着个号子:

您老可有破铜烂铁碎布头,
今天顺便经过您家门口。

一旦手里有了足够的钱,他就把妻儿,包括艾达,接到美国团聚了。一家人到了美国,全都在生意上搭把手。老婆替人家灌煤气,孩子们叫卖铜蜡扦。收购旧物的生意渐渐成了赚钱的生意,他们就开了一家剑桥金属公司,最后,这家公司在世界许多地区都有联号。

"我想读大学,可父亲不同意。"艾达说,"他让我参加工作。'女孩子家,不该去读什么大学。'他说。"这是外婆一辈子最后悔的事。就像我一样,艾达也跟父亲决裂,离家出走;可她不在乎。

"咱们都是黑羊①。人家看不起咱们。"提起城里的那些富亲戚,外婆说,"可是,我有自己的房子,用不着去马路那边的济贫院。我有自己的活法。"

波士顿的亲戚大都把她视作另类,不正眼瞧她。可也没人骂她讨人嫌②。

在我跟外婆交谈的几年前,她就患了乳腺癌,做了切除术。她每天准时把假胸塞进衣服里,尽管瞧着有些下坠,可在老人似乎还算正常。几年之后,有个亲戚跟我说,一次在逾越节晚餐上,外婆慌乱中把她的假胸摆在了餐桌上。

---

① 黑羊,喻败类,害群之马。
② 这一句暗示,艾达并没向这些富亲戚伸手求援。

在外婆家,你随时都能听到音乐声,《琴键上的小猫》《一分钟圆舞曲》——包括1800年以来的各种室内乐——在外婆那激情迸发的指间如浪涛般汹涌而来。不管在哪儿放着一架钢琴,外婆准被钢琴吸引过去。

"我年轻那会儿,"一次,外婆对我说,"当时正在读高中,我在音乐比赛中拿了冠军。我想赢得那台维克多牌电唱机。可由于我是犹太人,他们只奖给了我一本书。颁奖的那天晚上,我哭得天昏地暗。那是我这辈子最痛苦的夜晚之一。"

在此后的一生中,她一直在寻觅那台维克多牌电唱机。音乐既给了她身份,也使她有了成为社会一分子的理由。她一想到一生默默无闻,就害怕得要命。而钢琴演奏可能获得的大奖和奖金,便是她登上世界舞台的许可证。一弹起钢琴,她就把所有的蔑视与批评,所有的失败与挫折,通通忘得一干二净。艾达在他人的赞赏中体会到荣耀的意味,于是,她便能够精神抖擞地度过自己的一生。

"我一弹琴,就把什么事都忘了。甚至连关节炎都抛在了脑后。"她跟我说。她的脑袋微微俯向琴键,就像在祈祷。

她的钢琴曲弹奏得并不十分准确。在古典音乐行家的眼睛里,她的演奏速度不对,乐句划分得十分笨拙,重音对比过于强烈。

后来,我自己开始学习古典音乐。我常常抱怨说:"你怎么把贝多芬弹得像爵士乐?那是个休止符……在弹奏一支巴赫的曲子时,你不能随便改变这支乐曲的速度。"

艾达可不听我怎么说。她依然我行我素。她喜欢照自己的理解来弹。节奏一律弹奏得清晰可辨,重音也显得突兀,每个音符倒是都弹得很准。她对自己的弹奏充满自信。

在内罗毕,有时我们去商业区的法兰西议会厅看音乐比赛,或去二十世纪影院看电影。艾达蜷缩在椅子上,手里攥着的一本小绿皮口袋书搁在膝盖上,身子微微前倾,一双锐利的眼睛正在搜寻,看看附近可有无助的孩子。

"哈罗,亲爱的,你叫什么名字?"她用最甜蜜的嗓音问。

第七章 关于外婆的音乐及流浪的犹太人

"嗨嗨——吉米。"

"吉米,你弹钢琴吗?你妈妈不给你上课?嗯,亲爱的?"

"嗨嗨——没有。"有的时候,孩子什么话也不说,愣愣地站在那儿,拿眼瞟着艾达,好像瞅着个怪物。

"来,把手伸给我,宝贝。我来给你示范一下。"艾达拉着孩子的手,尝试做伸展练习。她皱着眉头,用她那粉红色的手指抓住孩子颤抖的、黑色的小手。

"你会弹奏音阶吗?来,我来教你怎么弹。"

尽管没有钢琴,她也能在身边某物的平面上敲出一两个八度音阶。这时,孩子的母亲在一旁看着,一言不发,早等得不耐烦了。

"跟这位漂亮的婶婶说再见。来,快来!"

我扭过脸,尴尬地望着别处。为什么她非要跟人家套近乎,跟不认识的人打得火热?她就不能安静一会儿吗?

要是没招到学琴的孩子,她就掉转方向,把劲头用在做媒上。

"宝贝,你有一副多漂亮的身材啊。"在超市的农产品部,她会对一个从身边经过的漂亮姑娘说。这漂亮姑娘必定是个白人,而且往往金发碧眼。

"你见过我的外孙吗?他可是个聪明孩子,总有一天能当上非洲总统。"

我被弄得目瞪口呆。遇到这种时候,我常常会结结巴巴地抱怨她几句。

"可是,我希望你娶个金发碧眼的漂亮姑娘。"她反驳说。

"为什么一定要娶个金发碧眼的姑娘呢?而且说到底,我压根儿就不打算结婚。"

"别犯傻。"

我长大后,才渐渐明白外婆说过的一些先前觉着有些奇怪的话。比如说吧,艾达拒绝生活在过去。每次拿出家里的老相册,外婆就会轻声但坚定地说:"为什么还留着这玩意儿?照片里所有的这些人都不在了。我们只应该往前看。"对于那些有关奥巴马家族的记忆,我不正是这样做的吗？就像艾达说的那样，我要把所有这些不好的记忆通通深埋在心底。

她还有自己的一套跨种族婚姻的混血理论。

"总有一天，世界上所有人的肤色都会变成棕色的，有什么可担心的？"这话听起来很受用，我点点头。我倒十分乐意相信她的话。

"人的一生真正重要的，只有三件事。"她常常这么跟我说，"音乐、金钱和男人。"

我不像艾达，我肯定不需要男人；金钱嘛，在我看来也并不那么要紧。然而说到音乐，它对我来说简直就像氧气，须臾不得离开；对于艾达和我，其他的一切都是第二位的。

尽管艾达鼓励我发展音乐技能，不过，我的启蒙老师则是母亲。大约在十岁、十一岁的时候，我坐在那架创痕累累的儿童钢琴前，开始敲击那些淡黄色的光滑的琴键。那架钢琴仿佛一直就矗立在那儿，等待我去弹奏。

"你看到纸上的这些记号了吗？每一个记号代表一个音符。"母亲低下头，弹了一个简单的片段。

"我要给你的每一根手指一个数字，大拇指是一，食指是二，依此类推。"她在乐谱的每个音符下标一个数字。

她将我的大拇指放在中央C上，指导说："现在，你只要照我在每个音符下标出的数字连续弹出来，就可以了。"我照着做了。让我高兴的是，尽管没有节奏，可到底弹出声调来了。

她教我分辨颤音与二分音符、四分音符与休止符，这样，我慢慢对乐曲的速度有所掌握。可是因为她太忙，没法循序渐进给我授课，我就下死功夫，一个音符一个音符、一行一行，把肖邦的一支小夜曲的每个音符、每个乐句与手指的关系一一对应；数月之后，我居然能完整地弹奏这支乐曲了。邻人听到我的琴声，都鼓励我。我终于找到了一种满足我长久以来

第七章 关于外婆的音乐及流浪的犹太人

埋藏在记忆深处的基本渴求的方法了。弹琴既能增添我战胜困难的勇气,又能使我在沉思中获得宁静。

母亲很高兴我学会了弹琴,然而有很长一段时间,母亲并不了解我竟这么热爱音乐。当我谈到音乐演出并将以此为生计时,母亲劝我打消这个念头。"做音乐家实在太难了。"她说,"顶好是做一名律师或科学家。有一份像样的职业,不过,音乐也别扔。"

因为她爱我,所以肯定会这么劝我的。她希望我生活得幸福。她——或任何其他人——怎么能理解音乐对我的巨大吸引力呢?那个时候,即使我本人也并不知道音乐竟会影响到我的整个人生历程,或者换句话说,要经过许多年,我才有勇气抓住这门技艺,打出自己的一方天地。

母亲一生手不释卷;连同对音乐的爱好,她也将自己对书籍和学习的热爱遗传给了我。我也喜爱读书;幸运的是,我所遇到的老师也都鼓励我多读书。

母亲从一开始就坚持让我上好学校,即使在与老奥巴马一起生活时经济拮据,也是如此。我那时上泰勒夫人幼儿园,那是内罗毕最好的幼儿园之一。

我手上仍保留着一张当时的照片。那时我刚刚剃过头,站在二十来个非洲、亚洲和欧洲的孩子们中间,显得十分尴尬。我身后是几间如村舍一般明亮的大房子,我们一连数小时在里面画蜡笔画,吃布丁。在屋外,我们在浓荫的大树下荡秋千,在攀爬架上爬上爬下。这是个快乐的地方。可照相那天,就在来幼儿园之前,我还哭了一鼻子。

我的脑袋剃得高低不平,像个猕猴桃。对自己的外表,我一直抱有很强的虚荣心;尽管那天我并没表现出来,心里一直挺别扭。

我小时候不那么讨人喜欢,因而,我也习惯了一个人玩儿。图画书及书里的那些奇怪的动物,如苏斯博士①的《如果我管马戏团》《没主意》《我是山姆》等书,帮助我度过了一个个漫长的白日。

造成我这种孤独状态的原因,其中部分在我自己。我喜欢炫耀自己的早慧。

"瞧瞧那个小天才。"母亲的朋友们常常说,"多聪明的孩子!"

我喜欢听这类赞扬声,尤其是来自老妇人的话。我知道得很清楚,这样的赞誉我受之有愧。尽管我被人看作万事通,然而对那些我如鹦鹉学舌一般述说的理论、事件,并没真正弄懂。但我太希望得到人们的喜爱了,因而在很长一段时间里,我对人们的赞誉安之若素:人们的赞誉仿佛成了我通向成功的许可证。

遵从母亲的意愿,我于2011年前往以色列旅行,寻觅先民的遗迹。在耶路撒冷,我和大拉比约纳·梅茨格有过一次难忘的会面。这张照片是几天后在美吉多拍摄的。在美吉多,我很高兴把注意力转向了以色列悠久的历史,而忘记了政治。

---

① 苏斯博士(1904—1991),美国著名童书作家和漫画家。

外公乔·莫里斯·贝克、外婆艾达和母亲露丝合影。外公一家是从立陶宛和波兰移居美国的犹太人，他们实现了自己的美国梦，有一处郊区住房，有一份稳固的职业，还有个美丽的女儿。约摄于1952年。

我十分喜爱外婆的这张摄于1980年代的照片，因为其中蕴含着某种把我和外婆联系在一起的漫游癖和反叛的性格。

曾外祖父亚伯拉罕·因杜尔斯基、曾外祖母萨拉·因杜尔斯基和外婆艾达合影，约摄于1910年，此时距他们逃离立陶宛的大屠杀、抵达美国波士顿不久。艾达对父亲心怀恐惧。"他回家的时候，我常常躲在桌子底下。"她说。她很为自己的一头金发和一双蓝眼睛感到骄傲。"人们通常不知道我是个犹太人。"一次，她这么对我说。抵达美国不久，一次，有个亲戚发现曾外祖父正躺在沙发上睡觉。这个亲戚粗暴地将他弄醒，责备说："在美国，你不能睡觉。你要发奋工作，才能获得成功。"后来，他终于成功地建立起一家跨国冶金公司。

第八章 圣徒与罪人

音乐感召

J. S. 巴赫《哥德堡变奏曲》①

作品包括一个开始的旋律和32个变奏,由巴洛克时期伟大的作曲家约翰·塞巴斯蒂安·巴赫创作。在我二十多岁时,我曾试图写作一组诗歌,用文学语言来表述他的每一个变奏。后来放弃了:词语实在难以捕捉到这部音乐作品独特的生动性和多样性。

1950年代加拿大钢琴家格伦·古尔德的演奏,是对巴赫这一组作品的最杰出的演绎。这支乐曲采用了一种被称为赋格的独特的音乐结构,在这种结构中多个旋律同时演奏,并按照某种规则彼此应和交融——就像生活本身那样。

我特别将巴赫的这部作品与我的青春期联系起来,是想说明我在那段时间遇见了很多人,有了一些新的经历,这些人和经历大大丰富并改变了我的人生轨迹。不过,某些东西,比如出人头地的欲望,

---

① 《哥德堡变奏曲》,约翰·塞巴斯蒂安·巴赫(1685—1750)创作于晚年的一组键盘乐曲,是巴赫最重要的变奏曲之一。作品包括主题和32个变奏,以前曾长期被忽视。1955年,加拿大著名钢琴家格伦·古尔德选择这一组曲录制了自己的第一张唱片。

以及音乐和学习在我生命中的意义，则始终如一。与此相类似，这组乐曲的开始一段旋律亦贯穿于全部32个变奏之中；不过，这一旋律一般在变奏的结尾处复现，从表面看一切如故，实则在精神上丰富了乐曲的内涵。

少年时代，我通常在两处购书：一个是内罗毕大学书店，位于校园中心地带的一座颇有些令人讨厌的建筑物，在学生罢课期间通常空无一人；另一处在韦斯特兰，这是距市中心十英里左右相对高档的市郊社区。大学书店的图书品种五花八门，从政府的年度收入报告，到法国拉鲁斯的《百科全书》、华兹华斯的《序曲》、劳伦斯·斯特恩的《项迪传》、弗兰兹·卡夫卡的《美国》、让-保尔·萨特的《恶心》，乃至法农、索因卡等许多非洲主流作家的作品，无所不包。在这儿淘些廉价书是很容易的，但要从中挑选出自己想买的书，可就没那么容易了。口袋里的钱有限，而阅读的欲望则难以满足。书店巨大、宁静的房间内塞满了数不清的书架，我常常在书架间一连搜寻几个小时，最后才选定一两本要买的书。店员通常躲在陈旧的柜台后面，啃着三明治当午餐，或用小声的闲聊打发时间。

韦斯特兰商城的那家小店的所有者是个印度人，老板脾气温和，性喜独处，而将大部分日常业务推给妻子——一个矮小的中年妇人。这妇人皱着眉头，仿佛受了冤屈，而这份冤屈似乎永远也没法洗雪。

要是恰好我手上有钱，并发现了一本我喜欢的书或漫画，我就从货架上取下来，胆怯地走到收银台。

"十二先令!"她一边将塑料包和收据朝我推过来，一边命令说。她鼻孔朝天，仿佛要闻闻天花板上的那盏吊灯；然后，她就转过身去，继续做自己的事。

从我家的那条路走过去，在被来来往往的汽车尾气熏成肮脏的棕褐色的几株紫薇旁，有家小店卖二手书和老唱片，店主是个印度女人，日常经营则由店员、当地的一个非洲人来做。或许是出于我的过于敏感的想

第八章 圣徒与罪人

象力,但我总觉得自己时刻处在严密的监视之下:当我在货架间浏览时,店员的一双眼仿佛受过训练,一直在盯着我的后脑勺。许多时候,当我搜到某张特别的唱片,像毛里奇奥·波利尼①的某张专辑,或一本寻觅已久的二手书,我会十分高兴,甚至激动得忘乎所以;可有些时候也可能不由得火冒三丈,以至不知怎么办才好。

一次,我手上没钱,就偷了书店的几本漫画。

还有一次,我将一本小漫画书夹在大漫画书里,心里琢磨只付一本的钱就可以了。我正为自己的浑水摸鱼之计洋洋得意,不觉已走到收银台。

店员抽出夹在中间的那本小漫画书。

"这东西是从哪儿冒出来的?"我假装惊讶地问了句。

他什么话也没说,只是望着我,眼睛里流露出悲哀与失望。我料想他会发怒,甚至会打电话报告警察局。可他仅摇了摇头,因我背弃诚信而颇感失望。他只挥挥手,厌恶地将我赶出书店。我低头走回家。我没想到这种鲁莽行事、急于求成的个性在未来的岁月中仍会旧病复发。

是的,当时,我并没考虑到这一事件可能引发的后果。我觉得,为了把自己要读的书弄到手,我什么事都可以做,甚至不惜偷窃。书籍和音乐就是我存在的理由。

～

在圣马利亚学校,我从八岁一直读到高中毕业。在1900年代,这里原是一处农场。从某一时刻起,受到廉价的美丽高原以及拯救数以千计的迷失的心灵这一愿景的诱惑,爱尔兰圣会会院②的神父们在茶园里建了一座高大的教堂。1939年,他们办起一所学校,学生全部是白人,神父

---

① 毛里奇奥·波利尼(1942—),意大利著名钢琴家,被认为是当今国际乐坛最伟大的钢琴家之一。
② 圣会会院,属罗马天主教神父教团一类组织。

们的使命便是向所有的居民宣讲上帝的旨意。

时至今日,教堂仍完好无损地矗立在那儿。教堂里的长凳都是用坚硬的橡木制成的,髹了漆,如今依然闪闪发光,尽管表面布满了划痕,甚至还有一代代厌倦祈祷的学生们刻下的姓氏首字母和名言。

我们这些学生要定期来教堂做礼拜。参加早弥撒时,我们全都恭恭敬敬地坐在高高的白墙和画有圣徒故事的美丽的彩绘玻璃窗下。

我读书那阵,圣马利亚学校是肯尼亚最有名望的学校之一,毕业生纷纷考入世界上最好的大学,来学校工作的老师和教士来自印度、英国、美国等许多国家。

圣马利亚学校的两大教育支柱是宗教和运动。学校基址庞大,占据了十几英亩的林地和草场。学校的两扇厚重的铁门矗立在市郊一条环路的尽头,周围是许多印度商人和流亡者的居所。一走进学校大门,经过两旁的橄榄球场和高尔夫球场,走下山坡,直抵学校的主要建筑;再往上走,便来到那座宏伟的教堂前。

在运动中获得成绩的氛围浓重地笼罩在长长的充满回声的走廊里。在四楼废弃的房间内,一箱一箱堆着不少生了锈的各类奖品。大约在1975年,我刚一入学,立刻就被招募进了学校的橄榄球队。我很快发现,在满是泥浆的场地上来回奔跑,跟同学们相互冲撞,发疯似的去抢那只湿乎乎的皮球,这事不大适合我。

至于宗教,我还记得每星期三作弥撒的情景。尽管这项活动对学生来说是强迫性的,但是向耶稣祷告,我觉得很不是滋味①。于是,我就回家向父母抱怨。

"耶稣是个非常非常聪明的人。他是一位先知,但他不是上帝。"母亲坚定地说。打这以后,学校就没再要求我去做祷告。每次祷告的时候,其他同学全走了,单留下我一个人,不知该拿我怎么办。

---

① 作者在很长一段时间自觉皈依了犹太教,因而,基督教的礼拜仪式自然会让他感到不适。

第八章 圣徒与罪人

在横贯四方庭院的校名标牌前,矗立着一尊巨大的圣母马利亚雕像。每周五早上,同学们闹嚷嚷地唱起《当幸福来敲门》,圣母那洁白的大理石面庞便从上方俯瞰着大家。学校仍继承耶稣通过受难拯救世人的精神,因而,体罚也就作为学校生活的一部分保留了下来。打架在学生里是家常便饭,尽管教士们一再禁止,可在我们看来,打架就跟学地理或玩足球一样稀松平常。除非遭到家长们的强烈反对,否则,那些违犯纪律者就要受到"六声响"——学生们绘声绘色地这么称呼校长的鞭刑——的惩罚。我们害怕挨校长的皮带或戒尺,但全都觉得这种惩罚是应得的。

每周五的集会一散场,同学们就聚集在大礼堂,接受学校公开的奖惩。大家排成整齐的队列,校长领头唱校歌,念一段简短的祈祷文,作总结发言,然后由一人公布获奖名单。7分就算是很好的成绩了;如果你得了8分,就名列第一了,并可获得一份五先令的奖金。然后公布得5分的学生名单,会后,这些学生要到校长室去挨六下藤条。周围有五百来名同学在静静地围观,受罚的学生一个挨一个站着,低着脑袋,我完全可以感受到他们内心的屈辱。一次我听差了,误以为叫到我的名字,呆愣愣地站起身,直到有个同学使劲拉了拉我的衣角。

"没叫你,伙计,坐下!"

我至今仍清楚地记得当时的感受——我的肚子里猛地蹿起一股凉气。在我看来,考试不及格简直就是眼中钉、肉中刺。

作为尖子生,我从没挨过鞭子,除了有次我主动跟人打了一架。我把一本《神奇队长》卷起来,悄悄塞进裤子,垫在里头。我一走路,纸就在裤子里发出不自然的窸窸窣窣的响声。校长一点没察觉,可同学看见了,我被告发。

在圣马利亚学校,你会感到自己置身于一群充满自信的孩子们的俱乐部,这些孩子总有一天会长大成人,构成肯尼亚中产阶层的基干:医生、律师、官员,此外还有政治家。不过,从某些方面来看,这个学校还与荣誉、救赎有关,即不论结果如何,一个人必须坦白自己的过犯,说出事实真相。

我在同学里不大受欢迎,但过了许久我才终于明白,我这人让他们多么讨厌。还在读小学的时候,一天,我们刚经过一次重要的测验,卷子打了分,又发回到我们手里。在正常情况下,我的分数总是班里的第一名,而这次的成绩简直让我惊呆了:只得了倒霉的85分。我仔细看看卷子,马上举起手:"我的分数算错了!"

帕森斯夫人,一位在圣马利亚学校工作数十年的苏格兰老教师,望着我摇了摇头,头上的几缕白发有力地跳动着。

"不可能算错!"

"是的,有个地方判错了。我可以拿给您看。"我坚持说。

这个时候,全班所有的同学都好奇地瞪大了两眼。然后,我就听见后边有个人喊了一声:

"闭嘴,狄善九!跟往常一样,是你错了!"这时,全班同学像得到某种暗示,大家一齐喊:

"是的。闭嘴,狄善九!跟往常一样,就是你错了!"

我被同学们一激,沿着过道走到老师面前。同学们大声耳语着。声音很像是一只野兽在呻吟,深沉而又不连贯,这股表示讨厌的声浪其力量是如此强大,就连一向循规蹈矩的帕森斯夫人也变得说话不连贯了。

当我从同学们身旁经过时,他们对我怒目而视。"坐下,狄善九。坐下!"

我将考卷递过去,指给帕森斯夫人看,我的答案是正确的。

她仔细盯着考卷看了半天。我的两条腿开始发抖,但我努力站稳脚跟。我知道我是对的。

最后,帕森斯夫人抬起头,用责备的目光望着我。

"是的,狄善九,你的答案是对的。再给你加10分。"

我走回自己的座位,用无言的沉默回答同学们。

第八章　圣徒与罪人

学校图书馆我跑了无数次,我翻阅学校的年刊,查看每年一度被一同拘囚在年刊上的这些面孔:冒失的、困惑的或愤怒的。我看到同样的姿势、表情被不断地重复着。可仍有些东西在发生着改变。第一年只出现了一个非洲人。接着又出现了一个,每年都有所增加。最后,那些少数白人面孔就像一个个雪球,零星散落在一片黑色的土地上。

在肯尼亚挣脱英国的殖民统治之前,学校一般只招收白人学生。随着岁月的流逝,学生成分也逐渐变得混杂起来。必然,非洲学生只与非洲学生交往,白人学生也只与白人学生交往;除了在橄榄球场或交响乐的舞台上,他们彼此之间很少有什么往来。在露天游泳池,那些白人学生——也就是在此生活了几代的英国人——就像是一个部落那样凑在一起。他们更衣也没什么避忌,就在众目睽睽之下露出他们那白生生的屁股。他们穿着精薄的速比涛牌泳裤招摇过市,男人那玩意儿毫不遮掩地在前边鼓起一大团。与此相类似,他们所使用的更衣间也是英国式的,很有男子汉气概。说到我的更衣,我通常用一条毛巾把下身紧紧裹住,再把泳裤套上去。

我十八岁离开圣马利亚,此时,这个小小的白人部落已消失不见,学生几乎全部是非洲人和亚洲人。大多数白人家庭已经把孩子转到希尔克雷斯特等只招收白人的学校,黑人学生在那儿是不受欢迎的。少数留下来的白人学生则很少公开露面。这些白人学生如淹没在一片花海中的寥寥几棵奇异的杂草,数量实在太少,根本显不出来;也可能他们已不在社交场合露面。对他们来说,唯一可能的选择便是公立学校——在公立学校,学生们光着脚,这对于学生们来说几乎等于慢性腐蚀——这样的学校实在不能考虑。

如今,肯尼亚是由非洲的政治家统治的独立国家,不过,由于经济网和种族隔离仍遮蔽着共和国的各个阴暗角落，许多问题还未能暴露于光天化日之下。在肯尼亚，圣马利亚或许是一座最具政治性的学校，政府官员理所当然地把孩子送到这里来就读。乌胡鲁·肯亚塔——乔莫·肯亚塔老人的儿子，现任肯尼亚总统，以前在学校里比我高几届；戴维·齐贝吉——前总统的儿子，与我同班。科伊南格一家，这是个在肯亚塔总统执政期很有势力的家族，也将孩子送到这所学校，我曾跟他们一起玩过橄榄球。圣马利亚是一所肯尼亚人的学校，它就像一面镜子，反映出非洲世代承袭而来的各种族之间的分离、矛盾和斗争；今天如此，将来也可能永远如此。

  2006年，我对母校进行了短暂的访问。我仍记得走进拱形校门时看到的那一则校训：Bonitas, Disciplina, Scientia①。漆成绿色的校训如今已显得斑驳、黯淡，可学校大楼与其他建筑大多仍是我记忆中的模样。

  刚刮过一场大风，草坪上的椅子有几处仍倒在地上。正值周末，学生们都离开了，校园里能看到一些工友在修剪花木，他们一边吸着烟斗，小声地与朋友们闲聊，一边冷冷地注视着行人。远处，有个教士偶尔打一旁经过，在庭院的绿色与棕色背景的映衬下，教士的脸庞被清晰地勾勒出来，像一枚铜币。游泳池外的砖墙是赭石色的，如沙砾一般；隆起于池畔的踏级则漆成了浅蓝色。

  就在我双脚的站立处，孔武有力的戴维·阿斯奎思——圣马利亚学校的最后几个白人学生之一，跟同样人高马大、长着狮鼻的杰夫——当地一个权贵家族的后裔，干了一架，阿斯奎思输了。两名学生用拳头斗狠，算是在较小的规模上象征了肯尼亚争取民族独立的运动中两种势力的角

---

  ① 校训为拉丁文，Bonitas意为善良，Disciplina意为纪律，Scientia意为知识。

第八章 圣徒与罪人

逐;1963年以后,这一角逐日趋白热化。

在大多数黑人和仅有的几个白人学生的围观下,这场看得人眼花缭乱的拳击十分短暂。在两派对立的叫喊着的同学们的怂恿下,对手戴维和杰夫看上去倒不那么情愿。尽管双方都在起劲地相互叫阵,可在接下来的几周里,白方的热情明显低落,已没了勇气。一个我当即就想离去,而另一个我却带着一种病态的好奇心驻足观看。我的两个拳头——一个代表黑方,一个代表白方——虽说暂且相安无事,可已捏紧了,只差没公开对垒。

对于这类种族冲突,我已习惯于冷眼旁观。我从不卷入其中;相反,我走在自己的道路上。

然而,情况并不总是如此。

我在圣马利亚学校读书那阵,课间休息时,男孩们通常要么在院里踢球,要么选择打台球。下课铃声一响,他们立刻冲出教室,踢着球下楼;另一些人则攥紧了口袋里的台球。我在这些玩足球的伙伴们身旁徘徊了几天,仍没胆量加入。我见有其他男孩也到了,偶尔也跟着玩一阵,可心里仍嘀咕。一天,我鼓起勇气,加入这伙人中间,有人不客气地说:

"走开,狄善九。我们这儿可不要四眼狗。"

我退了下来。后来又试了一次,还是一样。

"杂种,加入到你的白人朋友中去吧。"另一个男孩叫喊说。

我假装没听见,只紧张地笑了笑。眼泪差点就流出来了,我退了出来。

足球属团队性质的活动,打台球则是个人之间的对抗,于是,我转而开始琢磨炸弹、闪光、铁球①等不同玩法。当我将一只滚圆的台球朝对面的球袋猛击时,不想球却撞在了对方的几只球上,一连串的撞击声连对面的房里都听得见。还有比这更大的快乐吗?

---

① 炸弹、闪光、铁球,分别指不同花色的台球。

圣马利亚学校的神父或称教士,可分为两类:最有名的要算那些参与学校管理的神父,这些神父劲头十足、肾上腺机能旺盛;那些更具学者气质的神父则大都深居简出,偶尔出现在学生的视野中,也如同躲避非洲炎炎烈日的苍白的幽灵一般一闪而过。

科马克·奥布罗查因人长得胖胖大大。他单枪匹马创建了日后雄踞肯尼亚业余竞赛数年之久的橄榄球队,指导游泳、足球两支校队在全国的赛事中夺冠,每年一度排演轻歌剧,仍有余力督导偌大一座拥有数百名学生、教师和神父同仁的圣马利亚。在年纪轻轻的学生们眼里,这位相貌堂堂、白发飘飘、精力过人的老者不啻就是一个巨灵神再世。

我第一天与此公碰面,见他大步流星地走进我们三年级教室,一双铁灰色的眼睛注视着任课老师和班上的同学们。同学们好像被熊蜂蜇了一下,立刻都打起了精神。

"早晨好,科马克神父!"

他站在教室前,薄嘴唇上露出一丝微笑,两眼紧紧盯在我们身上,好像每人都欠一顿鞭子。在科马克神父这阵威严的逼视下,我仿佛真的感到自己是个罪人,可又不知自己究竟犯了什么罪?

"你们又在捣蛋吗?"他用深沉的男中音问了句。神父的嗓子实在妙不可言。他说一口爱尔兰土语,圆润、嘹亮而威风凛凛。神父嗓音里那股勾魂摄魄的力量既威震整个课堂,又像一个女鬼从窗中飘出,我们脑子里那些分心的东西通通被赶了出去,没有谁敢心有旁骛。而当他唱次女高音,指导学生排演轻歌剧时,他的嗓音就仿佛失去了性别,变成一种半男半女的腔调,让你听得心醉神迷,既像有无数的糖果飘落你的面前,又像有数不清的天使在齐声颂赞上帝。我们全都被镇住了。

科马克在干这事。科马克在干那事。我们压低嗓音,悄悄嘀咕着。

第八章 圣徒与罪人

每当神父从一旁经过,我们就不由得全身一阵激动,既恐惧,又欣喜异常。

我不明白他说的捣蛋是什么意思,听上去好像是说惹麻烦了。

一次,他朝那个常常捅娄子的男孩摆了摆手,大吼一声:"恩乔罗格,你这小子又惹什么麻烦了?到这儿来,小子!"

恩乔罗格不知会受到怎样的处置,他畏畏怯怯地蹭过去,小心翼翼地立在这个胖大的神父旁。科马克神父严厉地望着我们。

"现在,请记住……"说到这儿,他略顿一顿,慢慢抬起手,仿佛要给大家祝福。

嘣!他的指关节清脆地落在恩乔罗格的生着一头鬈发的脑壳上。

"恩乔罗格就是个捣蛋鬼。"

恩乔罗格猫腰一闪,可白费劲。嘣!让神父敲一下并不觉得怎么疼,于是,他的脸上露出一丝腼腆、害羞的笑意。

"学生必须听从老师的教导。"神父仍在循循善诱。嘣!

"否则……"嘣嘣!听神父在恩乔罗格的脑壳上敲出的响声,挺像马蹄声。

他威严地扫视着我们全班同学,缓缓咧开嘴,显露出一副柴郡猫的笑容①。班上所有的人或微笑,或大笑,包括恩乔罗格本人。最后,大家平静下来,科马克神父一只手抓住这孩子上衣的翻领——可这次只轻轻地抓着——快速说出他最后的一句妙语:

"你们全都是捣蛋鬼。听老师的话,努力学习!"然后跨出教室,我们使出全身力气,用震耳欲聋的声音高喊:

"再见,科马克神父!"

科马克的整个身体就是一部发动机,管理工作把他的每一天都塞得满满的,包括监督和管理各班级,年复一年地指导那些令人难忘的戏剧演

---

① 柴郡猫,出自英国著名童话作家刘易斯·卡罗尔的《爱丽丝梦游仙境》,爱丽丝在公爵家的厨房,见一只柴郡猫露齿而笑。

出。吉尔伯特和沙利文①的轻歌剧是圣马利亚的保留剧目。他指挥乐队时如狂怒一般,全身无一处不动,一头白发狂乱地在脸上扫来扫去,一串串汗珠沿着通红的两颊滚落下来。要是小提琴的乐手们没跟上节拍,他就怒目圆睁,恶狠狠地瞪着他们。

"再来,再来!糊涂虫!"

他的激情很有感染力。整个乐队演奏得整齐如一,小提琴手和管乐手们此呼彼应,水乳交融,大家全都在这位骑坐在指挥台上的白发老人那充沛活力的引领下勇往直前。

一次,他走进演奏厅,我正弹奏肖邦的一支钢琴曲。此前,我从没在他的脸上看到过什么特别的表情。他向大厅里的其他同学招了招手。

"孩子们,快过来。我想让你们听听这个。再把那支曲子弹奏一遍。"他对我说。

我感到莫大的荣耀。

最后,科马克终于从管理工作中解脱出来,只负责排演假期的节目,与同学们接触得少了。后来我才听说,科马克正在撰写他在爱尔兰的一所学院申请的硕士学位论文。有时,我常常发现他在三层的走廊里散步,脸部微微低垂,两手负在背后,那只又宽又尖的鼻子如鹰隼一般向前伸着,仿佛立刻就要冲上天空。他人长得这么漂亮,秉性又如此从容淡定,我不知他何以能将自己关闭起来,摒绝女人、家庭等一切世俗的烦扰。实在可惜了,我想。转而又想,这是怎样一种献身精神啊。

一次,我跟科马克神父说,我曾因分数问题与某位老师发生激烈争执。"分数不是一切。"他回答说,"有的时候,其他东西比分数更重要。"

"什么呢?"我问。

---

① 吉尔伯特(1836—1911),英国剧作家、文学家、诗人。他与作曲家沙利文(1842—1900)合作,创作了十四部闻名于世的轻歌剧,有《皮纳福号军舰》《彭赞斯的海盗》和《日本天皇》。沙利文早年在皇家音乐学院和德国莱比锡音乐学院学习,曾发现舒伯特遗稿《罗莎蒙德》。

第八章　圣徒与罪人

"友情。"他镇定地说。

科马克胸中所蕴藏的这种深沉的个性,其感召力远远不是一顿鞭子或苛责所能达到的,虽只寥寥数语,但他却像对待一个成人那样跟我说话,言语中包含着丰富的智慧和对我的很高的期许。可以说,我一生中最不情愿的一件事,就是让科马克神父失望。这就如同孔老夫子正在用夹杂着浓重的盖尔人①方言的英语对我耳提面命:

学而不思则罔。

我开始领悟这样一个道理,我可以通过勤奋好学而获取高分,然而,倘若我不懂得如何去运用我的知识,倘若我不能同时发展我的情商,我就是在自欺欺人。

~~~~

正像科马克喜爱与人交往一样,弗兰克·苏雷则整天埋首于书本。苏雷身材健壮得像一头棕熊,性子却温和得如同羔羊。他身高超过六英尺,一件如布口袋一般宽大的灰色长袍穿在身上,也只勉强盖住他的大肚皮。

苏雷在肯尼亚各地任教多年,他的学生有的成为或即将成为杰出人物,包括前总统姆瓦伊·齐贝吉。作为一名学者,他住在学校庭院后的一座小房里,就在一条静谧的走廊上的单元房地带。

我不知道那些不任课的神父一天到晚是如何打发时间的。他们有的在攻读学位,有的则是从爱尔兰别的学校来这儿度假的;还有些人,像苏雷,则已退休,如圣徒一般在此安享晚年。

他喜欢历史,教了我们一学期。他磨磨蹭蹭老大不情愿地走进教室,

---

① 盖尔人,指分布于爱尔兰、苏格兰一带的凯尔特人后裔。

然后就羞涩地唧唧哝哝地用爱尔兰土语讲起来。他有着百科全书一般的记忆力,书里书外的知识全都装在脑子里。他讲课自有一套路数,一上来海阔天空,离题万里,可最终总能巧妙地回归到正题上来。比如说吧,他要讲法国大革命,先讲一套全不相干的话:

"你们知道抽水马桶是怎么发明的吗?"他透过厚厚的镜片注视着我们,然后后退几步,在黑板上画出一幅精确的马桶示意图,把其中的抽水装置详详细细勾画出来。

"爱尔兰人心劳日拙,他们的经济学全在这只水箱上了。你们看……"

班里绝大多数同学没看,他们在打盹。有些人在闲聊。苏雷神父一点没受干扰,他仍在唱自己的独角戏。

"马桶就是一个很好的例证,表明工业革命可以通过改善卫生条件,促进城市的发展……然而,只有通过真正的流血革命,现代城市才可能真正成长起来。"

他就这样东拉西扯,说了许多不相干的话,最终又绕回到正题上来;而他每次所要讲授的正题,则不像这些不相干的开场白那么吸引人,我总记不住。

"狄善九,我足足有一吨的藏书,有空的话你来瞧瞧。"在对他最喜爱的弗雷德里克·博德默尔所著《语言编织术》一书作了十五分钟精妙无比的评述之后,他建议说,"本书对英语的阐释,可以说无人能及。"他把元音拖得老长,像个老饕在慢慢品尝美馔。

我成了他的高足,开始经常出入他的寓所。他的书房从地板到房顶,到处堆的是发霉的旧书,他坐在一张木桌后的椅子上,面前是一台生锈的打字机和一摞摞的纸质书稿。柔和的光线从他那张小木板床上方的一扇窗子透进来,照亮了他那副污渍斑斑的眼镜,并在他那淡黄色的头发上映出一轮光晕。

"一种语言的词根的确十分令人着迷,狄善九。你知道,许多说英语的人,其实他们并不知道他们整天都在说希腊语和拉丁语。"

第八章 圣徒与罪人

他用巨大的颤抖的手指翻弄着一本小书。

"就拿eudaemonism这个词来说,它是由eudaimos加一个词尾-ism组合而成的,这个词在希腊语中表示欢乐,在法语中表示思想。法语是一种浪漫的语言,它的所有词汇都是建立在拉丁语基础之上的。"他用力地点点头,一边微笑,一边做鬼脸,从他那副金丝边眼镜上方瞄着我,"此外,罗马尼亚语、西班牙语和意大利语,也是如此。把两个词素捏在一起,就成了一个新词。只要掌握了这些词根,也就不难理解词的含义了。"

"原来,这本书就是讲这个的。我能借去看吗,神父?"尽管他把书借给了我,可我只翻了几页。我宁愿他讲给我听;他对词语的热爱扑面而来,就像催人奋进的号角。

一个星期五的早晨,同学们在学校的广场上集合后,我抬头望着那尊圣母马利亚的大理石像;沐浴在耀眼的朝阳中的圣母面呈微笑,正慈祥地注视着我们。我猛地想起爱因斯坦和弗洛伊德。而在我的周围,身着校服、排成紧密队形的同学们立正站好,所有的眼睛都注视着校长。

我的两脚不耐烦地在地上来回蹭着。头顶上,树木在微风中轻轻摇摆;树冠之上,碧蓝的天空宽阔得简直令人难以想象。霎时间,就像有阵刺骨的冷风吹来,一个非理性的恐惧猛地击中了我。我们所有的人都是要死的吗?爱因斯坦那坚毅、聪慧的容貌最终也化为乌有了吗?倘若情况果真如此的话,那么,我们最终能得到什么呢?所有的人终将逝去,再也没法意识到我们自身的唯一性,再也感受不到这个奇妙世界以及我们彼此之间的相互联系了吗?就在我的脑子里产生这么一个有关存在的疑惑的当儿,我一眼瞧见苏雷神父就站在一旁。

解散之后,我走过去,没头没脑地问了句:"苏雷神父,我能问您一个问题吗?"

"当然可以。"

"像爱因斯坦这样的天才人物,他们死后会怎么样?是一切都化为乌有了吗?"

141

他把脑袋稍稍侧向一边,然后盯着空中的某个点瞧了半天,就像一个孩子在盯着冰淇淋店的价目表,寻找他最喜爱的一款甜品。最后,他终于迅速摇摇头,轻轻颤抖了一下,转过脸,两眼注视着我。

他平日的那副土佬的相貌不见了。他注视着我,神态庄严。

"你知道,狄善九,精神是不死的。像精神这样的能量是永远不会消失的。精神会长留人间!"

几年后苏雷神父作古,我实在没法接受。在这之前,我记不清什么时候哭过了。他这人走路慢慢腾腾,做事笨手笨脚,可他十分聪明,也关心人。他的去世让我真切地感到不小的损失,不过,我实在不希望他所信仰的那种生命力量能追随我远涉重洋,因为我不久将离开肯尼亚,到外面的大千世界去闯荡一番。

戴维、我和朱丽安娜阿姨合影,不久我即前往布朗大学读书。朱丽安娜的两手长着厚厚的老茧,她能徒手抓起一只正在烧着的锅子,一点不会感到疼。她照看了我许多年,并以她那绝妙的烹饪技术给一家子人做饭。她已成为我们家庭里的一名成员,我们都很爱她。约摄于1984年。

我正在参加一次全国性钢琴演奏赛。我一共获得四块奖牌。约摄于1981年。

有段时间,我曾在学校的管弦乐队演奏黑管,后来又在乐队担任钢琴演奏。音乐让我结识了很多人,其中包括一些最要好的朋友,如来自希腊的康斯坦丁、来自日本的夏彦(演奏长笛者)。约摄于1982年。

第九章 在布朗大学,就做个布朗人

音乐感召

爱德华·格里格①《钢琴协奏曲》

从许多方面来说,我从布朗到斯坦福的漫长旅程,一方面是僵死的规定与崇高理想之间一连串的冲突,另一方面则是源自打破陈规、傲慢自大、一条道走到底的本能的欲望。音乐是我的慰藉。在布朗大学读一二年级时,我参加了学校的钢琴比赛,获胜者便可取得与学校管弦乐队联袂演奏钢琴协奏曲的资格。我选择了格里格的这支《钢琴协奏曲》。我没能取胜,但我记得试奏之后的一天晚上,在布朗大学毕业生中心的钢琴吧,当时我已有了些醉意,内心亦颇感落寞。就在午夜的钟声敲响之际,我为朋友们演奏了第一乐章的华彩乐段。那天晚上的情绪使我的演奏漂亮极了,而这种情绪又是与那间烟雾腾腾的屋子里所有的人有关联。或许是由于那天喝了酒,于是便萧然自适,从而达到在正式的试奏中没能获得的非凡效果。

记得有一天,我信步走到朋友乔纳森的房间,想平心静气地跟他聊聊

---

① 爱德华·格里格(1843—1907),挪威作曲家。十九世纪下半叶挪威民族乐派代表人物。

第九章 在布朗大学,就做个布朗人

音乐。门半开着。放了一天的几片比萨饼就躺在地板上,紧靠CD机,在乐器架底下。在门左边,乔纳森躺在一张狭窄的床板上,全身只穿了件没扣扣子的衬衣。一个女孩半裸着身子,骑在他身上。就在几天前,这女孩还在跟我调情。女孩气喘吁吁,汗水淋漓。

"嘿,马克,什么事?"乔纳森轻轻招了招手,叫我进去,俊俏的脸上挂着微笑。

乔纳森攥着一听百威啤酒放在敞开的胸脯上,巧妙地保持着平衡。他一边长长地呷了一口酒,一边叫身子的其余部分静止不动;与此同时,女孩一直在上头忙活。他一点没情绪,就跟做洗衣一类的活计没两样。女孩一边甩了甩棕色的头发,不耐烦地瞪着我,就像在瞪一只恼人的蚊子,一边继续一上一下地忙活。我尴尬地说不出话,只道声歉,就连忙退了出来。

对于一个在内罗毕循规蹈矩的街区长大的年轻人来说,蓦地与颇有些另类的男男女女比邻而居,实在是个不小的转变。布朗大学不仅刺痛了那个知性的自我,而且在我独处的个性中打开了一个缺口。这些人全都这么自由,这么无拘无束。

说到底,对我而言,这儿的社交状况不大适合我。布朗的这些女性就像是些陈列的漂亮的纪念物,许瞧不许碰。那种颇具美国特色的自由在我看来,是不可企及的。我仍退缩到自己的贝壳里去吗?或者更糟,就像在已开裂的桌面上转动的一只陀螺,终究会逸出自己的轨道?

更别说我要到布朗大学来读书的决定了;这一决定是早就做出的,为此,我曾下了几年的功夫。

━━

父亲老奥巴马早年也曾习惯于用芒果树叶揩屁股,放牧时两脚被扎出血也不在乎。然而他志存高远,终于走进了哈佛大学。有其父必有其子,我相信我也能远走高飞。老奥巴马后来沦落,默默无闻了,但那又怎样?他曾一度达到其学术生涯的顶点。我同样可以做到。

当年我刚满十七岁,对自己的才华很有自信。我相信,无论是上哈佛,还是上斯坦福,这在我自然是应该的。然而,当我向别人提及我的志向时,我知道,别人对此是颇感疑虑的。

"你以为你是个天才啊,狄善九。你以为你是天字第一号的天才?你会失望的。"有人说。听了这话,我只耸耸肩。我脸皮厚;一旦被刺痛了,我就躲进自己的屋里。在我看来,说这话的人就如同围着父亲放牧的畜群嗡嗡叫的牛虻,不值得我放在心上。

读高中那阵子,我成了班级里一个多才多艺的怪人。我不懂滚石,相反,我喜欢古典音乐(许多人称之为僵死的音乐)。我不懂斯瓦希里语,但我却记得住那些拉丁语和古希腊语词汇。我不会被撂倒的,即使戴维那么跟我较劲,还是不成。我打台球,因为我的肤色不够黑,人家也不让我加入学校的足球队。但最重要的是,我不想跟他们套近乎;根据我有限的经验判断,他们只会让我感到痛苦和受排挤。

有几年的时间,我每天一连数小时埋头于书本。在所有重要科目的O-级考试①中,我都拿到7分,这在全世界都算是很好的成绩了,在我们学校就是尖子。在SAT考试②前三个月,我每天早晨六点起床,一直学习到晚间。这对我来说没什么难的。我只有一个目标,就是进世界上最好的大学。这之后,谁知道我能成龙成凤?平庸不在我的考虑之中。肯尼亚从不会奖励失败者;任何行业,任何肤色,任何阶层,莫不如此。

"人在二十八岁之后,大脑细胞就开始死亡。"高中的一位同学告诉我,"这就是为什么那些伟人年纪轻轻,就已初露锋芒。"

---

① O-级(Ordinary Level)考试,是英国每年在世界大约一百个国家举行的中学生毕业会考。考生取得毕业证书,便可获得英政府、英联邦国家及欧美各国承认的学历。
② SAT(Scholastic Assessment Test)考试,即美国学术能力评估测试,由美国大学委员会(College Board)主办,其成绩是世界各国高中生申请美国大学入学资格及奖学金的重要参考。

第九章 在布朗大学,就做个布朗人

我珍惜每一寸光阴。我马上就要到十八岁了。我很快就要老了!我要马上显露出我的锋芒。

~

1983年,圣马利亚中学开设IB国际文凭预科课程①。当这一年结束时,我即申请去读大学。这让老师颇感失望。

"你得完成预科课程。你会有更好的机会的。如果你再耐心等一等,会有更多学校录取你的。"

可我当时很任性,不同意。

后来我认识到,好的推荐书很关键,有了这些推荐书,人家就会把我当作一个多才多艺、颇有造诣的学生看待。我所获得的全国性奖项——其中有许多是音乐方面的奖项——对我建立良好的个人形象,也是很有帮助的。

我向哈佛、普林斯顿、耶鲁和布朗等大学提出申请,所有这些东部沿海地区的大学都靠近波士顿外婆家。结果,只有布朗大学录取了我。老师是对的。我大失所望,悔恨之余,我打算再等一年,准备来年再战。我决心读哈佛。就在这时,母亲介入了。

"布朗是美国最好的大学之一。你应该去。没有谁不想上布朗大学的。"

这我不敢肯定,但我开始思索。

"布朗,那算什么大学?伙计,我可从来没听说过。"同学们纷纷议论说。

我开始研究这所大学。那个时候,布朗大学是美国的一所非常受欢迎的大学本科院校。这所学校的报考率与录取率之比,在全美高居榜首。布朗大学还是常青藤联盟成员。令我不解的是,我既然能考入这所

---

① IB国际文凭预科课程(The International Baccalaureate Organization),是由国际文凭组织为高中生设计的为期两年的课程,总部设于日内瓦。世界大部分国家的大学已接受国际文凭大学预科课程为认可的入学资格,如成绩优异,分数可在大学折换成学分。

全美竞争最激烈的大学,可为什么进不了普林斯顿、耶鲁或哈佛。

"这些大学可能相互协作。他们可能已经讨论过你的情况,决定让你上布朗。"有个同学说。

经过数天的自思自想,我去了布朗。父母拿部分学费,另外大半外婆负担一些,其余再申请一些贷款。后来,我获得一笔福特奖学金。

动身离开肯尼亚的那天早晨,母亲来到我的房间话别。她有些忧伤,可脸上仍挂着抑郁的微笑。她没多说。我或许说了这样一些话:"我会想念你的。离开家真让我心里难受。"可这不是心里话。我高兴离开家。我既因此而洋洋自得,同时又感到些许的歉疚:我因自己的进步而心花怒放;然而在家人面前这么高兴,不免又令我有几分自责。露丝说服西米翁把他那只结实、贵重的皮包送给我,我拿在手上好不气派。那天,皮包终于到手了。

七岁的弟弟一蹦一跳进了屋,一下跳到床上。

"我会想念你的,马克。"理查①说,脸上难过了好一阵。

"我也会想念你的,理查。"我回答说。母亲默默地靠门站着,交叠两手,一双红红的眼睛湿润了。阳光透进窗缝,照射在母亲为我捆扎好的绿被子上,照射在我多年来搜集到的二手书和密纹唱片上。就像我视为天堂的园中的那些花朵,我也要飞向太阳。但我不像它们,我没有深固难徙的根。我啪的一声把箱子盖上。

以前,我只去过美国两次。第一次是在1966年,那年我才一岁大。母亲离家出走,回到了波士顿。后来,在露丝和西米翁结婚时,我们又去美国小住了几日。第二次去美国时,母亲带我去了当地的社会保障办事处,作了选征兵役制登记。

"所有的美国人都要登记。"她向我解释说。我看着这个小小的闪着银光的绿皮本,皱起了眉头。我带着恐惧的心情读到其中的内容:战时,所有登记者都需自愿加入美国军队。我感到一阵恐惧,我被一个庞大、无

---

① 理查,马克同母异父的弟弟理查德的昵称。

形的官僚机构抓了丁。

"这样,你就可以获得一份美国的护照了。你是美国人。"母亲告诉我。

最后,我终于被麦当劳的奶昔、汉堡、鲜奶和奶酪烤面包片俘获了。

"你一定要尝尝牛奶,马克。这里的牛奶是全世界最好的。"一进外婆的家门,母亲就说。

她给我倒了一杯。确实,这儿的牛奶浓浓的,浮着一层泡沫,甜甜的,营养丰富,正像美国自身所显示的那样。世界上有成千上万的人虽远隔重洋,全都为之怦然心动,而我也是其中之一。

初来布朗的几个月,可能是我在那儿度过的最幸福的日子。我们新生初来乍到,还没形成团伙,因而相对来说,大家还能坦诚相待。我们全都是新生;我的疏远以及沉默寡言被视作正常现象。

我很快就发现,尽管美国有那么多好吃的食物,环境也十分宜人,这里也有着更为深刻、复杂且令人头疼的社会结构,并非像我所预料的那么单纯。

面对其他卓有成就的同学,我遇到了一场严峻的竞争。我是个完美主义者。先前,B级在我看来是不可容忍的,可现在已变得稀松平常;A+是必须的,可如今这个分数处于稀有与遥不可及之间。这既让我丢脸,又让我感到悲哀。尤有甚者,每次我拿出一份颇为得意的作业,或弹奏一段自觉完美无缺的音乐,教授总能在拼写上挑出毛病,或指出哪个音符弹得不准;总之,只够得上中等水平。这些本来也未尝不可容忍,我甚至庆幸自己因此而有进步的机会。可还有个政治正确[①]问题等着我呢:

[①] 美国是个多种族国家,所谓"政治正确",也就是不带政治偏见,许多对有色人种来说具有贬义的词语,在平日的谈话中是不能使用的,否则便是政治不正确。

作为一名少数种族①的学生,我希望能够坦诚地跟那些白人教师讨论问题。在这样的场合,你会对每个词语、每个肢体动作都很敏感;至于讨论到种族问题,其情形简直如临深渊,如履薄冰。你实在没法做到坦诚地交谈,双方能够公开谈论的观点,其真诚度自然要大打折扣。

"这是个愚蠢的想法。"有的时候,这句话倒是挺管用。

可是,他们说这话是什么意思:"我明白,我明白。是的,你说得不错。"

只要我两脚一踏进办公室,有些教授就不由得会冒出这样的念头:这个人脑筋不灵光,在班上有些吃力,却挺在乎人家这么说。我多么希望能跟这些教授们坦诚地交谈啊!有的时候,我常常保持沉默。我太骄傲,太敏感,以至不敢向教授们承认:有些问题即使已经详细讲解过了,我还是不懂。

我知道我不笨,只是学习方法有所不同而已。我从前一直被教导说,解决问题的最好办法就是多问。可在这儿,布朗大学的数百名学生每晚点灯熬夜地苦读;出于与生俱来的良好的自我感觉,或者说出于机敏的直觉,他们绝不会寻求帮助。美国学生全都小心地保持着顽固、傲慢的沉默——他们担心提问会暴露自身的不足。至于我,在长达一个钟头的课堂上,我也许是班上唯一举手提问的学生。

过了一段时间,我渐渐觉得,班上那些沉默的大多数人希望我也闭嘴:我应该安安静静坐在那儿听讲,别出什么风头。我感到自己正置身于一个广大而陌生的土地上。我知道,我必须一步步给自己打拼出一条路。

是音乐将我从孤独中解救了出来。

在布朗读到大二,也就是1986年的暑期,我获得了一个在曼哈顿的哥

---

① 作者身为混血人,在美国便属于少数种族。

伦比亚广播公司录制古典音乐的实习机会。我在纽约大学生活了几周,我要拿出一些时间到我工作的布莱克罗克下城,其余时间则留在城里。

有一个星期,我从小道消息打探到,大提琴演奏家马友友①与钢琴演奏家伊曼纽尔·阿克斯②将在马萨诸塞州的韦尔斯利女子学院③联袂录制勃拉姆斯的大提琴奏鸣曲。

我的艺术指导通过关系,让我参加到这个录制组,除上述两位大演奏家之外,还有制作人斯蒂芬·爱泼斯坦、几个工程师和我。友友与曼尼④是挚友,他们在专业上有过多年合作的经历。这一次,他们将在霍顿纪念教堂——建造于1899年的糅合多种拜占庭和哥特文化元素的一座罗马式建筑,高大的尖塔雄踞在一旁——进行录音。

"教堂的音响效果是一流的。"斯蒂芬跟我说,"录制勃拉姆斯的作品,简直再理想不过了。"

我静静地坐在教堂的长凳上。一种深沉的宁谧笼罩了整座教堂。当乐曲开始演奏时,这些演奏者面上的表情完全变了,他们仿佛在聆听内心的那个上帝的声音。我完全被乐曲声所震撼。第一遍演奏便完美无缺。马友友总是追求最佳的艺术效果,音高准确无误。

中午,我们在一旁的咖啡店一边就着软性饮料吃汉堡包,一边聊起了音乐。

"实际上,这次录音我是在给曼尼伴奏。"这位著名的大提琴演奏家悄悄跟我说,"曼尼很喜欢吃汉堡包……他的演技的确让我自愧弗如。"

"我听见你说什么了。"身材魁梧的曼尼微笑着,摇摇头,"我们一直相处得很好,我们全都喜欢演奏。可话又说回来,这事有一大半要靠乐器帮衬。友友太幸运了,因为他可以背着琴满世界跑。我就只好将就了,弄到

---

① 马友友(1955—)大提琴演奏家,在法国出生的华裔美国人。
② 伊曼纽尔·阿克斯(1949—),美国著名钢琴演奏家,格莱美奖获得者。
③ 韦尔斯利女子学院,美国著名私立女子高等通识学院。位于马萨诸塞州,由当地乡绅杜兰特夫妇创办于1870年,属于美国早期的七女子学院之一。
④ 曼尼,伊曼纽尔的简称。

什么琴弹什么琴。"说完,他大笑起来。他们相处得很好,彼此都很谦虚;他们对对方的演技也很有把握。

我在哥伦比亚广播公司还有其他一些值得纪念的会面。一天,正在办公室听莫扎特的当儿,有个满头白发、扎领结的高个子男人走进来。他见办公桌上放了几张格伦·古尔德的唱片,不禁眼睛一亮。

"哇,你居然搞到了他的一张肖邦,还有几张斯克里亚宾①的唱片。这可是不容易弄到手的呀。"

来者是著名的音乐制作人塞缪尔·卡特,跟我一样,十分喜爱格伦·古尔德这位加拿大著名钢琴家。卡特录制了古尔德一生最后的几张唱片,包括巴赫的《哥德堡变奏曲》。我们俩聊起音乐,并成了朋友。为了表达对钢琴家的敬意,卡特与广播公司的公关部一同协助我专门在布朗大学放映了一场电影。

另一天下午,有个粗壮的矮个子男人迈着沉重的步子走进来,此人头上棕发丛生,一张肥胖的大脸红彤彤的。随着室内正在播放的乐曲声,他像个指挥那样用手打起了拍子。他盯着我仔细瞧着。

"你是谁?"

"马克·狄善九。暑期实习生。"

"啊——!居然古典音乐迷。"说着,他发出一连串尖声的大笑。我立起身,打算作一番自我介绍。可他摆摆手,让我坐下听他说。

"你听,你听!木管乐器突然沉寂下来。佩拉亚既做指挥,又要演奏,一个人居然应付下来了。真是个有种的!"

进来的是彼得·曼韦斯,古典音乐行业的最后一位折中主义者。他的两张具有跨越意义的唱片《侏罗纪古典音乐》《倾听巴赫》在音乐市场开创了一番新天地,彼得由此被业界公认为销售天才;有关音乐制作及这一产

---

① 斯克里亚宾(1872—1915),俄国作曲家和钢琴演奏家。早期作品风格深受肖邦的影响,后期对无调性音乐和不和谐音进行探索。

业的消费人群,他比这个星球上的多数经理懂得都多。曼韦斯对待人生以其粗俗的幽默感著称。1971年,他曾对《时代周刊》声称:"叫我古典音乐的 P.T. 巴纳姆①就行了。"他邀我到梅里克——长岛的一处豪华的郊区——乱得一塌糊涂的家里做客,之后我们俩就迅速成了好朋友。他多年来搜集了大量密纹唱片,包括数以千计稀有的、极好的唱片。

"我从早到晚都在指挥。"他说。除了穿件短裤外,他赤精条条地站在高档立体音响前,挥舞着指挥棒。"这比搞女人强多了。"我们在一起听音乐,一听就是几个钟头——听托斯卡尼尼②指挥的贝多芬,听约瑟夫·列文③的钢琴滚奏,以及阿尔弗雷德·科托特对肖邦的诠释——而这时,清晨的阳光已从窗外透进起居室。

彼得为人出奇的大度,他将自己对生活和音乐的理解通通说给我听,把我介绍给他在纽约的朋友们。他把大量的唱片借给我听,还常常请我吃饭,听音乐会。对音乐的共同爱好将我们俩联系在了一起。

"自从我见你听莫扎特那天起,我就知道你这人有些特别。当然了,跟我一样,你也得是个犹太人。我从你鼻子的长相就瞧出来了。只有犹太人才会长这样的鼻子。哦!"

我跟温顿·马萨利斯碰面也是凑巧,当时他正在制作人的办公室闲聊,让我撞上了。我跟他说,他的唱片我全部听过,把他大大夸赞了一番。他为人十分谦和。

"谢谢,伙计,我很欣赏这一点。"他请我去听那周他在格林尼治村④的音乐会。

---

① P.T.巴纳姆(1810—1891),美国商人、娱乐经理人,因其推销有名的恶作剧及创建巴纳姆-巴利大马戏团而闻名于世。巴纳姆曾对人宣称,他的人生目的便是"把钱揣进自己的口袋"。
② 托斯卡尼尼(1867—1957),意大利著名指挥家,二十世纪世界最优秀的指挥家之一,以要求严格著称。
③ 约瑟夫·列文(1874—1944),俄裔钢琴家。
④ 格林尼治村,在纽约的曼哈顿区,是美国作家、艺术家的聚居地。

在广播公司工作期间,我看到那些堆放密纹唱片的橱柜积满了灰尘。

"噢,唱片都来自希望与我们联络的那些人。有些在那儿放了许多年。"有个秘书跟我说。

我挑拣一些来听,其中有些品质之高让我震惊。即使是这些才华卓越的人们,也难免遭受冷遇。我终于慢慢体会到录音这一行业的复杂及签订一份合同的艰难。

倘若连这样的艺术家都没机会,我怎么可能会成功呢?我一遍又一遍地反躬自问。对我来说,音乐简直如同呼吸一样须臾不可或缺,然而要想以此谋生,如何可能?我五味杂陈地返回布朗,继续我的学业。

在那些年,艾达·贝克一直是我心灵的慰藉。

布朗大学距波士顿的外婆家大约一小时的车程。每个周末我都搭车去看她,以此来缓解学习上的压力,逃离我在布朗感受到的那种排斥。我们通常在一起谈论食物,弹琴,或去波士顿逛街。一到周日晚上,我就只好再乘上长达一个小时的公交车,去听任命运的安排。

不过,我仍记得她对我充满信心的话语:"马克,你总有一天能当上非洲总统!"

"外婆,非洲是一片大陆,而不是一个国家。"我笑着回答说。

"那无关紧要。"她简短地回答说。然后改变话题,指着她的鲍德温牌钢琴说:

"去,亲爱的,弹一支胖子沃勒①的乐曲。或者来一支肖邦的抒情曲。我真是喜爱这些乐曲。"

---

① 胖子沃勒,美国爵士乐大师,原名托马斯·沃勒(1904—1943),一身而兼爵士乐钢琴家、风琴手、作曲家、歌手和喜剧演员,代表作有《不再失礼》《忍冬玫瑰》。

我顺从地弹起来,艾达则敞开前门,为的是让所有邻居都能听到我的琴声。

倘若没有了外婆,波士顿会变得凄清、苦涩和不友好。以前,每次在洛根机场下了飞机,倘若没有外婆,我真不知该怎么办。尽管来美国时我的运通卡仅有二百三十美元(这点钱很快就用光了),艾达常常会接济我。即使后来我参加了学校的工读计划,能挣不少钱了,她也常常会给我二十五美元的零用钱,周末和假期连房费都免了。

1986年的某个周末,我猛然发现外婆家异乎寻常地寂静。房后正播放摇滚乐,一个粗野的南波士顿人尚德拉租了艾达多余的房子,此人常常拖欠房租,还经常吹嘘曾征服过多少女人。

"艾达,你在哪儿?"我叫喊着。

没人回答。我绕到后院去找外婆。哪儿都见不着外婆的影子,最后,我走进浴室。浴缸里有半缸棕褐色的污水。墙上有排泄物留下的一道道污渍。地板湿乎乎的,毛巾扔得到处都是。我吓得浑身冰冷。我立刻冲到尚德拉的房前,在门上猛敲。

"尚德拉,我的外婆在哪儿?"

没有回答。巨大的音乐声仍在继续。我又在门上猛敲一阵。

"艾达在哪儿?"

他甚至连门都没开。

"什么?哦,马克,你的外婆嘛……你想知道你的外婆怎么样了吗?她昨天死了。"

他拧大了音量。我茫然地回到了起居室,那架鲍德温牌钢琴静静地立在那儿。艾达就死在她心爱的电唱机旁。

她的死因不明。母亲认为她是在浴缸里睡着了。医生则认为,艾达死于脑动脉瘤的猝然发作。

外婆的死对我的打击太大了。我失去了那个勉励我、赞扬我、支持我、督促我并将我迎接到这片陌生土地上的亲人。

一旦遗嘱得到确认,我就可以使用艾达的汽车了。周末,我常常驾车走很远,很晚才回来。我在波士顿的红灯区和成人用品商店漫游,努力忘记这个半夜洗盘子、在美术馆弹钢琴(而且常常是为了孩子们才去那儿的)的小老太太。

艾达死后我没哭,也许是因为我觉得哭天抹泪是软弱的表现,或者说显得过于多愁善感了。相反,一种深刻的抑郁情绪弥漫了我的身心。每当有至亲至近的人去世,我总觉得仿佛是受了冤屈,因为我感到自己是那么软弱无力,完全于事无补。

最先失去的是戴维,然后是苏雷,这次轮到了外婆。如今看来,外婆的死我没流泪,这本来应该引起我的警觉,可当时我继续机械地忙于学业。似乎我仍不知道我在哪儿遇到了阻碍。

外婆去世后,学习也变得更具挑战性了。我有意加大了课程的难度。我要获得物理和数学两个学位。我知道,无论是我自己还是我的家庭,都无力支持我读完两个独立的学位;于是,我决定选修双学位。

"为什么要修双学位?"有人问我。

"因为我有能力完成。"我反驳说。

一旦身处绝境,我就可能创造出奇迹。我选了一门高等数学。我发现这门课很难,差点没通过期中考试。

"这是根硬骨头。也许,你现在应该考虑一下是否放弃。"一天,在教授的办公室听完一堂令人沮丧的辅导课之后,他几乎用抱歉的口气说。

我知道他是真诚的,是出于好意,可话语背后似乎掩藏着这样一层含义:他预料我会通不过考试。考试前几周的那段时间,连我自己都不知道我竟会有这么大的干劲。期末考试我考了个优等,教授大吃一惊。这让我既感到高兴,又不免有些失望;我倒宁愿自己考不及格。若是那样的话,我就有了放弃数学的理由,因为我一点也不喜欢数学。就当时的处境来看,我的心灵在朝着某个方向前进,而我的过于兴奋的大脑则选择了另一个方向。不管我朝哪个方向努力,我都会获得成功;我似乎既因我所具有的天赋而获得祝福,同时亦因此而遭受诅咒,其结果便是我拿不定主意到底该朝哪个方向走。心灵与大脑之间的这种冲突日后还将给我带来不小的痛苦。

我是通过音乐交朋友的,如约翰·杜瓦尔,我们是在小学期的音乐课上认识的,两人一见如故。尤其是听说了我是个格伦·古尔德的粉丝之后,我们俩更成了莫逆。

"我才不在乎是不是A等呢,伙计,我喜欢古尔德。他的确够让人敬畏的!"约翰说。

出于共同的爱好,我们一起听古尔德、霍洛维茨①、李帕蒂②、波利尼、米凯兰杰利③及其他音乐家的作品,一起订比萨饼和可乐,谈绘画和音乐直至深夜。约翰读古典文学,他能满怀激情地流畅地朗诵拉丁文和希腊文。我带着钦羡的目光望着他。我感到,物理是可以支撑我的自信心的;希腊文和音乐也能如此支撑着我吗?

四年级的时候,我选择住在研究生中心,一座冰冷的四四方方的建筑,只会吸引那些无趣的、年老的、不合时宜的大学生,以及像我这样寻求独处的人。我的业余时间大都是在楼下的酒吧里度过的,一个阴暗的处所,里面挤满了两眼迷蒙的老大学生:女人的目光在烟雾腾腾的房间里不住地睃着,男人则一手执球杆,一手拿着百威啤酒。深夜,这些研究生、大学生们常常聚在酒吧,在一片醉意朦胧的笑语声中讨论哲学、诗歌、足球、性,有时还兴致勃勃地下一盘国际象棋。

在这片狄俄尼索斯④式的狂欢气氛中,一架小型的竖式钢琴就静静地立在一个角落里。一次,就在午夜的钟声敲响的那一刻,我走到钢琴前。我喝醉了,心情落寞,我弹起格里格的一支协奏曲的华彩乐段。我足

---

① 霍洛维茨(1903—1989),俄罗斯钢琴家,一生曾二十四次获格莱美奖。
② 李帕蒂(1917—1950),罗马尼亚钢琴家。
③ 米凯兰杰利(1920—1995),意大利钢琴家,其代表作为《贝多芬第五钢琴协奏曲》。
④ 狄俄尼索斯,希腊神话中的酒神,位列十二主神。狄俄尼索斯代表了人类的欢乐精神。据说,古希腊的悲剧即发源于对酒神狄俄尼索斯的祭奠仪式。

足弹了半小时之久。我沉醉在这支乐曲中,也不知弹错了多少处。我再也记不起同伴们和这些酒鬼们的存在了。乐曲终了,我才被一阵热烈的欢呼声惊醒。

"太够味了,伙计。你应该再多弹一些。"一位爱尔兰的诗人朋友丹尼斯开腔了,他那张苍白的脸上闪过一丝淡淡的微笑。约翰和其他研究生朋友也点头同意。

我终于又找回了我自己。尽管我对物理仍缺乏热情,但在学习上已有所改进,并在最后的半学年闯过了难关。我完成了双学位所要求的全部课程,但我无力承担一份数学文凭所需的费用,于是,学校便在我的毕业证书上注明我已达到数学本科毕业生的要求。

我对自己将来要做什么,实在一无所知。我不想再学物理了,可我更不想马上就业。我当时便处在这种两难境地,就像风中飘落的一朵玉兰花。就像其他胸中无数的毕业生一样,我申请读研。一天,我接到斯坦福大学的电话通知,他们欢迎我去读书。

在布朗大学的最后一段时日,同时也预示着我和母亲之间要有一次不愉快的清算了。这四年时间,是我第一次离开母亲这么久。

当母亲飞到美国来参加我的毕业典礼时,令我大感失望的是,我没能取得"以优等成绩毕业"的称号,像高等数学、英文经典这类非必修课程风险性较高,把我的平均分拉下了一些。原本应该是多么欣悦的一天啊,如今却变成了令人沮丧的时刻。在毕业的种种热闹中,教授、毕业生及他们的亲人,一个个喜气洋洋。我当然也拿到了一份美国名校的毕业文凭,可我一点也高兴不起来。

尽管我即将毕业,可我觉得在母亲面前仍是个失败者。确实,我既不知道自己这一生究竟要做出怎样的成绩,也不知道母亲对我的期许。我只知道我再也不是当初离开肯尼亚时的那个男孩了。母亲立刻注意到我情绪低落,但什么话也没说——她只不时问问这个是谁,那个是谁,我们在哪儿。

"为什么不高兴,马克?"最后,她终于问了一句。颁发毕业证的仪式结束后,我们到希望街的一家美食店吃午餐。

"我那么努力地学习,可他们就是不给我'优等生'的称号。他们说,优等生的平均分是3.5,而我的平均分只有3.48左右。我不知道……只差那么一点儿。我恨他们!我在这儿读书的这几年,他们一直在压制我!"

母亲继续吃着。她小心、缓慢地舀起汤,吹一吹,咻咻溜溜地喝着。我真希望她说点什么,可她就是不搭腔。

"你不在乎吗?"我问。我朝店里张望了一眼。我们一进来,就引来一些当地人的目光。总是外来者,我想,总是这种外来者的感觉,从没感受到自己是其中的一员。我望着母亲的脸。母亲避开我的目光,继续喝着汤。

"我在乎。我希望你快乐。"她满脸通红地说。我茫然地望着窗子。窗外细雨蒙蒙,而主宰命运的上苍则被笼罩在一片灰暗之中。这座城市既沉闷,又乏味。我注意到,住在这座城里的人们常常要忍受雨雪的侵袭,奋力在苦闷的人生道路上挣扎。我很高兴马上就要离开此地了。

"但愿我再也不回这鬼地方了。"我说,"我本来就应该再等一年去读哈佛的。是你说这里也行的。"

"我当时觉得这个决定是对的。"

"哼,我恨这地方!"我狠狠地跟母亲这么说了句。母亲注视着我的眼睛。

"发生了什么,马克?"过了一会儿,母亲问。

"您这话是什么意思?"

"以前,你常常把每一件事都告诉我。后来,你就停了。你信里……"

"什么?"

"你不像以前说的那么多了。以前,我们俩相互间从来都是没有秘密的。我想听听你这些年过得怎样……"她的话语声渐渐低了。

"妈妈,我不想讨论这些。"

她垂下了目光。我们俩默默吃完午饭。我们离开小食店,要穿过马路。路上车很多,可我一点没在意。母亲小心翼翼、笨手笨脚的样子让我心烦,我真想摆脱她。我迅速穿过了马路,母亲没赶上来,我回头望了望。

"妈,快来。快过来!你这是怎么搞的!"

母亲气喘吁吁地朝这边赶。汽车朝她鸣喇叭,街上的人朝这边望着。有辆车几乎擦着母亲开过去。那一刻,真觉得那辆车马上就要撞上她了。可是,我一点都没警觉。我猛然醒悟到,在那一刻,我竟然暗暗希望那辆车撞上她!我望着她的脸。她紧张得满脸通红。我看到,母亲在流泪。我意识到,我的一部分想永远离开她,而另一部分则希望继续留在母亲身边。我感到一种深深的自责。我想把手伸过去,可我却不能。这对我来说太难了。母亲一下子痛哭失声。

"你到底要我怎么样?"我愤怒地叫喊道。

"我只希望你快乐,马克……我只希望你快乐!"

我望着母亲。她的两眼周围又多了一些皱纹。我伸过手去,可母亲挡开了我的手。她的头发比我记忆中的更白了,腰也比以前更弯了。

她究竟要的是什么呢?我不禁感到有些惊讶。要是我得了高分,或取得其他成就,那会怎么样?这些不都确实是她以前要求过的吗?我意识到,母亲的目标也许不在我赢得的那些奖牌和喝彩;她只是觉得这些成绩能让我感到快乐。这么久以来,我从未真正理解母亲。

从小到大,我是在母亲的悉心呵护下长大的。倘若有一天记忆在我的脑海中消失,母亲的形象仍会伴随着歌声回到我的心里:

    我十月怀胎,

    无怨无悔。

"你看,似乎你还欠着我呢①。"以前,她总习惯这么说。

---

① 上面一段歌词,原文有"No charge",字面意思是"不收费",所以,这里的对话才会说到欠账。

第九章 在布朗大学,就做个布朗人

我确实感到我欠着母亲的一份情意,可是,直到那天我才终于弄懂她所希望的回报究竟是什么。

在那一刻,望着她挂满泪水的两颊,我感到,我爱她胜过世界上任何其他人;而尤为令人感到莫名其妙的是,我恨她也胜过世界上任何其他人。我模糊地感觉到,我们如今已到了分手的时刻。我走在自己的道路上,母亲则不在;确实,至少这四年中的部分时间她不在。我想让她离开我,让她放我走。尽管我对此并不完全理解,然而,我已强行将我和母亲之间的纽带扯断了。双方为此都受到了伤害,但我知道,没有其他的路可走。

在布朗大学读书期间,我常常到马萨诸塞州波士顿的外婆家度周末。她总是四门洞开,为的是让所有邻居都能听到我的琴声。约摄于1986年。

在布朗大学读书期间，我曾到哥伦比亚广播公司设于纽约的录音部做实习生。这张照片选自《布朗每日信报》的一篇报道。实习期间最重要的莫过于结识了格莱美奖获得者、格伦·古尔德唱片制作人萨姆·卡特，以及其他音乐家温顿·马萨利斯、马友友等人。约摄于1987年。

第十章 手足之情

音乐感召

保罗·欣德米特①24首钢琴曲:《调性游戏》

这一组创作于1943年的优美的钢琴曲开端有一个前奏曲,结尾处还有一个终曲。第一支乐曲前奏曲的第一个音和终曲的最后一个音相同;第二支乐曲也是一样,以下各支乐曲依此类推。乐曲以镜像的形式围绕两个主题展开。这一作品不由得令我联想到巴拉克②和我的关系:在我们人生道路的不同阶段,标志我们身份的种族的纽带总是与一连串影响深远的结果相互关联。由于我们的混血身份,我们的身体就如同多棱镜,任何光线透过我们的身体,就会显示出不同颜色的光,有识之士自会辨别出其中的意蕴。有的时候我们见见面,如在1988年,或在他担任美国总统的第二任期内,各自的身份亦如世事变幻,起起落落。我们也可以像多棱镜那样,把自己的这一面或那一面展示给世人,以此来控制世人对我们的看法;而在这样的时候,我们对家人或取认同

---

① 保罗·欣德米特(1895—1963),德国作曲家、中提琴手、小提琴手、教师和指挥。后加入美国籍。
② 马克的哥哥,即美国总统奥巴马,与其父同名为巴拉克·奥巴马(Barack Obama),一般以大小相区别;在读音上,一个重音在前,一个重音在后。

态度,或取拒斥态度,抑或出于保护家人的考虑。事实上,正如保罗·欣德米特笔下的《调性游戏》,我们实在无从分辨构成我们人生道路的这支曲调有多么复杂,就像你没法将光明与黑暗分开一样。再打个比方,我们兄弟俩常常出现在一本书的同一页上,但我们的旋律线是朝相反的方向展开的,就像二十多年前我们的第一次见面。

"啊,他是个奥巴马——当然啦!你还能指望什么?"

我能猜出,要是父亲听说他的儿子巴拉克登上荣耀的顶峰,他会说什么。他会缓慢而审慎地从喉咙深处吐出这么两句话。然后皱起眉头,从嘴里取出那只海泡式的烟斗,呷一口尊尼获加①,带着纡尊降贵的神态露出开心的微笑。

梦的确是个有趣的东西。想想吧,所有的梦无不是在黑暗中缓慢地酝酿,并促使我们的生命向上攀登。在某些情况下,有的梦则显示了我们内心的愧疚与未竟的事业。小巴拉克·奥巴马的内心或许揣着一个关于父亲的梦,这个梦促使他到肯尼亚来寻找他的宗族,然后写了一本书。

许多年后,有个梦在敦促我去跟那个阔别已久的哥哥碰面。梦是对现实人生的一种补偿,那些心中有梦的人有福了,就像巴拉克这个名字所预示的那样。老巴拉克·奥巴马也有他自己的梦,他的儿女们则要倾尽一生之力,以达成父亲的夙愿,或对父亲的梦想予以补偿。小巴拉克·奥巴马最先实现了父亲的梦想。我有时偶发奇想,倘若命运做出不同的安排,我或许便取代了哥哥巴拉克的位置,巴拉克则成了我。我们各自的人生道路虽然天差地别,然而从另一角度去看,却又惊人的相似。

当我写下上面这段话时,我的内心不由萌生了些许自豪感。经历了若干岁月的砥砺,我才终于明白这个道理。倘若在十年或二十年前,"他是个奥巴马"这句话在我的耳朵里不仅毫无意义,而且还会引起反感。巴

---

① 尊尼获加,纯正苏格兰威士忌。

第十章　手足之情

拉克如流星一般的迅速崛起,才促使我重新审视自己的出身,并在这道新光中有所领悟。

1988年,我刚从布朗大学毕业,利用短暂的暑假回到肯尼亚,然后前往斯坦福大学,以全额奖学金读研。我当时信心十足,充满青春活力;我正处在人生美好而宁静的岁月,我既从未想到过死亡,亦不知容忍为何物。

不过,在回美国之前,我遇到了一位不速之客。

我第一次与巴拉克会面,是在韦斯特兰的家里,当时我正在房里读书。我听到有辆汽车驶进大门,在砾石路上轧出吱吱嘎嘎的声音。我想,或许是母亲的朋友找她谈幼儿园的事。我听见院里有人在谈话,然后谈话声停了,好像客人要到客厅里来聊聊。几分钟之后,母亲来敲我的房门。

母亲显出一副若有所思的模样,好像不知该如何开口。在门口,她那副粗壮的身材微微有些颤抖,仿佛正处于进退两难的境地。

"马克,是你的哥哥巴拉克……他来看你。"

"谁?"

"你在美国的哥哥。小巴拉克。他来看你。"

我在美国的哥哥。她这话是什么意思?我也曾风闻父亲还有个儿子在美国,但我将所有这些传闻通通丢弃在记忆的深处。一切有关老奥巴马的记忆都会带来太多的痛苦,不堪回首。在母亲提到这个哥哥之前,我甚至连他的名字还不知道。

"在哪儿?他在哪儿?"我问。

"在起居室。他在等你。"

我望着母亲,简直不敢相信自己的耳朵。我当时很可能只是耸耸肩,然后继续读弗恩·M.布罗迪写的一本有关探险家理查·伯顿的传记《魔鬼驱使》。这是一本挺好的读物,无论如何也算是个合适的托词,免得去见那个所谓的哥哥。此时此刻,我的内心五味杂陈,实在一言难尽。与其去面对自身剪不断、理还乱的家庭关系,我宁愿去体验一番伯顿被欺骗、被出卖乃至受伤致残的经历。以前一直挥之不去的父亲重婚的阴影,不由又浮上了心头;这一疑虑总要解除。此人是谁?我该怎么称呼他:哥哥,或巴拉克?为什么要见我?我能帮他什么忙?他要干什么?我觉得肚子里有种空洞、冰冷的感觉。由于某种原因,我感到其中存在着丑陋、欺诈甚或不洁的东西。

"跟他说,我不在。"我粗鲁地说。

"可是,他就在起居室。"母亲看到我烦恼的表情,态度立刻软了下来,"他是你哥哥。至少,你该跟他打个招呼。"她又替他辩解说,"人家大老远从美国来。"

要是我一定要见他,令我感到宽慰的是,至少我可以告诉他,我马上就要去斯坦福读书了,这似乎可以稍稍支撑一下我那不甚稳固的自信心。

"他马上就要去读哈佛。"母亲又说,语气中带着些许惊讶的神情。

最后这句话一下把我击垮了。我没能进入哈佛。

以前,要是我固执地不肯出来见客——我经常这么做——母亲就连央求带哄骗,把脸贴得那么近,两个人的鼻子都要碰上了。"哎呀,求你了。"她总是说,"人家只想跟我漂亮的儿子打个招呼。"我拗不过,又听了母亲的几句好话,常常会爆发出一阵大笑。

可这次气氛有些异样。母亲立在门口,只用期待的目光望着我。我叹了口气,放下书,站起身。

我进了起居室。丽塔和一个瘦高个、棕色皮肤的年轻人坐在沙发上,他们在跟西米翁交谈着,小弟约瑟夫——我们通常叫他乔伊——坐在西米翁的腿上。年轻人的相貌与我相似,肤色比丽塔浅得多,他专心地听西米翁说话,不住地点头。我一走进起居室,两个人都站起身。

"巴拉克。"他自我介绍说,同时伸出手。

我们俩握了手。我完全是一副公事公办的神态,以便掩藏内心的焦虑。丽塔冲我笑了笑。我知道她在母亲面前有些不自在,不想多说。她

第十章　手足之情

们俩全都爱着同一个男人,其中一个在他身上看到太多的缺点,说服自己不能再爱他了,另一个则对他的种种缺点视而不见。甚至直到如今,在这个家庭破裂多年之后,丽塔仍不喜欢母亲。

"多有意思啊,你们的兄弟大老远从美国来看你们。"母亲插话说。

巴拉克瞧瞧我,又瞧瞧丽塔。他瞧出丽塔有些不安,脸上的微笑立刻消失了。在接下来的时间里,巴拉克的神情一直严肃得吓人。大家尴尬地在起居室里站着,一言不发。

"那么,我听说你很快就要去斯坦福读书了?"为了打破沉默,巴拉克随口问了句;他并不真的感兴趣。

我既不想跟巴拉克搭腔,也不想跟丽塔说话。

"你们不想看看相册吗?"母亲建议说。既然没别的可干,我只好找出一些相册,大家坐了下来。我靠近巴拉克,丽塔和母亲则各坐一张椅子,似乎不想跟我们靠得太近。巴拉克将画册搁在他瘦长的腿上。我注意到他的衣服熨烫得十分笔挺,一双手大得像两只刮铲。

西米翁则默默地注视着我们。"瞧瞧这些人,我可不想跟他们有什么瓜葛,"他常常这么说,"一天到晚跟这帮人搅和在一起……成年累月这么闹。我只想过安安生生的日子。"

不过,西米翁这回来了兴致。我从他的眼神就瞧出来了,尤其是他看巴拉克的神态。我进屋之前,他们已谈了一会儿;看得出来,他对这个年轻人印象不坏。

巴拉克用他那瘦长的大手——这双手跟我的很相像——认真地翻看着相册。在翻到戴维的几幅照片时,稍稍停顿了片刻。

"你的弟弟?"他问。我注意到他没说我们的弟弟。母亲和我对视了一下。我看到她用手紧紧抓住椅子的边缘,骨节没了血色。

他继续不经意地翻看着相册。自这一刻起,除了我和巴拉克不时小声地交谈几句之外,丽塔和母亲几乎一言不发。气氛益发沉闷得令人难以忍受;理查有时跑进屋,跟西米翁玩一阵,才使得气氛有所缓和。

我们没在一起吃饭。大体说来,那是一次尴尬的、冷冰冰的会面。情况就是如此,尽管后来一直没人提起,不过,那次所谓的家庭聚会就这么半途而废了。

"可能马克和我还会再见面的。"最后,巴拉克两眼望着我和丽塔之间的某处,说了这么一句。

母亲突然活跃起来,还没容我反应,她就肯定地说:"是的,我敢肯定,你跟马克有很多事情要谈。"

然而实际上,我不想再跟巴拉克谈什么。我想回屋里,继续读弗恩·布罗迪笔下的理查·伯顿的故事。我避开他们的目光,只轻轻点了点头。

"我还有些事需要处理。"我这么说了句,然后就心烦意乱地离开了起居室。

没过几天,巴拉克和我又见了一面。他直接开车过来,没带丽塔。

如今回想起来,我不知道当初他为什么没进屋,却在外面等。我们的客人通常直接进到屋里,有时往往让我们大吃一惊。他为什么拒绝进来?两个家庭之间似乎存在着一道看不见的障碍。他们属于奥巴马家族,这一家族以"老人"——后来,家族成员便是这样称呼老奥巴马的——为中心,分布于内罗毕和基苏木两地。但在西米翁的帮助下,母亲和我逃离了争吵、贫穷、重婚和家庭暴力,而我在幼年时期一直深受其苦。这是个信号,由此便可见出我当时是抱着怎样惴惴不安的心境来面对第二次会面的。我的本心是要避开从前的生活,然而它潜滋暗长,如今竟成了躲在象草中的一头心怀叵测的狮子。

巴拉克站在一辆车前,我猜是一辆大众。在太阳下,我看得比上次更清楚了。他的身材比我高,比我瘦,面部棱角分明,头发留得老长,乱蓬蓬的。他的鼻子又大又宽,一双敏锐的眼睛向前直视。他的衣服仍是那么整洁,上身只穿了件纯棉衬衣,下身是条绿色或浅蓝色的裤子。

第十章 手足之情

"哈罗,马克。你好!"

他清晰地大声说了句,带着几分家长的语气。他没笑,好像近来有什么烦心事。我伸出手。

"哈罗,巴拉克。你怎么样,伙计?"

我俩颇有些笨拙地握握手。我称呼他巴拉克,就像所有的人称呼父亲那样,重音在前。多年以后我才得知,他称呼自己时更愿意重音在后。但在当时,他并没纠正我。谈话中,这个读音我不知重复了多少遍。

对于这个突然出现在我生活里的高个子、棕色的幽灵般的人物,这回我看得更加仔细了。他为什么这么严肃?我暗自纳罕。他是被人差遣,前来完成一项不受欢迎然而却十分必要的使命的吗?看他那副神态,的确像是怀有某种秘密计划或目的。他面上的表情是那么谨慎和恳切,对我和我的家人保持高度警觉,尤其是对我的母亲,或许是由于事先有人跟他说了什么。

从那天他站立的姿势——在那个晴朗的午后,他僵硬地戳在车道上,头微侧,仿佛在谛听内心的声音——一望而知,他正在追寻某种东西。他脸上的神态似乎表明,他已做出判定,然而仍为某些尚未成形的问题以及尚不明了的疑惑所困扰。通过此后的交谈(我们谈了很多),我益发感到他是想从我身上找到某种东西:某种虽埋藏得很深却十分简单的东西,就像被一片嘈杂声所掩盖的某个旋律。"我想见见你。"他第一次见面时就说。

"咱们兜个风。我想跟你聊聊。"他建议说。

我顺从了。他说话的声调很温和,却是命令式的,颇有几分兄长的口气。同时,他的声调里还有些深沉的东西,似乎与他的年龄不相符:这种声调常常与智者、老者联系在一起,你很难料到竟出于二十岁左右的年轻人之口。他是谁?我思忖着。他驾车进城时,我从旁打量着他。他面色黝黑,头发比我的短,但更鬈曲①,好像他懒得费心去打理。他的一双大

---

① 前边说巴拉克留一头长发,此处又说是短发,前后似乎有些矛盾。另外,鬈曲(frizzled),原文写作破旧的、磨损的(frazzled),似误植。

手稳稳地握住方向盘。

通过交谈,我了解到,他来肯尼亚是想弄清他的非洲裔宗族的情况,尤其想弄清父亲的情况。进城的路上,我们就哈佛和斯坦福的话题聊了几句,尽管我察觉到他不想谈论有关大学的话题。在穿过内罗毕汽车、自行车相互交织、喇叭声吵成一片的如地狱一般的街道时,他的两眼紧盯着路面,偶尔搭一两句话。"你有驾照吗?"我半认真地问。

他笑了起来:"我用不着那玩意儿。"

我们来到一家位于狭长的商业地带的印度餐馆,此处与一片可怕的烟雾弥漫的工业区相毗连,工厂的烟囱在不停地向亘古如斯的蔚蓝的天空喷吐着浓烟。餐馆内干净、整洁。在我们点菜的当儿,我感觉到巴拉克的目光仿佛要看穿我的内心。

第一次会面是浅层的,而且有些拘束,双方东拉西扯,围绕着巴拉克真正要谈论的话题打转转;这一次不同,我们直奔主题。会面的只有我们兄弟俩,再没旁人打岔了。

我至今仍清晰地记得巴拉克说的话:

"你对父亲怎么看?他在你的记忆中是个怎样的人?"他用恳切的目光注视着我。

这些年,我一直将有关父亲的记忆摒除在我的大脑之外。话虽如此,有时我仍常常记起如今已变得隔膜的两个同父异母的手足丽塔和博比,记起母亲痛苦的哀号,以及家庭破碎所带来的苦涩。我常常回忆起老巴拉克·奥巴马醉酒后的咆哮声、威士忌酒瓶的碰撞声,有时还有酒瓶撞击地板的碎裂声。

就在这时,有几个人紧挨着我们落座。巴拉克冷静地注视着来客。我虽感到有些拥挤,但我暗自庆幸来客打断了我们之间的谈话。趁短暂沉默的当儿,我打量了一眼几乎是空荡荡的餐馆,明亮的红白两色的墙壁似乎正要大声喊叫,油渍渍的盘子、碟子仍躺在带方格子花纹的桌布上。

我记得那次是巴拉克选择了这家餐馆;有一点颇具讽刺意味,是他而

第十章 手足之情

不是我找到了餐馆的位置。饭菜几乎马上就端来了:辣味马莎拉和米饭。我肚子不饿,只啃了点炸面圈。我回忆起从前戴维和我常常在一起炸面圈的情景:我们用勺子将加了糖浆的面糊舀进滚沸的油锅,金黄、松脆的面圈膨胀起来,厨房里立刻弥漫起一股香甜气息,引得我们俩连口水都要流出来了。仿佛猜透了我的心思,此时巴拉克停下手里的饭食,用他那双冷静的棕色的眼睛注视着我。

"戴维的早逝让我感到十分难过。"他说。

"如果戴维还活着的话,你肯定会喜欢他的。"我回答说。我很高兴把话题岔开了。

"我在这儿认识的每个人都说他好。"巴拉克说,一双棕色的眼睛里立刻充满热情。

有好长一会儿,我们两人相对无言。

我真正想说的是:倘若他眼下仍在世的话,他肯定比我更乐于跟你见面;而且跟我相比,你肯定更喜欢他。

时隔二十六年,两人当时说了什么,如今已记不真了;不过,这次见面的基本意图,以及谈话中双方所要表达的意思,在我的头脑中仍清晰得如肯尼亚的青天朗日。

"你为什么不用奥巴马这个姓?"巴拉克问。

奥巴马。我一直在努力忘掉这个姓。然而如今,它再一次出现了,这就如同我两脚踏在跑步机上,不管我怎样拼命地奔跑,结果我仍旧回到了从前的起点。当初的一些人和事不请自来,一次次出现在我人生的道路上;而先前的许多悬而未决的问题,又再次摆在了我的面前。

就在这次与巴拉克见面的几年前,我遇到两个来肯尼亚旅游的美国人,是母亲的表妹洛伊的朋友。母亲带我到城里的宾馆去与他们会面。

"他们只是想问些有关这里的生活问题。"在将我放在宾馆的门口之前,母亲解释说。两位客人一男一女,年纪在五十开外,他们正站在主楼后的一个巨大花园的草坪上等我,显然,这处无人打理的草坪已废弃了。

我原本料想他们会问一些有关肯尼亚的问题,因而,我便想跟他们聊聊我们的国家公园、不同的部族,甚至还可能教他们一两个斯瓦希里语词。可他们没问这些,他们问我作为一个混血儿感受怎样,是否会受到非洲人的排斥,以及我是否感到处境艰难,等等。我不记得我是怎么回答的了。我当时过于礼貌,未能拒绝他们的询问,以至在他们结束谈话之前的一个钟头左右的时间里,我感到自己的心灵受到了侵害。由于内心的反感和尴尬,我全身的汗毛都竖起来了。

如今,面对巴拉克,从前的那一幕场景再一次出现了。

"你认为自己是个非洲人吗?"他突然问。

"你这话是什么意思?"

"你父亲是黑人,是个肯尼亚人。你是否只想——"

我在脑子里替他说完这句话:——当个白人?"我倒没想过这类问题。"我打断他的话。

"在你去斯坦福读书之前,对今后的生活有什么打算?"

"可能在物理学方面谋个职位吧。"

"打算回肯尼亚吗?"

"可能不回来了。我打算研究理论物理学,可是,由于学生的罢课,这里的大学有一大半时间不能正常运转。我在这儿能干什么?"

我望着巴拉克。他的肤色比我的浅,可他更像个非洲人。我明白,他认为我是香蕉人:皮肤是黑色的,可骨子里却是个白人。他走路的姿势(稍稍带点大腿骨的上下摆动),他说话的方式(仿佛在极力清除其美国中部英语的腔调),他的穿着(就像街上的一般劳动大众)——这个人在努力成为一个非洲人。

"或许,你从哈佛毕业之后就回肯尼亚,帮助这个国家的发展?"我揶揄地说。

巴拉克没笑。他只定定地望着我,好像在他眼里我是个怪人。我意识到,从某种意义上说,哥哥以他所具有的半个白人血统而感到羞耻;与

第十章 手足之情

此相反,我则以我所具有的半个黑人身份而感到羞耻。

"你以为在这儿待上几周时间,就能获得你想要的东西了吗?"我问。

他耸耸肩。

"你甚至不知道你父亲对我们都做了什么。"我突然说。

"我不知道。我并不真的在意这些。"他耸耸肩,"你这一生想干什么?"

他不想谈这类事情,因而改变了话题。我们有许多方面的问题是双方都不想触碰的;我们有那么多的话题,因其对双方都太密切、太赤裸、太敏感,甚至连稍稍暗示一下都成了禁忌,更别说实际去正视了。

"你对你的家庭有什么感受?"他问。

随着他的一次次提问,我的情绪渐渐紧张起来。我仿佛又回到了几年前那家宾馆的草坪上,努力应对两个美国游客的询问。

然后,话题再一次走向危险的深水区:

"你对父亲怎么看?"他问,"关于他,你究竟了解多少?"

坐在桌子对面的这个人是我哥哥,就算是这样吧。我们俩先前从没见过面,现如今他却跑来探寻我幽暗的过去,询问一些颇为隐私的问题,而这些问题我是从不会轻易跟人说起的,哪怕是跟母亲或妻子也不。巴拉克询问时毫不留情,就像血海中的一条梭鱼①。而且此人毫无幽默感可言。他说话带着一种干巴巴的律师腔调,显然,这是个能够控制内心情感的人。那天,他把个人情感完全撇在一边。

其实,巴拉克一直在追问的是这么一个问题:马克,你幸福吗?

我宁愿相信,这才是他问话的真正用意所在。因为,还有什么比幸福本身更可靠的衡量标准吗?但在那个时候,我早已失去情感的汁液,我的心灵和理性时刻处于交战之中。从表面看,我是幸福的,但有太多的因素已将我的情感紧紧包裹住了。对于巴拉克的这些问题——对于他所提出

---

① 梭鱼,一种性情凶猛的咸水鱼,身体扁长,可生长至两米。

的问题,以及他提出这些问题的真正用意——我没有答案。

二十六年的时间是漫长的,许多事件都将随时间的流逝而在记忆中消退,其情形就如同你从飞奔的列车上向外张望,或某人在疾驶的出租车上向你招手。我不记得他都说了什么,不过,当时的气氛以及谈话的主旨,如今仍记忆犹新。对巴拉克而言,我百分之四十是弟弟,百分之六十不过是他查阅有关父亲问题的答案的工具栏、索引卡片或数据盘。这些谈话显示出某种格局,很像一只万花筒。他的追问如同舞厅里的频闪灯,不停在你的脑子里闪烁着。这样的追问会在你的脑子里生根的:尽管每次所使用的词语或变化,或含混,或演进,但万变不离其宗。

巴拉克的追问带着某种千篇一律的腔调,好像他不想在感情上与我和我的家人有什么牵扯。距这次见面很久之后,我估摸我自己或母亲说了什么不中听的话,让巴拉克着恼。若干年后,在断断续续读了巴拉克的回忆录《我父亲的梦想》的一些片段之后,我终于把全书通读了一遍。书中有个部分——书一出来,这部分我就读了——声称,在见到小巴拉克时,我母亲曾惊讶地说:"你没在奥巴马身边长大,真是太幸运了。可为什么你还要用他的姓?"

原话大致如此。我曾问过母亲她是否说过这类话。"马克,你是知道我的。"母亲回答说,"你真以为我会说那样的话吗?"

巴拉克生母亲的气或许别有原因。另一方面,或许我过于敏感,以至没法接受他在情感上保持距离的做法:作为一名律师所具有的那种稳扎稳打、坚持到底的客观性。我试图改变话题,但没能奏效。

总有一天,我也将开始自己的探索,我也会问到他曾向我提出的那些问题。生活是个不断重复的漫长的旅程,尽管有时看似停滞不前,然而在经过若干年的停滞之后,在有关家庭、发现、救赎等方面的循环又将周而复始。

不过,巴拉克的探索比我早多了;作为被问讯的一方,巴拉克的那些生硬的问题刺痛了我。在我们的交谈中,我一次次感受到隐伏在巴拉克

第十章 手足之情

的话语以及他的谨慎、谦逊表情背后的另一个人。我认出了那个无论在基因上还是在肤色上都与巴拉克相像,然而却更黑、更狡诈的人。

当时我可能已获悉父亲去世的消息,尽管我眼下已记不清了。我知道,巴拉克这次回肯尼亚与父亲有某种联系,这从他谈论父亲的方式就能知道。我不记得他曾提起过父亲的死,尽管他说到父亲时用的是过去时态,这在我是十分自然的,就像说起一段往事。对我而言,父亲早就不在人世了。多年以后,在读到巴拉克的第一本书时,令我颇感惊讶的是,竟然没人告诉我父亲已在内罗毕某处肮脏的郊区遇车祸身亡,就连母亲也不曾告诉过我。也可能当时有人告诉过我,但由于大脑的反射作用我拒绝记忆。不管怎么说吧,在美国,有人曾极力称我为奥巴马的儿子;而在肯尼亚,倒没人这么称呼我。

如今,父亲似乎一直不肯离去:不论我走到哪儿,总会有个亲戚不请自来,于是,先前我努力忘却的那些旧事便再一次浮现出来。我为自己的无能为力而羞愧,原本欢乐的时刻竟常常为这些旧事所烦扰。且不论二人谈话的声调如何,我确实能感受到巴拉克对自己、对我的那种真诚态度:他力求达到一个更高的自我认识水平。面对这样一种真诚态度,我也只好以诚相待;然而我因此要面临的,便是一场如同钻入冰湖的严峻考验。

请设想一下已略有些失衡的我与巴拉克相对而坐的情景吧。我对他实在没什么可隐瞒的,因为我在生活中所经历的一切他都一一经历过了,尽管其结果迥然不同。他在许多方面与我如此相像:他的步态、他的脸型、他的头发,甚至连他说话的腔调都那么像,尽管他的嗓音比我的更深沉。我见了他本来应该高兴才是,可我却高兴不起来。

跟我一样,他也是个混血儿,他也同样会有遭人排斥的经历。

跟我一样,他也毕业于美国常春藤盟校[①]。

[①] 常春藤盟校,指美国东部哈佛、耶鲁、普林斯顿、哥伦比亚、宾夕法尼亚、达特茅斯、布朗及康奈尔等八所大学,因上世纪五十年代共同举办体育赛事而得名。这八所常春藤盟校全部是美国的一流大学,其中有七所创建于英国殖民地时期。

跟我一样，他也出生在一个破碎的家庭。

跟我不一样，他完全接受了他的非洲裔血统。

跟我不一样，他尝试与某些人、某些事和解，尽管他没能与我和我的母亲和解。

望着这张半熟脸，我的内心真可谓五味杂陈。

如果这位马上就要去哈佛读书的兄长接受了奥巴马家族，为什么我就做不到呢？我暗自思忖。他可能比我更机敏，能分清事实与谎言——当然也包括我的。

我感到某种恐惧和被拆穿的危险，就像我的家人沾染了什么建立在谎言之上的污秽，或者说我们是在靠手上的一副肮脏、破烂的纸牌来维系兄弟情谊。然而，这种探究——开始是巴拉克，然后是我——需要真诚态度，不管它对我们自己或亲朋来说多么残忍。

所有这些顾虑一股脑涌上了心头，于是，我厉声说："你为什么偏要给自己背上父亲这个包袱？他是个酒鬼，他打妈妈和我们孩子。我懂得了一个道理，人要往前走。即使你不去考虑种族、不称职的父亲之类的烦心事，生活都已经够艰难的了。"

巴拉克似乎退缩了，我甚至察觉到他身体的动作。我见他睁大两眼，望着我，好像没听懂我的话。但沉默了片刻之后，他又继续探寻。

他不明白我刚跟他发了一通火吗？我愕然了。就像没听见我的话一样，巴拉克内心的某个部分拒不接受我的意见。从这一点来看，我们俩都是盲者：我看不到父亲身上的任何优点；与此相反，巴拉克则对父亲看得过高，甚至把他理想化了。可能没人告诉过他事情的真相，没人跟他详细叙述父亲发脾气、酗酒、家庭暴力种种可耻的内幕。好像巴拉克自身已形成某种心理定式，既然他已冷静地、不掺杂任何情感因素地形成了自己的看法，于是，他压根儿就不打算探究这类问题。他的行为方式是冷冰冰的。我感到这家伙实在是个傲慢自大的杂种，只是出于礼貌而没当面说破。我不喜欢仅仅被当作研究对象来对待。

第十章 手足之情

我厌倦了这类慎重考虑政治正确、字斟句酌式的谈话,而这些来肯尼亚游逛的美国人正在窥视我个人的历史,或蹑手蹑脚地试探,或大胆地闯入。

我不想跟一个从不曾与我一同生活的人谈论父亲以及我早年的经历。

我既不想博得怜悯,也不想遭到哪个家庭成员的轻蔑。

我真正需要的是,当我抽筋时有人提醒我,让我挺直腰杆。这就挺好,我愿意跟他喝杯啤酒。要是他张开双臂,说:"兄弟,有哥哥在。有我替你撑腰呢,伙计。"如果是这样的话,我会多么爱他啊。

尽管我可能会推开他的双臂,但我的心已被融化。

然而与此相反,他只说了句:"我知道。"

我在学业上取得了成功,但我同时也为自己播下了失败的种子。此时,来自一位哥哥的劝诫该是多么有益的啊。我希望他此时能当头棒喝,就像人们面对墙壁练习打乒乓球一样,这样就会让我猛醒过来。然而事实并非如此,巴拉克没这么做。他将我的回答通通吸收到他的体内,然后消化掉,就像糖罐里的一只变形虫。

我谈到音乐和物理学。他转动着一双眼睛。

"我明白。挺好。可是,你能从这中间找到什么意义吗?"

"我喜爱音乐和哲学。物理是冷冰冰的,不过,我崇拜的偶像是肖邦、贝多芬、尼采和弗洛伊德。"

"可是,你就再没别的想法了吗?"他说。我愕然地望着他,不知所措。

"还要什么呢?那里有几千年的西方文明。一个人可以从那里学到多少东西啊。"

"学成之后,你会回肯尼亚吗?"他问。

"当然,我的家在这里。不过,我的家人在哪儿,我的家就在哪儿。倘若我的家人在美国生活,那么,美国就是我的家。在肯尼亚,一个物理学家是很难找到工作的。在这儿,要安装一个电话都很困难。谁知道呢?"

这时,巴拉克似乎叹了口气。我再一次努力改变话题:"就目前来说,你对肯尼亚怎么看?"

"我喜欢这个国家。我在这儿玩得很开心。"他不经意地说。他两眼望着席子,一双手像个扑克玩家一样随意地搁在桌子上。

那天我们谈了许多,我尤其记得巴拉克在许多方面很像哥哥博比。我还记得博比在十几岁、二十几岁的时候是如何抨击殖民主义和帝国主义的。即使在母亲离婚,把他和丽塔留给父亲之后,他还到我家来过几次,脸上总是一副不安和不情愿的模样,仿佛闯进了一片雷区。我当时大约十三四岁,自然有些狂妄自大;我也像博比一样,脑子里塞满了从那些读不懂的书本上搬来的未消化的词句。

"白人一直在非洲大肆掠夺。"博比说,"所有的发展都是以牺牲黑人利益为代价的。"我们俩坐在后院浓郁的绿荫下。当时有个习惯,遇见喜事或者为某人接风,我们常常要杀一只羊,在院里烧烤。

"别说了,伙计。为什么你的火气这么大?"我反驳说。

"你还不懂。"

他嘲笑我说,明亮的眼睛里显出一副轻蔑的神色。他可受不了那些傻瓜——这是许多奥巴马家族成员的一个典型特征。在他面前,我常常感到自己是个傻瓜,我知道他心里是怎么想的:还有你,马克,你不过是这些傻瓜中的一个罢了。外表是棕色的,里边却是白的。博比对许多事都瞧不惯:他的生活,他的父亲,他的妹妹,以及他本人作为传统的卢奥家庭里的长子的责任。跟我一样,他天生有一副好脑筋,但又是个性情中人,这对他跟那些肯尼亚的实权人物打交道不甚有利。父亲也有同样的问题。

对于社会上那些有着"稀奇古怪"地位的人们,甚至我的继父西米翁·狄善九也天生怀有某种反感,他闹不懂在外面做事为什么这么难。博比是个无师自通的知识人,但由于手里没有文凭,这辈子注定只能做个局外人。在母亲的督促下,西米翁曾给他提供了几次就业机会,博比都没瞧

第十章　手足之情

上眼。

西米翁是个动手能力很强的人,他没有名校的毕业文凭,为人简单、率真。他白手起家打拼出一番事业,他爱我母亲,努力帮助我这位同父异母的哥哥。博比却以一种错误的方式——如同那些因个人天赋和好读书具有很高的智力,而非靠养育他的母亲或聪明的父亲灌输的人——惹恼了他,这种状况可能会因博比的不自觉而一直持续下去。

说到巴拉克,我感到他身上混杂着两种明显的倾向。

首先是对西方文化的严厉的拒斥,或至少是强烈的怀疑态度,这是博比反西方主义的温和的翻版。这种在理智和情感上对殖民主义和帝国主义残余势力的反感在肯尼亚年轻人身上十分普遍;然而就像纸上的水渍,这种情绪终将消逝。我谈起肖邦、贝多芬、尼采、弗洛伊德,而没谈弗兰茨·法农①、沃莱·索因卡②、阿里·马兹鲁伊③、克瓦米·恩克鲁马④、马尔克姆·X⑤、恩古吉·瓦·提安哥⑥等人。巴拉克很有礼貌,他没打断我的话,但他不感兴趣;因为这种东西他听多了。

他的另一个性格特征与我在十几岁时注意到的一种情况颇为相似。我还记得小时候白人、黑人、亚洲人及棕色人种的同学们在一起玩弹子、踢足球的情景。后来进入青春期,我注意到,我从小熟悉的那些跨种族家庭的男孩们开始接受一种仿佛有意排斥西方文化的行为模式。他们常常与那些非洲孩子结成伙伴。他们的话语模式也发生了改变。他们从母亲

---

① 弗兰茨·法农(1925—1961),法国马提尼克作家,散文家和精神病学家,著作有《黑皮肤,白面具》《大地上的受苦者》《殖民战争和精神失常》等。法农既是二十世纪研究非殖民化和殖民主义的精神病理学具有影响的思想家,也是最重要的黑人文化批评家之一。
② 沃莱·索因卡(1934—)尼日利亚剧作家、诗人、小说家和评论家。
③ 阿里·马兹鲁伊(1933—2014),美国教授、非洲政论家。生于肯尼亚蒙巴萨,为美国纽约宾汉姆大学人类学教授及全球文化研究中心主任。
④ 克瓦米·恩克鲁马(1909—1972),加纳国父,非洲杰出的政治家、哲学家、思想家,非洲民族解放运动的先驱。
⑤ 马尔克姆·X(1925—1965),原名马尔克姆·利托(Malcolm Little),美国伊斯兰教教士,美国黑人运动领导人之一,被刺身亡。
⑥ 恩古吉·瓦·提安哥(1938—),肯尼亚作家。早年用英语写作,后改用基库尤语写作。

那里承袭的英语或其他欧洲语言，发声及某些口语用法也不如从前顺畅了，边角处不够圆润，就像刚来内罗毕的乡下人说话不那么顺畅一样。这些十几岁的孩子——包括我弟弟戴维——开始被那些非洲兄弟包围着，而与亚洲或白人伙伴越来越疏远。有时，他们似乎有意要显得比当地人更像个非洲人。我强烈地意识到，眼下，巴拉克正走在这条道路上。

他不喜欢白人，我开始便想到了这一点。后来跟他交谈得多了，我益发意识到，我身上的白人血统，正像我所喜爱的古典音乐和西洋图书一样，与他格格不入，或者干脆对他来说没什么吸引力。我颇感自惭形秽，因为他让我觉得自己成了汤姆叔叔。如果说他对自己的白人血统有什么不满，我可没感觉到。然而事实是无可辩驳的：我们俩既是白人，也是黑人。为了与这一身份相适应，我们各自走在自己的道路上，尽管在选择的方式上有所不同。

多年后，西米翁忆及与巴拉克的第一次见面："他就坐在那儿，谈起他正在做的社会工作。他想帮助那些下层百姓。"

"他说去读哈佛的事了吗？"我问。

西米翁摇摇头。"一字没提。他只希望能了解肯尼亚和他的家庭。还有慈善工作。这个年轻人给我留下了不错的印象。"

第二次见面，巴拉克给我这么个印象：在他看来读不读哈佛似乎没什么要紧。我祝贺他取得这么好的成绩。我问他什么时候去注册。

"哦，秋天吧。"他说。

他说得那么随意，那么温和；就在这一刻，我在他身上感受到一种特有的伟大与谦逊——而这正是一个年轻人希望在老大哥身上看到的。我内心对他所怀有的疑虑顷刻间便烟消云散了，我真希望能拥抱这个陌生人。那天他付了账。

第十章 手足之情

若干年后,我对巴拉克及我的家族有了进一步了解,我认识到,他的谦逊乃是基于天性中的一种责任感,以及抗拒被冲昏头脑的直觉。就在我们见面的时候,巴拉克已然意识到他的责任便是以某种形式回馈社会:开始是通过读法律,然后是通过社会服务,最后是通过作为美国总统的职责。从某种意义上说,在问我是否回肯尼亚时,他或许想知道我是否也有类似的情感。然而在当时,我们如何能料想到,日后在神圣的感召下我竟来到了中国,而不是回肯尼亚?

从某种意义上说,他的冷淡其部分原因是出于本能地对被征服的对抗。说到底,我同样拒绝被他所征服。或许巴拉克原本希望我会热切地接纳他的,可我就不。相反,我言辞激烈,我对西方文化的态度也与他相左,其结果便是我们俩互不服气,这种状况很像是相互对立的两极。

当时,我还不知道这种拒绝被征服的个性在奥巴马家族中是十分普遍的。这种个性可能会被视为高傲,但我认为,它源自这一家族具有较高的情感阈限。拳击手的痛阈较高,因而一名拳击手所忍受的疼痛,换了别人恐怕要哭爹喊娘了。一个奥巴马家族的成员所遭受的磨难,是许多人所承受不起的。

要想给我留下印象,可没那么容易。甚至性事都不曾让我满足。第一次做爱时,我记得当时我就想:"天哪,就这点事吗,我竟等了那么多年!"

这种较高的情感阈限驱使着我——可能还有这一家族的其他成员——不断地超越希望,去追求绝对与完美,而仅仅由于世界上并不存在绝对与完美。

我希望从哥哥的拥抱中获得安全感,可他仅仅满足于他自己的探索。在肯尼亚,我们俩就像航行在暗夜里的两条船;我们的人生轨迹还未交会。

真是个傲慢自大的蠢货!我想。巴拉克很可能也有同感。他应该意识到,我们相互让对方感到不自在,相互打破了对方内心的宁静;他将我从我作为白人的中产阶层的傲慢自大中惊醒。那天离开餐馆,他把我送回家,我已筋疲力尽。分手时,他仍像数小时前那样诚挚地望着我。

"到了美国,希望能保持联系。"他说。

"或许能联系上吧。望保持联系。"

在我看来,这样的告别再正常不过:我们俩握握手,相互对视一下;无疑,两人之间已出现某种不甚明了的不和谐。可在他看来,正像后来他在书里所描述的那样,我那句告别的话听起来不够诚恳。然而,我们的交谈已经够让人难堪的了。对我而言,他拿出一名真正律师的全套本事,把我们家这个黑匣子揭开看个够,然后独自飞回美国,丢下我一个人再将其掩饰好。巴拉克就像一台同位素扫描仪,把你通身上下扫描一遍,瞧瞧里边是否发生了癌变。这一体验是颇为痛苦的;我只好尽其所能地将自己包裹起来,就像一头浑身是刺的豪猪。不久之后,我们俩便分道扬镳了。我祝他好运,可压根儿就没想再遇见他。

那天晚上,母亲来到我的房间。

"还行吗?"

她满怀期望地站在门口,老花镜仍在鼻梁上架着,双目炯炯。她小心翼翼地抛出这么一句,就像蜘蛛吐出一根蛛丝,或技师从雷管上拆除引信。我躺在床上,枕着她辛勤为我缝制的枕头。我避开她询问的目光。我知道她想谈谈巴拉克。

"什么还行吗?"我随便应付了一句。

"当然是巴拉克啦!你们谈得怎样?"

"挺好。我们会保持联系的。"我对她撒了个谎。

⁓

实际上,若干年后我们俩才再次碰面。有几次我曾试图去找巴拉克,可当时仅凭一时冲动,并没坚持到底。1991年就有过一次,那时我刚离

第十章　手足之情

开斯坦福，到芝加哥去参加公司面试，我本来应该先联系一下丽塔和博比，从他们那儿获得准确消息之后作个计划；可是，我没那么做。由于某种原因，那时我十分渴望能见他一面，想跟他好好聊聊。我对他的了解全部来自新闻，知道他已开始从政。我离开宾馆，前往州政府大楼，但很快就在下城的贫民区迷了路。

我弯来绕去在路上转了几个钟头，后来独自在一家埃塞俄比亚饭店吃了饭，就算了事。从那以后有十余年之久，我们俩一直没再联系。我们彼此间的交往似乎注定将以冷暖交替的模式进行，那种春风怡荡的时光常常会被突如其来的风暴一扫而空。

第十一章　西部的哈佛

音乐感召

贝多芬钢琴奏鸣曲第 26 首《离别》（bE 大调）

我在斯坦福大学的经历既有爱，也有恐惧；既有行事鲁莽的一面，也预示了种种崭新的开端。一次音乐会上，我演奏了贝多芬的这支奏鸣曲。我的导师乔治·巴思是个最具直觉、最纯粹的教师，跟他学习的确得天独厚。每当我抱怨曲目太难，导师就常常半开玩笑地批评说："你总是在抱怨这个太难，那个也不容易。干就是了！"我在演奏中深深感到，贝多芬在其创作中期写作的这支乐曲看似容易演奏，实则颇具欺骗性。贝多芬写作这支奏鸣曲，为的是向一位战时应征入伍的挚友表达送别之意。在人生的这一阶段，演奏这支乐曲对我来说尤其重要，以至将物理和一位女友的爱都抛在了一边。

那是 1988 年夏末或早秋。罗纳德·里根总统正在他的后一届任期内，民主党候选人迈克尔·杜卡基斯爬进一辆坦克，笨拙地招摇过市。在美国最近接连不断的文化战中，总检察长埃德温·米斯将淫秽书刊《阁楼》逐出 7-Eleven 便利店。我身上揣着三百美元，刚修剪过的头发顶在脑壳上，像个棕色的纳粹头盔。

第十一章 西部的哈佛

9月下旬,我驾车穿越加州中部的干燥地带,驶进一处绿洲模样的地方。我终于抵达此地,不禁欣喜欲狂。眼看梦想即将成真。我马上就要进入这座全美最负盛名的高等学府。当然,哈佛将斯坦福称作"西部的哈佛",而斯坦福则反唇相讥,将哈佛称作"东部的斯坦福"。我当时并不知道,斯坦福将改变我的一生。我第一次望见这座"大农场"——人们是这么称呼斯坦福的——时年二十三岁。我怎会知道我将在此坠入爱河,迷失生活道路,两年后铩羽而归,并在此后与世界一同获得新生呢?

道路两旁排列着巨大的棕榈树。远处,一排排泥坯屋顶反射着微光,宛若古代努比亚①王宫的孑遗遗址。那天天空格外湛蓝,远处鳞次栉比的红色屋瓦在迷蒙的雾霭掩映下,仿佛童话世界。当我驶过五千英亩的校园内如实心粉一般延伸、两旁排列着无数的指示牌、路面有数不清的减震带的通道时,我在这充盈着自信、自足与资源的气氛中畅快地呼吸着。

布朗大学建造得狭小而紧凑,有着内向和与世隔绝的味道;相形之下斯坦福则如同大地母亲,既宽阔又具有包容性。新英格兰在社交方面一直保持着相对私密的特性,那里的人们蜷缩在门窗紧闭的狭小、阴冷的房间里,终日与掌上电脑和电视机为伍。而加利福尼亚则是另一番景象,人们被吸引到露天里,他们身上广场恐惧式的麻木不仁也被治愈了。它仿佛在向我召唤:

"看着我,感受我的温暖。尽情地游戏!保持自己的本真!拥抱大自然!"

我对自己的平安抵达颇为得意,我用三周时间走完了从罗德岛至加利福尼亚横跨美国的旅程。我那辆老旧的福特雅仕一路颠簸行驶三千英里的路程,居然还能运转。刚驶进学校大门,就因闯了一个停车牌而被叫停。校警看看我的牌照,又问了几个问题。最后,她说:"这次只给你个警

---

① 努比亚指从埃及至苏丹尼罗河流域地区,属于地中海地区的埃及与非洲之间的连接地带。努比亚一词来自公元四世纪定居于此的游牧部落努巴人,在埃及语中意为黄金。

告……欢迎你来加利福尼亚。"她严厉地瞅了我一眼,又瞧瞧我那辆破破烂烂的车子,然后就开车走了。我哪会预料到这并非我最后一次与斯坦福的权威之间的碰撞。

在校园中央,我把车子停在一座有青铜雕像环绕的方形大理石建筑前。有些人在围着大楼闲逛,其中有一对中年夫妇,女的戴一顶硕大的草帽,男的牵着一只小鬈毛狗。草坪上,有几个学生在玩飞碟。

走近之后,我才看清罗丹雕像的那些特有的轮廓:木工的一只健硕的比脑袋还大的手,细瘦但筋肉发达的躯干仿佛正在用体内被压抑的力量撕裂周围的空气。我满怀欣悦地朝四周望望。到处都是罗丹的雕像。斯坦福大学拥有超过一打的诺贝尔奖获得者,学生来自世界九十多个国家,而这座大学自身也有一百多年的历史……不过此时此刻,我一点儿没在意这些。当年在肯尼亚,我还是个十几岁的孩子,内心就一直对罗丹充满敬意;如今,我就置身在罗丹的雕像群中。这些雕像是那么有力和富有质感,身上的肌理、线条和韵律清晰可见;在我看来,它们几乎是充满肉欲的。我完全把时光的流逝抛在脑后,深深地沉浸在这些雕像所展示的大美之中。

"喂,你对这些雕像有什么想法?"有人用胳膊肘碰碰我,问。

是那个戴大草帽的女人。男的(我猜想是她丈夫)眼下不在视线之内。她扬着脑袋,冲我微笑着。她的脸蛋是那么欢快和明亮。

"呣——"我含糊地应了一声。

我不想被打扰,希望她走开。在接下来的短暂的沉默中,我恍惚觉得这些雕像也同样在默默地注视着我。我注意到罗丹雕塑的这些男性的阴茎都小得出奇,像一截截干黄瓜,皱巴巴地附着在这些淡绿色的青铜像上。

"真是怪事,"女的继续说,"他们干吗要造出这些淫猥的雕像呢?"

"不干这个,还有别的什么事好干?"我宽厚地笑笑说。不过,她似乎没听我说,正打算继续说下去。

第十一章 西部的哈佛

"我丈夫喜欢罗丹。他一次次地把我拉到这儿来。我宁可在家教钢琴。你知道我在教钢琴吗?"

"噢,不知道——"

"是的。就在前天,我还免费给一位警官上了一堂钢琴课。我闯过一个停车牌,他要给我开罚单。这个人确实不错。这个周日下午,他就要把女儿带过来。你弹琴吗?"

我感到自己陷在了一场无聊的闲谈里,而且似乎无路可逃。我本来可以一走了之,但那么做有失身份。遇到这种情况,你只好采取某种根本的解决方法,方能奏效。我点点头。

"是的,我猜也是。你长了一双弹琴的手。也许你能成为一个音乐家呢;要是你成不了音乐家,那才可惜呢!"

"我可不那么想。"我凑近她的脸,警告说,"对我来说,音乐太淫秽了。从本心上说,我是个保守派。"

"真的吗?"听我这么说,她似乎有些失望,稍稍有些退缩。

"是的。而且我还吸烟。这一点常常弄得外婆十分恼火。"此时,我感到心里得意极了。

她又向后退了退,"我能理解。不过,我仍觉得你挺适合做我的学生。不过,小心那些雕像。那些雕像是不道德的!是淫秽的!"她猛地转过头去。

"噢,查理在那儿。哟——嗬,查理!"她挥舞着两只干瘦的胳膊,仿佛正在跑道上指挥飞机起降。查理径直朝我们走来。他的一边是那只打着蝴蝶结的鬈毛狗和一座有着蜘蛛一般四肢的雕像,另一边是四个十几岁戴无沿小便帽的孩子,他就在狗、雕像和孩子们中间穿过。

"我猜想他们的妈妈发现了你。"他朝我微笑着。

我有一种似曾相识之感。我依稀记得,以前在别处好像也遇到过类似的情景。

"查理,你去哪儿了?"

"没走远。"他一边慢吞吞地说着,一边用手帕在开始谢顶的脑袋上抹抹。他带着相当浓重的中西部口音。

"罗丹的那座雕像有点特别。我真想跟它跳个舞。在明尼苏达可没见过像这样的。"他说。

"废话!那条街上的画廊里倒有些十分不错的画。甚至是出自本地学校的那些孩子们之手的东西,也很值得一看。而且,如果真的想知道什么是艺术的话,只要听听加里森在国家公共电台是怎么说的就行了。"

"那个蠢货!"他回了一句。

他们一边继续谈论着,一边遛遛逛逛朝公园的另一端走去,话题已转为罗宋汤及其分类号了。蓦地,我真想再跟他们说说话,继续感受他们之间亲切的口角所折射出的那份温情。

不过,我没去追赶他们,而是回到车里,继续向前行驶。又走了大约十分钟的路,才来到物理楼。大楼里显得静谧而空旷。我在走廊里遇见一个学生。

"请问,中央办公室在哪儿?"

"唔,是的。往前走,然后向右拐。"他看着我,脸上挂着明显的好奇。

"谢谢。"

"来,我带你过去。"他在前面领路。

"是新生吗?"我告诉他是。他大声说了句:"简直不敢相信!"

他说,倘若我真的是学生的话,在即将入学的研究生班里怕是独一无二的。事实上也是如此,在那一年的研究生班里,我是唯一一个非洲裔美国人。

"见鬼!你可以睡我的铺。你不能在汽车里过夜。"当他得知在宿舍开放之前的几天里,我打算睡在我那辆雅仕的后座上时,就说。他的两眼活泼而明亮,说话很快。我没法拒绝这个慷慨的提议。

"OK!谢谢。"

阿尔·格林在读研二,他将是我熟悉这个新环境的向导。如果我想知

第十一章 西部的哈佛

道当地最好的超市是哪一家,他会立刻将我领到西夫韦连锁店;如果我想去最好的图书馆(斯坦福有许多图书馆),他也将十分乐意提出建议。不管什么时候,他的脸上总挂着欢迎的微笑;他在努力使我在抵达斯坦福最初的几周尽可能地感到便利。阿尔身上体现着斯坦福所具有的洒脱和自信,与布朗大学的那副冷脸子相较,的确是别一世界。

他很快将我介绍给了瓦里安(物理系的所在地)的教职工;他们躲在这幢黑洞洞的大楼的一间间屋子里,就像霍比特人①。然后,他邀我去埃斯孔迪多村——这是毗邻校园中心区的一个研究生居住区,房屋都是单层的——他的住所。

那一年,我们班总共有二十来个学生,全都是健壮、低调、正派的年轻人。他们用平静的、带批评意味的语气说话,仿佛他们谈论的都是些已证明了的东西;而且,他们说话时总是显出一副知识分子的那种庄重神态。甚至在发笑时,他们也常常——以那种不能算是讨人嫌的方式——显出一副若有所思的模样。

"唔,的确很有趣。我都要笑出来了。等等!那家伙有点儿傻头傻脑的,无论如何有点儿不大对劲;不过,我还好,我简直要笑起来了。"

我喜欢加利福尼亚。一到西部,我就感到自己彻底获得了自由。这倒不是说这里日照充沛的天气令我回想起肯尼亚,而是由于这里的学生、教师的言行举止让我感到如鱼得水。每个人都很严肃,同时又是那么专注,定下心为学习而学习。教授们不像教授;当然啦,他们的年岁比学生们要大,可他们几乎清一色全都是穿涤纶白衬衫的家伙,浑身的行头实在不敢恭维。我不时撞见某个诺贝尔奖获得者打着蝴蝶领结从我面前经过,也值不得大惊小怪。

"菲什伯恩正跟辛西娅同居。"有人指着一位年轻教授跟我说。我吃了一惊。教授竟然跟学生同居?瞧我一脸惊讶的模样,说话的人笑了。

---

① 霍比特人,英国作家托尔金(1892—1973)所描绘的居住在地心的矮人部族。

"其他教授们是不赞成他这么干的,这违反了规定;可是,他们一声不言语……你知道……学生,操……"那个粗俗的字眼刚溜出嘴,他又连忙改口说,"专门找教授们同居。"

我惊呆了。他说的那个女生是个大美人。上帝啊,也让我在斯坦福混个教授当当,自由自在地找个漂亮妞儿同居吧!

我充分利用了这种自由。从某种意义上说,我仿佛是从一个在其中囚禁了数年、没窗户的笼子里被解放了出来。没课的时候,我就到加利福尼亚各处探访。我在美国东部一直深受其苦的过敏症也奇迹般地消失了。我有一辆汽车;尤其令人振奋的是,患有精神分裂症的旧金山市近在咫尺!

一方面,意大利咖啡馆、中国市场、谜一般的诺布山区①以及患机能障碍的海特—阿什伯里②等等,构成一个光怪陆离、令人神往的未知世界。

另一方面,隐藏于后迷幻时代炫人眼目的表象背后的,则是些屎尿狼藉、充满凶杀暴力的昏暗小巷。就在停靠于凯悦或马可·波罗酒店外的豪华轿车旁,在与海特街名贵的香品和美人的遍身珠翠相距不远处,能见到那些身材瘦小的老妇人,她们沿车水马龙的大街推着的车子上装载的便是她们尘世间的全部家当了。在旧金山东部海滨及码头巷道一带,那些遍身污秽的流浪汉面目黧黑,这是他们长年受着太阳炙烤的结果;晚间,他们仅在身上裹些报纸和破布,蜷缩在大纸箱里过夜。他们为什么要在这儿抛头露面呢?为什么要给这座美丽的城市抹黑?难道就没别的地方可去吗?我愤怒地质问自己。不过,我立刻感到一阵羞惭。

倘若命运的轮盘不是对我有所惠顾,我自己也可能沦为他们中间的

---

① 诺布山区,美国旧金山的一个街区,一译"贵族区"。诺布山也是旧金山的四十四座山丘和最初的七座山丘之一。
② 海特-阿什伯里,美国旧金山中部的一个区,是有名的嬉皮士和迷幻药追随者聚集的街区,故而有"嬉皮士街区"之称。

第十一章 西部的哈佛

一员。在旧金山,我开始懂得那些无家可归的美国人的窘困境地。赤贫和绝望并非仅仅在内罗毕才有。就在此地,在这片自由的土地上,一样能见到。旧金山的叫花子、乞丐、酒鬼以及生活中的落伍者,既让人开了眼界,又不时使人联想到人生的无常。

～

来斯坦福的第一年就这样匆匆过去了。功课很难,但我还是努力成了一名优等生,如果说没能取得更优异的成绩的话。我多数功课的成绩是B,有几门得了A,只有一门得了个C。倘若是在以前,哪怕有一门功课得了B,我也要羞死了;可突然之间,所有这些似乎已不再重要了。因为我堕入了情网。

凯特琳正在斯坦福修音乐。在一个阳光明媚的周六,在斯坦福我经常出入的贝克特尔国际中心,我第一次邂逅了凯特琳。那天下午,我在中心做接待工作;这项业余工作很轻松,顺带还能挣些钱。

房屋已陈旧,在洒满阳光的有围墙的院子里,一场印度式的婚宴即将开始。一张张棕色的脸,鲜艳的纱丽,以及一顶顶像烧焦的向日葵的帽子围在桌边。桌上摆满了甜美的巴桑迪①、加莱比②、比尔亚尼③、晒干的帕安④、鲜果汁、涂满奶油的阿罗柯弗塔⑤、摆放在新鲜香蕉叶上的甜肉,以及其他一些美食。

我发现她在楼上的一间办公室里,办公室里再没别人。她在摆弄一台电脑。

"你不能在这儿待着。这是教师办公室。"

---

① 巴桑迪,一种奶制甜点。——作者原注
② 加莱比,一种入口即化的小吃。——作者原注
③ 比尔亚尼,一种用稻米制成的辣味食品。——作者原注
④ 帕安,一种耐嚼的胡椒叶。——作者原注
⑤ 阿罗柯弗塔,一种美味的蔬菜附加菜。——作者原注

"哦,格雷塔是我的朋友。"她转身望着我说。

我茫然地注视着她。我既闹不清谁是格雷塔,也不知道这跟她在这儿摆弄电脑有什么关系。

"她说没事的。"

后来她玩腻烦了,下楼来到我的桌边。我在读书,她就站在桌边,一声不响。长时间的沉默弄得人怪不舒服,我抬眼望着她。她摆出一副爱答不理的样子。

"你待在这儿干什么?你喜欢瞧人家结亲?"她问。

"今天下午,我是这儿的级长。"我简单回答一句。

"我饿了。"说着,她离开桌子,走进参加婚礼的人群,回来时手里拿了一盘吃食。

"喂,你也吃点儿。"她将那盘吃食送到我面前。

这个俊俏的姑娘为什么跟我搭腔?我暗自纳闷。我觉得她有点儿心不在焉;她很孤独,而孤独的人相互之间总有些吸引力。我们开始聊音乐,聊得十分投缘。

"下周帕罗奥图有个街区烧烤晚会,然后在公园里演奏爵士乐。想去吗?"我问。

从这以后,我们两个人接二连三地约会,很快就熟络起来。一天,我去听她演唱,不禁被她的歌声深深打动。她用轻松的美声风格演唱,十五世纪的舒尔茨、十八世纪的莫扎特及十九世纪的弗兰克的作品,她都能驾轻就熟。她一唱歌就变得光芒四射,仿佛整个人进入了一种永恒的迷狂状态。

对我来说,望着凯特琳歌唱太具有色情意味了:她的两片嘴唇,以及从这两片嘴唇里吐出的歌声,都成了性感带。凯特琳一开口唱歌,她那长长的、细巧的喉管和饱满、红艳的双唇就仿佛成了性器的附属物,艺术、感觉、大地的韵律以及我心脏的搏动皆汇聚于此。我想象着亲吻这两片坚实、丰满的嘴唇的感觉,那简直就是王冠或教皇的三重冕上的明珠,四周还装饰着巴赫的乐段、舒伯特的旋律以及那整个只属于我自己王国的疆土。后来

第十一章 西部的哈佛

当我们真的接吻时,那长长的、激情满怀的一吻赶得上一首二重唱了。

我们两个相互搂抱、亲吻,可她却不跟我上床。一次,我们俩正在我的宿舍听爵士乐,她蓦地转向我。

"咱们跳个舞。"她立起身,像个芭蕾舞演员那样旋转着身子;我也跳起舞,但身子有些僵硬。这时,我们已喝了不少酒,我一下摔倒在地板上,差点把电视机砸了。

那天已经很晚了,我们把乐曲的音量拧到最大。我一下蹦到桌上,旋转着做出一连串踢腿动作。

"我也上去。"她大叫一声,也蹦到桌上,跟我一块儿跳起来。

就这样,我们从桌上蹦到沙发上,再蹦回到桌上,一直伴随迈尔斯·戴维斯的乐曲跳着舞。

我们一直跳到精疲力竭,摔倒在地板上。我搂住她。忽然,她的身子静止不动了,把两片嘴唇凑了过来。她的嘴唇是那么饱满、温柔。她没躲开我,相反,她的私密处在我的私密处摩擦着。我们脱了衣服,紧紧搂在一起。她愈加猛烈地摩擦着,做了一遍又一遍。第二天早上,我的私密处疼得几乎走不动路,可心里却欢喜得飘飘欲仙了。

"我原来打算结婚之后才睡在一起的。"后来,她用略有些懊丧的口气说。然而,我们却愈加放纵地调情,做爱:在野餐的餐桌上,在飞机上,在远足的旅途中。到处做爱。

我爱上了凯特琳,她也爱我。

我渐渐发现自己对班级、课程和学习都不那么在意了。只想着跟凯特琳在一起。

我终究是要获得幸福的。这也是妈妈内心对我抱有的那种情感;如今,我明白了她的意思。

可是,我和凯特琳之间常常发生激烈的争吵。

"你压根儿没打算跟我结婚。"一次凯特琳跟她母亲通了长长的电话之后,她对我说。

"你妈跟你说什么了？"

她沉默不语，可那意思再清楚不过了。

"你想啊，咱们俩不能总这么着吧？这关系到责任的问题。"突然，她兴致勃勃地说。

"你错了。我可不想让人这么催着赶着。太快了。我不在乎你妈说什么。"

"关她什么事，可关系到我啊。你并不真的爱我。咱们俩太不一样了。你真像个加利福尼亚人。"

我惊愕得说不出话来。我用责备的目光望着她。

"是的，我就是个加利福尼亚人，那又怎样？总比威斯康星人好！"凯特琳是从威斯康星来的，"这不就是我以前对加利福尼亚人的评价吗？"

"你就喜欢这样的人。"她继续说，"我可不。这儿每个人都说：这个真有趣。再不就说：那个真有趣。我就讨厌有趣这个说法。"

"我喜欢加利福尼亚。这倒是真的。"

"可你不喜欢我的朋友。"

"你这话是什么意思？你的朋友卡罗尔和她的男朋友蛮有趣的。"我辩解说。

"哼，可她不喜欢你。她跟我说，她觉得你有点儿大男子主义。"

我吃了一惊。

"我是个民主党人，脑筋够开通的。"我气急败坏地说，"我可不是个大男子主义者。"

"是啊，她觉得你这个人太开通了。"

"要是那样说的话，她可真是个自命不凡的母狗！"我咕哝着说，"可是，你说过今天要替我熨衣服的。"眼下，我们已在校外同居了。

"哼，我不干。"

"我……"话还没出口，她就一巴掌狠狠地打在我的脸上。我一句话不说，只静静地注视着她。

第十一章 西部的哈佛

"你这是什么意思?"我倒抽一口气,说。

她露出胜利的微笑。

"我一直想这么干。这感觉真好。"她只撂下这话,再无多言,然后径直走进自己的房间,后背挺直。

在那天早晨接下来的时间里,她一直对我挺好,好像我们俩压根儿就不曾发生口角。

我们俩从不谈论彼此的家庭,除了有一次提起这话题。那是在一个宁静的午后,我们俩在起居室里坐着,不知是怎么个话头,凯特琳就问起我母亲是怎么遇见我父亲的。每次提起父亲,我总倾向于强调这桩婚姻里的浪漫情调,仿佛这么一来我便可以为他后来的行为脱卸一些责任。

"她私奔了。跟他去非洲了。是很久以前的事了。"我详细描述着这段情事,仿佛那个是我引以为自豪的事件。

"的确够浪漫的。"

"那当然啦。她深深爱上了他。可紧接着她所经历的也许出乎预料,她立刻置身在了非洲的一间棚屋里。"我不以为然地说。

"那可真得有些勇气才成。整天跟斑马、狮子之类的野生动物为伍。"

听了她这番议论,我颇有些不自在,就继续替母亲辩解说:"她母亲甚至没去机场送行。又是一桩怪事。"

"为什么没去?那该是怎样一位母亲呢?"

"她简直没法忍受这么一个事实:她的宝贝女儿,一名职业网球手,邻里中的第一美人,竟然嫁给了一个非洲人!除此之外,还能为什么?"

"也许是她没赶上车。"她漫不经心地翻了一页手上的杂志;一望而知,她不想漏掉我说出的每一个词。

"不是。当时,她懊丧得差点儿把自己的头发揪光。"

"唉,过去了。事情总会过去的。该死,二十年前的事了。不算折本。"

"她最终跟母亲和解了。可我仍记着多年以后他们来非洲探望我们时外公说过的话:'露茜,露茜,你简直葬送了自己的一生!'外公一直是他们中间最温和的一个。如果有谁能理解妈妈的爱情的话,恐怕就是外公了。"

"是……"

"然而,恰恰是这位外公说出这样的话:她葬送了自己的一生。如今思量起来,我怎么也闹不清。难道妈妈生了我和弟弟,也算是一种葬送吗？他的话里也包含着这层意思吗？"

凯特琳同情地点点头。

"外公对我很好。他长着个大肚子。我总喜欢冲上去,搂住他的大肚子。后来有一天,外婆说:'再别去碰外公的肚子了。会弄疼他的。'几个月之后,外公就死了。吸烟引起了胃癌。"

凯特琳仍一个劲儿注视着我。

"那么,后来呢？"

"什么后来？"

"再多说点儿。"

"说得够多了。"我想换个话题,就粗鲁地说了句。

"有什么事让你害怕了,对吧？为什么不再多告诉我一点儿？"

我站起身,走过去拧开了电视机。

"弄出那些响声干什么？"凯特琳气恼地大声说。

"有点响声又怎么啦？"

"宁静是美丽的。我就喜欢躺在浴缸里,聆听宁静。或聆听汩汩的流水声。可你总想弄出那么大的响声。"

"是的,宁静是美丽的。可这种美我宁愿一次少消受一些。"我说。我很高兴我们不再继续谈论有关父母的话题了。

靠近我居住的雷恩斯公寓,有家带小型泳池的私人俱乐部。泳池围着一道木墙,每到晚间,门就锁上了。不过,当房间只有我们俩时(室友们通常会躲出去),我们有时就从木墙上爬进去,游一会儿泳。

"要是被抓住了,我们怎么办？"每次爬到木墙上,凯特琳总是一边问,一边紧张地四处张望,仿佛时刻在提防那些无处不在的警车。

第十一章 西部的哈佛

"没事儿,这会儿又没人使用泳池。"我们经常从木墙上翻进翻出,简直就像两个在逃犯。

一天夜里,我们俩正在泳池里做爱,蓦地,泳池所有的灯都被打开了。惊愕之余,我们慌忙退到泳池的另一头,希望不被人发现。一伙中年人从大门走了进来。

"天哪,我的衣服还在凳子上搁着呢。"凯特琳惊慌地低声说。我们俩仍紧紧地搂在一起。

"我的也是。"我轻声说。

我们俩在泳池的另一头静静地待了一会儿。这伙人——他们中间有些女的,还有一两个男的——继续谈论着。他们并没注意到我们的存在,尽管我们俩实在太惹眼了:男的是黑人,女的是白人,夤夜时分,两人赤精条条地在一个泳池里戏水!

"我得离开这儿。"凯特琳突然说。我也觉得眼下的处境实在有点儿傻气。我点了点头。

"我没法出去。"她低声说,"也许你可以过去,把毛巾拿过来。"

"你去拿。"

"该你去。你是男人!"

"对,该我去!要是他们猛地瞧见个赤身裸体的黑人从泳池里钻出来,他们会吓一跳的,或许还会叫警察!"

只犹豫了一分钟,凯特琳就拿定了主意。"是这么回事。"她坚定地说,只听哗啦一声响,凯特琳从冰冷的池水中一跃而出,发疯似的朝附近的长凳冲过去。

我还没弄清是怎么回事儿,她已抓起一条毛巾裹在腰上了。"嗨,你们好!"她的一张略有些红晕的脸上挂着微笑,向人群招呼了一声。

我脸都白了。人们转过头去,向她挥挥手,就像没看见我一样。似乎他们不想朝我这边看。

"看着,扔过去了。"说着,凯特琳把毛巾扔给我。她毫不惊慌。我们爆发出一阵大笑,然后就浑身湿淋淋地冲回了公寓。

与凯特琳一同度过的那段时日真是太棒了,我仿佛正在一个新天地中醒来。而在这之前,我整天孤零零地蜷缩在冷冰冰、了无生气的实验室和图书馆中;通过这个女人,我又重新汇入在我身旁激荡着的生命的洪流。有的时候,我的内心被一股强烈的对世人的爱充满,仿佛世界上所有的人都是善良的,人类普遍的对一切人的爱也是真实存在的,而并非抽象的教条。我的心原已结了一层硬痂,是凯特琳给了我抚慰,帮我渐渐剥去这层硬痂。通过爱,我开始敞开心扉。

与此同时,我仍在斯坦福继续我的学业。

一般说来,与为研究生授课相比,斯坦福的教授们更看重研究工作。对他们来说,研究生应独立学习,而不应依赖从教师那里获取什么指导。而在布朗大学,要是有哪个学生提出问题,教授们立刻会皱起眉头。

"你这么凿死铆子,我看不出究竟有什么意义。"教授们通常会这么回你一句;再不然,他们就扔给你一个教科书上现成的简单答案,然后回到黑板前继续授课。而在通常情况下,他们干脆就没注意到有人举手。

也有例外。学生巡视员沃尔特·迈尔霍夫,一个大高个却奇瘦的性喜沉稳的人,不管做什么事都认真仔细,兢兢业业。此公鼻梁上架一副厚厚的牛角框眼镜,在他那枯瘠的皱纹密布的脸上闪动着的一双诚恳、热忱、充满同情心的褐色大眼睛,时刻注视着身边发生的一切。

迈尔霍夫是从纳粹枪口下逃出来的德国犹太人。他说话语调低沉、严肃,带有天生的物理学家的那种分析的、冷漠的风格,在使用这种后天习得的语言时分外谨慎,力求用单音节词和简单的语句作答。

他说话很慢。开始,我还以为他这人有什么毛病,后来才知道,与我不同,他开口之前要把他所说的每一句话想清楚,否则就不开口。

第十一章 西部的哈佛

他坐在那儿直愣愣地瞅着我,一语不发,直至我把想说的话通通说出来。而这个时候我心里发毛,越来越感到不自在。可他仍沉得住气,还要再等那么一会儿才开口。

"正像我所说的……"最后,他终于开了尊口,给你一个简洁、完满的答案。

即使并非出于从事职业的物理学研究的目的,我也不得不为自己的硕士学位挑选一位导师,这位导师将指导我的研究工作。帮助我为学位论文准备材料。无论从研究课题还是从个人气质方面选择,物理系的近二十名教授中只有一位中我的意。

许多年前,威廉·费尔班克因其在当时还很年轻的低温物理学领域所做的具有开创性的研究而声誉鹊起;对我而言,他就是瓦里安深渊里的一盏明灯。

虽说费尔班克先生在物理系声誉甚隆,但那只是就他往日的成绩而言,并不涉及他当下的研究工作,而对于他目前提出的一些观念,系里的同仁则礼貌地持怀疑态度。

我不在乎。一天,经过一阵恐惧的战栗,我走进他的办公室。他坐在一张老旧的钢制桌前,桌上散乱地堆放着一些文件。

"教授,我十分乐意与你一道工作,比如说,在对第五种力的研究方面。这一课题真是迷人。"

"关于这一课题,你知道多少?"

"知道得不多。但我听说了你为证明它的存在所做的研究。系里的人提到这一课题,无不怀着深深的敬意。"

最末一句的确有点夸大其词,可为了能跟这人一道工作,我什么事干不出来!

费尔班克笑了,"这个嘛,我不敢肯定,不过我看得出来,咱们两个走得一天比一天近了。我们实验中的这些异常现象指向一个恒久不变的……"

"世界上存在着万有引力、弱力、强力和电磁力。天哪,要是我们能够发现另一种力的话……"我打断他的话,激情澎湃地说。费尔班克感到我劲头十足,他没因我打断他的话感到恼火,相反,他开始就这一课题长篇大论地阐述了一番。

他的研究是在不断思量如何证明某种自然力的存在,而这种自然力是他在此前一系列具有开创意义的实验中获得启示的。伊萨克·牛顿于十七世纪发现了万有引力;十九世纪六十年代,詹姆斯·克拉克·麦克斯韦发现了电磁力;到了二十世纪,物理学家们证明了弱力和强力的存在。如今,费尔班克宣称,还存在着另一种力,这种力非常弱,但无处不在,它微弱地对抗着万有引力,并与被称作夸克的粒子的存在有关。他把它命名为第五种力。

我们就他的研究谈了好大一会儿。尽管我对他所说的第五种力如坠五里云雾,可听起来的确是那么回事;我对此已十拿九稳:终有一天我会找到它的。威廉·费尔班克教授很瘦,可风度翩翩,高挑个儿,五官生得细致,头上顶着几绺银发,很像那么一种推销商,买卖没做成,不知不觉间倒把自己推销出去了。我真想把这位老者整个买下来,从他那白发皤然的头顶直到穿一双整洁的棕色皮鞋的两脚。

费尔班克先生很有些艺术家的气质。他已触及物理学科的临界地带,而这一地带正好与精神和哲学领域相毗连。倘若果真找到了第五种力,这一成就好生了得!它的意义几乎等同于发现万有引力或电磁力。这是多么大的挑战啊,即使最终落得个一无所获,也值得一试。而当时浮荡在我身边的所有那些干巴巴、官气十足、死板板的论文题目与此相比,简直不可同日而语。

不过,费尔班克先生在系里的声望如今已黯然失色。总的来说,斯坦福人对他还是尊重的,但对他眼下进行的颇具独创性然而却饱受争议的实验所持的怀疑态度,也是根深蒂固的。

物理学领域汇聚了一批性情最温和的世界名流,这些人因其工作性质

第十一章 西部的哈佛

可分为两大阵营：理论物理学和实验物理学。理论物理学家认为，那些实验物理学家在智力上不过是些轻量级人物；而实验物理学家则将理论物理学家视为不着边际的梦想家。在爱因斯坦的相对论和玻色的量子力学将牛顿所描绘的整洁的物理世界击得粉碎的一百年后，理论变得愈加深奥难懂，实验也变得愈加复杂、昂贵和费时。理论物理学家和实验物理学家们都高高在上，处在了当代科学最富创造力的前沿地带，那些建立于微小且难以把捉的基本粒子的存在及可能性基础上的五花八门的理论亦与日俱增。

夸克便是这些基本粒子中的一员，它比电子还小，只带非整数电荷；夸克的存在是由默里·盖尔曼于1964年提出的。1977年，费尔班克与乔治·拉吕合作，声称为夸克的存在找到了实验证据。

在接近绝对零度的条件下，他将一个小铌球悬在两块金属板之间，电谱仪便显示出夸克的存在。运用他的实验装置，费尔班克把大量时间用在通过消除可能出现的扭曲来获取更多结论性的成果。终于，他于1979年宣称，通过一个改进装置，他获取了一个带非整数电荷的二相粒子。

理论物理学家们对费尔班克的工作将信将疑，因为你没法获得一个自由的夸克粒子，这就是著名的"夸克禁闭"理论。尤其令人疑窦丛生的是，再也没有哪个人重复费尔班克的实验而获得成功。可不管怎么说，作为一名审慎而技巧娴熟的实验物理学家，费尔班克先生毕竟因其严谨的工作作风而声名显赫。

有些教授听说了我的选择，惊愕得差点儿背过气去。

"他不适合做学生的导师。"他们警告说。

就一般情况而言，物理学家们是不大容易起急冒火的。他们全都是自我克制的典范，而将他们的喜怒发泄于观察那些小得看不见的粒子的相互作用上。

一天，我被叫到系主任的办公室。系主任坐在桌前，两只凸出的眼睛望着我，眯成了一条缝。

"我要跟你谈谈选择导师的问题。你为什么单单选择了费尔班克？"

他失望地问了句，眉头紧皱，几根指头不住地在台式电脑的鼠标垫上敲着。

"我喜欢他的工作。他有很好的声誉，而且他的研究的确很富于想象力。"

"有的人则认为，他的研究实在太富于想象力了。你知道，费尔班克很快就要退休了。他的工作还未得到证实……你得另选一位导师。"

"为什么要另选？这就是我的选择，我喜欢他的工作。我认为他是一位伟大的科学家；总有一天，他将证明第五种力的存在。"

系主任只是愣愣地瞧着我，两个嘴角朝下耷拉着。一阵令人尴尬的沉默，只有他的手指在鼠标垫上的有节奏的敲击声。

"再没有其他选择了吗，马克？"他避开我的目光，定定地注视着书桌上的某物。我礼貌地摇摇头，走出办公室。他一直没抬头。

其他教授惊异得竖起眉毛，纷纷加入这股反对的大合唱。我的一些朋友获得消息说，有的教授在会上抱怨我这人太固执己见，太自信了。

迈尔霍夫则为我辩护说："如今是时候了：一个来斯坦福读书的非洲裔美国人有权坚持自己的立场。"

"马克受不了这种虚伪的谦逊，以求获得进入白人社会的纹章徽记。"一位消息灵通的人士透露，他曾批评系里的同仁。

让我惊讶的是，物理系的工作千头万绪，而这么一桩微末的个人事件，竟然引起一场轩然大波。又是种族问题，我想。它时不时冒出头来，强化这一或那一事件的影响。

他们就不能撇开我是黑是白，就事论事吗？我暗自纳罕。真他妈太操蛋了！

我对斯坦福的政治既一无所知，也不关心。这些全都是些拿不到桌面上来的东西，我把它视作祸根，避之犹恐不及。到了这天末尾，尽管我仍想跟费尔班克先生一同工作，可态度已不那么坚决了。

时间已是1989年。最后，约翰·利帕成了我的导师。考虑到利帕先生

第十一章 西部的哈佛

是位优秀的物理学家,朋友和同事们对我这个颇不情愿的选择表示赞同。

利帕团队的研究工作进展顺利,我们开发了一种测量低温的装置,能够测量到十分接近 $-460°F$——或者称绝对零度或 λ 点——的低温。这在当时同一领域内可能是独一无二的,其相关技术可以应用于引力探测器 B 实验———一项由政府支持的多年太空研究计划。几年以后,在经过数月沉闷无聊然而又十分严格的实验,我作为一名合著者在赫赫有名的《物理杂志》上发表了一篇论文。但即使到这个时候,我仍在想,倘若当初我如愿以偿,留下来与费尔班克先生一道工作,结果会怎样?比现在更风光吗?我的生活道路由此便完全改观?这些疑惑或许也像有关夸克的种种猜想一样——这些猜想曾一度迷住了善良的、满头白发的老教授——永远没有答案。

在斯坦福大学读书期间,我常常驾车去旧金山。第一次去旧金山,我对那里贫富差异的悬殊颇感震惊。约摄于1989年。

第十二章 年轻人的鲁莽：再次认识到自己的丑陋

音乐的启示

莫里斯·拉威尔①《波莱罗》

尽管《波莱罗》在描绘热闹场景和表达忧郁情感方面为某些行家所激赏，我对莫里斯·拉威尔的这部管弦乐交响诗仍喜欢不起来。在我看来，旋律采用无休止的重复技巧，仿佛令人目睹了尼采的永恒轮回②。"为什么偏要一条道走到黑？条条大路通罗马。"曾经有人规劝我说。我希冀把种族问题撇在脑后，在美国浓厚的种族意识的氛围中取中性立场，这种任性的莽撞终遭挫败。也许并非仅仅在种族的藩篱下栽了跟头；很久以来，我一直在跟自己较劲，一件事既开了头，哪怕事实证明已毫无意义，我也始终拒绝认输。我拒绝纠正自己行事的鲁莽以及非理性的偏执，倒霉的自然仍是自己，其结果便是一次次地栽跟头。我仿佛在电影中观看自己人生的每一时刻，而这一历

---

① 莫里斯·拉威尔(1875—1937)，法国著名作曲家，印象派作曲家最杰出的代表。
② 尼采曾在自己的著作中多次表述永恒轮回的观念。在古希腊哲学家赫拉克利特有关世间万物变动不居的思想的启发下，尼采认为，倘若宇宙本身恒久不变，经过若干年之后，世间万物亦将以现有方式重现。尼采自称，1881年，一次在山地林间漫步，他偶然萌生了这一观念。但他也承认，以他自身乃至人类现有的智力，这一假说在未来一千年内都将无法证明。

第十二章 年轻人的鲁莽:再次认识到自己的丑陋

程竟循环不已,永无终期。

一旦我终于妥协,认清以前一直不肯直视的东西,如种族问题。我感到自己仿佛身在地狱,有个腔调一次次在耳边响起,正如《波莱罗》一样循环不已。

追忆人生的挫败并非易事,尤其是当这些挫败折射出个性的缺陷的时候,更是如此。个性正如一个人的智力,老话说得好:江山易改,禀性难移。不过,人们对自己智力的高低心知肚明,而个性则较为隐晦,它在一个人基于希望、恐惧及欲求的选择及后果中潜滋暗长。

很久以来,有关儿时的许多记忆渐渐淡忘;然而,近些年的生活轨迹,特别是在斯坦福的经历,则一直盘踞在我的脑海中,挥之不去,其情形就如同看西洋景,幕布上映现出一幅幅被拉长的剪影。这些记忆充满了激情与恐惧;然而,你在其中很难找到明确的问题或答案。

我那时才满二十三岁。凯特琳和我迁出校园,住在距卡米诺置业不远的一条死胡同里的山景小屋,一座僻静的三层小房里。所有的房间狭小而平平无奇,就像镶嵌在一块块方形草坪中央的几个白色小格子间。房东夫妇对我们俩眼开眼闭。凯特琳与一位同窗好友合租,同窗住一间,凯特琳住另一间——我住客厅;她坚持要这么做。

我们的生活在公共与私人场合完全两样。在私下里,我们俩自由自在,其乐无穷。可到了外边,尤其是在她的朋友面前,我们俩的举止完全异样了。她常常面带微笑,从容地向朋友介绍说:

"这位是马克。我的一位朋友。"

有几个月的时间,她一直用"朋友"这个暧昧不明、颇多歧义的字眼介绍我。我被这个字眼推开了。每回听到这个字眼,我的内心便怵惕一分。一天,我们俩为此激烈地拌了一回嘴。她跟我说,她怎么称呼我无关紧要;我是什么人,她心里清楚。

她到底怕什么?我纳闷。她嘴上是应许了,可她的眼中却充满困惑与迷茫:这分明是一双在寻找一个稳定的处所——为心灵寻找系泊处而并未如愿以偿的眼睛。我们在公开场合所保持的这种距离啃啮着我的内心。然后有一天,我实在不明所以,她朝我招招手,用一种随意的口吻向朋友们介绍说:

"这位是马克,我的男朋友。"

从这以后,每次提到我,她开始改用这种腔调,仿佛久已如此。我终于被她接纳了。

然而,我却不能对她说我爱她。我想,一旦我对她说了,这等于是个怯懦的信号,表明我已臣服于她的石榴裙下。我不知道我能否一心一意地去爱某个人;所谓爱,就是纡尊降贵,把自己内在的种种缺陷袒露给对方吗?这太伤自尊了。倘若真的要迈出这一步,我需从她那里得到更多的确证才成。我不知道怎样去信任她。很久以来,我一直把信任看作灰烬:一旦伸手去触碰,它便会在我的手中化为齑粉。

"我爱你;可我并不喜欢你。"一天,她跟我说。这话既让我的内心获得了某种满足,又让我不无疑惑。

"很高兴听你这么说;至少,你是爱我的。"我应了一句。她叹了口气,没说什么。我知道,她希望我说我也爱她。

凯特琳眼下二十八岁了,太想结婚了。然而要规划未来一生,这可是摆在面前的一个挑战。在我看来,婚姻似乎是某种水到渠成的东西。婚姻太难了;婚姻将情感切割成无数份枯燥乏味的文件,简直如同一场不流血的生祭。然而从凯特琳那方面来看,她需要某种更牢靠的东西。尽管我内心在暗暗爱着她,不过,我宁愿维持现状。

我曾目睹了人世间最糟糕的婚姻,深知它对夫妻双方意味着什么;另外,我感到此时结婚并非明智之举。从本质上来看,科学家都是怀疑论者。因而,我有意吹毛求疵;我不觉得自己值得这个漂亮女人去爱。她毕竟是个相貌出众的尤物:肤色微黑,身形姣好,两颊旁散乱地飘荡着一头油亮的棕发,魅力四射。甚至不施粉黛,单凭饱满的双唇和一对漂亮的眼

第十二章 年轻人的鲁莽：再次认识到自己的丑陋

睛，便可引得许多男人频频回顾。她对自己的美貌浑然不觉，可我却看得清楚。

最后，我终于启齿问了一个问题，而这问题的答案却是最令我担惊受怕的。

"你为什么跟我在一起？"

她甩了一下头发，定定地望着我。

"马克，我跟你在一起，是因为我孤独；我需要有个伴。"

一句话就把我击倒了。我不时暗暗思忖：她这话是什么意思？她或许在说：她并不真的爱我；她不过是在拿我来打发时光。

除了对音乐的共同爱好之外，我们俩在性格、特征方面大相径庭。我具有一个知识分子的世界观；相反，凯特琳的直觉极为敏锐，简直可以通灵。我仅对视觉艺术有反应，而且往往十分在乎人家的看法；凯特琳很少关注外在的东西，而更多地将注意力集中在听觉方面。她沉默寡言；我则几乎近于饶舌。最后，就美国人所关注的方面来看，她是白人，而我是黑人。

在美国组建一个跨种族家庭，这在我实在难以想象。在肯尼亚，我们一家人每次外出就餐都会引来路人的目光，这样的场景我至今记忆犹新。当凯特琳与我走在帕洛阿尔托①的街道上，我感受到了他人目光中所隐含的拒斥。这目光像一盏无时无刻不在追随你的无情的聚光灯，让你无所遁形；你既无从辩驳，又难以面对。人家对我们会怎么看？我们自己又怎么看？我的言行、举止就像个十几岁的腼腆的孩子，我们俩之间的关系颇像高中生的约会，不像是两个成年人开始一场为长久计而进行的交往。凯特琳本应得到更多；而一旦意识到我无力给予时，一种缓慢的垮塌就降临了，从前的种种温存、信赖与爱情，至此通通付之东流。在那个寒冷的秋季，我们准备分手，离开那根我们栖身的枯枝，单等一场现实的

---

① 帕洛阿尔托，美国加州城市。

风暴吹来,两人从此便劳燕分飞。

一个周末,我们俩并肩坐在我的床上——这张床也常常临时用作沙发——读书,凯特琳冷不丁转过脸来说:"你知道,马克,或许你应该试着找找别的人。"

"你这话是什么意思?"我没抬眼皮,只问了一句。

"我们俩不合适。我发现,你对别的女孩挺感兴趣……你该去追求她们。这样,你们就能建立起真正持久的关系。"她说这话没有丝毫嘲讽的意味。

她说得很随意,几乎显得有些轻率。她冲我露出一副半笑不笑的模样,好像刚才说的并不当真。可是,我觉得自己被刺痛了。

"的确,你这话听着挺有意思。"我打趣地回答说。我想笑笑,可没笑出来。

"你想跟谁干,这随你便,我不在乎。"我又刻毒地加了一句。除此而外,我实在没别的话好说。

她没说什么,脸上的笑容消失了。这时我明白,我失去了她。

要是我跟谁吊膀子,她根本不在乎!我猛然意识到这一点,不禁吃了一惊。有一段时间,她一定感到大为光火,而我则怀念从前那些逝去的日子——尽管此时我们仍住在一起,然而此一时彼一时也。

我生活的其他方面也出了问题。为了追求凯特琳,我把功课扔了,连重要的硕士学位资格考试也没准备。一天,我拿起兰道、阿希耶泽尔与利夫希兹合著的《力学与分子物理》。我翻翻物理系研究生的这部经典教科书,愕然发现我一点也看不懂。我落了那么多课,连笔记都没有。我在学业上荒疏了这么久,以至一年前还懂得的东西,如今也忘得一干二净。我发现自己很快就要碰壁了。我不由得感到不寒而栗。

如果考试失败,我能去哪儿呢?我绝不能铩羽而归。补考也不在考虑之列。在美国,没有一个人可以为我提供资助。家人对我的期望太高了。有生以来,我还从没考试不及格过。在斯坦福,我的平均分一直稳居

第十二章 年轻人的鲁莽:再次认识到自己的丑陋

B 等——而且,我压根儿就没真正下过死功夫。可是,二年级的期终考试已迫在眉睫,只有几周的时间了。倘若我在学术生涯的这一阶段考试不及格,在我看来这将是一个莫大的耻辱。

我一直知勤知勉,努力做到尽善尽美,不辜负家人对我的期望;甚至在我不喜爱的学科上,也是如此。我不断鞭策自己,一干就是几个小时,而从不会问为什么。学术上的成就是我感受到自身价值的基础;倘若没有了这一点,那么,我算什么?我是谁?我有什么价值可言?

甚至,音乐方面也不容乐观。这段时间,我一直在考虑将来做个职业的钢琴演奏家。我确信,如果彼时彼地我能成功地举办一场音乐会,那么,我就可以顺利走上职业音乐家的道路了。当时,我的导师乔治·巴思,斯坦福的音乐教授,正在帮助我筹办这场音乐会。乔治是个大胡子的又高又瘦的工作狂,他在细节方面追求严谨的热诚,只有他对音乐的热爱可以与之相匹敌。在音乐课上,我们仿佛进入一种迷狂状态,我们要花半个钟头的时间讨论如何准确地划分四小节的乐句,然后在剩余的十五分钟内将其完美地呈现出来。

节目单有一定难度——贝多芬 Eb 大调钢琴协奏曲《告别》,还有勃拉姆斯作品第 21 号变奏曲,以及肖邦的几支钢琴曲。不过,我的演技还能胜任,或者至少可以说,那段时间这些曲目是列入我的练习之中的。

结果,《告别》中的那些该死的双音让我搞砸了。那天下午,观众席上只来了寥寥可数的几个人。我紧张得要命,以至没法集中精力弹琴;我发现自己弹得太快了。演奏第一乐章时,我停在一个乐句中间,惊愕地望着两手。白色的琴键让我眼花缭乱,我的心一下沉到了脚底。然后又是双音,我甚至记不起后边的乐句了。观众席上一片静寂。在几次尝试失败之后,我看看观众,说:"我应该带着曲谱。"有个人嗤地笑了一声。几秒钟后我回到舞台上,继续演奏完毕。但我的记忆出了问题,这在古典音乐的演出中是个大忌。就在那一刻,我的音乐梦想破灭了。

在斯坦福,我对自己的音乐生涯失去了信心。这一过程如同某位朋友的缓慢辞世,而公开演奏不过使之更鲜明地凸显了出来。若干年后,我才真正享受到舞台演出的快乐;我知道,如果哪些音符弹奏得不甚完美,也不是每一个人都听得出来的。

我用避而不谈的方式来遮掩自己的不足。只有一个人我愿意对之吐露心曲,那就是凯特琳;而她此时已翩然离去。外婆也不在人世了。当然,斯坦福还有些可以依靠的朋友,但我避开了他们——寻求帮助,也就意味着承认自己的脆弱。还有什么比承认自己情感脆弱更糟糕的呢?

一个人铸成大错,或走向成功,往往取决于他在须臾之间所作出的抉择。

我发现,每当遇到这样的重大时刻,我总想撒谎、欺骗,或者在考试中以不光彩的手段蒙混过关。

教授们的办公室一向是不锁的。晚间,各处的走廊也通行无阻。我知道,要偷看试题和答案可以说轻而易举。一天夜里,我正在做一项试验,办公楼里空无一人;我下决心去偷看试卷。如果我偷看了答案,又有什么了不起?反正也没人知道——不管怎样,不是每个人都撒谎吗?

我鬼鬼祟祟地抓住了教授办公室的门把手。门没锁。他们为什么要让作弊者这么轻易得手呢?我连忙赶走脑子里的杂念,畏怯地退了回来。一小时后从实验室出来,又经过这间办公室。刚才还觉得那样做是错的,眼下却倒过来了;我开始生自己的气。有什么可担心的?我想。我千辛万苦取得这样的成绩,很不容易;可现如今,眼看着一切即将付之东流。我感到自己遭受了不公正待遇;这种荒谬的想法一时间攫住了我。我再次抓住门把手。只要迅速瞄一眼就行,我想。心里这样想着,腿就迈进了办公室。一股孟浪的情绪吞没了我。

试卷就在办公桌的抽屉里。

正像我所预料的那样,试题很容易就答出来了。次日打开信箱,我收到一封短简:请到迈尔霍夫先生的办公室来一趟。我知道,事情露馅了。

第十二章 年轻人的鲁莽:再次认识到自己的丑陋

我走进迈尔霍夫先生的办公室。迈尔霍夫先生可不是那种善于闲谈的人,他开门见山。

"有些教授说,你的试卷与他们的答案相差无几。他们认为,此事大有玄机。"

"什么?真是荒唐!"我还嘴硬,"怎么能给人栽赃!"有几秒钟的时间,迈尔霍夫先生什么话都没说。然后仿佛打定了主意,他突然把目光转向窗外。外面,天色渐渐暗了下来;斯坦福的一片红瓦屋顶上,是一碧如洗的浩瀚天宇。

"如果你出面替自己辩护的话,那么我敢肯定,事情将出现转机。"他的声音仿佛在空中飘荡;他此时正背对着我,我看不见他的表情,"可以组成一个学生法庭,由你自己来反驳控方的指责。最终判决将由学生和教授一同做出。"

迈尔霍夫或许是对的,我有可能在判决中获胜。我告诉他,我会认真考虑的,然后再决定下一步怎么办。那天晚间,我回到宿舍,四周一片寂静。我听到内心有个声音问:这真的就是你希望在斯坦福得到的吗,用谎言来替自己辩护,从而奋力守住一个你自己已不再喜爱的职业?我意识到,我不能不说出实情,即使就此断送我在斯坦福的学术生涯,也在所不惜。我感到非常孤独,我甚至想到了自杀;然而,我不得不勇敢地承担这一后果。次日,我在办公室见到迈尔霍夫先生。

"我作弊了。"我坦白说,"这次考试让我有些惊慌失措。我真的很抱歉,教授。"

他惊愕地倒退了一步,仿佛我一拳打在了他的脸上。我知道,我毁掉了他对我的信任;但受伤害最严重的,还是我自己。为什么我偏要用这种方式让自己丢脸呢?要是我能抵御住这种诱惑,那该多好啊!

在接下来的几天里,黑暗吞噬了我。我尝试继续过以前的生活,好像什么都不曾发生。然后某天下午,我来到国际公寓;我就是在这儿遇见凯特琳的。我走进一楼的一个小房间,锁上门,背后是服务台。这个时候,大楼里通常没什么人。跟遇见她的那日相比,如今竟有隔世之感。那日,天地间一片光明,欢爱无限,处处显示出勃勃生机。我对身边的一切充满了喜爱之情:阳光、树木以及周围的人们;甚至磨得露出底线的地毯,生锈的、吱嘎作响的家具,也都令人心生怜爱。可现如今,阳光猛烈地炙烤着我的肉体,人们的话语声也仿佛是对我的谴责。眼下,天地万物竟变得面目全非了!

有人敲门,"马克,你在房里吗?"

"我没事——正在休息。"我大声说。

"你没事吧?"

"我挺好。"我说。我好像已灵魂出窍。我的声音听起来那么吓人。

我看看这间简陋的小屋:橄榄绿的墙壁,一台破电视——附近连个修理的人也找不到。我在一张铁桌前落座,内心思忖着:如今,我终于成了一个落败的狗崽子;自从小时候起,我就一直担心自己会落到这个下场。我不想活了。要是手上有一瓶安眠药的话,我立刻就会吞下去。

我处在一种奇怪的状态中,仿佛自己被包裹在一个茧壳里,只想坐在椅子上一动不动。时间停止了。我听得见自己的心跳,而对外部世界的声音则几乎充耳不闻。我真想一觉睡过去,把眼前这些事忘得一干二净。

丁零,丁零。

屋里一台老旧的拨盘式电话发出的刺耳铃声把我从假寐的状态唤醒。它在那张铁桌上大声聒噪着,在小屋里益发显得刺耳。我几乎条件反射一般跳起身,抓起电话机。

"马克——马克,是你吗?我是教导主任斯温哈特。"

当时,我压根儿闹不清她是谁,但她的声音既温和,又显得焦急不安。我含糊地咕哝一声,算是回答。

"马克,请把门打开。"她坚持说。

"谁——你是哪位?"

"我是教导主任斯温哈特,主管学生事务的教导主任。请把门打开。"

或许我过于文雅,从不会说不。或许我对自己的软弱感到羞耻,很想显出一副有决断的样子。或许仅仅由于她的声音的确显得十分焦急。

"好。"说着,我起身打开了房门。

教导主任是个身材粗壮、金发碧眼的妇人,穿一身职业套装。她的古铜色脸膛不由使我联想起她从前喜爱远足和冲浪的年月;倘若不是受了诱惑干起大学管理的行当,她一定会继续坚持运动的。

"我知道你遇到了麻烦。我是来帮助你的。"她温和地说。

我们来到她的办公室。那天下午,斯温哈特成了心理治疗师或类似的人物,我一直害怕与之交谈,可又迫切需要。当我把心事一股脑吐露出来的时候,她一边平静地坐直身子倾听着,一边同情地点点头。

"对不起,我不得不全部倾吐出来。"我一次次这么说着,我觉得我是在增添她的负担。

"没关系,说下去。"她鼓励说。

这是我平生首次向人吐露心事,像卸去心上的一个包袱,甚至如获天启。她仿佛只是听取,并不指责。

我记得小时候,一次在劳福德宾馆,我和戴维在客人使用的小图书馆里发现一个装满钱的信封,就在书里夹着。

"拿着吧。"戴维开玩笑地说。

"不,咱们把钱送回去。"

他惊讶地愣了一会儿,然后点点头。我们把装满钱的信封送到大台,交到一脸愕然的办事员手里。

在我内心的眼睛里,我看见戴维的圆脸蛋上显出一副开心的模样;他的两眼因海浪的冲击有些发红,浸了海水的长长的鬈发一直垂到肩膀上。我看见艾达,她正俯身在钢琴上,灵巧的手指飞速地弹奏出《琴键上的小猫》。随之出现的是母亲和西米翁的身影。

我内心的某处崩塌了。我想念外婆和戴维,尤其想念戴维;泪水顺着我的两颊落下来。

"别担心。"斯温哈特安慰我说,她递过一张面巾纸来,"把这看成一个新的起点。"

我的研究生导师约翰·利帕用同情的目光望着我。"我深表遗憾,此事会影响到你的未来。"他说。

利帕将继续聘用我做他的研究助理,以便在做出下一步人生规划之前为我提供资助。他和他的团队最终将发表有我参与其中的那篇论文,并会给予我相应的荣誉。

有关我的这次行为失检可能导致的直接后果,他的话恐怕是最具预见性的。

时隔二十余年,仔细剖析我的那次丑陋行为,原因是多方面的:艾达之死和我的孤独,我与凯特琳之间关系的破裂,教师对我的冷漠,以及我对考试失败所抱有的恐惧。归根结底,是由于我的愚蠢和软弱,而这只能怪我自己。

我内心总把自己视作一个骗子手、窃贼。很久以来,我闹不清这念头是打哪儿来的,但它如影随形,一直伴随着我。每当我获了奖,我就觉得这奖品或奖金并不真正属于我,总有一天他们会从我手里夺走;而这也公平合理,因为这些奖品或奖金本来也并非我所应得。因而,当别人爱我或试图爱我时,我也不会懂得这种爱。这爱一定另有所属,我推测,它并不真正属于我。我甚至不相信母亲的爱。

"马克,马克,我只希望你快乐!"那天在布朗,她哭着说。

甚至母亲的满面泪痕也未能完全拂去我眼前的迷雾。在我看来,只有奖牌、奖金才是最要紧的。在我的一生中,我感到脚下的土地一直不甚稳固:它总在不停地移动着,就像果冻或一块浮冰;它的深处潜藏着许多危险的裂隙,我随时都可能葬身其中。的确,我脑瓜聪明,有天赋;然而在斯坦福,我终于意识到自己的空虚和贫乏。正是在斯坦福,我在心底埋藏最久的一个梦想破灭了。

我的行为在系里引起轩然大波。

第十二章 年轻人的鲁莽:再次认识到自己的丑陋

"朱棣文希望你立刻开步走。"①后来,我的一个朋友、一位非洲裔的职员向我透露说,"还有几名教员,也是这么想的。他们不会饶过你的。"

知道系主任想赶我走,我的心一下跌到了谷底。

"我该怎么办?或许我可以去别的学校?"

即使到了这个时候,我仍心存幻想,希望能得到一份物理学方面的工作。我向另一名职员莱蒂莎——在斯坦福,她一直是主张招收黑人学生最有力的一个——吐露了我的想法。

"你得不到的,马克。"她疲倦地摇摇头,"你不撞南墙不回头,不会有什么结果。他们想拿你作典型。这就是他们想对你和像我这样的人干的。"

"你这话是什么意思?"我困惑不解地问。

"你跟一个白人姑娘相好,而且明目张胆地干。还有上次在选择导师的事情上,你也表现得桀骜不驯。倘若公正地处理此事的话,他们会给你个小小的惩戒,你还可以重考。但全看系里的几个主管如何打算了。要进常春藤学校是没指望了,至少在物理系是不可能了。在南方也许能行;但在北方,没门。"

我不禁感到我与莱蒂莎之间的异乎寻常的联系,"像我这样的人"便是这种休戚与共的关系的表述。我平日与非洲裔美国人很少来往;从言谈上、走路姿态上,以及穿着式样上,我跟他们都有明显不同。我们同是黑人,在这一点上我们相互认同;但我总觉得他们在观念上把自己当成了受害者。可说到底,在斯坦福,还是这个少数人群最理解我的处境,至少在努力帮助我。

当我与凯特琳走在一起时,我还记得教师中的有些人是怎么看我们的。我在课堂上问了许多问题,这也触怒了某些教授,引得他们当众批评我。我认识到,他们以为我在嘲弄他们,或许在质疑他们的学识和权威。

---

① 颇具讽刺意味的是,朱棣文后来成了奥巴马政府的能源部长。——作者原注

当初我选择费尔班克先生做我的导师,益发加重了他们心中的疑窦。若干年后,我读到美国记者萨莉·雅各布斯写我父亲的一本书《另一个奥巴马》,获悉哈佛赶走他并非由于他功课不及格,而是由于他跟白人妇女发生关系。我还读到他在上高中时就因态度和纪律问题被学校开除。我既非所谓的重婚者,也没跟不同的女人生孩子。但我傲慢自大,咄咄逼人;还跟白人姑娘相好,招摇过市。

莱蒂莎的观点有些道理。人们眼中看到的不仅仅是一个违纪的学生马克·狄善九,而是一个违纪的黑人学生马克·狄善九。这就是莱蒂莎的看法。这也同时就是斯坦福的看法。或许此后还将证明,这既是美国人的看法,又是我一直极力逃避的宿命。仅仅扮演一个受害者没什么难的,而且未免有些自私;我个性中的另一面则要求我勇于承担所犯错误的后果,而拒绝被视作又一个黑人失败者。为什么莱蒂莎以及其他少数族裔的职员规劝我,让我小心行事呢?是因为我是黑人,还是因为我是马克?种种疑惑在我的脑子里搅在了一起;不过,我凭直觉意识到,莱蒂莎比任何人都更理解我和我的处境,或者说理解我作为一个美国黑人的全部感受。

"斯坦福有严重的种族主义倾向。"有位亚裔的助理研究员曾跟我说,"我写了一篇论文,他们不发。我不在编,不是终身教授。因为我是个亚裔人。"

"迈尔霍夫先生为你抱不平。"后来,莱蒂莎告诉我,"他说:'狄善九来读书,做他自己想做的事。他不接受你们的推荐,而是照自己的心意选择导师;他事事都不如你们的意。他不想那么做,于是,你们就想借这个由头拿他开刀。他的学术生涯眼下算是没指望了,可是,你们还想毁掉他。'"

听到这个消息,我的两眼不由得湿润了。这个硬撅撅的老人一直对我鼎力相助;如今我这么不争气,可他仍在替我辩护。

"朱棣文是下一届系主任。他容不下你。他会想方设法把你赶走的。"

"我干什么了,莱蒂莎?我做了什么十恶不赦的勾当?"

第十二章　年轻人的鲁莽:再次认识到自己的丑陋

她放低了声音:"还有,要是你早点让我们知道,也许还能想些办法。可如今事情已到这个地步,知道的人太多了。眼下,此事已不只涉及你一个人。很多教授将我们在斯坦福进行的扩大招收少数族裔的项目视作眼中钉,必欲去之而后快。人家刀已出鞘,正要借机算旧账呢。他们在拿你说事。"

就这样,由于我的行事鲁莽以及个性缺陷,斯坦福的两大阵营激烈交锋。

最后,我没被学校开除——仅仅被停学了。我不能再攻读学位了,但仍可以继续进行我的研究工作。几个月之后,在一个宁静的星期六,费尔班克教授悄然离世。我记得我参加了追荐费尔班克先生亡魂的仪式。那段时间,我仿佛置身在一个学术的涤罪所:从官方来看,我被停学了,可我仍在协助利帕先生做些研究工作。

在追荐仪式上,我坐在幽深的纪念大厅的后部。仪式的场面十分肃穆,几百人静静地聚集在教堂的穹顶下,而这座教堂的穹顶和彩绘玻璃在整个加州的教会中都很有名气。我坐在后部的一张长椅上,尽量不惹人注目。似乎既没人注意到我,也没人在乎我是否会来参加这个仪式。在我初来斯坦福那段时间,费尔班克先生是少数几位对我的特立独行表示赏识与支持的教授之一。

几天以后,迈尔霍夫先生把我叫到了办公室。"马克,有人看见你参加了费尔班克先生的追荐仪式。"他说,"你知道,你原本不该参加的,尤其是在这个时候。"

"我敬重费尔班克先生,我爱他。他是我的朋友。"我辩解说。

迈尔霍夫先生摇摇头。"这个时候,你不想惹人注意,对吧。"

听他这么说,我点点头,离开了他的办公室。

我仍记得费尔班克老人,记得他那潇洒、和善的面容。我回忆起老人热心地把我领进他的实验室,指着各种已生锈的仪器,激动地讲述着这样那样的构想或项目。

他既没注意我是黑人还是白人,也没注意我是傲慢自大还是低眉顺眼。他只看到一个热诚的奋发向上的青年学子。如今,我甚至连参加他的追荐仪式竟然也会给自己惹来麻烦。斯坦福把我看成了害群之马。甚至迈尔霍夫先生也将我的抛头露面看作是有害的、会带来不利影响的举动。我只好低头走开了。

从那一天起,我静默了,力求不引起任何人的注意。我知道,无论我做什么事,都将是徒劳无益的。

我记得六岁的时候,一天,老奥巴马给我理发。"你这头要好好理一理。"他咕哝着,把我拽到屋外。他让我坐在一只倒扣的桶上,拿出剪刀和刮胡刀,又刮又剪,把我所喜爱的一头柔软、鬈曲的棕发剪掉了。当时,在幼小的虚荣心的驱使下,我感到自己那么难看,以至第二天我都不想去幼儿园了。如今在斯坦福,我感到自己又变得丑陋了。甚至没人想看我一眼。尽管我衣冠楚楚,但没有尊严。

我的心死了,死得毫无尊严。

几个月后,我提出申请,获得物理学硕士学位。我闹不清斯坦福怎么竟然会同意我的申请。这一学位原本需要完成两年的学业,而且我所进行的低温超导实验要获得最终结果才可能授予的。这一实验颇具开创性,论文不久就将发表。我猜想我的运气不错。再不,就是主管人改变了想法;他们或许感到对我的处罚过于严厉了。

不管怎么说,我对研究工作一点没了兴致。我感到我在物理学方面前景暗淡,于是,我决定远走高飞。

有很长一段时间,我没勇气向凯特琳说出实情。通知书送达的时候从来都是密封的;只有法庭判决,才会迫使他们将其中的内容公之于众。后来,当我最终将此事向她和盘托出的时候,她沉默了很长时间。

"我压根儿就不喜欢斯坦福那些人。这些人一个个鼻孔朝天,全都那么盛气凌人。"她得出结论说。

这以后不久,我们俩终于劳燕分飞。实际上,这一时刻我们已等了很久。在此后的若干年里,我一直将她摒除在我的生活之外。此事对我而

第十二章 年轻人的鲁莽:再次认识到自己的丑陋

言创巨痛深,想起她我会受不了。从邂逅到分手,差不多有两年时间。我几乎用了同样长的时间,才从这次的分手中恢复过来。

从表面看,这段时间我在学业上取得不小的成就,我获得数学、物理学的三个学位,在很有名望的贝尔实验室做实习生,甚至还发表了一篇论文。尽管一度曾颜面扫地,但最终我仍获得了硕士学位。

我也曾经遭受了地狱般的磨难,尽管前路仍将是一段困难得多的寂寞的生命之旅,但我发誓,从此之后,我将遵从心灵的指引。我内心的声音在一天天增强;它对我说:决不放弃。你称它固执也好,称它钢铁般的顽强不屈也好,不管怎么说,面对未来,我将谨慎地在我心灵的里保持乐观情绪。

眼下,我的未来在旧金山。

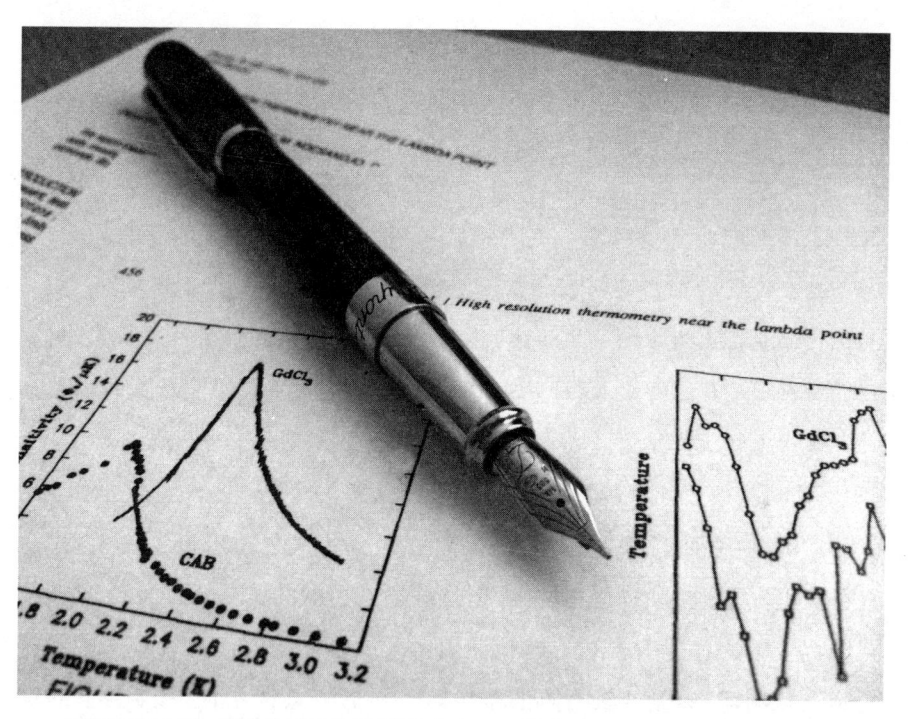

在斯坦福大学,我们的研究团队最终发表了一篇有关低温测量仪的论文,我在这项研究工作中也倾注了自己的一份心血。该项研究成果应用于航天飞机的引力探测器B计划中,旨在验证爱因斯坦的广义相对论。

第十三章　文化冲击与不合时宜的修女

音乐的启示

马克·奥巴马·狄善九《不合时宜集》

《不合时宜集》是我的第一张唱片专辑，包括我本人作曲，1990年中期录制于新泽西的几支钢琴曲。十九世纪伟大的神秘人物弗里德里希·尼采激发了我的创作。像他在作品中所描写的人物一样，我这人也有些不合时宜。直到很晚之后，这破碎的自我才得以复苏；而我在美国的经历的深刻意义，也需若干年后才得以真正理解。

我是大海中的一块浮冰，将缓慢消融于无名之中。对我而言，生活的教训不是来得太早，就是来得太晚。如今，我发轫于肯尼亚的人生旅途已走到了悬崖边。我在一个错误的时间，来到了一个错误的地方。

1989年10月17日是个明丽和煦的日子，天气好得出奇。这天，我一直在瓦里安基地的一个实验室工作。终于在这儿得到一份职业。旧金山有成百上千的球迷等着观看即将在烛台公园开场的海湾之战——世界杯的第三轮比赛，奥克兰队对阵旧金山队。然后五点钟左右，写字台上的钢笔打算活动一下；或许它耻于眼下籍籍无名的状态，想督促我觉醒。可一眨眼的工夫，身子就开始晃起来。起初我还琢磨，兴许是吃了什么不好的

第十三章 文化冲击与不合时宜的修女

东西,似乎有点晕眩。紧接着我就明白了,不是身子在动,是椅子在动。

天哪,地震了!我总算反应过来。

我钻到坚固的铁桌底下,而整个房间在剧烈晃动。在相距仅几英尺处,有一大罐氦气摇摇晃晃,足足晃动了十秒左右的时间。

这玩意儿一旦倒地破裂,我就将在冰冷的氦气中窒息而死。我一边瞧着这东西晃荡,一边暗想。震动减弱了,我跟跟跄跄地奔出房门。外边已聚集了一些学生。

"天哪,你该瞧瞧那些汽车。简直就跟果冻一样。真有意思。"有人说。

地震大约持续了可怕的十五秒钟,这是自1906年大地震以来旧金山遭受的一次最严重的地震,死亡六十三人,受伤近四千人,金门大桥部分垮塌,经济损失达数亿美元。

旧金山从各个方向,以不同的形态、强度和密度让我感受到她的力量:爱的力量,自我毁坏的力量,地震的力量,以及第五种力。

不久,我就永远离开了斯坦福。账户上有几百美金的存款。我不必求助于任何人。相反,我想让自己一无挂碍地消失在内陆广袤的土地上,将失败与耻辱的记忆扔到脑后。

我在美国毁了自己,这倒是件好事——可以借此机会重整旗鼓。

我该怎样述说这段漫游岁月呢?在这一章里,我怎样才能从这段混乱的生活中理出头绪呢?我的世界就像魔方,由一些颜色互不协调、维度各不相同、既偶然却又相互联系的经历组成:当了一阵电信经理;一个女人深深爱上了我,而这爱却是我受之有愧的;在音乐上小试锋芒;与东方人的首次却是很棒的接触。还有,与一位修女的至关重要的邂逅。

～

有时,由于某些小小的机缘,你的人生轨道便可能发生根本改观。一

天,我正在旧金山的下城喝卡普奇诺咖啡,有人在我的车窗上夹了一张宣传单:

> 本周六,英巴卡迪诺俱乐部在美丽的马丁公园举办聚餐会。入场券每人10美元。

周末,在公园里,有二十来个人正围坐在一张长桌旁闲聊,桌上堆满了各样吃食。有个亚裔女人正徘徊在葡萄与通心粉之间,没人搭腔。或许是因为我见她独身一人,才被吸引了过去。

我们俩开始交谈。我发现她正专心用餐,仿佛吃下的每一口都很珍贵,甚至连一块面包皮也不敢浪费。她长着一头齐肩的黑发,皮肤光洁、美丽得如同大理石。她身材有些矮胖,行动急切,似乎又拿不定主意究竟要去哪儿。她有一张圆圆的满月脸。我心下暗忖,这真是个美人。

她说她是从城里搭公车来的,我提议一会儿坐我的车回去。她假意退让了一下,然后就接受了。

"我是日本人。"她跟我说,"我正读会计学,然后就能在这儿找一份好职业了。"她的英语说得不错,但有浓重的口音。

"你以前在日本做什么?"

"以前干股票经纪人。"她没笑。说着,她沿着餐桌往前走。

"工作有什么问题吗?"我跟在她的身后,问。

"很辛苦。我讨厌干销售。"她生硬地说。我改变了话题。

回城的时候,我把她放在了教士区。下车时,我约她看电影。我有点紧张;让我惊讶的是,她一口答应下来。

再一周,鲇上小姐开始跟我约会。当天晚上,我头一次跟她做爱。她转过脸,两眼浮现出梦幻般的柔情。她也不看我,手指滑过我的身体,不住地在下部摸弄。然后抓住小弟,把鼻子凑过去。

"现在,我把你的气味都吸进去了。"她轻声说,"这样,咱们俩就结合

第十三章 文化冲击与不合时宜的修女

在一起了。"

我耸耸肩。我感兴趣的是性,对爱没兴趣。她的话真是傻气。可兴许这就是日本人的性格,就像拉面、樱花、歌舞伎。

鲇上眼下已三十五岁,刚在一个陌生的国家开始新生活;我恰好出现在她的人生道路上。或许,她在我身上看到了些许美国梦的影子。

"我希望能在新泽西州有幢房子,外边要有好看的白篱笆。还要有个美丽的花园。"一次,她说。我不知道她是不是在开玩笑。谁真的相信那些玩意儿呀?我暗想,脑子里想象着诺曼·洛克威尔①插画中的图景。

一天,我走进她的住处,打算一块出去吃饭,然后回来做爱。

"怎么回事?"我问。

她没搭腔,坐在床上,没起身。我立刻觉察出事了。

"我怀孕了。"她说。声调很低,嘶哑得听不出是她的声音。

我倒抽一口冷气,一时说不出话来。

她没在意我的反应,马上接着说:"毕业后,我立刻去找份工作。这样,咱们就能负担这个孩子了。"

有种感觉从脚趾——或者说从肚脐——升起,一直往上蹿。这种无形却十分强烈的感受一下涌遍了我全身。

"不。"我几乎想也没想,话就冲口而出。我也不看她一眼;转瞬间,房里就阴暗得如同尸棺。"不。"我重复说,声音很轻,但语气坚定,"我想,你该去打掉。"

我那时年轻,自私,一点不在乎她的感受。我看重的是我想怎么干。我不想要孩子。如果可能的话,我压根儿就不要孩子。多少年来,我一遍遍告诫自己:我们的生活里婚姻过剩,孩子也过剩。要是少一点人结婚,少一点人生孩子,情况就会好得多。

---

① 诺曼·洛克威尔(1894—1978),美国二十世纪前期的重要画家及插画家,他一生中的许多绘画由《周六晚报》刊出,颇有影响。

对我而言,我们俩的关系中重要的是性和拉面;她做拉面是一等一的好手。我们俩随时随地做爱:在沙发上、公园里、飞机上、美容院,甚至在办公室。我正当二十五六岁年纪,性就是我所需要的一切。

我是鲇上小姐的美国梦的一部分,尽管说到底,这对她而言几乎也等于性。有人说,你对性伙伴了解得越少,做爱的效果越佳。我们相互间的了解实在有限,但我们宁愿保持现状。

鲇上没试图改变我让她打胎的想法;但自此之后,我们的关系起了些变化。她老了,脸上出现了皱纹。我开始注意到我们之间的年龄差距。

两年过去了。一次在我的公寓,我们俩大吵一架。她泪如雨下,倒在地板上,蜷缩在一团黑色长发和整洁的会计套装中间。

"你从不跟我说实话!"她尖叫。

公寓的厨房正对起居室,台面上搁着几把刀,简直有如魔鬼的召唤。

"你杀了我吧。我不在乎!"鲇上哭喊着。

你杀了我吧!她的叫喊声恰好与刀并置,其中所昭示的含义在我的内心猛然触发一股强烈的悔罪感,怒气转瞬间就烟消云散。我想把她拉起来,可她不依。

"你不爱我。"她挡开我的手,"你只想要我的身体。"

"那么,你想要我怎样?"我问。

"你让我打胎。要是不打胎,那孩子如今该有两岁了⋯⋯眼下,咱们俩该结婚了。"她抽噎着说。

"不,我不会结婚的。"说着,我一下坐在沙发上。她渐渐平静下来,望着我。

"为什么?"

我犹豫了。"由于父亲。从前,父亲常常打母亲,而我又无力帮助她。我的记忆里有那么多心酸的往事。我想⋯⋯"

"是这样啊?"她停止了抽泣。她的声音有些好奇,而非沮丧。

第十三章　文化冲击与不合时宜的修女

"我想,也许这就是我这人难以相处的原因。"说着,我的两眼不由得落下泪来。我抹去眼泪,歉疚地望着她。

"我不会结婚的。我不相信婚姻。我不能再像他那样。"

这时,她让我把她抱起来。她的眼神是那么温柔;她紧紧地抱着我,抱了那么久。这一刻,她不仅仅是我的性伴侣。

远远超过了性伴侣的意味。

那一晚做爱,感觉跟先前大不相同。可以说,我和她在某种精神的层面完全融合为一。这天我对鲇上袒露胸臆,这一过程对我而言是十分痛苦的;这就如同我把自己剥了皮,又撒了把盐。

这宝贵的一天再也没重现。几个月后,她取得会计学位,受聘于五大会计师事务所,就搬到纽约去了。我马上就怀念起她来。

～

这段时间,我正在AT&T(美国电话电报公司)的销售部工作。自从1991年在斯坦福获得硕士学位,我就在这个公司工作。我记得经理对我进行了五分钟的职业培训。他教我怎样给生客打冷电话。

"要促使这个潜在的客户回答'是'。哪怕只答一个'是'字,也要让他继续下去。这就是关键。"他开导说。

我们演练一遍,他当顾客,我当推销员。我的表演没能说服他。"你不能把谈话引向死路。"他说,"你没那种杀手直觉。"

可不管怎么说,我保住了这个职位。相反,经理一年后被炒鱿鱼了。公司里炒鱿鱼如家常便饭,司空见惯。

我还记得有个老同事,她在公司干了二十多年。她一脸倦容,可工装整洁笔挺,动作敏捷得令那些年轻十几岁的人都自愧弗如。被解雇那天,她的屈从、敏锐的目光在她那小隔间的几只纸箱和我左肩上的某处来回逡巡着,仿佛那里便是失业者的坟场。

"干了二十几年,然后就这样被打发了。"她跟我说,"你年轻,刚来。我不在乎。全都是钱闹的。"可她脸上的神情表明她是在乎的。但我仍同情地点点头。然后,她就消失了。

"在AT&T他们不会炒你鱿鱼。"一次,有个朋友跟我说,"人们常常在这儿干一辈子。"我恨销售,可我也不能不考虑我的账单。我刚买了一辆新车,于是我决定,还是听从这位朋友的劝告为妙。

四年之后,我仍原地未动。"你聪明。人人都说你有才干,可你就是干不了销售。"有人跟我说。他们给我三个月的时间,让我在公司里另谋高就,否则就走人。我的第一位经理说得对,但我四年以后才认识到这一点。

这回轮到我消失了。

几周后,我接到AT&T公司莫里斯敦分部的电话,在新泽西。电话里传来一个粗重、沙哑的女声。说话的是埃斯特·沃尔森;从她的声调我就知道她是黑人。

"马克,像你这样一个有教育背景的人待在旧金山那么远的地方干什么,从一个销售岗位平调到另一个销售岗位?我们这儿就需要你这样的人。"

我立刻抓住这个机会。鲇上已走几个月了,我心里十分惦念这个女人,一直想去纽约找她。一周后,我把行李塞进汽车,就踏上了横跨美国的旅程。鲇上也很想念我,这次欢聚真叫人开心。

我们在新泽西租了一处房子,与莫里斯敦相距不远。我还记着拐角处的那家煤气站,是个相当宁静的小区。房子带游泳池,有几个房间。房主是位中国商人,他的大部分时间待在上海,只有一个要求。

"我儿子正在这边念书,暑假要来住一住。"

我们不想跟人家合住;但房租低廉,于是就租了这处房子。

埃斯特第一天就在办公室见了我。她戴着一副大耳环,一双眼睛永远瞪得溜圆,好像世界上的事没一样不让她感到惊愕的。嘴唇又肥又厚。有人说她胖,我倒觉得性感十足。

第十三章 文化冲击与不合时宜的修女

"你？你是马克？"

"是,是我。"

"马克·狄善九？"

我使劲点点头。我猜想,我早到了几天,这让她有些惊讶。我马上在她的部门干起了销售经理。

埃斯特是AT&T网络设备部经理(即后来的朗讯),已干了十几年。每个公司都有一个由组织机构模板显示的正式的人员结构;可除此之外,还有另一套真正握有实权的非正式组织结构。埃斯特让我懂得了不少这类知识,包括本公司的和客户的。她从不拒绝新点子,我们在信任和敬业的基础上相处得很好。

"那天你来我的办公室,我一下愣住了。"后来她说,"我不知道你居然是个黑人。听你在电话里说话,好像是个白人。"

"怎么,有什么问题吗？"我感到有点恼火。

"当然有问题。我当时还雇用了另一个黑人。一旦我的经理——她是个白人,上帝保佑她的灵魂——发现我同时雇用了两个黑人,你想想看,她不跟我发脾气才怪！真让我费了不少口舌去跟她解释！"埃斯特一手捂嘴,咯咯笑着。

又是种族问题。我来的真不是时候,情急中慌不择路,一脚踏进了是非之地。

看到我的工作状况之后,她就坦言,实在闹不懂为什么我在销售上干那么久。

"你在那鬼地方简直成了活死人,马克。一个有这么高学历的人,居然在那边一处一处跑销售。我明白,这里边肯定有什么不对头;但我了解你的背景,读了布朗,又读斯坦福。我就想,这些书总不能白读吧;于是,我就雇用了你。"

埃斯特知道少数族裔做事不易,她往往对我做出详细指示。我初来乍到,她就指点我在推行自己的方案时,要想法设法减少阻力。"要注意你的工作方式,马克。要磨一磨自己的棱角。"

老天在上,我可不能无视或批评她。她常常两手抓住桌角,瞪着两眼,劈头盖脸臭骂我一顿。我就像努比亚女王面前的一名忠顺的奴仆。

"该死,有的时候你他妈也太高傲了。我了解你。可别人不行——你这么干,肯定会把人家惹火的。"我打起精神,准备继续挨骂,"你有个重复别人话的毛病,就好像都是你自己的主意。而且有的时候,你忘了对别人在工作中付出的辛劳表示敬意。这只是个简单的礼貌问题。"

若是换了别人,兴许早听厌了,甚至还可能火冒三丈。可对我而言,她的批评简直就像沙漠中的甘泉。我迫切希望自己能有所改进,可那时我并未意识到要取得进步,关键在于为人处世的态度。埃斯特的劝告让我首次获得加薪。她的点拨或许不算什么,但我若是早几年就熟谙其中的奥秘,岂不更好。

埃斯特还让我懂得了增进经理和同事对我的信任感的重要性。"开口之前,要把该说的话在心里盘算好。话一旦出口,就成了人家评判你的依据。"

在写每年的工作评语时,她也毫不留情,结尾处总有这么几句话,简直成了她的个性签名:猛醒吧,马克,认清现实!

我猛醒了,却通过其他方式。

我跟鲇上小姐彻底分手,是由于另一个女人。一次去巴黎旅行,我遇见一位斯洛伐克姑娘。一天下午,在蒙梭公园听露天音乐会,我注意到有人在身旁落座。她有一头长长的棕发,穿一条红白道的裙子,就像上世纪五十年代特艺公司①拍摄的电影人物。

---

① 特艺公司,世界著名电影制作公司和DVD制造商。

第十三章 文化冲击与不合时宜的修女

"音乐真棒!"我瞟她一眼,说。她笑笑,没搭腔。

"是本地人吗?"我仍不放弃,"对我来说,这儿的一切都是陌生的。我不懂法语……对巴黎也不熟悉。"

"哦,我知道一点儿。"她漫不经心地应了句。

"你干什么工作?"

"我在一个狗屎的法国人家当保姆。"我们俩开始聊音乐和美国。

"我喜欢去美国!"她满心欢喜地说。

"我只在这儿待几天。你能带我转转吗?"我提议说。

事情就这样接二连三地发生了。离开新泽西时我跟鲇上大吵一架,她一把鼻涕一把泪地哭得好不伤心。我们俩分手了。眼下,我独身一人在巴黎;我感到自己获得了重生。

达娜跟我,两人一冷一热。不管怎么说吧,第三天我打道回府。我们俩相约保持联系。

回到新泽西,我与鲇上虽同在一个屋檐下,却形同陌路。我们相互间几乎没话。两个人虽仍睡一张床,可谁也不碰谁。我一直想念达娜。一天,我打电话给她。

"我想你。来美国吧,一切费用由我承担。"

我又干了件蠢事,想也没想就干了;此事给我们三个人带来了极大的痛苦,实在没必要。如今回首往事,我不知道当时怎么竟会对鲇上如此残酷,而她从中会感受到怎样的冷漠与无情啊。可那时候我满脑子想的就是寻欢作乐,根本不计后果。

达娜果然来了,我让她住在家里。几天前我跟鲇上打过招呼,女朋友要来小住几日。尽管这段时间我们俩更像是一对室友,可有时也做爱。当时的情形就是这样,藕断丝连,我还没能跟她一刀两断;可眼下我把另一个女人带到家里,这对鲇上来说实在太残酷了。

鲇上终于爆发了,"她绝不能睡在咱们的床上!"

达娜惊得目瞪口呆。每天都要发生激烈的争吵,每天都要哭闹一场。鲇上甚至给我母亲发邮件;母亲又给我发邮件。看到母亲写来的最后一行字,我不禁悚然而惊:你变成什么人了,马克?

可当时什么对错、善恶等观念,通通不在我的脑子里。我一意孤行,哪怕下地狱也在所不惜。我孤注一掷,花大价钱带达娜去缅因、马萨诸塞逛了一圈。可事情搞砸了。当我触碰达娜时,她退缩了,好像我已变了一个人。我明白,她对我已没兴趣了。即使这个时候,我仍闹不清究竟为什么。达娜回斯洛伐克之后,我和鲇上大闹一场,终于分手。

"我从没爱过你。我跟你在一起,只想跟你做爱。"她尖叫着。

我掐住她的喉咙,把她抵在墙上。在我指尖的压力下,我感到她柔软的皮肤陷了下去。她的身体竟如此绵软和脆弱,我一下惊呆了。

她望着我。我从她眼神里看到了恐惧,心头的怒气霎时就消失得无影无踪了,随之而来的便是沉沦感。我为自己感到羞愧。我垂下脑袋,看着自己的两手。这以前,我从没打过女人。我究竟干了什么?我变成什么人了?

"我真是个傻瓜,居然跟你耗费了这么多年的大好青春!"她说。

不久之后,我们就搬出了这套房子。从此,我就再没见过鲇上。

倘若我是个酒鬼,那么,结果将不堪设想。我可能一下就要了她的命,就像几十年前母亲险些在父亲的刀下送了命一样。我希望这些女人都围着我转;我想控制她们,左右她们。我希望把一切都掌控在自己手里。可就像在斯坦福时一样,我一时冲动,结果把一切都葬送了。

最后,我鸡飞蛋打,两头落了空。

我既不懂得爱,也不懂得信任。我踏进了迷途。

我有一份职业,但金钱不能使我获救。谁知数月之后,我与一位修女邂逅,却将我从当下的困厄中拯救出来。

一个周末,新泽西的布朗俱乐部组织了一次扶助老城区的活动,志愿者前往中心区清除垃圾,粉刷墙壁。这一周事事不顺手,还有不少账单要付。我见房间下水道有掉落的头发,不由心中陡然而惊,感到年华飞逝。

第十三章 文化冲击与不合时宜的修女

"上午十点在教堂集合。"联络人在电话里兴冲冲地通知说,然后给了我纽瓦克老城区的地址。

周六那天早上,天空一片瓦灰,仿佛正阴沉着脸注视着我。我驱车穿过一片以前从没到过的街区。

"美国拥有世界上最好的公路。"记得有个布朗的朋友说。这位朋友是个极富冒险精神的德国人,有年暑期租了一辆车,在西部畅游了三个州。

"美国的道路又直又长,一路通行无阻。"

的确,在我面前伸展着的通往纽瓦克的公路又直又长,养护得很好。情况确实如此,直至尽头拐角处那片遮住视线的几幢高楼为止。转过弯,我就仿佛驶进了另一世界。展现在我面前的是一条很长的下坡路,两旁矗立着未曾粉刷的简陋红砖房。我来到一个宽阔的用水泥砌成的低地,那情形就好像是嵌在大地上的一只巨碗。路面的坑洼和缝隙涂着无数的白道,近看像一个个水平放置的监牢,远观则如一个硕大的跳棋盘。

大致说来,即使在一般的贫穷街区,除了单调的房屋与邻近街区有明显差异外,街上总能见着一两株盆栽,院内有棵盛开的百合,或厨房窗外插一面收拢的国旗。这里的建筑则如死一般单调乏味,仿佛它们的希望完全被褫夺,屋内的生活也与外观一般无二——沉闷、贫穷、幻灭。我看看前面,路上几百米的范围内见不着一个人影。

这儿还是美国吗?我暗自纳罕。这地方的人怎么活啊?

我总算找到了去教堂——视野中那座最高的刷成白色的木制建筑——的路。我顺从地在教堂签到,整个上午跟校友们一道粉刷房屋。

"喂,这边来几位。"一位身穿修女服的老妇人迅速走到我们几个年轻志愿者中间。

"上帝保佑你,孩子,顺便替我把那几件家什带过来。"

我默然无语,其他人则大声说笑。每个人似乎都在强颜欢笑,希望以此来对抗这里的抑郁气氛。我朝四周看看。我们一共有二三十人,我是人群中唯一的黑人。黑人兄弟们似乎都羞怯地躲到纽瓦克幽暗的屋子里去了。

"嘿,你。"我听见有个声音说,但我仍继续粉刷。这块墙皮似乎有意跟我较劲,不管我怎么涂抹,总也盖不住。

"你,年轻人。"说话人仍锲而不舍。我转过身来。说话的是那位年长的修女,一张枯瘦的脸近在咫尺。我看到她明亮的双眼下布满皱纹,牙齿泛黄,脸上却洋溢着天真无邪的微笑。

"到这儿来。请跟我来。"她说话的腔调里带有爱尔兰口音。她钩钩食指,示意我跟她走。我们一同走进这座破旧的教堂。

她的办公室又大又黑。屋子中央立着一张大木桌,桌后的窗户俯临窗外的房屋和坑坑洼洼的街道,桌前铺一张露了线的地毯。可以说,这间房屋的视觉语言实在贫乏:窗上不见有窗帘,桌上散乱地放着些铅笔。屋里有股潮湿的老木头味。光线也不足,好像连阳光也是定量供给的。

"请坐。"她指着一张不大的椅子说。我迟疑地落了座。

"为什么你要来这儿,马克?"她问。她的爱尔兰口音里还夹杂着些许中西部的腔调,语气坚定、明朗。

"我想帮助这些人。"我说。她的问话不禁让我感到有些困惑;我想,这样的回答总该不错吧。

"我明白——我明白——"停了一霎,她继续说,"你这辈子有什么打算吗?"

"我在AT&T有一份职业;我对远程通信有兴趣。"我大声说。

"你跟他们不一样。"她几乎用歉疚的语气说,"你有这么好的秉赋,而且在学业上取得了这样的成绩。"

我点点头。

"你能不能来这儿工作?"我望着别处,避开她的目光。

"你知道,你有能力帮助我们。"

第十三章 文化冲击与不合时宜的修女

不一样。她的话仍在我的脑子里打转。怎么个不一样？我思忖着。

"这儿的孩子们，他们需要人照管。"

我立刻明白了她的用意。说到底，我们是在黑人居住区。乍一看，她的提议未免有些唐突，可她说的不对吗？这些孩子们不正需要一个跟他们一样的人做榜样吗？

"这些人需要帮助。"她说，仿佛一眼看穿了我的心思。

不过她的语气变了。她推心置腹，开诚布公。她又是恳求，又是奉承，这套话仿佛已重复无数遍了，可人家就是无动于衷。我再一次环顾四周。这里的每一样东西都令人沮丧：剥落的墙皮，阴冷、灰暗的天空，破旧的千疮百孔的路面。而首要的是，街道上空空如也。没人想待在这个用水泥筑成的荒漠上。

"我不能。我还有其他事情要做。"我赶紧回答说。

"你能。你可以在这儿待一段时间嘛。"她仍坚持说。

我不想待在这些令人沮丧的东西中间。我希望周围的世界是明亮的、愉快的、积极的和令人振奋的。这地方让我回想起太多早年的经历：那些年月，我们深陷贫困与绝望之中，母亲不仅终日为衣食而操劳，而且常常要面对父亲的暴力。我希望扶危济困成为人生中的一项选择，而不应是一年年将我吞噬掉的陷阱。

老修女足足花了半个钟头，希望说动我留下，许诺工作可以任我挑拣。我不为所动，最后老修女只好放弃。我高兴地回到志愿者中间。她冲着我远去的背影大喊一声，她的爱尔兰口音我总算还能听懂："别忘了我们，马克！"

忘了她？怎会忘了她呢？尽管当年的些许歉疚已不复存在，可有关这次相遇的记忆一直深埋在我的心底。

当时我丝毫不曾料到，这位隐居在纽瓦克蜿蜒曲折的街巷深处的老修女为我指点了迷津，最终使我走出了黑暗。

老修女的教诲很快就派上了用场。

在我供职于朗讯——AT&T设备部的分支公司——的四年里,埃斯特一直是我的师长兼顾问。一次,她觉得我本应被提升却未被考虑,就鼓励我向公司摊牌。我在岗位上干了两年;照她看,我在部门中一直承担最富有挑战性的工作,每次都圆满完成了任务。

"马克,公司机构里总有一股阻力,待人不公。我一直在你的事情上跟他们据理力争;但我想这次你要自己站出来,冲破这种阻碍。我建议你给他们点颜色瞧瞧:要么提升,要么你另谋高就。若是你选择离开的话,我会给你一个职位的。"

那天下午,我走进主任办公室,向公司摊牌。

"我是你手下最好的经理。"我说,"我不能再等了。如果想留住我的话,就把我所应得的给我;否则,下午我就离职。"

先前,我从没像这次把命运掌握在自己手上。我的强硬态度在本部门引起一阵骚动。同事们个个惊慌失措,不住地往办公室进进出出;有几个平日相处得不错的,竭力劝我保持冷静。

"你有点用力过猛。再等等。不能操之过急。"有个同事劝我说。

我还记得数月前埃斯特跟我说的话:

"你这人过于盲目乐观,马克。你让别人跑到前边去了,自己还不知道。"

我一向随性而为,以为公道自在人心。可这回他们没能秉公办事。我坚持自己的立场。主任不为所动。

"等下一年。我保证明年一定会有所改进。"她劝我说。

我离开了。很快,我就在朗讯得到了另一个职位,薪金更高,并获得提升。

从这以后,我就感到应该把职业生涯掌握在自己手中,而不应任人摆

第十三章 文化冲击与不合时宜的修女

布。就像埃斯特说的,要自己来决定。

不过,自己决定同时也意味着要主动接受美国生活的某些方面。

"我们每天都要刻苦自励,奋发向上。"埃斯特告诫我说,"不是仅仅比前一天好一点点,而是要好很多。若不是这样的话,无论走到哪儿,我们都将一事无成。"

不过,我并不像很多美国人那样,拿自己跟他们比。当我跟美国的黑人同胞一样遇到种族问题时,我就告诫自己说:"他跟我不一样,而这就是社会现实。"

长久以来,我一直把白人、黑人、种族主义等等视作非词。依照说话人的身份,这些词语既可能代表一种能量,也可能代表病症。而在我看来,这些词语所指称的是一种永远无法治愈的痼疾;倘若你过分关注它们,只会愈发助长了它们的魅力。

我认为,如果我将每一次失败的原因推诿给种族主义,这无异于显露出自身的弱点。

然而,若拒不承认种族主义——它挟裹着五花八门让人眼花缭乱的礼仪、习惯、态度、手势、谈话的风格——仍在美国人的生活里作祟,岂非愚人?

埃斯特和其他非洲裔同胞让我明白,我要睁开两眼,意识到种族的区别仍在美国社会背后的接缝处显露出来。继续装聋作哑,对身边的情形充耳不闻,视而不见,就像我多年采取的态度那样,那就无异于自毁前程。

我正在学习如何对自己的选择负责,并认识到种族主义就是美国现实生活的一个侧面,就像站牌和星巴克,是真实存在的。它反映在我被拒绝提升一事上,反映在学校文化中,甚至反映在老修女的态度里。如今在新泽西,正像从前在内罗毕。这不仅仅是个观念问题;它就像路面上的坑洼,稍不留意,就会让你的车子转向,甚至可能让你致残,送命。

如今,在埃斯特和其他美国黑人师长的帮助下,我闯荡这么多年,慢慢学会了一些生存的技巧。一句话,生活让我懂得了什么话该说,怎么说；然后，我就干得比所有的人都好了。

或者像非洲裔的兄弟姊妹们所说的：事事比他们强。

不过，他们也是我的一部分。母亲就属于他们；还有外婆艾达、外公乔·贝克——小的时候，我那么喜欢抱外公的大肚子。我不能否认这一点，正像任何一个美国人或肯尼亚人都不能否认我是老奥巴马的骨血一样。

在这个世界上，我是唯一的。我既不把自己看作白人，也不把自己看作黑人。我是黑人，同时也是白人。要是别人单单把我看作这一个或那一个，那是他们的事。没有哪一个种族或文化能够独自占有马克·奥科思·狄善九。无论是在美国还是在肯尼亚，或许在别国也是如此，人们总是透过有色眼镜看我——在斯坦福，我是个黑人研究生；在AT&T，我是个说话带滑稽腔调的混血雇员——而他们对待我的态度也与之相适应。让我难以启齿的是，甚至那些我自以为相交已久的朋友们，他们至今仍基本将我看作一个黑人。我发现，与我到过的任何其他国家不同，在美国几乎所有的人际交往中，种族都是潜在要素。你自然需熟练地掌握他们的语言；可即便如此，你与他们的交往仍危机四伏。

弟弟约瑟夫（前一）和我在外吃饭。他也在美国读书，就业。

第十四章 数字革命,播下反叛的种子

音乐的启示

阿诺德·勋伯格①《钢琴组曲》(Op.11)第一首

1909年,当勋伯格写作这组三首钢琴曲的第一首时,它的历史意义无论怎么说都不过分。这支乐曲在创作上引入十二音体系,这一理论在此后五十年间的古典音乐领域一直占统治地位。这支乐曲我听着有点像瓦格纳,甚至可以说像荒腔走板的勃拉姆斯,其中的不和谐音不断引出新的音符和激情,同时又与传统不无关联。勋伯格的理论有意强调摒除作品的主观情绪。在演奏这支乐曲时,他的严酷的音乐规则由于我的颇具主观色彩的演奏大打折扣;与此相类似,激情总是躲藏在个性的深部,随时都有打破宁静生活的危险。

1998年,变革已箭在弦上。比尔·克林顿遭众议院弹劾。战火在阿富汗点燃。伟哥让老夫老妻重温旧梦。随着新千年的到来,因电脑的普

---

① 阿诺德·勋伯格(1874—1951),二十世纪美籍奥地利作曲家、音乐理论家,无调性音乐的主要代表人物之一。1933年,纳粹上台后移居美国。勋伯格首创十二音体系的无调性音乐,与学生贝尔格、韦伯恩被合称为"新维也纳乐派",即"表现主义"音乐流派。《钢琴组曲Op.11》为自由无调性音乐,是勋伯格从有调性音乐走向无调性音乐创作过渡时期的作品。

遍应用而隐伏的千年虫害①已迫在眉睫。不过此时此刻,最大的战事恐怕要算全球在数字化方面展开的比特、字节之战。而这场战役的成败利钝,全赖你在信息高速公路上能否占得先机。

上世纪的整个九十年代让人欢欣鼓舞。芯片和存储器以日新月异的处理速度和强大功能把信息传输技术远远甩在了后面。多年来,电话、电脑一直靠铜线连接,如今要被前景无限的无线和光缆通信所取代。数据和通信已实现无线传输,其前景正像互联网一样抓住了普通民众的想象力。具有革命意义的迷人的信息高速公路正在勃兴。

数以亿计的钱财源源不断地流入这一新兴产业大佬们的腰包。华尔街对金钱的贪欲是无止境的,正像消费者对信息的贪欲无止境一样。无论是谁,只要你有本事管理和控制信息,你就走在了通往无量数的财富的道路上。消费者也有所收获:他们由此可以获得更多的信息,而可供选择的各种生活方式也是人类从前难以想象的。超星比尔·盖茨、史蒂夫·乔布斯抓住了普通民众的心;不过,最具实力的玩家则躲藏在这些色彩斑斓、炫人眼目的电子、光子的帘幕之后。它们是AT&T、太平洋贝尔②、威瑞森③等超大公司;尽管受到美国政府的严格限制,这些超大公司仍算得上经济领域的巨子。朗讯、北电④、阿尔卡特⑤及其他一些设备供应商和软件商,则在为超大公司出售产品和提供服务方面竞争激烈。

不久,我的生活就处于了电信行业的中心位置:光缆通信。

要传输同时发生的一百万次对话,只需一根头发丝粗细的光缆就够

---

① 千年虫害,或称电脑千年危机。上世纪六十年代电脑发展初期,因存储器成本较高,编程人员当时便采用了两位十进制表示年份,直至世纪末人们才注意到电脑将无法正确识别2000年及以后年月,由此在新旧世纪之交曾一度引发全球性的所谓"千年虫"恐慌。
② 太平洋贝尔,美国加州的一家电信服务商,是AT&T的全资子公司。
③ 威瑞森,美国最大的本地电话公司和无线通信公司,和全世界最大的印刷黄页、在线黄页信息提供商。
④ 北电,加拿大著名电信设备供应商,总部设于安大略。
⑤ 阿尔卡特,法国通信公司,创建于1898年,总部在巴黎。目前,阿尔卡特有员工近十二万人,业务遍及世界一百三十多个国家,在语音、数据和多媒体信息通信方面处于世界领先地位。

第十四章 数字革命,播下反叛的种子

了。这就是光缆通信技术,前景实在无可限量。一根光缆便可将信息传递出去,比笨重的铜线快捷得多,也准确得多;倘若再与无线通信技术相结合,信息传输能力大得实在惊人。远程医疗便是通过视频将相隔半个地球的医生与患者连接起来;网上点播电影可以把世界上成百上千个多媒体图书馆连接起来;玩视频游戏的人相互间远隔重洋,却可以在互联网上对垒。

由光缆传输的信息高速公路可细分为无量数的通道,每一通道都为一位客户传输一份特定的视频、音频或数据信息。不同的信息公路,其传输速率各不相同,并在不同的级别上由管理人进行疏导。客户可以依据网站所提供的传输速度、安全性及保密程度付费。这就是众所周知的由经营者进行管理的波段,这是个崭新的激动人心的领域。

我丝毫不曾意识到,这东西居然也左右着我的未来。

一天,我正在家办公,电话铃响了。

"请问您是马克·狄——莎——"

"我是狄—善—九。能帮您什么忙吗?"

在我的记忆中,人家一遇见我的姓狄善九(Ndesandjo),无论是发音还是拼写,都很成问题,已见怪不怪了。人们通常在撞见前边那个不发音的 N 时就绊住了,更别说最后一个音节里的辅音 d 和 j 了。以前读中学的时候,班里的淘气鬼叫我班卓①,是这位仁兄将音乐与编写打油诗的脾性相结合的产物。

打电话者极力怂恿我加盟亚特兰大的北电,说"有人"推荐了我。我答复要考虑一下,但心想事情大约到此为止了。

可不久之后,有更多的猎头公司向我推荐了一些面向全美招聘的岗位。这些年来,我一直在不断地积累经验,技术也日臻娴熟;尤其在营销

---

① 班卓,一种很像吉他和铃鼓的弦乐器,有四弦或五弦,大约在十七世纪奴隶买卖盛行的时代由非洲传入美洲。通常,用班卓琴演奏的音乐具有乡村情调和民歌风,现多见于蓝草音乐及传统爵士乐中。

策略方面，我在不知不觉间已成为了这一行业的抢手货。

电话来得不早不晚。我正打算另寻他途。在营销部的发展方向上，我与朗讯的部门主管意见相左，如今两人已闹得势同水火。我前往亚特兰大接受面试。

在北电的驻美总部，那人坐在椅子上不停地动，就像一根带电的导线。他每隔一会儿就用细瘦的手指捋一下浓密的头发，或紧张地扶一下无边眼镜。他向我介绍了这个岗位的情况。

"为什么是我？"我问。

"你对我们这个行业十分了解，可以领我们上路，就像福音传道士。"

福音传道士！又说到了宗教。开始是那个老修女要我留下，如今这一位又提什么福音传道士，好像每时每刻都有先知、弥赛亚一类人物在头顶上盘旋，随时准备对我的灵魂发出召唤。

罗伯是加拿大人，成年后他将自己的一大半生命都奉献给了北电。在加拿大的这家超大电信公司里，他是最年轻的主管之一；他精通技术，也懂得如何营销。罗伯既是传道士，又是外交家。他为人低调，又是极好的工程师，无论是钻实验室还是出席董事会，都能应付裕如。我后来听人说，他对雇主忠心耿耿。我估摸北电这么想挖我，我的身价也许值一个工商管理硕士学位。

罗伯满口应许；他保证说，他打算在我身上"下一注"。

为此，他替我上下疏通，说服公司出资让我在埃默里大学读兼职高级工商管理硕士，并立刻以六位数的年薪聘用我。北电替我购置了房子；于是，我迁居亚特兰大。

这是我在美国公司里做出的一项最让人高兴、获益最丰的决定。我至今仍保持着与北电的联系，他们的热情以及开放的心胸一直让我深受感动。

"你做得太棒了。公司需要十个像你这样的人。"罗伯经常这么对我说。

第十四章　数字革命，播下反叛的种子

自从我来到美国，我是多么渴望得到这样的鼓励啊！

~

许多大型公司，还有相当数量的中小公司，尽管大都组织严密，但它们往往因某些技术方面的问题而使自身受到削弱，它们忘记了顾客（或顾客的顾客）最关心的三要素：价钱、速度和质量。如果哪个公司能够向顾客提供低廉的价格、快捷的物流以及上佳的质量，那么，它就拥有了市场。然而，那些握有实权的工程师们无论是在办公室还是在自己家，他们常常疏于从普通消费者的角度去思考问题。比如通信领域的新秀思科①，他们本能地懂得顾客的这一需求，从而赢得了市场。与此相反，许多公司只把两眼盯在直接客户或分销商身上，因而使自身陷入窘境。后来我常常发现这一问题在某些区域经济中显露出来，如在中国，他们往往囿于品牌战略，并由那些具有工程师背景的资深管理者主导。关键是主管人不仅要懂得实验室中的线路，还应懂得董事会的决策以及消费群体的热情所在。

在管理上形成一个清晰的理念，并使之瞄准特定的目标市场，这一能力是很难掌握的。大型公司就像一个由交感的、在会议的推动下相互作用来统辖的孤岛社群；如何使这一社群的人们在某一关键理念上达成一致，的确是一项颇具挑战性的任务。不过，这一目标一旦达成，公司就将在市场上展现出一副独一无二的令人振奋、具有良好收益的形象。我一直遵循这几项重要的管理原则，其成效在我的职业生涯中屡试不爽。

当时正处于上一世纪九十年代的技术泡沫高峰。两年后，当我作为高管人员离开北电之时，已协助公司承接了价值三亿美元的光缆通信业

---

① 思科，美国的网络供应商，总部在加州的旧金山。

务。我发表论文、演讲,达到了职业生涯的顶点。

我在埃默里就读的高管课程为我在事业上添了一把力。

根据《商业周刊》的评比,埃默里的高管课程在美国排名第八。我每两周去埃默里上一次课,与同学们一起度过两整天。与其他学校设置的典型的工商管理课程不同,班里的同学都有过几年的从业经历,这让我们的讨论课保持在很高的水平上。无论是分析亚洲金融危机期间外汇兑换所扮演的角色,还是阐述领导者与随从者各自的心理状态,或者解释创造性地打破商业周期的必要性等问题,同学们的表现无不让教授们赞叹不已。在斯坦福,我的重点一直放在不能做什么方面;而在埃默里,我的全部身心都向能力、观念和公开讨论敞开了。我不再是一匹戴着眼罩、只管拉磨的马;我成了一只眼观六路、自由翱翔的雄鹰。

埃默里还将我介绍到亚洲。

工商管理课程到印度尼西亚、马来西亚、新加坡和泰国等地游学,研究亚洲的市场运营。在我从前的历次旅行中,这两周的游学经历意义重大,收获颇丰。

这些国家——包括中国——的经济正以惊人的速度增长。西方国家将亚洲视作撬动整个世界经济增长及投资的重要区域。从最落后的泰国到最先进的新加坡,我们有许多东西可学,如在中国、韩国、日本等国由家庭、朋友和其他社交活动结成的关系网的重要性,以及攒钱和节俭在东方经济活动中所发挥的举足轻重的作用。

一个人生命里的重要时刻总有爱的影子相伴。当我在新加坡走下飞机,热辣辣的阳光直射到脸上,我仿佛感到自己获得了新生。最打动我的是到处洋溢着的那股生命活力,肮脏的街道上涌动的人潮和蓬勃的朝气,可爱的女人,以及无论走到哪儿都能听到的简短的问候。我几乎立刻就爱上了亚洲。

最后一晚,我们来到某座城市。我出了宾馆,沿街走到一家夜总会。快节奏的音乐震耳欲聋。来这儿玩的全都是二十岁上下的年轻人,喝酒,

第十四章 数字革命,播下反叛的种子

跳舞,他们的模糊的轮廓在蓝色频闪灯的映照下时隐时现。我走近吧台,尽管知道自己走错了地方,仍强自镇定。我捕捉到立在几码外的一个年轻姑娘的目光。

她自我介绍说她叫萨莎,还把她的同事招呼过来。"你是怎么找到这地方的?"她们问。确实,满屋子的亚洲人,我是其中唯一的一个黑人。

我在这座城市的第一晚就交到了朋友,这让我感到十分高兴。在她们看来,我身上有某种异国情调的东西,而这是她们的生活里所不具备的。另外,她们见我孤身一人,似乎有些落寞。这里丝毫没有调情的意味;她们仅仅想对我表示友好。

萨莎和她的朋友们全属于白领阶层,在城市的商场或公司从事销售工作。我们相互聊了一会儿,然后,她们在餐巾上写下一个地址交给我。我保证说,晚上我一定去参加她们的聚会。

萨莎的朋友们住在城郊的一幢居民楼里。这座高层建筑如一根乌黑的图腾柱拔地而起,各家窗上映出的灯光莹莹如豆,几乎一点没照亮楼下沉寂的街道。一轮明月高挂夜空,整个城市仿佛沉浸在一片淡淡的白色雾霭中。

我终于找到了她们的居所。这处二居室的房内挤满了人,家具几乎都搬了出去。他们有的站立,有的席地而坐;我一个也不认识。空气中弥漫着一股香甜的青草味。

"你们好!"我向阳台上的几个人打招呼。他们耸耸肩,只愣愣地瞅着我,仿佛我是个怪物。我不在乎。越过阳台栏杆,我看到整座城市的灯火向远方延伸着。我想象着,每一束灯光都有一个与之紧密相连的灵魂和生命。我感到我怀有一种超越这里的人民和城市的成长的希望,它像一条正在迎接我的能量与声音的音乐之河——要是我有勇气纵身跳入其中,那该多好啊!有好大一会儿,我感到年华飞逝,生活已把我抛在了后面。

"吸点大麻,怎么样?"我听见有个声音在背后说。这是我在夜总会遇

见的年轻女性之一。我以前只吸过一次,在布朗。或许是由于我吸食的量很小,我不知道人们为什么会如此大惊小怪;我感到人们对大麻的体验估计过高了。那次也跟现在一样,我希望跟人家交往。我瞥一眼那些瞧不起我的家伙,转过身勇敢地说:"当然可以。"

她递给我一根香烟模样的东西,我猛吸了一阵。没什么了不起。我想。

"你叫什么?我忘了。"她问。

借助房间昏暗的灯光,我仔细打量这姑娘。她的个头比我矮多了,一头乌黑的长发紧别在脑后。若照当地人的标准来看,她的肤色过于白皙;我猜想她的祖先是中国人。她的两眼形如杏核,是黑色而深凹的。她说起话来喊喊喳喳,快得就像蜂鸟扑动翅膀,既有些紧张,又充满热情活力。

"马克。你呢?"

"艾米丽丝。"

我把那支大麻掐在手上,一边在房里转悠,不时吸一两口。一股温暖的情意不由袭上心头;一阵轻飘飘的极乐情绪攫住了我。我朝身边瞧一眼,艾米丽丝不见了。

我极力讨好在场的每一个人;不过,他们谁都不想跟我这个陌生人搭腔。

我猛然感到一阵可怕的孤独;我出了房门,走到楼下的花园里。

"怎么回事?"是艾米丽丝的声音。她追了出来,脸上现出一副焦急的神色。

"我不知道。"我干巴巴地说,"只感到心里非常伤感。"

"我猜想是吸了大麻的缘故。"她回答说。我们坐在水池旁。我见她坐在我的身旁,眼睫毛温柔地扑闪着,两眼闪闪发亮。

"美国好吗?"她问。

"那是个伟大的国家。我有一个家,一份好工作,一辆漂亮的车子;可是,今晚——今晚——"

第十四章 数字革命,播下反叛的种子

让我吃惊的是,我竟然哭了起来。我几乎从没哭过。我不知道自己是怎么搞的;我甚至都认不出自己了。

"我希望被爱。我觉得没有一个人爱我。"我向她袒露说。一股强烈的陌生感涌遍我的全身;我竭力遏制自己,可话语不由自主地脱口而出。

"你会做我的朋友吗?"我问。

"当然会。"她微笑着回答说。

"我能握你的手吗?"

她让我握住她的手。我们手拉手,在池畔走着。

我们交谈了近一个钟头。这没什么难的;她是个陌生人,我猜想今生再也不会碰面了。又过了一会儿,我的心情渐渐平静下来。我打起精神。

"我想,我该回去了。"我抹去眼泪。我感到有些丢人。

她理解地点点头,"我找个人,开车把你送回去。"

"我希望今后有机会再见面。"我说。

"好,找个人来送我吧。"我点点头,然后她就走开了。我在马路边坐着。一会儿的工夫,艾米丽丝和萨莎就开来一辆小车。

"你大麻吸多了。"艾米丽丝说,"我想,你不适合吸大麻。"萨莎同情地点点头。

"我刚才有点失控,抱歉。"

"没事。这种事很常见。"

过了一会儿,她说:"从你的眼睛就可以看出你是怎样的人。"她突然又加了一句,"那些人总是到处渔色。我能看得出来,你是对每样事情都感到好奇。"

她为什么对我如此坦诚?我暗自思忖。然后我想到,我本人对她们就相待以诚。也许正是由于这个缘故吧。

我不想离去。亚洲蕴含着某种新鲜的、与西方截然不同的东西;似乎这里的人们欢迎那些天真、好奇的外来者,甚至对我这样一个古怪的、非彼族类的人也不例外。

我想，总有一天我要来到东方。

回到美国后，我的生活又步入常轨：工作，弹琴，出差。若不是世界发生剧变，我的生活便一如既往，几年、几十年都不会有什么不同。大自然的四季更替是可预见的，而我的人生也有了一个固定模式。然而，很快就要发生的一系列外部事件将它打碎了。

在服务于电信行业的同时，我仍抽时间作曲，录制音乐。在我身上，对音乐的爱好实在难以遏制。图为我录制的三张唱片。

有段时间,我生活在我的美国梦里,一份很好的职业,一辆汽车,一座房子。我还喜欢参与极限运动。

第十五章　战争爆发:我向往东方

音乐的启示

路德维希·冯·贝多芬《热情奏鸣曲》(Op.57)

这张密纹唱片又老又重,播放时还伴有刮擦声,不过,俄罗斯钢琴家斯维亚托斯拉夫·李希特1957年在保加利亚首都索非亚演奏的贝多芬《热情》这支伟大的钢琴奏鸣曲仍使人着迷。像《英雄交响曲》一样,这支激昂的奏鸣曲也创作于贝多芬完全失聪后。全曲以强健、卓异的旋律和有力的线条感表现出鲜明的个性,既是独立宣言,又是一次激昂的情感之旅。第一次听这支乐曲是很多年前我在圣马利亚学校读高中时的一个午后。我期盼早点下课吃饭,不仅想恢复一下体力,而且想趁机去欣赏科马克神父的音乐收藏。午餐时间,我常常坐在科马克的屋里,聆听那些美妙的乐曲。在整整六十分钟的时间里,同学们在外边玩耍,鸟儿在林间歌唱;有些淘气孩子在水箱上刻下自己的名字,以便流传后世;我则在聆听李希特、吉列尔斯[①]、柯冈[②]……心

[①] 吉列尔斯(1916—1985),俄罗斯著名钢琴家,生于敖德萨,1938年获布鲁塞尔国际钢琴比赛一等奖。吉列尔斯在演奏上以"钢铁般的触键"著称,与年长一岁的李希特同被誉为俄罗斯钢琴学派的当代传人。吉列尔斯演奏的代表作有贝多芬的《悲怆奏鸣曲》《月光奏鸣曲》《英雄奏鸣曲》,以及勃拉姆斯的《第二钢琴协奏曲》、普罗科菲耶夫的《第八奏鸣曲》《瞬息的幻想》等曲目。

[②] 柯冈(1924—1982),苏联小提琴学派新一代的优秀代表人物。1947年在布拉格国际小提琴比赛中获一等奖,1951年在布鲁塞尔国际小提琴比赛中再获一等奖。其著名演奏曲目有贝多芬的《小提琴协奏曲》、勃拉姆斯的《D大调小提琴协奏曲》等。

第十五章 战争爆发:我向往东方

醉神迷。那套立体音响做工粗糙,外罩是一只上了漆的木箱,早年那种老式东西,却也由此平添几分雅致情调。木箱有种深沉、醇和的香气,房间经过年深月久的熏染,便弥漫了一股淡淡的老旧的幽香。扬声器经历数十年的岁月,也仿佛是一对明亮、老练的眼睛,见惯非洲星空下的风云变幻。我身处这间堆满各种音乐收藏的屋子,像煞端坐于神龛前的一名朝圣者。

就是在这间冷清、零星摆着几样家具的屋里,我首次聆听了李希特的这张现场录制的唱片。第一乐章惊心动魄。弦乐奏出的一串音符有如出自魔鬼之口,挟着天翻地覆的力量和神圣的怒火。最后一个乐章,尤其是尾声,则有如天启。弦乐奏出的那些挫败的、刺耳的音符摄人心魄,仿佛要将整个天顶掀翻。有人说,岁月悠悠,其中勾魂摄魄的瞬间寥寥可数。对我而言,李希特的演奏便是这样的瞬间。

"一架飞机撞击了曼哈顿的世贸大厦。有报道称,另有一架飞机坠毁于华盛顿特区……"

我记得9月的那天早上驾车去公司,一路在收听新闻广播。在佛罗里达的奥兰多,这是秋日里的一个佳美的早晨。我一边听收音机,一边望着蓝天;我想,不过是个玩笑吧。

然而不是玩笑。这天全国有数千人罹难。两架飞机撞击了纽约世贸中心,第三架撞上了五角大楼;不久,另一架飞机也坠毁于宾夕法尼亚狂风肆虐的荒野。当这该死的一天结束时,有近三千人,其中包括穆斯林、犹太人、基督徒和其他无辜百姓,因相距半个地球的一场冲突而共赴黄泉。

我瞧瞧身旁的其他车辆:它们一如往常,全都有条不紊地行驶在繁忙的道路上。隔着深色玻璃窗,很难看清驾车人的头部;但从模糊的侧影可以看出,他们正极力把身子俯向仪表盘,每个人的心里都被一种紧张情绪充满了。他们也在收听广播,闹不清为什么这个星期二地狱里的妖魔都跑出来了。

来到办公室，就见一小伙人聚集在吊有电视机的小隔间，面部显露出看到小屏幕上播放世贸大厦冒烟的场景所感到的恐惧。

"宰了这些狗崽子！"有人嘴里咕哝说。

我瞧了瞧那张脸，已被恐惧与愤怒扭曲了。又瞧瞧窗外。天气好得不能再好了。当时我丝毫没意识到，我的生活，还有其他千千万万人的生活，就此改观。9月11日，这个无辜众生的罹难日，对许多人——也包括我自己——而言；同时也是催人奋进的转折点。

我被恐怖袭击震惊了。可如今回想起来，这场危机的来临原本是可以预见的。很多年来，美国的外交政策在全球不得人心。但我们就像被关在无窗的铁盒里一般，里边有电视机、游戏机等很多好玩的东西，引得我们两耳不闻窗外事。甚至先前可爱的外婆来肯尼亚看我们，她的话语中也反映出这种文化上的无意识。

"我爱肯尼亚，不过，这里的香蕉上总有瑕疵。"她抱怨说，"在美国，我们的香蕉是金黄色的，完美无缺。"

在办公室的一片寂静中，我说了句："这一事件将改变美国。倘若我们掉以轻心的话，或许情况会变得更糟。"

一位女同事抬头看看我。她是这个工作间我所认识的第一好人，平日总以南方人特有的甜蜜与热情跟人打招呼。她的微笑也极温婉动人。要是哪天喝茶方糖没了，我就常向她求救。自打几个月前来到此地，我从没听她大声说过话。

"你这话是什么意思？"她望着我问，脸上还挂着因电视里的场景而感到的震惊。

"倘若我们不小心的话，政府就会跟发起这场袭击的家伙没完没了。"我解释说，"政府将以此为口实，把自身变得强大起来，进而限制人们的自由。"

"谁会在乎这个。"她说，"这些杂种要是让我们逮着，哼！"

第十五章 战争爆发:我向往东方

由于9·11事件,我们所有人的生活都改变了。同事们几乎立刻就改变了,我也变了;最后,我周围所有的人都发生了改变。此前我刚离开北电;面对一次巨大的人员重组,身边又无良师指点,我决定另谋高就。光缆通信方面的新贵EPIK公司,奥兰多的一家小型供应商,向我提供一个管理人职位,薪资优厚。我怀着惴惴不安的心境离开佐治亚,前往佛罗里达;在我看来,此番南下的确有点登月的意味。

短短几个月,对于生活在美国的人们来说,变化已在不知不觉间悄然发生了。有些东西失去了,也许一去不复返。这与恐惧有关;恐惧无所不在。从前最足以显示这个大国个性的那种常见的乐观主义和充满希望的情绪就此不见了踪影,或深藏在某个隐秘的角落。

我深切地感受到,眼下,美国人正犯下另一种形式的致命的七宗罪。他们已走到急需做出抉择的紧要关头:两百年来为这一伟大国家提供滋养的自由和无往不胜的荣耀感正在受到威胁。爱国主义已成为窥探邻人的口实,尤其是监视像穆斯林等非我族类。我们还未意识到,最近十年来老大哥①把美国当成自家的封地,在网络上用插件来监视公民的行为已达到怎样令人发指的地步。

我们将面临一场永久性的战争。在政府和军工企业的操控下,仅仅依据某些关于不可见的敌人的耸人听闻的言谈,国家的军费开支将呈现连年增长之势,百姓的财力亦将因此而被耗尽。

于是,我们有了2001年的"十字军东征"。我们开始抨击伊斯兰教,以宗教对抗宗教;我们一面宣称宗教中立,一面又出资赞助一些基督教的研习项目。

---

① 老大哥,指独裁统治者,语出英国作家乔治·奥威尔的著名小说《1984》。

企业家们要吃苦头了。由于利益受到侵害,加之政府的审查制度,我们在新技术的开发与投资方面的自由被缩小了。我们正在修改宪法:我们通过了一些苛刑峻法;在极度恐慌的时候,我们甚至试图改变《人权法案》。

最后,我们渴望复仇;与从前相比,我们对他人更加缺乏理解。我们把世界的其他地区视作复仇的对象或工具,而不是将其当作矫正因经济与教育发展不平衡而导致恐怖主义滋生的平台。

因而,我们的经济一团糟也就完全可以理解。而经济动荡又殃及EPIK,我丢了饭碗。手上的钱很快用光了,负债越来越多。我仍可另谋他途,但我清楚地知道,我的未来不在佛罗里达。

就在这段时间,为了矫正视力,我的一只眼做了激光手术。我希望根除二十多年来近视给我带来的诸多不便:走路常常会绊脚,还有隐形眼镜、消毒液、因对不准焦距两手在眼前瞎忙等烦恼。

手术次日,我一早醒来,两眼平生第一次能对准焦距了:一台黑白电视机,头顶上一盏值夜的电灯,以及窗外清凉夜空中的几缕晨光,全都看得清清楚楚。我如今拥有了好眼力,我不知这是否可算作一个具有象征意义的分水岭:看问题的眼界提高了,这有助于我保持清醒的头脑。

就像吉萨的大斯芬克司,展现在我面前的是一个崭新的世界①。我一时心血来潮,盘算弄两处文身,左右两只上臂各文一词:γνωθη σαυτον②,这句铭文曾镌刻于古希腊雅典城邦祭祀太阳神阿波罗的德尔菲神庙。

对我而言,所有这些改变是否意味着生命的转机?我思忖着。

我感到悲哀,甚至有些消沉。几个月的时光匆匆过了;无论在家还是

---

① 斯芬克司又称狮身人面像。古埃及留下了许多狮身人面像,通常为人们所熟知的是坐落于开罗西部吉萨区的大斯芬克司。这座雕像产生的年代说法不一,一般认为建造于七千至九千年前,在历史上曾被沙土埋没,后被人从沙土中挖出,几经修整。作者此处用大斯芬克司作比,意在说明手术之后眼前的世界面目一新,如同大斯芬克司被人们从沙土中挖出,重见天日。

② 这句铭文的意思是:认识你自己。

第十五章 战争爆发:我向往东方

在公司,也无论做什么事,我感到自己越来越疲沓。我记得听人说过,人在三十岁的时候,灵感即将枯竭。我决心逃避这种中年遗忘症。我从前一直发奋有为,职业和挑战就是一切。如今,我感到自己遭遇了失败。生命的意义仅此而已吗?我扪心自问。

我感到一种日益增长的恐惧。我常常在单调的四壁和蚊虫的逼迫下逃到屋外;这些蚊虫将你重重包围,用防护网或喷洒成吨的杀虫剂也无济于事。我逃出鸽子笼式的家——为了阻止鳄鱼的入侵,附近的几处水池都用金属防护网盖住了——驱车走很远,到4号网站去消磨时光。在佛罗里达这只大水盆里,人类才是入侵者;甚至在海滨,那些游泳者和冲浪者也闹得水里的鱼儿和鲨鱼们不得安生。在这里,生命之流来了,又去了;交会了,又四散了;生命甚至在时间上和空间上彼此交集。我常常驱车在海滨走很远的路,不见有一个人影;我停下车子,在蔚蓝的海水中游一会儿泳,偶尔还借来冲浪板玩一阵。只消一会儿的工夫,我就可以让自己的生命消失在这片海水和沙滩之间——沙滩光洁得如同泡打粉;你行走在沙滩上,脚趾下会传来如同硬币一般的贝壳碎屑的吱嘎声。

到处都在变,我自己也在变。我一直在寻觅着什么,而危险的突然降临则可以部分地满足这一心理需求。在佛罗里达的最后几个月,我从游泳到冲浪,再到风筝冲浪,变着花样玩儿。我的冲浪教练里克是个二十几岁的小伙子,身材瘦高而黧黑,走路安静得像是在狩猎。他说话的一大特色便是不拘一格,诸如"甜美的冲浪""你懂我说的""吓死人"等等,俯拾皆是。

我还记得9·11之前那个周末的一课。我们正在海滩上站着,有股强风突然把一只风筝①滑翔伞刮到我头顶上几百英尺的空中,在正午的强光下飘得几乎看不见了;在墨西哥湾暖流的冲击下,拴住伞的钢缆绷紧了。

---

① 这里所说的风筝,是用于冲浪运动的类似降落伞一样的东西。借助风力,这种大风筝能把人带到几百米的高空,人就会像鸟一样在空中飞翔。

"小心!"里克大喊,"钢缆能一下把人割成两半!"

我猛然收回注意力;就在这当儿,另一股强风也将我带到空中。它倏然而至,快得让你一下失去了控制;你突然之间便与死亡相遇了,可你仍然活着。我的目光——如今视力也恢复了——扫视着漂浮于碧波之上的温柔浪花。一群群海鸟在高空强烈的气流中穿梭。在蓝天白云的映衬下,这些海鸟仿佛是些飘浮于空中的黑色碎片,而对下方熙熙攘攘的人群及建筑毫不在意。

我也祈愿自己能像鸟儿一般翱翔;至于是向上还是向下,我似乎也一点不在意。这种与探寻的危险相伴而至的自由益发令人神往。我决定恢复几年前尝试过的运动:高空跳伞。

我记得有个周末,我的人生差点就此了结。着陆地点是内陆的一片再普通不过的荒野,其间零星点缀着几排白色的机库,唯一的邻居便是一处政府设置的伞兵机构。有几个漂亮的年轻女性在享受日光浴,还有几个不时在办公室进出。

在我把整套行头穿在身上的当儿,队长鲍勃一直面带微笑。他身材矮小,但肌肉发达,唇上蓄着大八字须。他还是这片跳伞区域的所有者。

"我们是高空跳伞的先驱。我们发明了许多特技,包括串联等表演。就在这地方。"他满怀自豪地说。

我们从一万一千五百英尺高空跳下,以每小时一百二十英里的速度下落。

跳出机舱时,我面向前方,瞥见飞机沿对角线方向飞走了。气流震耳欲聋的轰鸣声和失重感紧紧包裹着我。此时,我脑子里的所有杂念全都忘得一干二净,只专心品味这种美妙的急速飞行与降落的双重感受。风抽打着我的脸,以最大强度向我吼叫着。在急速降落的同时,我向右伸展手臂,飞离了队长。当鲍勃从我面前飞过,我看见风在猛烈撕扯着他的两颊,可他的脸上依旧挂着微笑。

这时,发生了一件奇怪的事。当初我看到的那片广阔的大地正笔直

第十五章 战争爆发:我向往东方

向我冲来,我身体的每根神经都在向我大叫,让我拉伞绳;但我不想。我的脑子里偶然闪出一个念头。

要是我就此了结,有人要去保险公司填写不少文件呢。

我无所畏惧,尽可能地拖延着。气流在我的耳边大声吼叫,不亚于一架正在起飞的波音747。我直面死亡,但我感到自由自在,生机无限。

在降落到距地面不足四千英尺的时候,我把身体转向左方。至少还能自由降落四十秒钟。我看了看高度表,已过了三千九百米这个危险点。我一下警醒了,拽一下伞绳,降落伞顺利张开。我以疯狂的速度旋转了几周,全身感到一阵轻快的眩晕。我笨拙地摔在草地上,高兴地跟队员们拍一下手,发出一声叫喊。

此后有很长一段时间,我一直在琢磨我为什么没早点打开降落伞。我的生命就那么不值钱,以至我竟如此拿生命当儿戏?很久以来,我从一个职业换到另一个职业;就像从一项极限运动跳到另一项极限运动,我在不断地抓住机遇,就像一只没头苍蝇在乱冲乱撞。我确实命该如此,仍要继续这么乱冲乱撞下去吗?

几天以后,我找出一盘外婆弹琴的录音带。如今,外婆已去世十五年了;这是一盘黑色的TDK牌小型盒式录音带,黄色标签上草草写着"艾达"两个字。录音带上录制的是乔普林①、肖邦、胖子沃勒的一些音乐片段,是艾达用她那特有的轻快、蹩脚的节拍演奏的。乐曲像一道阳光,冲破黄昏的迷雾。就像里尔克在一首诗中所言:

你必须把你的生活改变②。

我开始自省,把目光转向了东方。

---

① 乔普林(1867 或 1868—1917),美国黑人作曲家,散拍乐曲(一种多用切分音法的早期爵士乐)最重要、最具影响力的代表人物,作品有《艺人》《一分钟圆舞曲》等。
② 引自里尔克《远古阿波罗裸躯残雕》,绿原先生译。

我记起几年前在新泽西与那位老修女的谈话。时至今日,我仍能听到她的叫喊声:"别忘了我们,马克!"

我意识到,眼下,我获得了宝贵的自由。我有几个月的时间考虑我的人生。我肯定不想走回头路。我仍不知我到底要干什么,但我知道,我要像新泽西的老修女一样去帮助他人。我满心想从事一种正当职业,或许要借助我所掌握的音乐来实现;我还能以此来治愈我身上的诸多自私的毛病。尤为重要的是,我希望能从事我所喜爱的行当,我的心也应为此而跳动。

问题是我去哪儿。然后终于有一天,我找到了问题的答案:

去中国。

要说明我的这项选择,可以举出很多理由;不过,我总能听到有个声音在说:居然选择了中国,太愚蠢了。

朋友和同事们听说了我的选择,都感到有些困惑不解。他们说,这实在有点不大符合我的性格。但我必须撬动心头的恐惧,赶走这种疲沓感。我必须从远离美国、远离肯尼亚的某地有个新的开始。我开始严肃地考虑剃去长发,去中国远足的问题。

"那里的厕所令人难以想象。"有人劝我说,"你要有心理准备。"

另一些人知道我是个素食者,惊慌地望着我说:"中国人什么都吃;像蛇啦,蝎子啦,没他们不吃的。你简直弄不清饭碗里会有什么。"

的确,去中国远足的念头让我有几分胆怯。一天,有辆漂亮的保时捷在我面前疾驶而过,我一时间心生嫉妒,不免感到有些懊悔。我先前不是打算要买这个吗?我承认,我当时确实担心会有所失。我还有账单要付,还有抵押贷款。然而,我要打破眼下这种起起落落的交替循环,让自己的生活来一个根本转变。我不想再让银行和公司继续左右我的人生。慈善和文化是第一位的,其他事情只好让路。一位好友去了印度,加入了那里的济贫院。他有次对我说:去追随你的心灵;只有如此,你才会成功。

中国也有句俗语,叫作:

第十五章　战争爆发:我向往东方

　　　　走自己的路,让别人去说吧。

　　我开始思考这个问题:我即将面对的这一切对我来说意味着什么。我从没料想到这次冒险竟使我陷入一种赤贫境地,也不曾想到要去接受另一完全不同的文化。我也曾预料到孤身一人去陌生的国家可能遭遇的种种危险。或许,我这种貌似勇敢的行径源自无知。我从未有过自己的生命受到威胁的体验。死神——戴维的遇难除外——从不曾与我谋面。我仍保持着年轻人的那种乐观精神,并因自己的天真而百物不侵。

　　我祈愿置身于一个陌生的地方,从而使自己获得新生。

　　就这样,我知道自己要去哪儿了;但仅凭手上有限的资金,如何成事?晚间,我常常去Borders[①]一类书店消遣,一边读书,一边喝咖啡。一天晚上,我正在杂志区浏览,看到身边的椅子上放着一本大红封面的期刊,上面"海外"一词立刻引起了我的注意。期刊里有篇文章讲到去中国当老师的情况。不久之后,我就被这一计划录用了。我将要去深圳——中国大陆的一座邻近香港的城市——做一名英语教师。我会有一份不多的薪水,食宿由校方提供;尤其重要的是,我可以由此进入被称作天朝上国的中国大陆。

　　我的真实目的,是去中国创立一个救助那里的孤儿的项目。

　　扶助儿童,这在我的家族中是一以贯之的。当初,艾达就曾用钢琴帮助孩子们学习音乐。母亲开办了一家幼儿园,已经营多年。甚至在科盖洛,老奶奶莎拉·奥巴马也创办了一所孤儿院。如今,轮到我来扶助那些贫困儿童了。我以前也曾为儿童捐款,周末去做义工;但这次是要干一个大项目——我要全身心地投入到这一事业中,彻底改变我的人生。

　　我拟订一个"交给"计划,希望在美国募集捐款,以此来扶助中国的孤

[①] Borders,美国的一家图书零售巨头,近年因网络购书的兴起而破产。

儿。我要策划一些演出活动,借以募集用于帮助弱势儿童的资金。我打电话给斯坦福和布朗的校友,甚至还联系了盖茨基金会。人们热心地给了我一些建议,但没人肯掏腰包,甚至连一项切实可行的方案也不曾提出。盖茨基金会似乎只与大型公司和托拉斯接洽,而不针对个体志愿者。到了最后,我只空忙一场。

绝望中,我尝试采取向公众募捐的形式。离开奥兰多之前,我联系了《奥兰多哨兵报》的一名记者,她对我的计划能否成功表示怀疑。"你离开了EIPK,为什么?"她问,"你在那儿只干了七个月他们就让你走人,他们必须补偿你一大笔钱才对呀。"

然后,她连口气也没喘,接着说:"至于你的扶助孤儿计划,倒是个不错的主意。但仅此而已。"

尽管屡遭挫折,但我不想就此止步。动身去中国前,我把汽车卖了;几样最珍贵的物品交由朋友保管,其他如钢琴等物,我就找一家仓库寄存了。离开那架钢琴让我心痛。许多年来,它一直是我至近的朋友。我最后一次抚摸它那冷峻、光滑的棕色漆面,不知何年何月才能与它重聚——倘若还有重聚之日的话。我安慰自己说,如果干不成事,我很快就会回来的。然而在内心深处,我知道,此次远行我要洗心革面,彻底改变自己的人生。我的生命正走上一条崭新、光明的道路。不久,我便将置身于数千英里之外。至于要去多久,我心里还是茫然无知。我不知道中国即将成就我的未来,更不知道我无力改变中国,倒是中国改变了我。

第十六章　中国：天朝上国

音乐的启示

《浏阳河》（民间小调）

　　钢琴变奏曲《浏阳河》源自中国腹地湖南的乡村小调。它的曲调优美、活泼，我第一次听到它，立刻就喜欢上了这支乐曲。我在中国的历次演出中，有许多观众与这支乐曲产生共鸣。后来我才惊讶地发现，这支乐曲在上世纪的五六十年代十分流行，是由于人们曾用它来颂扬毛泽东的丰功伟绩。不管怎样，抛开歌词不谈，这一民间小调所使用的是超越意识形态、具有普遍意义的音乐语言。在学习的过程中，我采用了王建忠的改编本；后来，我又有了自己的改编本。这样，通过这支乐曲的变奏，我的阐释反映出中国的变革以及她的魅力，而我的人生也将获得一个崭新、动人的远景。

　　"中"字由一个圆和一条从中央穿过的竖线构成；自从封建时代起，这个字就表示中国位于世界的中央，而皇帝便是人世间的神圣代表。
　　不过在我看来，"中"字不仅具有艺术美，它还代表了某个即将成为我的宇宙中心的地方，而这个地方便是我的家——那里的人们与文化令我自新，并为我提供了一个重新考虑我的生命意义的平台。

我怀着惴惴不安的心情飞抵香港。我即将从香港进入中国内地，前往深圳，最终跨进共产主义中国。前途殊难预料。

他们是否会准许我看电视、电影？我需按规定穿某种特定的服装吗？警察会盯梢吗？我能找女朋友吗？在我眼里，这是个包裹在重重迷雾里的神秘国度；就我所知，这里的每个人都穿毛时代的绿军装，而那些好奇的老外不免要被送去坐班房。我即将跨入一个未知世界。

"深圳是个宜于生活的城市。"起程之前，主持英语教学计划的主任告诉我，"这地方终年气候温和，靠近香港，官方说普通话。深圳还是个移民城市，你在那儿将会遇到来自中国各地的居民。"

他的话给了我不少安慰，可我仍旧做好了应对一切情况的准备。我毕竟玩过高空跳伞，从几千米的高空往下跳。我曾驾驶老旧的汽车在肯尼亚的道路上乱闯，还曾近距离面对狮子，近得连相机都失焦了。好在我仍拥有年轻人的信心与质朴，尽管我时年三十六岁，不算太年轻了。

讲授英语并非我前往中国的首要原因。我对做一名拿工资的教师没多大兴趣。尽管这一职业对我了解深圳中产阶层的生活有一定帮助，但我知道，这一工作我顶多干几个月。我最大的心愿是要帮助孤儿、学习汉语，而且要经商，挣到足够的钱付账单。

在香港过了一晚，我进入著名的罗湖口岸，数百万人便是经此踏上中国内地的。

在经过粗暴的边防警察的盘诘后，我拖着行李箱进入一个类似巨大的用水泥铺成的越野障碍训练场和洗车场之间的十字路口。场地上横七竖八地停满了车辆，一直堵到门口；上下往来穿梭的警察、出租车司机以及数百名旅客构成一道道无穷无尽的斜面,很像出自埃舍尔①笔下的一幅由中国人组成的镶嵌画。到处是电线杆、立柱和雨水。深圳简直像个张大的热烘烘的嘴巴,而我已经被含在嘴里了。

中国已向这个城市输送了大量资金、人口和基础设施。走在这个仅有二十年历史的新兴城市的街道上,你看到的是一个志存高远的地方。入夜,崭新的会议中心有如波浪一般的曲线向整座城市泼洒着金色、白色和橙色的光,地铁飞速穿行于城市的地下,从清晨一直忙碌到很晚。高耸的银行、医院窗户如镶嵌了宝石,在夜空中熠熠闪耀。所有这些都在向世界大声疾呼:瞧瞧我!

在所有这些钢铁和大理石、水泥、砂石和泥土,亚麻和数不清的蜂窝电话,甚至在从简陋棚户构成的城镇流向河流的污秽和垃圾中,在贫瘠的小卖部、充满痛苦和绝望的工人宿舍,都蕴藏着无可怀疑的希望与梦想的洪流。人们相信,不仅发家致富是件荣耀的事,而且勤奋工作总是会有回报的。

在中国,没有什么人比深圳的工人更勤奋了。他们通常一天工作十四至十五个小时,每周工作六天。他们每天一早四五点钟就开始工作,而这个时候各种汽车的声响也在缓慢地增强;直至工作到晚上九点甚至十点钟,方才停歇。从罗湖口岸崭新的航站楼到世界之窗主题公园,从深圳大道到红荔路,从福田区到宝安区,他们每日如洪流一般来回奔忙着,追逐着财富。从早到晚,一个城市的醒来、狂奔、小跑等等嘈杂声从每一座高层建筑的门窗中飘出,劲头十足。中国的嗓门实在大;她不是偶尔喊一声;相反,她在持续不断地用沙哑的、威吓的嗓音大喊大叫。

看来要弄懂这个乱糟糟的城市,还需花些时间。在离开空港的路上,

---

① 埃舍尔(1898—1972),二十世纪荷兰别具一格的绘画大师。作品多以平面镶嵌以及不可能的结构、悖论、循环等为特点,从中可以看到对对称、双曲几何、多面体、拓扑学等数学概念的形象表达,兼具艺术性与科学性。主要作品有《昼与夜》《画手》《重力》《相对性》等。

我已稍稍领略了一些中国人的好奇心,以及驾车的礼节。

我打了一辆红色捷达出租车,正在赶往宾馆的路上。我要去那儿跟深圳外国语学校代表碰面。

"你从哪儿来?"年轻的、面色红润的司机半扭过身子,瞅着我。我很快就明白了,所有的出租车司机都喜欢问这个问题。

我听懂了他的话,并用一种刻板的风格作了回答(这时,我已掌握了一些常用短语)。

"美国。"我回答说。

"谢谢。你来中国多久了?"

我不明白他为什么要谢我。

"我刚到香港。今天。"费了挺大劲,我才蹦出这么一句。我努力回忆着写在练习本上的短句。

"深圳很干净,很漂亮。"他使劲点着头,突然用带有浓重口音的英语说。

"其他地方实在糟糕。"他继续说。

"注意!"我打断他的话,大喊一声。

我瞧见个新奇玩意儿在高速公路的单行线上逆行,朝我们这个方向冲过来。这东西前部很像杂七八凑的摩托车,后部拼上一辆木制的平板车,车上摞了一些纸板及其他杂物。摩托车的单座上居然坐了两个人。驾驶员的两脚奋力踩着脚踏板,车子全速朝我们冲来。顺行车辆一时受阻,大家既愤怒又无可奈何地摁着喇叭。

"他在逆行。"

我不记得当时我的汉语有这么顺畅;但这没什么要紧。司机一点不着忙,他灵巧地从这辆摇摇晃晃的怪物车旁绕了过去。他的一张黑黢黢的脸从反光镜里对我瞧了半天,然后耸耸肩,大声说:"没事。你的汉语说得真棒!"他朝我翘翘大拇指。

这个驾驶怪物车的小贩和我们的反应,以及诸如此类初看起来无什

第十六章 中国：天朝上国

么紧要、鸡毛蒜皮的小事日积月累，便透露出当代中国及她的新兴城市深圳所包含的复杂性，即这些现象确实明白无误地显示出她的先进与落后之间横亘着的一条鸿沟。随着我们谈话的深入，我意识到这位司机很为深圳感到骄傲，尽管朋友们认为这是个没有文化的移民城市，而许多外国旅客则仅仅将其视作前往上海或香港的不值一提的中转站。

如今，这里寂静的湿地和乡村已摆脱旧王朝的统治。秦朝覆亡了，便有汉朝兴起；汉朝衰落了，很快就建立起唐朝；唐朝亡了，又有宋朝、明朝；然后就到了毛时代的人民共和国，或称为新中国。几千年来王朝更迭，战乱频仍，而深圳的红树林依然静静地站立在海滩上，它们的坚实的树干如蛇一般盘曲着从泥土中长出，万古如斯。

自从二十世纪七十年代后期以来，在卓越的领导人邓小平改革开放政策的引导下，中国发生了天翻地覆的变化。1982年8月的一天，他站在深圳渡口，眺望青翠的莲花山和河岸上宁静的渔村，宣布："我们要在这儿建起一座城市。"

仅仅几个月的时间，这座城市就破土动工了。

一时间，深圳几乎成了全国上千万人汇聚的中心。他们来深圳淘金，寻找人生伴侣；不过，他们大多是借以摆脱家乡传统势力在社会和经济上的束缚。深圳与香港这个国际化的贸易港口相毗连，因而，它还是外国人进入中国内地的第一站。他们在这儿看到的是如雨后春笋般出现的污染环境的垃圾小镇，以及犯罪、卖淫、过度发展和无情的资本主义。相反，我则看到了繁荣、财富和促进文化勃兴的摇篮。

就在邓小平讲话数月后，有几位德国来访者也说了类似的话："时间就是金钱。"

邓小平的讲话成为深圳人的信条：

　　时间是金钱，效率是生命。

1982年早些时候,这句名言被高高树立在了蛇口工业区,成为这一城市的同义语;"深圳速度"是另一个流行的说法。深圳一贯如此,建于1984年的深圳国际贸易大厦,其施工速度是三天起一层。

在深圳的街道上,保时捷、宝马跟柳条编的畜力车挤在一道,佛教徒在高档商贸中心悠然出入。每到周日早上,就有老人在人行道上唱京剧,或练习书法。在华城北和爱华路,小巴一面躲避着路上的水洼,一面死摁喇叭;而坐在公车里的工人、民工则用方言大声拉着家常。川妹子一个个撑着油纸伞,小心呵护着她们的花容月貌。温州、杭州的老板们一边对着手机大喊大叫,一边从车窗里往外吐着黏痰。老太太任由孩子们在树丛间和沟渠里爬上爬下地玩耍,不时将婴儿倒抱起来,瞧瞧屁股上是否沾了屎尿。

深圳的晚间则是专属于情侣们的。他们一对一双手牵着手,用一种中国人特有的缓慢的走路方式无尽无休地在马路上溜达。移民们用各自的传统和方式将深圳改造成自己的家;如果将深圳比作蛛网的话,那么,他们的记忆所承载的五千年华夏文明便是编织这巨大蛛网的一根根游丝。

司机把我放在了地标宾馆。深圳的西式建筑很像一层薄板,尽管香港、日本的开发商绞尽脑汁,总难掩饰这一中国城市的本来面貌。穿过宾馆的镶金大门,我走进大堂,在一应簇新的设施背后,到处可见当地人时刻在观察、品评的目光。没一会儿工夫,项目常驻中国主任艾米·贝尔及其助手科兰尼特出来迎接。艾米是个四十岁出头的女人,身材粗壮,一头浓密的红发飘散在她那张友好、多变的脸颊旁。她忠实地尊奉孔夫子的教诲,一位绅士(当然也包括女士)当讷于言而敏于行。因而,尽管艾米乐于交际,却很少透露自己的真实想法。

第十六章 中国:天朝上国

科兰尼特年纪轻些,一头黑发,几乎时刻处于自己宁谧、安详的沉思中,仿佛一心两用,她的部分生命仍栖居于遥远的故乡。两个人全都暂且将美式生活搁置一旁,直至她们在中国的冒险经历结束为止。在促使我适应中国的新生活方面,两个人的确颇多助益,我对此深怀感激。

我们乘出租车前往外语学校,深圳的一所年代最久、声誉最好的中学。从车窗望出去,可以看到各式面馆、微型便利店、垃圾遍地的街巷,推销按摩的小贩,"DVD! DVD! 大片!大片!"的叫卖声不绝于耳。红色充斥着城市的各个角落:红色标志物、红布、红流苏、红灯笼,不一而足。就像每个中国人的胸膛里都隐燃着星星之火,象征封建王朝、具有强烈政治寓意的红色已牢牢印刻在全体国民的灵魂中,永不磨灭。

与一条繁忙的大道和一处大型购物区仅相距咫尺之遥,外语学校的校园内则是另一番天地,这大约是由于道路两旁的一株株浓荫密布的巨树隔断了市声的烦嚣。

墙内,校园中央是一个巨大的广场,四周是六层建筑的教室和宿舍。外教每人一套单元房。我把行李拖进我那间简单的工作室之后,艾米就将我介绍给学校的老师们。走过校园时,身穿蓝白格子校服的学生们围了上来;一位身材矮小、苗条的中年女性走到我面前。她身着黑色紧身套裙,透过鼻梁上的黑边眼镜隐约可见她的一双敏锐的目光。她伸出手。

"你就是马克吧。很高兴你加入我们的团队。"

"胡老师是我们高中的一名英语教师。"艾米插话说,"最好的教师之一。"

胡老师微微一笑。她说简洁的英语,多用缩略语。"明天下午能否在我的班上讲一课?很想有机会跟你学学。"

"当然可以。"我说。她的话我听了大觉受用。

胡老师微笑着走开了。艾米用一种古怪的神情望着我,说:"你明白她这话的意思,对吧?"

"这人的确不错,不是吗?"我说,"我要好好在她的班上讲一课。"

"不能那么干,马克。"她一脸狐疑地摇摇头,说,"他们是想借这个机会观察一下你。"

于是我立刻就明白了,跟所有的外国人一样,我在他们眼里将是一个稍具魅力的持久的观察对象。我们这些老外的衣装、相貌如此不同,仅此一项便会勾起他们无穷无尽的兴趣。

第二天,胡老师的班上坐满了十几岁的孩子,他们全都低着脑袋,那模样就像是在用心观察木桌表面。校长、胡老师及另外四名教师挤坐在教室后面。

"我叫马克·狄善九。我们用英语来讨论一些问题。首先,我想认识一下你们各位。我想问你们为什么要学习英语,你们生活的目的是什么?谁先说?"我问。

有些同学饶有兴致地抬起脑袋,另一些则紧张地瞧瞧我,又瞧瞧后边的各位老师。少数几个人仍低着脑袋,继续凝视着木桌的纹理。没人举手;于是,我又问了一遍。

几个女生茫然地望着我。又过了几秒钟,有个女生举起了手。

"我叫……我想学英语,因为……希望有能力跟外国人交流。"

我等她继续说下去,可她正用期待的目光望着我。

班里的其他同学开始变得不安起来;我正在失去对学生们的控制力。

"好,先别自我介绍了,咱们来做个叫作'我发现'的游戏。"我想,要弄清孩子们的英语水平,这或许是个不错的办法。

"游戏这么做:我瞧见屋里有个东西,我只告诉你这东西的第一个字母。比如说,我瞧见一盏灯(Lamp),我就说:'我的小眼睛发现一个东西,这东西的第一个字母是L。'然后,你们就开始猜这东西是什么。要是有谁猜着了,他就得一分;然后就轮到他出题了。"

"我的小眼睛发现一个东西,这东西的第一个字母是T。"孩子们一下举起手。

"Teacher(老师)。"有个同学大声说。

第十六章 中国:天朝上国

"对。轮到你了,你说'我的小眼睛发现一个东西……'"

"我的小眼睛发现一个东西……"他停顿一会儿,然后说,"这东西的第一个字母是 B。"

很快,同学们就异口同声地说出许多新词。他们一次次举起手;先前一张张不友好的脸,此时则纷纷显露出急欲回答问题的神情。

"同学们都在听课。"课后,胡老师说,"他们的注意力很集中。"

"你通过了。"艾米悄悄跟我嘀咕一句,然后就跟胡老师一道走了。有人拉了一下我的衬衣。我转过身,就见有个矮个子的女生正抬头看着我。

"怎么?"我不解地问。

"你是觉得中国人的眼睛小吗?"

"怎么回事?"我不禁大吃一惊。

"你不是说'我的小眼睛'吗?我不喜欢小眼睛。小眼睛难看,对吧?"

"别担心。我不是那意思。"

"噢,我明白了。"女生如释重负地笑了,"要是这样的话,你就干脆说'我发现一个东西',不就得了。"说完,她跑回到同伴们中间。我马上意识到,中国人感兴趣的不光是我这个人,而且还包括我对他们的观感。

这项英语教师计划包括来自美国的三十多名外教;他们被分配到深圳的龙岗、保安、福田——我的工作地就在福田——三个区的重点中学。我每月有一份底薪,还有一套住房。每星期三下午,我们接受半天的汉语培训,学习基础的写作、口语技巧。

我在培训班发现了汉字之美。从内心来说,我仍是一名物理学家;有人说,自然科学家很容易对事物的外形着迷。我被一支笔所描画出的酣畅淋漓的线条、曲线深深吸引住了;汉字的每一笔画、毛笔的每一提顿,都是建立在数千年汉字演化的传统之上的。很快,我就如饥似渴地学起了书法。

"人们大都不喜欢学习汉语写作。因而,我们这个培训班的重点就放在口语和初级写作方面。你应该去参加高级培训班。"每周三给我们授课的刘老师鼓励我说。

她说话十分谨慎,表情似乎有些尴尬。她说一口纯正的英语,尽管她平时显得有些腼腆,可到了课堂上一点不含糊。我们的考卷常常被批得满篇红,可大都能得个鼓励分。

"为什么不去读深圳大学?那里开设高级写作课程。"

"再等等,再等等。"我说,"汉语真是太迷人了。"

除去在课上学,我还利用午餐、课间休息与师生们聊天。

"这些人就像互联网。"有人说,"不管你说了什么,几乎立刻就能传到城市的另一头。这座城市没秘密。"

"当你能像艾米那样熟练地交谈,能在冷饮店要一杯茶,能在办公室跟同事们闲聊一阵,你的汉语就算过关了。"区教育局的一位官员跟我说。

一天,我在小食店要一碗米饭,引得附近几个学生忍俊不禁,哄然大笑。一位老师把我拉到一旁。

"当你说米饭这个词的时候,别忘了要把重音放在饭字上;要不,人家就不明白你在说啥。另外,你不能说要饭;应该说要吃饭。否则,人家就以为来了个要饭的叫花子,自然会引起一些滑稽的联想。"

外国人时刻处于人们关注的焦点;倘若是个老手的话,就知道对此要时刻保持警觉。

一天在走廊上,艾米匆忙走过来,紧张得满脸通红。"在外边要小心。"她说,"报纸上说,有个老外在公共汽车上对女人下手。"

"真的吗?在世界各处,这种事不是天天在发生吗?"

她狠狠瞪我一眼。"这是在中国,不一样。你是个老外。这意味着,深圳所有的老外都成了可疑分子。记住,中国人十分敏感。要是咱们中间有个坏蛋的话,咱们所有的人就都像坏蛋。别忘了这一点。"

我在深圳唯一的英文报纸《深圳日报》上读到了这篇报道。几天后,这个上报纸的外国人被驱逐出境。艾米脸上的怒容时时让我警诫。

"在这儿,你会经历几个不同的阶段。"有位英国老教师告诫说,"最初,你喜爱中国。过一段时间,你开始厌倦起来:人们时刻在盯着你瞧,把你当成个活宝。然后就到了最后阶段,你开始憎恶这地方,只想赶快打道回府。"

我从没达到最后这个让人沮丧的阶段。有机缘生活在如此令人神往的土地上,而它又有着如此丰厚的文化遗产让你去学习,我沉浸在无限的欢乐之中。

"中国不是一个拥有多种文化的国家。"一次,有个在中国生活了近三十年的老律师对我说。

他说得对。中国的语言、艺术、习俗像一条条金线,贯穿于兵连祸接、饱受折磨的历史脉络中;而书面语在这一文明中占有突出重要的地位,它将一个拥有五十六个民族、延续数千年之久的国家维系在一起。

抵达深圳的第一周,凭借在美国的一些老关系,我联络到两个年轻女性。在她们的帮助下,我与当地负责孤儿院的政府机构取得了联系。

她们还带我观光了深圳的一些好玩的地方。

我们一块儿逛公园,去博物馆,还到香港玩了一天。主人谦逊有礼,不用我破费什么,唯一的请求便是向她们介绍西方,帮助其提高英语能力。她们的问话总是"你从哪儿来?""你为什么要来中国?"之类的老套路。我则适当把话题展开,谈些有关文化、生意方面的内容。但仅此而已,并不深谈。

说到内心的志向,我总觉得这东西颇有几分微妙,倘若一一明白道出,便会失去其固有的效力和魅力。我怎能跟她们说,我不过是个听从内心指引的傻瓜?我决定来中国,实在仅仅源自内心的一种直觉,或者说受到愧悔与希望的蛊惑。凡此种种,的确非语言所能表达。就像非洲的马赛人——他们相信照片能夺走人们的魂魄——我认为,用声音来述说内心的志向既不得体,也有些冒险;此类事情仅适合于与二三挚友分享。

刚来中国那阵,我想,凭借我的教育背景及从业经验,要获得一份上好的职位不是件难事。这种想法的确错得离谱。实际上,我活该在现实中碰壁。

在我抵达深圳不久，我就来到中兴公司——中国的第二大通信设备供应商——的大厅。在美国朗讯任职时，我就知道中兴公司是个可怕的竞争对手。我身着商务便装，信心十足，以为总可以捞到个称心如意的职位吧。

"我想见见你们的总裁刘先生。"我说。负责接待的人惊愕地望着我。

"你预约了吗？"

"没有。不过，我跟他的助手通过电话。"

她立刻急切地跟另外几位耳语几句，拨了几个电话。我知道，直接与公司总裁面谈的概率很小，不过，我至少可以跟某个负责人谈谈。就像外婆所说的，这么干的确有股子冲劲。

几分钟后，有三个人来接待厅见我，一男两女。其中的一位中年女性戴无边眼镜，开始用英语跟我打招呼。

"我姓刘，是市场部经理。我能帮你什么忙？"

"你好，我想见见总裁。我有一项企划案，希望与总裁先生谈谈如何改进公司的市场状况。"

"能看看你的企划案吗？"她问。

我拿出事先拟订的一份如何改进公司网站的企划书，还有我的个人简历。

"总裁先生现在正忙。"她说，两眼盯着我手上的文件夹，"不过，如果你愿意让我们看看你写的材料，我们可以讨论一下。"

然后，我们四人走进一间会议室。他们几个静静地翻看我的企划书。

"写的的确不错。"刘经理的助手说。刘经理点点头，说了句抱歉，就出去了。

得到这句暗示，我马上说："我想，我可以在很多方面替公司效力。实际上，我希望担任公司的顾问……"

刘经理回到会议室。

"下周，我们可以给你安排一次面试。"她说。分手时，双方的态度都

第十六章 中国:天朝上国

很诚恳。他们保证说,他们会联系我的。

正式面试那天,一个身材矮小、瘦削的男人接待我,他说起话来和声细语;刘经理和另外七个人也在场。我们就远程通信问题谈了近两个钟头。

"我想,我们可以在公司里给你安排一个职位。"面试后,杜先生打电话来说,"我马上要去美国,需要有人接替我的位置。"

我大喜过望。两千年前,犹太智者犹大·哈-纳西①宣称:"厚颜无耻者当入炼狱。"没关系。我的厚颜无耻获得了成功。

"你可以协助刘经理工作。在中兴公司,刘经理全面负责市场战略。"

我的下一个问题至关重要,但我仍毫不犹豫地提了出来:"杜先生,我的薪水是多少?"

我要挣到足够的钱,以便保住我在奥兰多的房子;我估摸,至少税后每月要有24000元(约合4000美元),不能再少了。

"我想,8000块左右吧。"

"美金还是人民币?"

"人民币。"不过区区1300美元。我的心一沉。

"每周的薪水吗?"我绝望地问了句。

"月薪。"

我简直呆住了。这个数字一点没比我当老师多多少。姑且接受下来。我到底又回到了远程通信这个老本行;可是,我的身价只值这么多吗?

我继续跟刘经理商讨,我是否可以在家里工作;这么一来,我就可以兼职做其他事情。

"你只能每天到公司上班。"刘经理答复说,"我们既不实行弹性工作制,也不准许在家里办公。这里的工作方式就是如此。你将辅助我工

---

① 犹大·哈-纳西,犹太著名学者,经典《密西拿》的编纂者。约生活于公元二世纪罗马统治时期。

作。"话说得很有礼貌,可态度十分明确:什么是她要的,什么是她准许的。

这么一来,我既没时间去扶助孤儿,也无暇干自己的营生,更别说学习汉语了。我大失所望,只好放弃这份职业。自从来到中国以后,我已摸清了中国人的工作作风:一般说来,你的工作成绩往往不如你在这个岗位上花费的时间重要。一名精明能干的经理完成一项任务,与另一个效率不高的人相比往往只需一半的时间,可他的效率不会得到老派上司的赏识。我相信,我的时间所值不止这么多;每天为这点薪水耗尽心力,实在不值。为了获得这么一次面试的机会,也不知耗费了多少心血,可到了只捞到这么个职位,像一只被关进养殖场的鸡仔。

我信心十足,认为自己有能力找到一份更好的工作。我把简历投给中国和美国的两千多家公司,结果都石沉大海。我意识到,要想在中国的公司里获得一个好职位,我得改变策略。事实上,这一目标与我的人生理想不搭界;我的志向本不在此。

与此同时,我过着一种简朴的生活。几个月来,我不得不靠这份菲薄的薪水度日,捉襟见肘。所幸这里的房租、衣食比美国便宜得多,只要我在生活上要求不高,尽管收入不丰,依旧可以过得舒适惬意。我用不着供楼,在租住的单元房里一样可以终老。我已习惯了搭公车,偶尔乘一下出租车。我花五块钱或九十美分,就可以体面地吃一碗面,用汉语与店主拉一拉家常。

做教师我不大有耐性,教学法也不够正规。六个月的教学生涯,种种感受,我在《从内罗毕到深圳》一书中均有描述。书中有几个段落专门描写主人公戴维在二年级的课堂上跳舞的场景:

他纵身一跃,跳上了有些单薄的木制讲台,开始跳起曼博舞①。
他缓慢地扭动大腿,如醉如痴地摆出两脚朝外的姿势。他两眼注视天花板,仿佛进入了梦境。面前这个蓝白相间的海洋立刻安静了下

---

① 曼博舞,一种发源于古巴黑人4/4节拍的舞蹈,重音在第二、第四拍上。

第十六章 中国:天朝上国

来。于是他猛然意识到,这下孩子们给镇住了。在一片寂静中,他继续在讲台上旋转着,扭动着。

"舞蹈!"他大笑着说。

孩子们直愣愣地望着他,一个个张大了嘴。忽然,仿佛被一只看不见的、顽皮的手牵着,班里最小的男孩走过来,拽了拽他的裤子,说:

"不,老师!老师不能跳舞!"

好像他干了什么有伤风化的事儿。他再次触犯了某条不成文的法规。不知怎的,他忽然想起《桂河大桥》①里的一个场面:英国军官去找日本集中营的司令官交涉,似乎是关于让军官去做那些本应由士兵担任的手工劳动的事儿。"不列颠的军官是不干这些事的!就是不干!"以及诸如此类的话。

而他就是这个儒家体系中的一位官员②,学生们就是士兵。学生们可以淘气,可以干些出格的事;他就不行。从进到学校的第一天起,他就知道,在中国老百姓的心目里,老师拥有一种特殊的、甚至是受人尊敬的地位。他们全都是高级教士,学校则如同寺院,学生们就是寺院里的徒众。他意识到,他这么干可以说是当众出丑。他连忙从讲台上跳下来。这回课堂里安静了,同学们全老实了。他们不知道该拿他怎么办。

事实上,有天下午我确实跳上了课桌,同学们的反应大致如上所述。

---

① 《桂河大桥》是一部由美国哥伦比亚公司拍摄的电影,1958年获奥斯卡奖。影片描写的是二战期间日本占领军为修建泰缅铁路,逼迫战俘做苦工的故事,影片中有英军战俘尼克森上校认为日本人的做法违反了国际公约,拒不执行命令的情节。
② 这里,作者基本采纳了罗素完成于1922年的《中国问题》一书中对中国教育制度的分析。罗素认为,儒家承袭了孔夫子开创的办学先例,在这一体系中,学校就如同教会或寺院,教师便是教会中的教士,门生则是教会中的徒众;中国的教育体系中既没有西方近代以来的教师,也没有这一意义上的学生。

透过戴维的眼睛,我看到了自身的不足。作为一名教师,我太不称职,实在不懂其中的门道。若要教育好这些孩子,需要有个经验更丰富、也更懂教学法的人才成。我的两臂上的刺青,恰好用在这儿。西方人有苏格拉底和柏拉图的教诲,中国人则有老子的名言:

自知之明。

而且我感到,这些重点班的学生并不真的需要我。要是他们乐意,他们就显得温柔可爱,知书达理;可他们常常是被宠坏的孩子,甚至堕落。上课在他们看来只是应卯,而这些外教不过是雇来的帮手。中国人把这些被宠坏的孩子称作小皇帝。绝大多数孩子,尽管不是全部,都很吵闹,不服管教,对英语一点没兴趣。我马上决定离开教职,去深圳大学继续学习汉语,并转而去谋求其他机会;或许开一家公司。

一天在外语学校授课,我来晚了。

"马克,何校长让你去一趟。我猜想她有点恼火。"

我走进何校长的办公室。房间里装饰着崭新的桌椅,通明透亮,角落里摆一棵过高的盆栽。何校长,一位中年女性,坐在桌后。她一见我进来,沉思的面上立刻现出一副怒容。

何校长年纪比我大,尽管容貌上仍残存些许青春的痕迹。她的两颊偶尔会显露出如玫瑰一般的红晕,可此时她两眼陡然显露出一丝傲慢、烦躁的情绪,几缕额发从头顶束紧的圆髻中溜出来,在眼前晃来晃去——若在平日脾气好的时候,所有这些倒很有几分惹人怜爱。然而眼下,她的两片嘴唇绷得紧紧的,身子僵直,显示出她惯于自我控制的个性:不论是友情还是爱情,都不在她的眼里。

"你迟到了……迟到了!"她开腔了,两手抓住桌边,仿佛要支撑住自己的身子,手上的关节因用力而有些发白。

我深吸了一口气。我已经考虑了很久;我在仔细斟酌该怎么开口。

第十六章 中国:天朝上国

"何校长,"我平静地说,"我打算离职。我不能再干这项工作了。"她愣愣地看着我,仿佛不明白我在说什么。

"你不能就这么一走了事。你担任的课程必须完成。"

"不,抱歉。我没时间了。学校的课程不能为我提供我所需要的灵活性。我来中国还有其他事情要做。我不能再干下去了。"

她的两眼瞪得老大。我说了不该说的话。我说了"不"。在中国,这个字是一种禁忌。一般在更文雅的谈话中,人们常常用另一些说法代替:"不便。""我还有别的事要干。"以及其他委婉的说法。她紧绷着嘴唇,直直地盯着我,两手苍白的指关节在深色木桌的映衬下愈发清晰可见。

"你们美国人!你们……你们……这么懒惰!"

我可以告诉她,我一天有四个小时在研究教案,两个小时在找工作;此外还要在别处兼课,弹钢琴,写作。可是,毫无疑问,她仍会继续说什么"你们美国人"只贪图安逸的生活。可在这儿我实在太安逸了;因而,我不能再干下去了。

我只愣愣地站在那儿,什么话也不说。然后,我径直走出了她的办公室,连头也不回。

～

我来中国有六个月了,我开始考虑开一家商业咨询公司。我注意到,遍布深圳的各商家招牌、广告所使用的英文实在蹩脚。凭借我的教育背景及多年的职场经验,我完全理解因其可怜的英语交流能力,中国商家与西方人打交道实在困难。他们的英文稚嫩得像九岁孩童写的玩意儿,怎么指望他们在生意场上有专业水准。在深圳,你随处可见这种半吊子的英文。

我举个T恤衫的例子。一次乘旅游车,我见有个连英文单词都说不利索的十几岁的女孩穿了件蓝T恤衫,上面印了一行红色的英文:"请干我。"我用尽可能礼貌的方式告诉她这句话的含义,她只笑笑,仍旧穿着它。也许她觉得除了我,没人知道这句话是什么意思。

倘若这里的居民连这样基础的英文句式都看不懂的话,你完全可以想象得出,如此复杂的品牌战略及市场营销在他们的眼中会多么神秘。于是,我向一位朋友提议,我们俩一同开办一家公司,用专业英语向客户提供市场营销策略,兼做销售咨询。

让我吃惊的是,没过几天,我的一位朋友戴维跑来说:"行啊,马克,咱们在深圳的商业区设立一家办事处。要不了几天,咱们的公司就能开张了。"

我出一部分资金。很快,审批手续就办好了。没过几天,我们新成立的公司天下信息咨询有限公司就签下了第一份合同。时间不久,我们就有了一二十个声誉良好的客户。我们将自己的业务重心放在网站设计、广告以及营销业务的沟通方面。公司的业务增长缓慢,但十分稳固。

然而,我从天下信息咨询有限公司获得的有限的收入肯定不够支付我在佛罗里达购房的月供。我把房子出租了,以此来抵消一些按揭。但银行不感兴趣。我的信用记录十年来一向保持良好,如今岌岌可危了。绝望中,我从中国打电话给银行。

"我不能卖掉我的房子。我有租户。但我需要找个办法降低月供。几个月之内,我就能把钱还上。"

"眼下你为什么跟我说这个?"银行代表反问说,"你应该按时付款。"

"在离开美国前,我曾希望能安排一次快卖。我打电话给银行,希望得到你们的准许。尽管我一次次联系你们,但没有人答复。我丢了工作,所以才遇到资金困难。我有什么办法?"

我在电话里费尽唇舌,可白搭。我讲了一个多小时,最后厌恶地挂断了电话。几天之后,我又接通了一位银行代表。

"哦,我们不降低月供。"他说,"不过,别担心。只要下月把漏掉的月供补上就行了。"

"可问题就在这儿。我得找个办法降低月供,至少暂时如此。"

第十六章 中国:天朝上国

"月供不能降低。"

"你们没有什么能够向业主提供帮助的计划吗?我的信用记录一向都很好。我做了十年的按揭,从没拖欠过月供。"我替自己辩解说。

"银行没有这方面的计划。还有什么能为您效劳的吗?"他用干巴巴的腔调说。

我终于明白了,无论是银行还是发放信用卡的公司,他们的态度如出一辙:他们对客户漠不关心。在他们看来,我不过是个令他们感到不便的统计数字而已。我刷爆了我的信用卡,没能及时交付月供;我意识到,银行会查封我的房屋。

我做出一项至关重要的决定。尽管我已开始改变自己的生活,可我马上意识到:眼下我仍是个债奴。我不再继续做银行和信用卡公司的债奴。我仍须付钱,但要按照我的时间安排来付;我不会再拿自己的新生作抵押。实际上,几年前就该这么办。

既然银行已拿去了我的房子,那么,我就又有了一个继续留在中国的理由。

我已坠入了情网。正像《红楼梦》中的一个人物所言:

乐极生悲,苦尽甘来。

~

每逢既不上课也不坐班的下午,我就常常去咖啡馆、茶室学汉语,我拿着书、笔记本一坐就是几个钟头,写字,记诵各种句式。一天,我去距住所不远处的一家茶室;近日来,我在那儿感到十分愉快。这家茶室的客厅中央有一道泉水汩汩流淌,配合二胡演奏的柔婉、轻松的古典曲调,清幽可人。

"你在读什么?"有个声音从背后传来。我转过身,看到一个以前没见过面的姑娘。从服饰上我就知道,她是这儿的服务员。她的个头比我矮多了,一副灵巧的身材既苗条又优雅。不过,最吸引我的还是她白皙而光洁的肤色,与周围那些肤色微黑的女孩迥然不同。她的整个外形显得十分雅致,洁白的皮肤与一头长发对比鲜明,很像是从三十年代电影中走出的一个美人。她望着我,眼睛里掺杂着好奇与忧郁的神情。

"汉语。"我笑呵呵地说。

"你瞧,这些汉字都写错了。我来告诉你应该怎么写。"她庄重地坐在我身旁,微笑着俯下身,写出那个我写错的字。

"你叫什么名字?"

"雪华。"她说,发音怪怪的,"就像英文的雪花(snow)。"她补充说。

我知道花这个词。我的脑子里映现出一片晶莹的雪花;这么一来,她的名字就好记了。

我开始频繁光顾这家茶室。由于菜单上的价目较为低廉,而我在这段时间生活上十分节俭,所以,我每次去只花十五块钱左右,点一份最便宜的茶,再不就来一份便餐。那段时日,每天午后的闲暇时光,我吃过雪华替我端来的便餐,然后就跟雪华学说汉语。

另外两名服务员也很友好;不过,有时能听见她们在窃窃私语。

"这个老外挺怪。雪华给他上一杯茉莉花茶,他连花都吃了。外国人什么都吃,就像生番。"

有一回,其中的一个不太友好地说了句:"他的皮肤这么黑……长得也够丑的……防着他点儿。"

我没介意。雪华跟她们不一样。有我在身边,她很自在,我就常常来找她。

然后有一天,事情发生了变化。我走进茶室,雪华皱起了眉头。她努力显出一副毫不介意的样子;我问她怎么回事。

"新价码是二十块钱。"她皱了皱眉头,说,"店主说,价码太低了,想让你多掏点钱。"

这家茶室的店主是个年轻女人,平日,她总是优雅地交叉起两腿,面上笑容可掬。她能看见一英里外的一名老外,然后就摆出一副文雅的姿态;不过,她对我总是一副冷脸。

"抱歉。不过,我们总得应付日常开销呀。"她露出一副雪白的牙齿,似笑非笑地说。

我讨厌这个吝啬的家伙,去得不那么勤了。几周之后,我的手机响了。是雪华打来的。

"你在哪儿?什么时候过来喝茶呀?"她问。

"我不喜欢你们的老板。"我说。她没搭腔。在沉默的当儿,我有了新主意,"改天,咱们去骑自行车吧。"

我至今还保留着一张在香蜜湖——距我的居所几英里的地方——的照片。她坐在自行车的后架上,就像中国的许多年轻恋人那样。那天,我们坐在码头上,两腿伸进水里。那天还有一张照片,她的腿紧靠我的腿,脚趾张开。她有本事任意张开不同的脚趾;我被逗得乐不可支,我觉得她的脚趾很像一根根小萝卜。太阳落山时,我们骑车返程,红艳艳的落日仿佛把整座莲花山点燃了。她的两臂抱住我的腰,什么功课呀、工作、银行,以及收支平衡等等,通通抛在了我的脑后。在这一刻,我意识到,我已深深坠入了情网。

一天,我把雪华邀至我的住所,把一份专门制作的礼物送给她。我给她端来一碗水,然后递给她一枝玫瑰。

"什么?为什么要送我这个?"

"请看仔细。"我微笑着说。

"天哪!"她仔细一看,不禁惊叫一声。我在每片花瓣上都写了马克和雪华两个字。

"现在,我们把花瓣掐下来,扔进水里。"我说。

我们把玫瑰花瓣一片片扔进水里。在玻璃碗中,一片片花瓣在水面上漂浮,彼此冲撞着。

雪华什么话没说,但从她的眼神可以看出,她被感动了。我没花几个钱,就让雪华感到快乐,尽管她也有烦心的时候。

我们开始约会。我知道她刚从河南老家来到深圳,在找到更好的工作之前先在茶室打零工。雪华的父母是农民,从小在贫穷的环境中长大。与深圳的许多移民一样,她也梦想能过上比父母一辈更好的生活。她想干销售,希望有一天能开一家自己的商店。

2002年8月,也就是我离开学校的数月之后,我开了一家咨询公司,心情十分舒畅。尽管收入菲薄,但至少在与两个合伙人打理日常工作之余,我仍能给自己留出一部分时间,这让我能够继续学习汉语,去孤儿院做义工。

在深圳住得越久,我就越发感到从前制定的挣钱、在公司做上班族的人生规划已变得无足轻重,那些为获取高薪职务而构思的创意也没什么用场了。我完全可以返回美国,再去过那种上班族的生活;可这么一来,我就不得不丢下这里的孤儿,还可能会失去雪华——在我们交往的最初阶段我就明白,去美国生活雪华不会感到幸福的。我还清楚地记得自己当年从肯尼亚到美国时所感到的那种孤独。

记得有一回外婆到肯尼亚来看我们,想带个当地人回去,帮她收拾房间。

"露茜,我会给她一份好薪水和住的地方。她要做的就是帮我收拾一下房间。我真需要有个人来帮我收拾一下。每天早晨扫一扫小路上的落叶……噢,多美的差事!"

朱丽安娜,我的乳母,听到这个主意,不禁怦然心动。"去美国,真是件美事。"可是,母亲很快就说服外婆打消了这个念头。

"妈,她在那儿不会感到快乐的。离开自己的亲人,这对她来说的确是个不小的打击。你应该考虑一下这方面的事。"她温和地责备说。

"或许你是对的,露茜。"外婆最终放弃了这个念头。事情就是这样。

我爱雪华,但我知道她与自己的家人、与中国之间的联系是多么紧密。我没指望她的家人张开双臂欢迎我,不过,当雪华向我描述她母亲听到这个消息的第一反应,仍旧让我吃了一惊。她听说女儿正跟一个老外交往,不禁心怀恐惧。

第十六章 中国：天朝上国

"你会扔下我们,跟那小子远走高飞的!"她叫喊说,"我的外孙不会留在中国,会去美国的。我这个女儿算白养了。"听到母亲在电话里这么说,雪华简直气疯了,她满脸通红,眼睛里充满了泪水。我不知道说什么才好。我跟自己的家人就有一堆麻烦事,更别说她的家人了。打那以后,雪华和我就住在一起了。

有许多时候,尤其是夜间半睡半醒的当儿,我脑子里常常会冒出奇奇怪怪的念头或图景,包括以前在肯尼亚、如今在中国的一些生活场景。我仿佛置身于另一时空,可以按照自己的意愿重塑自我,而跟母亲、父亲及各位亲友不再有任何瓜葛,就是跟早已辞世而时时现身的善神外婆也不。我甚至构想出与外婆的一段对话:

"我找了个好姑娘,外婆。是我自己找的,没经人介绍。"

"噢,别跟我说爱上了一个配不上你的女孩。如今的女孩们哪,一点不自重,简直让人家当马桶用!男人来了,干完事一走了之,别的就不管了。"

"外婆,你怎么这么说?要是那样的话,肯定是那女人的错。不是我的错,对吧?"

"哦,当然不是你的错。这种事一向是女人的错。她们利用男人;看看吧,这么干能有什么好结果。我这儿有点吃剩的罗宋汤,来点吗?还有点鱼丸冻①,前天玛丽端过来的。要是你不想吃的话,就到马路那头的小食店,来一份咸牛肉或熏牛肉三明治。"

"外婆,我打算跟这女孩结婚。"

在梦里,她常常走近我,轻轻把红菜汤搁在一边,仔细盯着我瞧;我甚至能闻到她两颊上涂抹的婴儿爽身粉的气味,以及老年人身上散发出的那股淡淡的气味。

"好啊,要是你爱她的话……这倒是件大事。要是她有股子冲劲,还能给你烧一手好菜,那就值得考虑。是金发碧眼的女孩吗?"

---

① 鱼丸冻,一种犹太人食品。

"不,她的头发是黑色的。她是中国人。"

"这倒无关紧要。"外婆长叹一声,说,"总有一天,全世界的人都会变成棕色人种。只要爱她,别的事就都迎刃而解了。还有一点汤团①。哦,我忘了,你不爱吃这东西。"

随着从南中国海吹来的一阵清风,外婆和善的面庞、几缕稀疏的灰发,还有梦里的所闻所见,就都一齐消隐于昏暗的夜色中了。

条幅"心联艺桥"正参与义卖,以捐助广东儿童教育。约摄于2012年。

---

① 汤团,犹太人逾越节吃的一种食物,用无酵面粉、鸡蛋、动物脂肪或人造奶油制成。

我到中国不久,就与雪华(后成为我的妻子)邂逅,两人双双坠入爱河。在过去的岁月里,她成了协助我渡过难关的精神支柱。约摄于2004年,意大利。

雪华和我在长城上远眺。约摄于2006年。

第十七章 孤儿与一杯水

音乐的启示

胖子沃勒《蝰蛇的一吸》

"再来一遍,亲爱的!我想让邻居们都听听!"

我还记得很久很久以前,当我弹奏这支乐曲时,艾达打开房门。记忆的碎片在如烟往事中渐渐拼接起来:一位胖胖的盲者、黑人作曲家快速狠命地弹奏着钢琴,琴弦砰的一声断了;当我向艾达解释说,乐曲标题的意思是吸食大麻,她不禁哈哈大笑;当我的受过古典音乐训练的耳朵第一次听到这支乐曲时,我的微弱的反感;以及外婆的一双敏锐的蓝眼中洋溢着的爱与骄傲。这支乐曲总使人感觉闯入了一个未知世界,这是一种满怀激情的冒险。将自己的聪明才智回馈给孩子们,这在我看来是轻而易举的和无法回避的责任,是切实的和需奉行终生的;而首要的是,这是我的一颗心在温湿的中国南方跳动的感觉。

中国自宋朝以来就流行一句谚语:各人自扫门前雪,莫管他人瓦上霜。把这句话移用于狄更斯笔下的伦敦,倒也十分贴切。

不过,就我在中国生活十二年的亲身体验来看,我倒知道许多有关中

第十七章 孤儿与一杯水

国人慷慨、好客的实例。他们顶多对我反应冷淡,这在我倒没什么,因为我这个人在理性上是很独立的。不过,由于我到底是个老外,以至我很长时间弄不清人与人之间——不仅是中国人与老外之间,也包括中国的一般百姓之间——的交往到底应该发展到怎样的程度。

后来,在2008年的一个宁静的夏日,汶川发生的一场地震的确震撼了中国人的心。数小时之内,有近九万人丧生,受伤和无家可归人口达数百万之多。于是,仿佛遇到了某种机缘,中国民众的热情一下喷发出来,他们纷纷捐款捐物,向这个遥远的内陆省份的受难同胞伸出援手。正是在这样的时刻,中国人才表露出他们的高尚情怀。

汶川地震期间,数以百万的民众如此大规模地援助身处危难之中的陌生人,这是长久以来中国人首次表现出扶危济困的热忱。全世界的人都看到了这一幕,并为他们的热忱深深打动。

尽管他们的感人事迹在外国人看来如同小说中的场景,不过,这却是多年来我在中国亲身体验的极好证明:中国人的内心是善良的,而这种善良无须通过一场地震来揭示。我在深圳的社会福利中心便亲眼看见了中国人的善良。

2002年秋,我首次前往坐落于梅林的孤儿院,迷了路。我的朋友阿丽莎,一个也想做义工的年轻女人(尽管她眼下的工作已累得要死),在电话中也摸不着头脑。她只好让我把手机交给司机,她直接跟司机说该怎么走。

二十分钟后,我来到孤儿院。这座建筑如同碉堡,赫然矗立在一片肮脏的大树后面,周围是灰暗的办公楼和破败的住宅区。我走进一座铁门,迎接我的是一位满面笑容的年轻女性。

"哈罗,我姓马。你是来这儿教钢琴的,对吧?"她欢快地说。

我笑着点点头。

"跟我来。跟孩子们见见面。"

在二楼的一间教室里,聚集着十四个从六岁到八岁的孩子。孩子们穿上各自最好的衣裳,打扮得齐齐整整,靠一架立式钢琴站着。

"你们好!"我说,朝孩子们挥挥手。

"哈罗!"

孩子们的喊声像驶来一列火车。我吓了一跳,手里的皮包差点掉在地上。我本能地走到钢琴旁落座。我朝一个坐在钢琴前的小女孩点点头。尽管天气热得人发昏,又没安装空调,小女孩仍裹在一件硕大的风雪衣里。她高高地扬起脑袋,眼睛里充满期待的目光,嘴半张着,两手搁在腿上。

"你想试着弹弹吗?"我问。

她犹豫着,好像没听懂我的话。有个保育员轻声责备着,推了推她。我把她抱在我的腿上。她轻得像一片羽毛。

"你看,要让手保持这个姿势。"我用不熟练的汉语说。

我把着她的手按下中央C键。仿佛得到某种暗示,其他孩子也围拢了过来。很快,孩子们就在钢琴旁挤成一团,有的想把女孩从我的腿上推下去。可她这时已打定主意,就是不下去。我也不知道该怎么办,于是,我决定弹一首肖邦的即兴曲。

只有一个问题,小女孩不想离开我的腿。她继续用充满期待的目光望着我。她用了许多哄骗的巧法,总算又坐到我的腿上。我笨拙地弹着肖邦。

我在美国的北方电讯和朗讯工作期间,可以轻松自如地在台上面对数百名观众讲话;可有时面对十几张年轻人充满希望的脸,我倒觉得有些拘谨。弹奏完肖邦,孩子们都礼貌地鼓掌。我一个个跟他们拥抱,击掌。

我还想多看看。

"我能看看那些更小的孩子吗?"我问。

第十七章　孤儿与一杯水

"当然可以!"马小姐回答。

"再见!"我跟孩子们招手。

"再见!"孩子们大喊。

我走进四楼的一间大屋,屋内突如其来的寂静让我吃了一惊。我不禁回想起很久以前在肯尼亚度过的宁静的夜晚,甚至是在那些明亮的月光透进屋内的夜晚,人世间的一切都被笼罩在死一般的寂静中。然而眼下,这种寂静显得有些蹊跷。屋内一排排整齐地摆放着近六十张小床,每张床上都躺着一个婴儿。房顶的日光灯在这间漆成白绿两色的大屋内亮得有些刺眼;偶尔可听到灯管发出的咝咝声,仿佛有意打破下方这些居民的不自然的寂静。

"他们整天都待在这儿吗?"其中的一位女士点点头。我记得母亲以前说过:"孩子们需要刺激。他们的意识如同一张白纸。他们在不断地吸收周围世界的信息。他们就是这样学习知识的。"

我走近一张小床。仰望着我的是孩子的一张红润的小脸,但这脸表情悲哀。我不由得抓住了他的手。

"你好,小家伙。"

他用一双乌黑的大眼睛望着我,紧紧攥住我的小指不放。那一刻,这孩子和我既没想中国、美国,也没想资本主义、共产主义。没想白人、黑人,没想黄种人、红种人。我们之间的联系很像音乐,它超越了文字所能表述的范围,而这一联系的核心便是人性。我轻轻抽回我的手指。

"你们需要我买些什么东西吗?"我问孤儿院的一位老师吴先生。

"可以买几台DVD播放机,让孩子们看看电影;买一点婴儿食品;另外,天气热的时候,安装几只吊扇也是需要的。"他说。

离开美国前,埃默里大学的几位工商管理硕士朋友曾帮助我做了些募捐工作。我买了一些由我弹奏的钢琴曲专辑《午夜时分》,就堆在我的宿舍里;还募集了一点钱,准备来中国后买些孤儿们所需的物品。

我对当地的一家美国大公司的认识,可算是我离乡背井远走深圳之后所获得的最初印象之一。我总以为,许多这类大公司都会热心赞助孤儿院的,尤其是这家公司。我打电话给总经理,满心希望他慷慨解囊。接电话的是一个带浓重中西部口语的男中音。

"我是杰克。我能帮你什么忙?"

我介绍说,我刚离开美国,计划为这里的孤儿院搞个小型募捐活动;我希望他的公司能倾力相助。在美国,我从不曾争取到哪家基金或公司的联手赞助,可如今我到了中国,情况或许有所不同,我想。我毕竟是美国人,我们希望在这儿留下个好印象。

"实际上,你最好先跟陈先生谈谈。他在公司主管这类事务。"

我预感马上就要碰钉子了。

"哦,是否你先跟他谈谈?"我建议说。我不想让他就这么把我推给另外的人。

"当然可以。"我没挂断电话。几分钟后,电话里传来另一个声音,英语讲得有点拖泥带水。我们先客套一番。

"实际上,我们不打算捐助。"他话锋一转,突然说,"我想,我们不能帮你什么忙。"然后,为了显得有些礼貌,他马上又加了句,"不过,如果你购买DVD播放机的话,我们倒是可以在运送方面给你提供一些方便。"

运送?什么运送?我想。不就两台播放机吗?我大失所望,因为这家公司被当地人看作典型的美国公司,无论在规模上还是在实力上,好歹也代表美国人的形象。时至今日,我仍记得我的同事、一位中国老师的评语:

"我在那儿干过。我原以为在美国的一家跨国公司工作是件美差,实在大错特错了。他们榨干你的血汗,给你的薪资却少得可怜。我根本没时间跟家人在一起。累死人。"

我打电话给我的业务伙伴戴维,他有一辆汽车;尽管我觉得简直是在给一个无良资本家送钱,我们仍旧去了这家公司的门店买了两台DVD播放机,毕竟他们的价格是最低的。孤儿院主任收到礼物很高兴;他赠给戴

第十七章　孤儿与一杯水

维和我每人一枚小奖章,这枚奖章我保存至今。这次捐助不过略尽绵薄,但这不过是个开端。

～

我开始定期去孤儿院做义工。几乎每个周六,我都会跳上一辆吱嘎作响的绿色小巴,一路摁着喇叭,颠簸、摇摆地穿过福田居民区繁忙的街道,来到相对僻静的城乡接合部梅林才跳下车。

我经过丰田汽车专营店门前。这家专营店的入口处矗立着一棵巨大的红树,枝干被过往车辆扬起的烟尘弄得灰头土脸。

我经过一爿爿夫妻小店。你从黑洞洞的店门口可以望见锅碗瓢盆及其他日用器具、香烟、盛满冰激凌和冷饮的冰柜。通常,那些中年店主懒洋洋地倚坐在门柱旁,手里掐一支松软的烟卷;偶尔,还伸手挠挠露在外边的肥胖的肚腩。

我经过横跨拥挤、嘈杂的车流之上的难看的立交桥,下到对面浓荫覆盖的一条僻静的街上。有时,风吹过附近一家穆斯林餐厅的遮棚,便会传来一阵哗啦哗啦的声响。

第一次授课,钢琴边围了五名学生和一位老师。

"老师,请喝水。"其中年纪最小的学生、一个漂亮的女孩递过一只纸杯;她的一头长长的黑发用一只简朴的粉红塑料发卡别住。

我正要开始弹奏,因此我只点了点头。那位老师接过水杯,放在了钢琴顶上。从那以后每次授课,总会为我准备一杯水。

在中国,要给客人端来一些喝的,才算有礼貌。条件好的人家,要向客人敬茶;条件差的人家,就只有白水。通常,主人要面带微笑把水端给客人;按照老礼,这杯茶或白水客人是不能喝的,只作为礼节的象征摆个样子。

一次,或许是我弹琴太过用力,水杯翻了,打湿了琴键。

"对不起。"我抱歉说。所有的人都开心地笑了,大家继续上课。不过从此以后,我就再也没水喝了。最后,我终于忘了这一礼数。

～

最初几年,我差不多有一打学生,年龄从五岁至八岁不等。其中有个名叫罗明的漂亮小女孩,她每次都穿上红衣服,化了妆才来。一次,我给了她一只苹果;直到课后同学们散了,她才开始吃苹果。有个十几岁的细高挑的男孩傅鸻,他静静地练习巴赫的《创意曲》,尽管在弹奏这几支富于挑战的乐曲时不免会遭受挫折,可他从不抱怨。

我清楚地记得有个长了一双大手和鬈曲的头发的八岁男孩,琴弹得格外好。我连他的名字都不记得了,可我不会忘记他脸上那可爱的笑容,以及他如祈祷般俯在琴键上的姿态。弹琴之前,他很少开口。我教过他一些时候,也就几周的时间吧。他每次都定定地盯着琴键,仿佛在寻求问题的答案。然后,他张开两手,头发向后一甩,把一支乐曲完美地弹奏出来。这时,他的脸上便渐渐浮现出微笑。这微笑是那么温柔,那么纯净,那么自然;这是他在庆贺自己这一刻的悠然神会。

一天,我走进孤儿院大门,在哪儿也没见到这孩子的身影。我猜想这孩子或许有别的课;再不就是病了,因为我见他总是一副病怏怏的模样。过了几周,还是没看见他;我问一个老师。她困惑地看着我。

"哦,你不知道吗?他去美国动手术,没挺过来。"

"他死了?"我惊呆了。我不由得问了一句;我想知道我的理解是否正确。她点点头。

没挺过来!这几个字猛烈地敲击着我的心。这孩子是那么敏感,那么温柔。如今,他已离我们而去。这么快。这么突然。我甚至连他的名字都没记住。有多少个孩子从我们的世界上匆匆走过,他们的名字几乎立刻就被忘记了?我还记着他的一双瘦长的长着节疤的大手,很像两只

第十七章　孤儿与一杯水

小铲子,却是弹琴的好手。那天,我的感觉就像有人在我的胃里凿了个洞。

我想说说另一个学生小鲍的故事。

"我想告诉你一件事,马克。"有一次,课前,小鲍冷不丁冒了这么一句。我教他弹琴已有六年时间了。

那天,他似乎有些异样,话不像以前那么多。从他紧锁的眉头可以看出,他在谨慎地选择字眼。就他目前所掌握的英语词汇来看,用于表达感情的词语数量十分有限,尤其是当他讲起自己的身世的时候。

"我母亲上周死了。"他停顿片刻,喘了口气,"就在端午节之前。"

小鲍的母亲是从厕所里把他捡回来的;他的生母遗弃了他。我记得她最近身体不好,为此他一直忧心忡忡。如今,她走了。她把这孩子留在了深圳的龙岗区,自己去了另一个世界。

以前,为了消磨时间,他常常向我提起她。很久以来,我很想了解这个神秘的女人;十几年前,她把这孩子送到了孤儿院。不过,我一直没深问。

我坐下来。他也坐下了。夜晚渐渐临近,屋里比他进来时更暗了。

"她走得痛苦吗?情况怎么样?"我问。

"她是在睡觉的时候走的。我觉得她走的时候没受罪。我们把她送到了墓地。我们一块儿送葬的总共有八十到一百人。有这么多人喜爱她……"

我点点头。我努力克制自己,只静静听他讲。

"瞧。"他掏出一张照片给我看。这是一张模糊的黑白照片,有个妇人怀里抱着个婴儿;旁边还站着另一个妇人。照片上的网点表明,这似乎是从报纸上剪下的印刷品,上边覆了一层塑料膜。

"这张照片我差不多已珍藏了二十年。这是我。"他指着照片上的婴儿说。

抱着他的妇人三十几岁年纪。她脸上挂着微笑,一头鬈曲的黑发如瀑布一般垂挂着。她嘴唇薄薄的,缺一颗牙齿,可没有人不被她幸福的笑容所吸引。婴儿前额高高的,脸上一副疑惑的表情。照片上一个明显的不足,就是小鲍的嘴唇上有个挺大的豁口。他脑袋上的一缕胎发在微风中摆动着。照片上的另一个妇人是个侧面像,她站在稍远的地方,正望着他们俩。

"报纸上这篇文章是在捡到我的几天后写的。我是在厕所垃圾堆旁的一个纸盒里被发现的,身边放着四个红包,里边一共包了大约十块钱。母亲跟我说:'当时,你的个头还没一只茶杯大。'他们根本就不相信我还活着。我是个豁嘴,还发着高烧。"

他递给我一个物件。"临死前,她把这个给了我。"他说。

这是一只翡翠碟,直径仅一英寸左右,中间有个孔;除了有个绿色的斑点外,这只翡翠碟的质地几乎是全白的。

"她把这个给了我……"他面容沉静,可话语声渐渐低了下去。

"的确是个漂亮的孩子。"我看着照片,说。

"我发着高烧,他们抱我去了医院。母亲捡到我的时候,全村的人都来了,包括村长。医院的大夫瞅了我一眼说,我烧得太高,他们治不了。可是,母亲把我抱回家,给我扎针。她在我身上扎了很多地方,把高烧控制住了。瞧。"

他撩起衬衣,苍白、干瘪的肚皮上有六七个凸起的疤痕,每个疤痕约一英寸长,隐隐构成一道弧形图案,很像潜龙的背鳍。

"这就是她当时给我扎针留下的。扎针救了我的命。甚至连医院的大夫也没她懂得多。村民们用自己的一套土办法治病。后来,她又带我上医院,给我的嘴唇做了手术。"

"生母为什么要扔掉你呢?"

"因为我是个豁嘴,她看着肯定是觉得太丑了。"他用一种就事论事的口气说。我不知道他说这话时内心是否觉得有些惭愧,或者感到一种悲凉。

第十七章 孤儿与一杯水

有好长一段时间,我们俩谁都不说话。窗外暮色渐浓,我听到孩子们准备用餐了。不久前窗子还能开,这样在天热的时候,就可以让风吹进来;眼下加了防护窗,就像崭新的汽车上的防护板。我能看到防护窗上映现出的小鲍哀戚的面容;他的两眼也湿润了。

"在我长到三岁的时候,她就把我送到福利中心来了。"他接着说,"我们一共兄弟姐妹六个,这对父母来说实在够困难的。'我想让你上一所好学校。'她对我说。她说得对。要是我继续待在家里的话,我就不可能上深圳这么好的学校;我会有多少知识学不到啊。"

我点点头。

"你知道,政府每月要给他们200块钱,用于给孩子买奶粉。"

"这就是她要收养你的原因吗?最主要的原因是什么?"我问。

"因为这是她应该干的事。她不明白一个人为什么把孩子扔掉。她告诉我,当她送我来深圳的时候,她哭得伤心极了;她不想把我交给外人,可她觉得她不得不这么办。你知道,马克,从前,她救了我的命;现在,我也想帮助别人。"

我紧紧抱住了他。我从没这么拥抱过他;我们或者拍一下手,或者轻轻抱一下。我拥抱他——我望着这个二十来岁的小伙子,抱得那么紧。眼下,他已在这地方生活了十七年之久。我看到他热泪盈眶的样子,也激动得一句话说不出来。

"她把爱给了你,无私地给了你。她没索取任何回报。"我激动得几乎说不下去,"这就是一个好人做的事情。她是你真正的母亲;而且,她会一直护佑在你的身旁。"

他点点头。

"我要告诉你的第二件事,就是我想办一个公司。"小鲍开始描述他计划创办的这家新型企业,他要向深圳的公司提供管理培训。我们又谈了一会儿,然后开始授课。他这次从头至尾弹奏了一遍肖邦的《平稳的行板》,比我以前听他弹得要好。

不过,这天他谈起了生意,音乐倒成了闲事。

我为他感到骄傲。他体现了将仁厚与博爱、文化与自我觉醒相结合的新型中国的面貌。他在寻求自己的道路,而我或许也在其中有所助益。

在我去孤儿院做义工的这些年,师生们对我的态度也发生了转变:最初几天的盛装、礼貌不见了,代之以大声问候、击掌、T恤衫和热裤。他们不再把我当作贵宾,而是当作这里的常客:一个老百姓。我完全可以自由出入。

当我看到这里破裂的衣镜和渗漏的水管,内心不免会感到一阵沮丧。这时,我就鼓励自己:我的音乐会给生活在如此境地的孩子们的记忆里添些亮色,帮助他们在黑暗中看到光明。

有时授课天色晚了,我就会听到从天花板上传来一阵隆隆的声响,仿佛正有一列火车穿过隧道。

"那是什么?"一天,我问孩子们。

"哦,是些老鼠。"孩子们回答。

"什么?肯定有成千上万只。"我吃惊地说。

"别担心,马克老师。"有个学生安慰说,"我们开饭的时候,它们就都跑过去了。它们不过是在觅食。"

他脸上既不恐惧,也不惊慌;仅仅是平静地接受,按事物本来的样子去接受它。仿佛人世间的一切——教师、学生、老鼠、外国人——全都生活在一个稳定的经济体系中,年复一年,日复一日,既不玄妙,也没什么可忧虑的。

"你不想摆脱这些家伙吗?"我继续追问。

"想,但没那么幸运。因而也只好如此。毕竟,它们又没碍着谁。"他给了我一个佛教徒般的回答。糟糕的生活环境并未磨灭孩子们的雄心壮志。

一次跟八年级的学生谈天,我问他们将来长大了做什么。

"当老师。"

第十七章 孤儿与一杯水

"当医生。"

"当总统。"

有个男生举手,说:"我想当个大人物。"

教师们也着实令人敬佩。尽管政府拨款十分有限,他们却以极大的热忱关心着学生们的成长。他们也成了我的老师。

"别给这些孩子们照相。"他们说,"以前人们也照相,写孤儿院的一些阴暗面。"

我渐渐形成惯例,每周在孤儿院授课一两个小时。与此同时,我从前的一些宏伟目标全都一一落了空。就目前的情况而言,我既没弄成什么基金,而当初设想的由比尔·盖茨捐助的系列音乐演出也全没踪影。相反,每周六下午两点左右,我都打电话给有耐心有灵气的吴先生——孤儿院的钢琴教师——确定我抵达的时间。

要是我稍稍晚了一点儿,他就打电话来督促我。我对他的劝告和指点深怀感激。我们俩都知道如何应对这些孩子们:他们遭遇了一段困窘、破碎的人生,亟须找到坚贞、践履的榜样。

"你来得多一点儿少一点儿都没关系。"另一位志愿者指点说,"关键是要有规律,不能失约。"

我的人生旅途也因这些孩子们的出现而有所裨益:他们的行为和疑问促使我去检验许多从前被当作理所当然的事情。

"长大以后,你还会记得钢琴吗?"一次,我问罗明。她微笑着点点头。

我望着她皱紧眉头、全神贯注地弹琴的模样,豁然开悟:将来,即使她已记不起自己的启蒙老师,倘若她能继续从音乐中获得乐趣,我也就心满意足了。

"老师,请喝水。"有人将一个纸杯放在钢琴顶上。

"为什么他们总会给我端来一杯水,即使我从没喝过?"我问一位朋友。

"上善若水。"他的回答脱口而出。

后来我才知道,这原是妇孺皆知的一句老话。

仁爱如水,可以惠及万物。

或许我打翻的那杯水也曾浸润了她的人生,并通过她惠及这个世界。

我走过世界上的许多地方,见多识广,尽管我在中国的旅行还将继续下去,不过许多时候,我发现自己仍是个无知的孩童;另一些时候,我会从新的角度去看待从前的事件,并最终懂得这些事件所具有的意义:仿佛他们的故事——就像我本人的经历一样——其主题都是关于爱与音乐如何击碎他们原有的意识的硬壳,从而领悟人生的真义,并使自己融入一个更大的生命体中。

在孤儿院授课的经历是我对从前迷失在美国的那段不洁生活的救赎。随着我的每一次授课,我在离开斯坦福之后久久不能释怀的那种负疚感,以及有关我在与女人的交往中所表现出的具有鲜明特征的冷酷与自私的沉重的记忆便有所减轻。这就如同我生出了一对高飞的翅膀,原本不堪其苦的重负也由此变轻了;甚至借助一根神奇的纽带,我的心灵也与这些孩子们联系在一起了。在我看来,慈善事业使我获得了救赎。无私的奉献确实就是这样一种奇妙的礼物。看到博爱精神如薪火相传,如水之润物,这种体验实在太珍贵了。那位修女的话太对了!

中国的自新也在不断激励我重新审视自己的人生道路:我为什么要来深圳,我要丢掉的是什么,以及下一步我要去哪儿?许多这类问题是找不到现成答案的;有些要到若干年后才豁然开悟。不过,要达到自省的程度,我就要有一个新的起点;深圳慷慨地给了我这个新的人生起点。

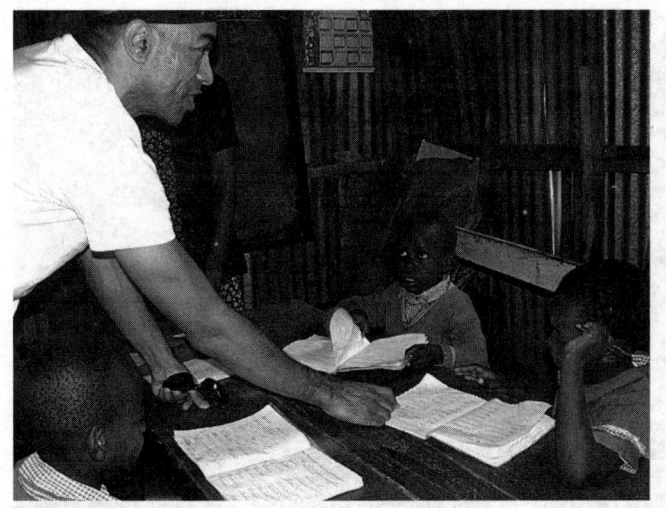

2011年，我和弟弟约瑟夫访问了内罗毕贫民窟的一所学校。他募集了一笔钱，用于帮助这里的孩子和支付在此工作的教师的薪水。此后不久，我就与UPS的深圳分部和中国南方美国商会达成协议，向学校提供有关体育和艺术教育方面的用品。

2002年，我第一次来到梅林孤儿院。孤儿院教师们的奉献精神给我留下了深刻印象。有些孩子看到我这个奇异的老外，吓得哭了起来。

2009年,在与钢琴家陈萨一同举办的深圳慈善音乐会上,为梅林孤儿院募集捐款3000美金;自从2002年起,我就开始为这所孤儿院的孩子们讲授钢琴。这次募捐的部分款项用于为肯尼亚的孩子们购买艺术教育用品。在这次音乐会上,我为孤儿们所做的工作,深圳市特授予我"形象大使"称号。

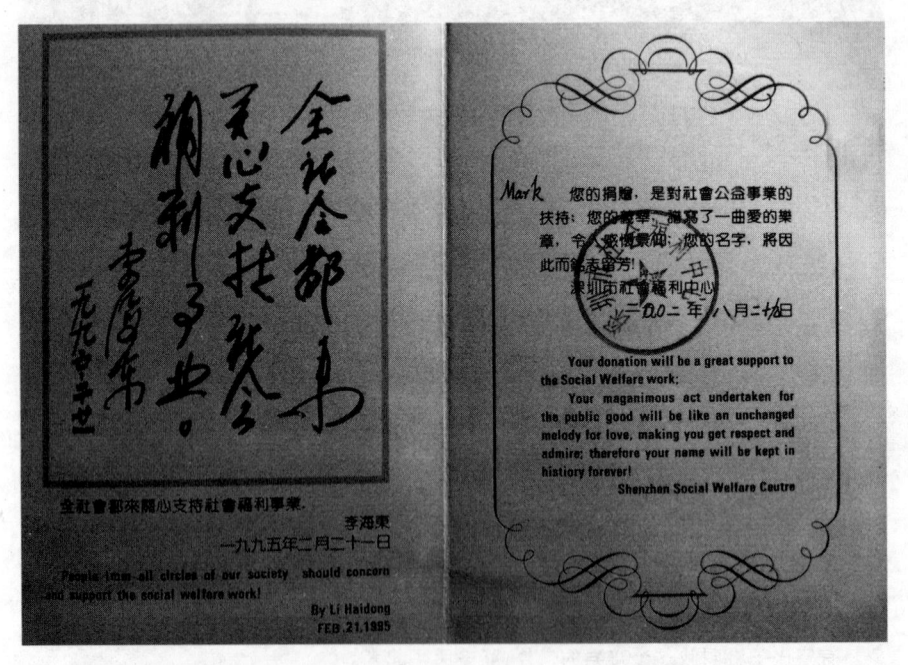

在埃默里大学的几位工商管理硕士朋友的捐助下,开始我买了一些唱片。刚去孤儿院做义工时,我又为孩子们买了DVD播放机和其他一些用品。孤儿院主任给我发了嘉奖证书。时间约为2002年。

第十八章　爱与梦想

音乐的启示

肖邦《革命练习曲》(作品第25号)

许多人将肖邦作品第10号《练习曲》(之12)称作《革命练习曲》。对我而言,这一名称用于肖邦作品第25号(之11)或许更合适。开始用右手弹出一个简单的音调,忧郁而不确定。然后,在左手弹出雷鸣般的伴奏的同时,右手则弹出令人目眩神摇的如飞湍急瀑的旋律。

从2004至2008年,在恐惧、慌乱的序曲之后,世界开始重拾希望与信心。2008年美国总统选举结果表明,那些以恐惧号召民众的全球反恐战争的倡导者败给了乐观主义和人性善的信奉者——勉强称得上是一场迟到的革命。就个人而言,我终于鼓足勇气,与此前一直被我拒绝的家人和解;而这一和解的序幕,便是我们祈盼已久的在华盛顿的聚首。

不久前在与新加坡的小学生们谈话中,我提议用英文字母表做个游戏,每个字母代表一个数字:A代表1,B代表2,C代表3,依此类推。"请找出一个词,构成这个词的字母相加等于100。"我鼓励他们说,"这是一个关于梦想和成功的游戏。"

在孩子们寻找答案的当儿,我也在思索梦想的力量。我相信,梦想是一种关乎未来与个人潜能的力量;梦想开拓着我们的人生道路。我就是在梦想的指引下来到了中国:我梦想来中国学习汉语,打拼出一片新天地,从而开启一段新的人生。我所选择的落脚点深圳是个新兴城市,它既代表了中国的未来,同时又深深植根于自身的文明传统。

其实,那个传统的深圳仍在,你只要到灯火辉煌的摩天大楼与时新的购物商厦背后去看看就行。在莲花路一家煤气站左近,紧靠濒临倒闭的按摩中心——这家按摩中心的有霓虹灯闪烁的灰色墙壁似乎随时都可能垮塌——一座新建的地铁站几乎把这一区域翻了个底朝天;就在此处,或许由于某个机缘你偶然发现了景田路。

一来到此处,你立刻就会感受到迎面而来的宁谧气氛,仿佛整条街道沉浸在默默的祈祷中。街道两旁是高大、浓荫密布的红树。

你走上一道平缓的斜坡,可能正好看到有个家庭在一处不大的场地上打羽毛球;不远处,有个妇人坐在一辆簇新的白色本田车里,车子的马达在空转。妇人把脑袋伸出车窗,在跟朋友有一搭没一搭地闲聊,而她的本意是要炫耀一下漂亮的汽车。再过去一些,你会看到一些人在做中国式的散步,还有些祖父祖母跟在孙儿一辈的后面慢慢溜达。你跨过路口,树上低垂的枝叶说不定会碰到你的头顶。

五年前的一天,我下班回来,有条路早晨还长着两排有三十年树龄的柏树,仅仅过了八个小时,眼下已变成光秃秃的水泥路面,每隔一段距离就有个深坑,那是树木被掘走时留下的。我向一位中国朋友表示对此事的不满,他则回答说:"别担心,这不过是发展;而发展对深圳是有利的。"

我不禁诧异:景田路即将面临这样的未来吗?我可不希望如此。我相信,在未来的中国,眼下深圳所具有的气质将会变得更雍容娴雅,更富

第十八章 爱与梦想

有传统韵味。"时间就是金钱"将变为"时间诚可贵,但也可以与友人同享"。或者如孔夫子所言:"智者乐水,仁者乐山;智者动,仁者静;智者乐,仁者寿。"

因而到那时候,如今的孩子们已长大成人,目前人们不计一切代价谋求发展的观念或许已发生改变。他们或许会考虑以下问题:他们是否需要一个建立在优质经济和社会责任基础之上的健康生活?抑或他们的生活目标仅仅是挣快钱?他们是否会停下脚步,抬头查看一下天空;或者采取一定措施,保证拧开水龙头就有可安全饮用的水流出?他们是否需要给自己留下一些时间来陪一陪爱人,帮助他人,在有浓荫低垂的路面散散步?

景田路的景象展示出中国古代对自然环境与万古不变的和谐的尊重。这是一种健康的生活方式:既植根于传统,又活在当下。我相信,它理应属于未来的一部分。

学习书法是我的一个梦想。在我开始听书法课之前,我不知道写汉字竟然能够帮助我找到人生的方向。

"第一笔这样写……"

老师一口南方口音,声调高,说话带舌尖音。我一边听他讲,手里的一支饱蘸了浓墨的笔在宣纸上缓慢地移动。

"这个字是什么意思?"我按照"永字八法"写出这个字,不禁问。我以前碰到过这个字,可我想,老师或许另有新解。

老师淡淡一笑,说:"在中国的书法中,永字可能是最重要的一个字。"

"为什么?"我打断他的话。

他睁大了眼睛望着我,似乎不敢相信自己的耳朵。

"为什么?这个字包含了书法艺术中所有的基本笔画——侧、勒、弩、趯、策、掠、啄、磔。①"

他没能告诉我的——因为他所掌握的英语词汇十分有限——就是这个字的含义,它表示永远。在中国,学习知识也像做其他事情,需要有耐性,循序渐进。

～～

在中国,你每到一处,都会看到很多漂亮的书法作品。我在报纸上也看到过这样的消息,学生和家长都很努力提高自己的书法技艺。我能写一点儿,但还想再提高一步。这一艺术门类如同音乐里的二重奏,它所包含的黑白两个维度或水乳交融,或风雷激荡,而由此产生的艺术之美深深吸引了我。

起程之前,一位挚友告诫我说:"马克,你去中国要学一手绝活回来。有了这样的本领,你会终身受益。"

尽管后来跟这位朋友失去了联系,可她的话我一直牢记在心。

在雪华的协助下,我在大楼门口张贴了一份启事,路过的人很容易看到:

  本人旅居中国,希望学习书法。
  我的交换条件是教授英语。

李先生是个身材矮小、热诚、性格外向的人,三十多岁年纪,在建筑工地有份职业,是个勤奋的、很有造诣的书法家。他妻子看到了启事,很快跟我们取得了联系。她告诉雪华,女儿想学英语,先生则是一位书法

---

① 按照书法艺术中一般的理解,永字含有八个基本笔法:点为侧,如鸟之翻然侧下;横为勒,如勒马之用缰;竖为弩,用力也;钩为趯(同跃,跳貌;提为策,如策马之用鞭;撇为掠,如用篦之掠发;短撇为啄,如鸟之啄物;捺为磔,裂牲为磔(音哲),笔锋开张也。

第十八章 爱与梦想

名家。

他们家就在相隔几个街区的一幢简朴的现代公寓里,我决定去拜访他们。

李先生拿出一支长长的毛笔,蘸了墨汁,然后就在一张黄色的马粪纸上挥洒起来,他手、腕、臂乃至全身都随笔画的弯折、钩挑而优雅地舞蹈着。诚所谓一画开天,第一笔下去便在纸上营造出一种蕴含丰富的意境,一与多、阴与阳、有与无相生相伴,相反相成。从那以后,我每周五去拜访李先生,一半时间用于学习书法,与李先生一道探讨中国文化,另一半时间为李先生的女儿讲授英语。

在李先生家潮湿、闷热的房里,我们俩促膝而坐,就见他的额上渐渐渗出一粒粒闪闪发亮的汗珠。

"书法是一门独特而博大精深的艺术。"他深深吸一口烟,自豪地说,"呼应,"他一边书空,一边继续说,"也就是讲求首尾一贯的气韵。"说着,他放下烟卷,又拿起了毛笔。看他那副小心翼翼的样子,仿佛手里拿的不是毛笔,而是一片薄如蝉翼的碧玉。

"书法在中国有三千多年的历史。如今,它已影响到许多国家的艺术。你瞧瞧这些书写工具。"

他指指书案上排列整齐的笔墨纸砚,说。与此同时,那支笔一直在手上攥着,好像那东西是他身上长出的一截附肢,他在交谈时常常要用笔比画几下,点出谈话的要旨。

"这种黄色的是专门用来练字的马粪纸;如果条件充裕一些,还可以买宣纸。宣纸贵一些,要两块钱一张。这是毛笔,还有墨汁。还要预备一两只碟子,一个砚台。虽说常用汉字至少有四千多个,但基本笔画都包括在'永字八法'里了。不过,话又说回来,由于毛笔十分柔软,而不同的人对每个汉字的阐释又千差万别,因而,要使一件书法作品达到前后一致、首尾呼应的效果,还是十分困难的。"

说完,他拿起一管一尺长的笔,蘸了墨,边写边解释说:"运笔太快,就会留下难看的空白,太慢又会洇。"他熟练地控制着每一笔的速度、方向和力度。

要写好这个"永"字,不仅要会写这八个笔画,而且还要掌握正确的笔顺。我渐渐明白,如果不遵循正确的笔顺,哪怕你每一笔都写对了,整个字看上去还是不对劲。

眼下,我已年近半百,我的家庭、事业也应像"永字八法",样样事都要遵循一定顺序,配合得宜才好。

～

倘若你去远方旅行,恋爱了,又失恋了;有一段痛苦、遭拒绝的经历,或取得成功,沉浸在幸福之中;或者你孤身一人、独居一室的时候,你很容易到书本中去寻求庇护。我记得很小的时候,在泰勒夫人的幼儿园,我就为看书的事很让老师伤脑筋。他们通常成批购进那些内容简单的童书,书里似乎讲的全是些鸡毛蒜皮的小事,如狗与主人的故事,女孩学学跳绳的故事,等等;不过,我当时读起来倒津津有味。

书法促使我愈加勤奋地学习汉语。我那时常常每天学习四小时——这样的训练我坚持了数年之久。通常,我先学一个小时生字,然后做一些阅读;接下来听磁带,写字,最后练习书法。

大致到了2003年,我开始阅读《红楼梦》(又名《石头记》),紧接着读《毛主席语录》——一部是中国最伟大的长篇小说;另一部则是中国最著名的作品。我打定主意不去读英文版,直接啃原著。很早以前我就懂得一个道理,对于一部艺术品,无论是音乐还是文学,你只有通过阅读或聆听,才能更好地理解原著,而不要去听人家的讲解。

第一章读了整整一周。

"不,不!"当我向朋友请教一个特别难懂的段落时,他说,"你找错了门路。报纸登载的文章都是用简单的日常用语写成的,读那些东西才是

第十八章 爱与梦想

最佳的入门途径。"

"这个大部头对你来说太难了。"雪华也同意这种观点。

我不理那套。我坚信自己的一套理论:一个人只有面对困难,或者如常言所说,置之死地而后生,方可成就伟业。

这本书的语言十分凝练,其中大量使用格言、典故,数百首古诗词,以及数不清的生僻字。但其中的对话读来朗朗上口,借助好的辞书,我完全可以硬着头皮读下去。我的阅读速度渐渐有所提高,尽管通读一遍要花数年时间,但我最终还是坚持下来了:我完整地通读了原著八十章,共四十五万多字[①]。

多年来,我读了不少饶有趣味的中国古典名著,包括数十种中短篇及长篇小说、学术专著,如《活着》《三十六计》等。余华所著《活着》写一个富家子弟的命运,他生于社会主义革命胜利前的中国,在赌博中把所有的钱输得精光,家人也在动荡的年月先后离世。最后,他作为一个农民安然度过一生。主人公似乎已参透人生的奥秘:摒除求取或占有的欲念,而自甘淡薄的人生。尽管《活着》是一部以冷峻、直率的叙述风格写作的当代小说,不过,它仍足以让我联想到中国人当年受到怎样一种极端思想的蛊惑——不管他们如何信奉孔夫子的中庸之道;其中所写是否为戏剧性场面,以及中国人能够承受的极限。

不过对我而言,《红楼梦》是个最大的挑战。然而反过来,这部书又以其特有的形式使我受益,帮助我与父亲以及远在肯尼亚的家人和解,而这也是我写《从内罗毕到深圳》这部小说的主要因素。

《红楼梦》描写了生活于十八世纪的清朝的四大家族,人物众多,尤其描写了以年轻的公子哥宝玉身边的众多女性人物。与托尔斯泰的《战争

---

① 此处作者大约指《石头记》(庚辰本,全称《脂砚斋重评石头记》),即目前学者公认为曹雪芹生前大致完成的部分,大约成书于乾隆二十六(1761)年左右,共八十章。乾隆五十六(1791)、五十七(1792)年,程伟元以木活字两次排印了前八十回与高鹗后续的四十回合在一起的一百二十回本(即程甲本、程乙本),并改为现今通行的书名《红楼梦》,字数达八十万字。

与和平》一样,《红楼梦》既写到年轻人的爱情,也表现了封建家庭及社会阶层之间的专制统治,表现了中国封建社会复杂的现实人生;在艺术上,本书充分展示出汉语的丰富性。然而,与托翁的那部场面恢宏的名著不同,《红楼梦》则把故事的场景局限于狭小的范围:妇人的闺房、大观园以及几个旧家大族的府邸。而我在阅读中所遇到的智力方面的挑战,渐渐演变为在不同的文化之间寻求其相似性。我注意到宝玉与众多女性之间的关系,尤其是与贾母的关系,使我回想起自己人生旅途中遇到的几位坚强的女性。

而在其父贾政的残忍的个性中,我又窥见自己早年的痛苦经历。

《红楼梦》有个场景,专写宝玉被说一不二、专制的家长贾政痛打一顿:

"堵起嘴来,着实打死!"贾政命令仆人。

仆人们不敢违拗,二人把宝玉按在凳上,一人举起板子在宝玉屁股上一阵猛打。打到十来下,贾政觉得打得轻了,一脚踢开仆人,抢过板子,又狠命打了十几下。另一段,连贾母都觉得贾政下手太狠,训斥说:"你说教训儿子是光宗耀祖,当日你父亲怎么教训你来着?"①

这不禁让我回想起自己的童年时代,以及家庭暴力如何在现实生活中代代相传。我又想到这类事件一般绝少有人向外人说起,一旦有人提及,在许多文化中也都觉得习以为常,不足为怪;甚至有人将打老婆这类令人憎厌的事情视作"荣宗耀祖"。

到 AT&T 工作之后,我开始写自传。我努力写童年的生活,尤其想写写我父亲。但有关父亲的追忆实在乏善可陈,因而,这项工作就暂且搁置下来。这确实令人惊异,我不记得他的任何优点,甚至给我一点零花钱这类小事也不曾有过。

直至如今,我只回忆起一件事,似乎可以证明他对我的关心。那是在

---

① 以上所引《红楼梦》场景,见于第三十三回《手足眈眈小动唇舌,不肖种种大承笞挞》。

第十八章 爱与梦想

雅卡兰达宾馆,当地的一处温泉胜地,父母在酒吧间坐着,我玩旋转木马。这东西需要在投币口塞几个硬币,我走到老奥巴马身边去讨一个先令。事情的详细经过已经忘了,只记得父亲的表情吓了我一跳。我转过脸望着母亲。

"孩子他妈,你有一个先令吗?"他板着脸问母亲。

"你的钱都用来喝酒了。"她对父亲说,给了我一个先令。

这是我唯一记得的最能证明父亲对我的关心的一件事:他让母亲给我一个先令去骑木马,而不是用来买威士忌。

～

到了深圳之后,我更勤奋地撰写《从内罗毕到深圳》。我的内心对中国、中国人民以及我的新生活油然而生的喜爱督促着我努力奋进,一个字一个词地写下去。

我记得母亲的话:"你父亲很小的时候就被母亲抛弃了。一个孩子失去母亲,这对此后的人生道路会产生很大的影响。"

这段评语是否可作为本书的开端?父亲早年的经历是否可作为他日后为恶的理由?

"他母亲很早就逃离了肯杜贝,"多年以后,一位亲戚告诉我,"他被扔给了父亲;后来,他曾去寻找母亲。我不知道嫁妆是否退还给了女方;如果办了离婚手续的话,嫁妆是要退还的。"

对于父亲而言——他当时是个没娘的孩子——退不退还嫁妆无关紧要;这样的处境实在是一场大难。我对童年的他深感同情。我能够体验到他当年的感受。

老奥巴马与他妹妹一道逃离冷酷、专断的父亲,去追赶年轻、美丽的母亲。

"我不知道他为什么要从家里逃走。"多年以后,我的一位叔叔一面谨慎回避着不甚得宜的谈话,一面对我说,"一个孩子要离家出走?你想啊!自己去想吧!"就这些话,再也不多吐露一个字。

父亲和他妹妹离家出走后几天,他们在去肯杜贝的路上被找到。他们又脏又饿,而父亲那个时候还不足七岁。我能想象得出两个饿得半死、瘦骨嶙峋的孩子在荒野中追寻母爱的惨状——在狂风肆虐的道路上,在科盖洛荆棘丛生的荒野中,在波光粼粼的大湖旁。于是,我懂得了这个被遗弃的故事就像飞去来器,其流毒一次次在他的子女们中间为害:博比(马利克)在皈依了伊斯兰教之后,才治愈了他的酗酒和吸毒;丽塔(奥玛)因其早年被遗弃的经历,导致对男人的盲目的爱。还有乔治,因其在内罗毕的很小的过犯而被判刑。我本人也养成孤僻的个性,并且由于不能保护母亲免遭家庭暴力而深感自责。

当然,还有小巴拉克,他不会忘记与那位他为之倾倒的父亲短短一天的会面。可以说,不仅我们这些子女个个深受其害,就是老奥巴马本人也因幼年失去了母亲,沉迷于酒精,乃至潦倒一生。

在卢奥人的传说里,太阳代表财富,月亮代表爱情。夜晚,太阳沿着林中神秘通道返回大地。老辈人说,能在夜间看到太阳的人有福气。可是,两个孩子仰望天空,只能看到一轮无爱的月亮;低头看看,眼前是充满梦魇的科盖洛凄凉的土地。

"妈妈,你在哪儿?"父亲一遍遍地呼唤着。然而,回答他那凄厉喊声的只有狮群和鬣狗的嚎叫。我想,父亲身上爱的力量便丢失在马塞诺[①]的砾石和夜空中一轮冰冷的月亮之间了。

～～

2004年,巴拉克·奥巴马即将出任伊利诺伊州参议员。他被推举在

---

① 马塞诺,肯尼亚城市名,在基苏木。

第十八章　爱与梦想

民主党的代表大会上作施政演说。我跟一位朋友开车去广州看电视,此次活动是由中国南方美国商会出面组织的。这是我第一次在电视上看到他。我觉得他的演说有点绕弯子;不过,这位同父异母的哥哥在电视上的确精力过人。他的演说有两段尤其让我在情感上产生共鸣:一处是说到红州、蓝州①的那段,另一处是讲希望的那段。

有人听见我在跟朋友谈论巴拉克。突然,那人打断我们的交谈:"他是你哥哥?"

"是的,是我哥哥!"我回答说,声音大得足以让其他人听见。

没人因我有这层关系就来套近乎;我立刻觉得有些尴尬,就没再说什么。不过,一瞬时,我内心确实洋溢着一股坚实、自豪与温暖的情感。然而长久以来,我几乎断绝了与奥巴马家族的任何联系。在回深圳的路上,一阵异乎寻常的忧郁不由袭上我的心头。

往事一幕幕在我的脑海中浮现出来。我记起母亲那张苍老的布满皱纹的脸,记起她历经多年磨难犹自坚忍不拔的顽强生命力。我仿佛看到当年她逃进暗夜的孤弱、缥缈的身影,听到她的尖叫声以及钝重的撞击声;在非洲的一个月圆之夜的背景下,我看到母亲和博比的脸凑在一起的那一幕,如同地狱里的两面神杰纳斯②。然后,我联想到巴拉克的那本书《我父亲的梦想》。

我从未完整地读过这本书。首先,我感到这本书有意写得过于简单,过于谨慎,某些地方或许稍显沉闷。其次,他对我母亲的描述也不大公正,书中有几处引用她的话并不属实;可能正像母亲所说的:"他并不了解真实情况。"总有一天,我会通读全书;不过,要等到我自己的书至少写出一个框架和基本内容之后。

---

① 红州、蓝州指近年来美国选举得票数的分布情况,红州较支持共和党,蓝州则较支持民主党。大致说来,蓝州分布于西部沿海、东北部沿海和五大湖地区;红州则分布于南部沿海和美国中部地区。

② 此处提及作者儿时家里的一次误会,一天夜间,母亲错把同父异母的哥哥博比(马利克)当成了夜贼。见本书第三章。

我想到了哥哥地位的上升。从前在伍德利和阿列戈的记忆片段清晰地浮现在我的脑海中,就像一道溪流汹涌地、凌乱地穿过石滩。我这个隐士赖以栖身的岩洞开始崩塌。

我为哥哥感到骄傲;与此同时,另一种情感也在内心不断膨胀:命运不公。我渴望超越那个曾经生活在大洋彼岸的自己。我同样渴望超越哥哥;然而我清醒地意识到:如今,他已远远把我甩在了后面。

我感到自己确实乏善可陈;时至今日,我的人生是失败的。我记得我曾立下宏图大志:总有一天,我要荣获诺贝尔文学奖或科学奖;或者写出伟大的乐曲,或者成为名重一时的演奏家。童年时代,我的早慧常能博得母亲和亲友的微笑与鼓励。成功、取胜的心理早已渗入我的个性中,渗入我的未能实现的志向中:我曾设想出售我的第一部小说或音乐作品的手稿。这种要出人头地的渴望一直印刻在我的基因里;而随着我在人生道路上的一次次失败,甚至流于平庸,从前的凌云之志早就烟消云散。甚至当选为美国总统的——而这当然是不可能的——殊荣也不足以将我从愁惨的默默无闻中拯救出来。

然而在当时,我并未真正意识到自己的失败。相反,我妒恨这个与我疏远的哥哥。不公平!我想。你瞧不起我,因为我对你道出了实情!你不想听!霎时,我被自己的一个恶毒的念头震惊了:我要把父亲的故事写出来,拆穿哥哥的谎言,把他从那个高高在上的位置拉下来;这么一来,他总要面对真实了吧。但我立刻就为这个自私的念头感到羞耻。然而,不管怎样试图忘记或抑制内心的愤怒和骄傲,我的文思仍旧如同决堤的江河,滔滔汩汩地奔涌而出。自从我来到中国,有关父亲及那个疏远的奥巴马家族的一切就在我心头积聚起来,渐渐融汇成文字的洪流。

我从劳伦斯的小说《儿子与情人》中汲取灵感;在这部作品中,作者以非凡的艺术手法描写了一位不幸的母亲与儿子之间血乳交融的亲情。

母亲一直将我视作一个幸存者。

"不管怎样,将来总会好起来的。"一次,她安慰我说。对她而言,我是

第十八章 爱与梦想

一块坚固的、可以倚靠的磐石。甚至巴拉克在书里也曾暗示过这一点。

然而,露丝才真正称得上磐石。

露丝·比阿特丽丝·贝克从艰难中挺立过来。我也如此。然而,我们付出了怎样的代价啊!对于她所经受的挫辱和创伤,我曾亲临其境,感同身受。我甚至为之而自责——尽管这样的自责实在没道理——在她需要帮助的时候,我竟然无能为力!在母亲这样一位超级实干家的眼睛里,有关与老奥巴马度过的那段苦难、幽暗的岁月,她甚至不屑拿出一瞬的时间去追忆。往事已如风而逝;她每天照旧去幼儿园,一切如常。

可我就不行。不管走到哪儿,我都心绪不宁;不管面对哪个方向,我总不能不看到小巴拉克的那张脸。

每天打开电视或电脑,总能看到他,尤其是2007年他宣布参加竞选后,更是如此。我仿佛身处一座镜宫,我在四面墙壁上看到的无非是这四个人:巴拉克、父亲、母亲和我。这四个人又常常彼此拼接,相互混淆;可透过一面破碎的棱镜再看,拼接、混淆在一起的图像又分离开来。我记起许多年前我们的那次谈话。就像以前那样,我一遍遍地扪心自问:我做错了吗?许多年来,我为什么要把奥巴马家族的人通通摒除在意识之外?然而现如今,我为什么又蓦然回首,拂去往昔岁月的尘埃?我又想起弟弟戴维,想起那场旧梦:在梦里,我问他是否爱我。

多年来,我头一回落泪,仿佛我内心的某个冷酷、坚硬的部分开始融化。

很快到了2008年,美国的选战进行得如火如荼。我急切地追踪着哥哥竞选的进展情况。跟我一样,哥哥也是个梦想家;他确信,他能够把这个如镜花水月般的梦想变成现实。竞选演说为他提供了一个极好的平台。不过,他的成就既让我为之自豪,又增添了我的恐惧。我相信,我生活里的某些方面一旦曝光,可能会给他造成损害。我在中国谋生,很多人可能以为我是个共产分子,或专门抢夺美国人职业、穿着考究的资本家。此外,我在斯坦福的行为失检,以及我在管理钱财方面的粗枝大叶,都可能在公众面前给他抹黑。

　　我不记得究竟是怎么跟巴拉克联系上的了。或许是因为他简直无处不在。另外,我到底添了些年岁,长了些见识,因而也就更有了自信。我迫切需要与他接近,需要获得他的接纳;同时我的内心又不无愧疚:在他面临一生中最大的挑战时,我竟然与他相距万里之遥。我的人生也该翻开新的一页了。我希望不久即将结束我在中国默默无闻的生活;但在此之前,我觉得我应该跟他和解。博客写手们,以及其他一些人,早就盼望能从我们的关系中挖出点什么;当然,更多的是想获取一些负面的东西。

　　几乎每个人都曾引述巴拉克《我父亲的梦想》中的一段话:

　　　　在短暂的刹那间,我感到马克犹豫了,就像一位攀岩者一脚踏空。然后,他几乎立刻就恢复了平静,招呼侍应生买单。
　　　　"谁知道呢?"他说,"可以肯定的是,我不需要给自己增添什么压力。即使没有这些额外的负担,生活也够艰难的了。"
　　　　……我们在外面交换了地址,允诺相互通信;但有些言不由衷,不免让我感到内心不安。①

　　他对我还有那份手足情吗?他恨我吗?我默默忖度着。

　　上次见面是在1993年,在旧金山,距今已有十几年时间。那次见面虽很短暂,但印象深刻。当时我在AT&T上班,正开车去麦当劳买薯条——我最喜爱的食物——行至云尼斯大道,手机响了。

　　"马克,我是巴拉克。你还好吗?"

　　猛然接到他的电话,我一下怔住了。我最不愿碰到的事情,就是接到一个意想不到的电话。

　　"巴拉克,你好!你在哪儿?"

---

① 引自《奥巴马回忆录:我父亲的梦想》,美国纽约时代出版公司,1995年。——作者注

第十八章 爱与梦想

"我在旧金山。短暂停留。能见个面吗?"

他的嗓音比我记忆中的更低沉。还是那种惯常的命令人的口气。我不能拒绝。

次日,我们在托米联合酒家——当地一家有名的行为怪癖者出没的酒店,距云尼斯大道有一段距离——见面。

走进酒店,巴拉克一边看着墙壁和天花板上镶嵌的各种标牌、图片,一边微笑着问:"你怎么选了这么个地方?"托米联合酒家常常有嬉皮士和左翼进步人士光顾,是个标榜具有反文化倾向的酒店,墙上贴满了大事记、卡通一类玩意儿。

我看看他。他穿一套几乎与在肯尼亚见面时一式一样的衣服。他从不换换衣服吗?我不禁感到诧异。里面是一件再普通不过的浅色涤纶衬衣,下面是一条黑裤子,显得那么朴素自然,毫不做作,当然也谈不上有什么个性。他似乎比记忆中的要高,头发则理得更短。

"我喜爱这地方,有个性。"我说,听上去信心十足,内心却五味杂陈。巴拉克则是一副确定无疑的就事论事的模样,你从他脸上什么都猜不透。他走路略低着头,既像是在想心事,又像对自己的身高感到害羞。我们在一处僻静位置落座,桌上铺着红格子的塑料布。

"近来怎么样?"我随便问了句。

"我在忙一些区域性——事务。"他说,"我只想跟你见个面,看看你近来情况怎么样。"

他用一双棕色的令人难忘的大眼望着我;我想,我从中窥见了一丝暖意。跟前次在肯尼亚见面时相比,他显得和善多了:既没那么傲慢了,也不像从前那样摆出一副君临一切的架势。有一次家人来美国旅行,我还记着继父当时的一副模样。与平日那个坚定的、信心十足的西米翁相比,母亲和我都被他那副怯生生的模样闹懵了。"我可不喜欢他这副熊样。"母亲恼恨地跟我说。

眼下在旧金山,巴拉克是在自己的国家,可他倒收敛了许多。是否他意识到自己是个非洲裔美国人？抑或美国人一离开自己的国家,就习惯在别人面前摆架子？

"我挺好。"我回答说,"我在AT&T有个挺好的职位。挣得钱不少。而且,我喜欢旧金山。"

"没回去过吗？"他问。

"当然回去过。"我说。

他沉默了片刻。我知道他想说肯尼亚；兴许还想说他怀念在那里的感受。然而,我可不想去那儿；我仍记得上次见面的不快。

"我希望咱们能多见见面。"他突然说。

我闹不清他打哪儿来。我们有很多年没见过面了；这次情况似乎有些不同,坐在我面前的巴拉克比从前温和多了。可我一时仍难以摆脱这样一种感觉：他并非完全向我敞开了心扉；同样,我内心也有些东西没法与他分享。

酒店里播放着柔和的滚石音乐。我们有很长一段时间相对无言。尽管各自都有许多话要说,但我们中间仍隔着一层坚冰,或者说我们仍未冲过狭窄的瓶颈。

我知道,巴拉克在温和地劝我回肯尼亚,或者以某种方式改变一下我的生活。他又充当起教授、说教者、律师或道德家一类的角色；我则像一只吞了可卡因的豪猪,浑身的刺都竖起来了。

"你这阵在忙什么？"我问。

"在做些法律上的业务。"他说,"在芝加哥。"当时,巴拉克供职于戴维斯·迈纳·巴恩希尔·加兰律师事务所,一家专门承接有关公民权以及区域发展问题的法律公司。芝加哥太远了；在我脑子里,那儿似乎就是一座拥有企业巨头和一幢幢破旧的、高耸入云的摩天大楼的现代罗马,随处可见表现黑帮题材的电影剧照。

我耸耸肩。

"也许什么时候出差去那儿。"

第十八章 爱与梦想

我们相互绕圈子,避免深谈。这样的场合真有些似曾相识之感。我自然没什么不自在;至于巴拉克,他也不想多谈他自己。

"你喜欢旧金山?打算在这儿待下去了?"

又来了。显然是在暗示回肯尼亚的事儿。在巴拉克看来,肯尼亚是个充满浪漫色彩的地方。尽管存在着各种不足,但肯尼亚接受了他;他的家族在那儿,而且他在那儿感觉不错。有的时候,他似乎忘了我是个美国人。尽管我不是出生在美国,可我母亲是美国人,我也是一名美国公民。然而在巴拉克的眼睛里,我倒成了怀有二心的肯尼亚人。我不急不恼,只觉得有些受刺激。我不知道他自己为什么不去肯尼亚生活。但我努力不表现出来。

"我过得挺好,挺开心。没问题。我可能会在这儿待下去。"嘴上这么说,可心里并不那么自信。实际上,我在撒谎。我不喜欢干销售;可我嘴上却说我喜欢,我觉得自己是个骗子。我喜欢旧金山,但我一直感到不安:我随时都可能被人家炒鱿鱼。

我真想离开这位兄长;此时此刻,他正扮演着拉比①或审判员的角色。

我不记得那次都谈了什么;实际上,那次谈话的内容我很快就忘得一干二净了。我记得我付了账,两个人郑重其事地握握手,然后就各自走路了——又一次分道扬镳。后来我才知道,他当时在写回忆录《我父亲的梦想》。也许那次是为了写书才见面的,他要在我的脑子里挖掘一番。见面时,他一次也没提起那本书。可也许他只想见个面,说说话;我宁愿相信是这么回事。不管怎么说,我不需要他。我想,我可以自己走下去。

自从那次在旧金山见一面,其间又经过了十几年时间;这个时间跨度足以把我们的人生道路完全隔绝开,我们将各自走上迥然不同的人生

---

① 拉比,指接受过正规犹太教育、系统学习过犹太经典、在犹太经学院中传授犹太教教义者或学者。

道路。

后来,是母亲让我与巴拉克又联系上了——通过同父异母的姐姐奥玛。这实在是人生中颇有讽刺意味的转变。戴维遇难后,母亲肯定又责备了博比;毫无疑问,奥巴马家族的其他成员自然也会受到牵连。据我所知,大约有三十多年的时间,母亲从没跟博比说过话。然而,时间能治愈一切创伤,哪怕是丧子之痛。

"马克,你不会懂得什么是丧子之痛。"一次,母亲哭着对我说,"就像失去一条胳膊;失去了,就再也长不出来了。一种锥心刺骨的痛。"

就是这个最有理由憎恨奥巴马家族的女人,竟成了连接这一家族成员的桥梁。母亲具有足够宽容与大度的胸怀,她恢复了与奥玛的联络。她们已通过一段时间的邮件,一天,她把奥玛的邮箱发给我。我给奥玛写了封邮件,不知她是否会理我。几天后,她回了封短信,说她很高兴收到我的邮件,并把巴拉克的电话给了我。

"世间的万事万物,都有各自的时辰。"我打电话给她时,她说,"我们早就知道,你会回来的。"

最后,我给巴拉克发了封邮件。

我不知道他会有怎样的反应。但我知道我做得对:我先伸出了手,不管对方是否会接受。要是他能接受我,那该多好,尽管有些心怀不良政治用意的博客文章,有些不快的记忆,以及家族的种种恩怨。这样的话,我就可以直接面对他,让他知道我在文章里是如何支持他的。我拒绝只作为媒体的字节或版面上的帖子的遥远、疏离的存在。

这是一段希望与乐观主义跨越太平洋和中国南海的美好日子。可是,要是巴拉克不这样想呢?他想跟我这个阔别已久的弟弟取得联系吗?几天以后,巴拉克回了一封邮件:

马克:

我听说你一直在联系我。这些天我忙于旅行。不过我想,我们

第十八章 爱与梦想

会有机会聚首的。

祝安善!

巴拉克

收到短信,这就意味着我们又恢复了联系,从前断裂的、缺失的一环复归原位。字里行间没有丝毫怨恨、愧疚或不信任的迹象,信中所使用的语言表现了一个不计前嫌的正派男人的胸襟。我心里美滋滋的。我丢失的哥哥又回来了,而且比以前更体贴人心。

恢复联系后,我发给他一份孙膑《三十六计》①的缩写本。这是一部具有两千年历史的古代典籍,其名声在世界上远逊于《孙子兵法》,在中国则妇孺皆知。在选战中如何击败希拉里·克林顿,书中所有的这些妙计都是适用的。为什么不帮他一把呢?我想。我不知道他是否采纳了我的建议,但毫无疑问,在巴拉克成功获得民主党的提名上,他的团队使用了某些计谋。如第六计:

声东击西

当希拉里被诱导把精力集中于获取大州民众的支持时,巴拉克的团队则远离核心区,采用网络采访、邮件、广告等手段,这一计谋是至关重要的。

然后是第十四计:

借尸还魂

事实证明,巴拉克和他的团队具有足够的应变能力,例如,在条件允

---

① 此处所说孙膑《三十六计》,当出于后人假托。《三十六计》不见于唐宋以前正史记载及私人藏书目录,其成书年代难于考证,一般认为不早于明清时期。

许的情况下毅然撤开"好好先生"的形象,在俄亥俄州、得克萨斯州对希拉里直接发起攻击。诚如中国古谚所说:大人虎变。

梦想一直在激励我们自新,包括外在的和内在的,尤其是内在的更新:依靠持续的磨炼与信念,在经过漫长的休眠后取得进步。像9·11这类突然降临的事件——对于巴拉克来说或许是伊拉克战争,他对此一直是激烈反对的——只会促使我们愈发奋勉,在人生道路上开创崭新的境界。

2011年在深圳举行的《从内罗毕到深圳》签名售书活动。本次活动由喜来登饭店主办,为中国、日本和菲律宾等国的患儿募集善款35,000美元。该款项由联合国儿童基金会捐赠。

2011年在广州举行的音乐会现场。本次音乐会是由中国南方美国商会和几位音乐家联合举办的,募集善款150,000美元,用于治疗广州儿童医院收治的慢性心脏病患儿。1500多张门票销售一空。

第十九章 新方向和条幅

音乐的启示

肖邦《bA大调波兰舞曲》(作品第53号)

这支波罗乃兹舞曲描写被扼住喉咙的命运,人们恰当地称之为《英雄》。乐曲刚健有力,似雷鸣,如怒吼,将手指的功用发挥到极致。我惊异于肖邦何以能凭借孱弱的身躯谱写出如此雄浑壮阔的和弦——然而他竟做到了,而且做得出色至极。乐曲的核心部分,它的坚强有力的主题和结构,与我在中国的新生活不无相似之处。我对自身的艰难探索与发现,也在某些方面折射出大洋彼岸那位兄长的政治生涯;目前,他正服务于一个伟大的民族。

2005年,大约在巴拉克发表施政演说的一年后,我离开天下信息咨询有限公司,接受一位客户为我提供的市场顾问一职,这是一家在深圳设立总部的电池厂,我的工作给他们留下良好的印象。这个职位的收入不高。我的任务是为公司提供一个强大的品牌形象和全球市场。尽管天下信息公司十分成功,我的一位合作伙伴还是决意把精力更多地投入他开创的一家烧烤店。时至今日,大家都以为我是这家烧烤店的股东或合伙人,事实上我并未参与其事。唯一的一次到这家店里,是去参加一个非正

第十九章 新方向和条幅

式聚会,用电贝司演奏了一支乐曲,用糟糕的汉语聊了一阵,努力不让自己灌醉。店主好意地宣称我给了他一些良好的建议,尽管我所起的作用实在微乎其微。

我仍固守顾问一职,以此换取微薄的收入。我喜爱这种隐居生活,免得凭借巴拉克弟弟的身份招摇过市。

"你哥哥是一位参议员,对吧?"一次,有个朋友问我,"我记得你告诉过我,你有个很值得骄傲的亲戚在美国政界。就是巴拉克对吧?"

我无声地点点头,希望他声音低点儿。

"他很有希望。"他用响亮的男中音说,声音大得整条走廊都听得见。

不过,当时还算平静;直至2008年3月17日罗杰·科恩在《纽约时报》发表那篇专栏文章《奥巴马弟弟在中国》,一石激起千层浪。文章引用奥玛的话说:

"我女儿的父亲是个英国人。我舅舅娶了个俄国姑娘。我有个弟弟在中国,跟一个中国姑娘订了婚。"接着,科恩就在我身上做起了文章。他不无忧虑地表示说,共和党肯定要从我身上挖出一些隐私,中伤巴拉克。所幸科恩并未意识到,他自己也正是这样一个造谣中伤者。

我完全想象得出报纸上会出现怎样的标题:奥巴马有个弟弟在中国!人们纷纷传言他们那位有几个妻子的父亲。

我对奥玛感到恼火。

"你为什么偏要跟记者提我和我的女朋友?"我埋怨她说,"现在好了,他们肯定要把我们俩拖进这场政治游戏中去了。你不知道这种事在中国会造成怎样的轰动。"

"抱歉,马克。实在对不起。"奥玛歉疚地说,"我只随便提了一句。他看上去像是个靠得住的人。我再也不会接受他的采访了。"

然而已经太晚了。尽管我的有关市场流通、开发公司网站等咨询服务完全属于合法经营,共和党也会从负面的角度去理解,就像鲁珀特·默多克2008年在伦敦《泰晤士报》发表的那篇严重失实的中伤文章那样。

自从2007年上半年巴拉克宣布参加竞选，我就预感到我的生活将会成为一本打开的书：经过多年努力在中国获取的这份宁静、和平的生活将会变得喧嚣、粗劣，甚至可能会无端蒙上一层邪恶的色彩。我一方面为他感到骄傲，另一方面也因被卷入这场政治游戏而有些懊恼。他至少应事先把他的计划告诉家人才对。

这个时候，我的态度开始慢慢转变。我目睹了美国时局的发展。我记得每次回美国探亲，总感到生活里弥漫着一种沉重、压抑的气氛；尤其在香港，更是如此。在星巴克，神情冷峻、荷枪实弹的警察牵着狗，就在焉头耷脑排队等咖啡的顾客们的身旁徘徊。报刊载文抨击政府的腐败和铺张浪费，以及掩盖虐囚事件，等等；世界舆论认为，美国如今已走入迷途，再也不能像以前那样不可一世了。我离开美国，前往东方，其中部分原因便是由于美国失去了从前那种充满希望与乐观主义的民族精神。

然而，如今，巴拉克与他的团队正在慢慢驱散沉重地压在美国人心头的忧惧。千百万民众摆脱恐惧的阴霾，走向希望，正如巴拉克于2004年7月在民主党代表大会上那篇成名演说中所描绘的那样：

> 希望。困难重重而仍满怀希望。前路茫茫而仍满怀希望。无畏的希望。说到底，希望是上苍赐予我们的无价之宝，也是这个国家赖以生存的基石。要相信未来，相信好日子就在前方。

这里没有半句空话。我们一家人便是靠希望兴旺起来的：祖父多年给人家做佣工，希望儿子有朝一日能读大学。外祖父母逃过立陶宛的大屠杀，满怀希望奔向美国自由的乐土。母亲私奔到肯尼亚，希望与她爱恋的男人结为连理。父亲老奥巴马希望肯尼亚摆脱裙带之风与宗族观念，走向辉煌的未来。我也曾希望自己写出一部大著，或以作曲享誉世界。巴拉克则希望通过从政给自己的人民带来福祉。

于是，我心中的怒气逐渐转化为自豪。要是巴拉克有朝一日成为美

第十九章 新方向和条幅

国总统,这对他来说实在是个破天荒的成就,尽管我当时疑心他恐怕难偿夙愿——身为黑人而要成为美国总统,简直是天方夜谭!我自己常常因无视种族偏见而四处碰壁。我确实不在乎人家把我当作黑人还是白人,也不在乎人家由于我是个白人就喜欢我,或由于我是个黑人就讨厌我;这或许是因为我本人既不曾把自己当作白人,也不曾把自己当作黑人。以前,我的这种态度以及随之不情愿地被卷入种族隔阂曾伤害到我,不过,有关我自己的种族身份并非生来就有的。在《从内罗毕到深圳》一书里,有关主人公戴维的那段话也同样适用于我自己:

  我出生的时候是个黑人,长大了之后成了白人,然后又汲取了黄种人的某些东西,如今,我是个世界公民。

  另外,他在上面这段话里所传达的关于希望和乐观主义具有战胜恐惧与忧虑的力量,以我的观点来看,比他本人是黑是白——用他自己的话说,他是否长了两只让人讨厌的招风耳——更重要。

  巴拉克终于走向人生的顶点;然而,他并非以此来限制我的人生,或令我感到自身的卑下。恰恰相反,他将以他的成就使我从桎梏中解脱出来,通过写作真诚地对待自己,走上自新之路。

  于是,我的命运就与他的命运联系在了一起:从某种意义上说,我的未来也由他的未来所决定。我们是由一条看不见的纽带联结在一起的同胞手足,而这一点多年以后才会愈加明了地显现出来。眼下,他的光辉吞没了我;他不会意识到我的存在,除非是在抽象的和形式的意义上。我将成为他的看不见的兄弟:一个沉默的影子,除了偶尔在他的旅途中露个面。另一方面,如今,无论我是否乐意,我的每一个举动都将被拿来与他相对比。

  "走自己的路。"一次,他跟我说,"记者总想从你那儿挖出点什么。要是你不去理会,久而久之,他们最终就会放过你的。"

说事容易做事难。如今,无论是在公众的眼睛里,还是在我本人的意识里,我的身份已跟他的身份牢牢联系在一起,我还怎么走自己的路?然而,我决心不让自己陷入更悲苦的境地。这方面我见证得太多了:这一生里我见识了父亲、家里的其他成员以及亲朋故旧中太多的人,看到悲苦如何像酸液一样从内里将他们一个个吞噬掉。我努力穿越感觉的迷宫——尽管步履艰难——寻一条自己的路,学会把注意力集中在那些单纯然而对我个人来说则十分重要的事情上:家庭、音乐、自我表达以及慈善事业。这需要一种几乎是盲目的和痛苦的真诚。这段艰辛的自我实现过程初见成效,我写出了我的小说和这部回忆录。《从内罗毕到深圳》是个良好的开端,尽管不无缺憾:故事的整体轮廓因其所使用的虚构手法而有些模糊不清。

我努力继续过着隐姓埋名的低调生活,不与奥巴马家族发生联系,除了热切地读着有关选战的消息,偶尔与家人——包括奥玛和巴拉克本人——通个电话,发一发邮件。直至有天晚上,一切都发生了改变。

改变源自一个梦。

这一时期,巴拉克正与希拉里展开论辩。我在报纸上读到一篇文章,批评巴拉克在第一次论辩中的表现;与此相反,我认为他表现得相当出色。我感到这篇报道显示出某种怀疑甚至敌意态度,似乎世界上千百万人的意识中正在发生一场巨变,而某些强大的传统势力以及根深蒂固的传统观念偏偏逆历史潮流而动。我睡得很晚。然后,夜里两点钟左右,我被惊醒了。

正如先前在梦想的激励下,我来到东方;如今,又是一场梦促使我起程去美国看望巴拉克。

《关于梦的报告》是我的一部未完成的回忆录的标题。

《我父亲的梦想》是哥哥巴拉克写的一部回忆录。母亲怀着梦想,私奔到肯尼亚。

父亲梦想读哈佛。我梦想来中国。

我们一家人似乎都受这个虚幻世界的蛊惑。或许是因为梦境是个不

第十九章 新方向和条幅

受拘管的地方,那里是无言的希望与情感说了算。

我梦见了哥哥,梦境有些含混和破碎,有的部分甚至令人恐惧;不过,就是这么个含混和破碎的梦,竟促使我起而行动。

我梦见我从飞机上跌落。世界在我的身下铺展,在浩瀚、孤傲的美丽中显示出磅礴的气势。开始我怔住了;但紧接着,耳边呼啸的风声和大地温暖的色彩不禁让我感到心旷神怡。我开始享受这致命的跌落。我扭转身子,头向着太阳,只觉得有阵阵清风拂面。然后便感到一阵颤抖——好像脑袋枕在一个颤动的软垫上。这一阵惊悸攫住了我的全身。我终于明白,我的脑袋已冲进大地。我没感到丝毫的疼痛,既不后悔,也不害怕。我几乎觉得有些习以为常。

这时,眼前的景象变得十分开阔,不见一棵树,巴拉克与我并肩走着。四周不见一个人影,但我们却能感到有成千上万的人围住我们。我们俩一边漫步,一边讨论着什么;我突然觉察到一个猛烈的运动。有个模糊、坚硬、棕色的物体从我面前一闪而过,击中了巴拉克。他遇刺了。

我奋力挣扎,想从梦魇中摆脱出来。我确实觉得自己醒了,正在床前站着。这下我放心了,开始铺床。可就在这当儿,我面前出现了一张脸,两眼通红,脸上不见一丝血色。这时我才明白我没醒,还未走出梦魇。那种恐惧的场景真真切切,如在眼前。我奋力挣扎,头部又出现震颤和重击感。我内心的恐惧和负疚感是如此强烈,醒来时通身大汗。我睁开两眼,看到有块白云一样的东西在眼前浮动。我愕然意识到,那原是妻子的一张充满关切的脸。

我把梦境复述了一遍,雪华立刻督促我说:"你必须立刻动身,去瞧瞧你哥哥!"

此前,雪华——我们于2008年结婚——帮助我摆脱了许多人生的梦魇。在我生命旅途的种种危机时刻,她给了我在别处不曾获得的启迪。尽管我们知道我的写作会唤醒家人久已忘却或压抑的记忆,并会伤害到某些人,她仍鼓励我写下去。为了表达我的爱与感激,我曾写下《致雪华》这首诗。

致雪华

一旦你付出爱,如一匙蜂蜜,
渗入世界冰冷的缝隙,就会变成
宽阔的、闪动金色波光的湖水。
你分享一个眼神,微笑,拥抱
你赤裸的身躯便沉浸在月光里。
分享你的秘密,爱你,我的宿命①。
永远是另一个我,确实
这就是你,我的爱人。

第二天一早,我连忙买了张机票,赶往美国去见巴拉克。我知道他将前往得克萨斯州的奥斯汀,一周后他与希拉里在那儿有一场辩论;抵达之后,我再设法跟他取得联系。这笔钱我节省下来原是要买钢琴的。我早就渴望能有一架自己的钢琴了,但我毫不犹豫地掏出来买了机票。

事先,巴拉克不知道我已抵达奥斯汀。我跟弟弟约瑟夫(西米翁和露丝的儿子)、弟媳多拉住在一起。多拉跟巴拉克的竞选团队取得了联系。他们一旦弄清我的身份,立刻就让我进去了。我们进到奥斯汀分校②音乐厅一间狭小的前室,等待辩论——辩论正在附近一个封闭的区域进行——结束。屋内还有几个赞助人,也在等待与巴拉克单独会面。我们随

---

① 宿命(bashert),意第绪语词。犹太人用这个词语指一个人生命中的另一半,即伴侣。
② 指得克萨斯大学奥斯汀分校。

第十九章 新方向和条幅

意说着闲话,但我心里只有一个念头:恢复与哥哥的联系。

这是我们俩多年来的首度会面。这一幕一次次在我的脑海中预演。这会是怎样一幕场景呢?他会有怎样的变化?还能认出我吗?

他跨着长长的步幅走进小屋,高昂着头,右臂几乎成90°角,摆出一副最佳的随时准备握手的姿势。

"见到你们很高兴。今天还好吗?"

我原以为他认不出我了,我们毕竟已分手近二十年;然而,他径直走向我,一双睁大的眼睛里只显示出片刻的迟疑,那是犹豫与决心之间的矛盾。

"你好吗?很高兴见到你。这些年过得怎样,贝姬?"

他的嗓音深沉而洪亮。在后来的回忆中,我感到他的话语中略带几分干涩和冷淡;过去的一年里,他这话也许已重复了一百万次。那一时刻,他虽然是在对我说话,但还可能在场的每一个人都有份。谁是贝姬?她是干什么的?听上去像是女人的名字。他是在说"回到东方"[1]或别的什么?或者把我与他遇见的一个女人弄混了?再不,就是方言里表示亲热的土语?我们相互拥抱。他第一次把左手从衣兜里抽出,在我的后背拍拍。他眼睁得大大的,仿佛对我们的拥抱感到惊愕。他瞧瞧我的头发,然后用一根指头迅速抹一下上嘴唇。

"咳,你还像从前那样留着连鬓须!头发比以前短了。上次瞧见你的时候,你还留着蓬松的埃弗罗式发型[2]。"这让我感到十分高兴,他还记得这些细节。

"这是什么?"他伸手想碰碰我的脸,我记不清他碰着没有。我对人家的触碰一向是十分敏感的;我低一下脑袋,紧张地笑笑。

"你也一样啊!"

---

[1] 贝姬(Bechy),西方女子名丽贝卡(Rebeca或Rebekah)的省称,发音与"回到东方"(Back East)有些相近。

[2] 埃弗罗式发型(afro),非洲人常见的一种蓬松发式。

"哪里,没有。我只是受不了理短发。"他露出了笑容。我们大笑起来。他跟约瑟夫和多拉打了招呼。

我们第一次在内罗毕见面的场景没再重现;既然那次见面的不快在以后的年月里无关紧要,如今当然就更加无关紧要。我们之间洋溢着的新的热情似乎已使从前的种种不快涣然冰释。巴拉克面带微笑,显得十分放松。他比我上次见到他时老成多了。我们相互拥抱了——这在以前是从未有过的。那天晚上在奥斯汀,我们之间的坚冰已打破。

他看上去比电视或互联网上的图片显老。这些图片总有夸大的倾向,一个人在图片中是显得更美还是更丑,要看这篇报道的主旨和编辑、摄影师的爱憎。直至目前为止,媒体对巴拉克一直是赞美和宠爱有加的。他的照片几乎都在微笑,而且大都从略低的角度拍照,使他看上去如奇妙孩童或慈善巨人。不过,鼻旁的法令纹很深;他的两只棕色大眼周围的皱纹也透露出四十七年无情岁月的剥蚀。但他的皮肤十分光洁,他的笑是那样爽朗和真诚。与我相同,他的前额也有抬头纹。与我相同,他的两个眼角也现出了鱼尾纹。与我相同,他也高昂着头。然而与我不同,他生来便有王者之风。

我感到我应该以更真诚的态度与他相处,于是,我写了一幅字送给他。我还写了封短信,随条幅一起装入函封,我希望有一天他能读一读这封信——一旦他有了闲暇时光。

2008年2月21日,星期四
亲爱的巴拉克:

万一我们没时间交谈,我想对这份小小的礼物作些解释。这些年我生活在中国,一直在研习书法;我感到将条幅作为我送给你个人的礼物再合适不过。我用中国传统的笔墨给你写了这幅字。字的读法是从右至左;若挂在墙上,就要横挂。

天涯咫尺

第十九章 新方向和条幅

这幅字的涵义可以有两种解释。第一种是：两个人虽相距咫尺，但在心灵上却相隔万里。相反，第二种解释是：两个人虽相隔万里，但在心灵上却是相通的。如何解释，要视具体情况而定。

以我的观点来看，你我因有同一位父亲而联系在一起，我们在许多方面彼此十分接近，而在另一些方面则相距甚远。举例来说，你生来就有雄才大略，能够把人们团结在一起；我望尘莫及。在这方面，可以说你我相距万里。然而，我记得曾在一篇文章里读到，你在读高中时就酷嗜尼采和弗洛伊德。我记得文章里还提到让-保尔·萨特。这些人——再加上柏拉图——都是我读高中时的偶像。我把《恶心》当早餐，把《超善恶》当午餐，而《图腾与禁忌》《会宴篇》①则是我的晚餐。我想，我们俩在阅读方面的共同趣味的确是个有趣的巧合。有一种说法认为，同胞手足虽然其生长环境互不相关，但他们在潜意识里似乎都受着某些事物的吸引。因而从这个意义上来说，尽管我们俩相隔万里，但在心灵上却又十分贴近。我的兴趣主要在音乐和美术方面；可能你也有这方面的喜爱吧。

我的脑子里闪现出许多这样的例证，并通过电视、网络及传言（尤其是最近以来）在你涉及的极其广泛的范围内得到印证。我一次次地想起你，内心油然升起一股难以释怀的情感。然后，就在我开始读到更多有关你的消息时，有位朋友用一句中国谚语提醒了我，大致意思跟这句话差不多。

在你生命里的许多重大时刻，你可能记不起身边所有人的名字，但你绝不会忘记不在身边的那些人。

因而，我的妻子提醒说："你应该去看看哥哥。"我们的生命里有许多女性，正像叔本华所感知的那样，她们对那些不可见的生命节律具有深刻的理解；妻子能说出我已感受到却难以言表的东西。于是，

---

① 《恶心》，法国作家让-保尔·萨特所著长篇小说。《超善恶》（一译《善恶的彼岸》），德国哲学家尼采的著作。《会宴篇》，古希腊哲学家柏拉图的著作。

几天以后,我决定去得克萨斯州看你。我从许多方面感觉到,目前,你正在经历一个重大时刻,一个由上苍规定的时刻;我想告诉你,当你奋力向前迈进时,我将全心全意地支持你。

在中国,书法的发端可以上溯至四千年以前,尽管这一艺术很早即传到日本、韩国等其他亚洲国家,但中国的书法艺术毕竟有其独特性。条幅的上款(右侧)写:致我亲爱的兄长巴拉克;下款(左侧)写:弟马克书。

抱歉,条幅的背面沾了点墨迹。这在书法作品中颇为常见,从正面瞧不出来。

巴拉克,倘若你能稍拨冗繁,我们相聚一晤,真是再好不过了。倘若你实在难以分身(写这封信时,就在我赴奥斯汀的前夜),我想告诉你,我这次专程来看你,并希望能当面告诉你:我们在心灵上是相通的,而不再是对立的两极。你若是有什么事希望我帮你在中国打理,请告诉我。

爱你的
马克

"我想来看看你,并告诉你:我是全力支持你的!"我对巴拉克说。

他看着我。我看着他。我不记得当时他说了什么。可实际上,哪儿还需要再说什么?

"我给你带了一份小小的礼物,还想跟你照两张相,可以吗?"

"让我去应酬一下。在这儿等会儿,我们说说话。"

他朝约瑟夫和多拉那边指指,我就在那儿等着。

我注意到他干练地吩咐众人做这做那。他像是在舞台上调度演员的位置,指挥小屋里的人们一场场拍照,走上前去跟人握手,或必要时用眼神准确地指示位置、时间。他娴熟地组织着屋里人拍照,就像一名芭蕾舞明星,他那瘦削的身材几乎在飘动,每次都适时抵达他的位置。运动中的

第十九章 新方向和条幅

巴拉克如同一条旋律线,甚至在奏响第一个音符时即已看清最后一个音符的落点。

然而,他又如此让人琢磨不透。当我们俩第一次在肯尼亚会面,他那张瘦削的年轻的脸上不见一丝幽默感,他的微笑是干巴巴的,勉强挤出来的。他执着地要了解我,叫人心烦。我想,他头上的埃弗罗式的发型实在滑稽——正像他提醒的那样,我当时也留着那种发型。

这次在奥斯汀的会面,以及后来的几次会面,我渐渐理解了哥哥。巴拉克不是感情外露的人。就像大多数政治家,他出言谨慎,能保守秘密。正像现实所需要的那样,他将自己的生活截然划分为两个部分:一个是私人的,另一个是公众的。你很难分享到他的感情。他在各阶层人群中应付裕如,而他的自我既像印度吠檀多哲学一样深奥难懂,又像玛雅人的面纱,揭去一层,里面还有一层,而每一层都是假象。不过,虽说你很难对巴拉克的性格作准确的界定,但他内在的自我毕竟是稳固而坚实的。有人说,他具有美国中西部人的价值观和坚定的信念。他的个性中确实具有中西部人的某些特征,这使他头脑冷静而沉稳,做事简明,直截了当;但他仍旧是个谜。他的种种价值观念均源自他那不可言喻的内在的自我,不过,我们所要了解的仅仅是他的个人魅力(也就是人们看到的外部特征),而非他内在的自我(也就是他的自我感受);至于他内在的如谜一般的一面,也还算恪尽职守。

有时人们常说,美国人特别不喜欢个性深沉的人。例如在小布什时代,反智主义大行其道。我常常能感受到,一般美国人喜欢打压那些思想深刻的人。在多数美国人的眼睛里,他们属于精英阶层,通常毕业于私立学校,是些趾高气扬、思想自由的家伙。因而,巴拉克将他内在的自我局限于狭小的私人范围,或许也出于这类考虑。

他的个性是深沉的,因为他不得不一直压抑对才华卓异却沉湎于酒色的父亲的厌恶。父亲身上有许多方面是巴拉克不曾见识过的,而我则亲见亲历,这就是酗酒的毋庸置疑的影响、卓越的口才、好色、数学上的早慧、家庭暴力、领袖气质以及妄自尊大，等等。巴拉克在回忆录中有所提及，但他从没亲耳聆听一个醉鬼的胡说八道。我在说死者的坏话。然而，这些不良影响依旧存在，我们能否承当沉默的代价？

巴拉克有效地解决了可能会影响到他与家人之间关系的两个心理问题：对于他人期许的驾驭（属于个人魅力），将个性中坏的方面导向内心的平静（属于内在的自我）。他除了掩藏自我——即使面对自己的同胞手足——还可能有别的选择吗？因而，那一晚上我已热泪盈眶，而他则始终是一副超然神态。旁观者后来告诉我，那天他十分激动；可我竟一点没有察觉。另外，在巴拉克看来，内心的告白可能属于私事，是他与米歇尔和耶稣基督之间的事情。

我把条幅展示给他看。"这是你的名字的中文写法。"我告诉他，"这可能是你头一次看见自己的名字用中文写出来。"

"很漂亮。"他说，"怎么挂？竖着？或这样？"

我轻轻放低他的手。"横着挂。"

我们照了几张相，又聊了好大一会儿，他才出去向欢呼的人群说几句话。

那次碰面，我还遇见其他几个人。我看见有个大个子黑人，比巴拉克高出不少；巴拉克每次与民众会面，他都紧随其后。他的身材那么魁伟，我还以为他是特工处的人。一问，才知道此人是雷吉·勒夫，是巴拉克的"贴身保镖"或私人助手，一直服务至2011年。

"拜托，请好好照看我哥哥。"分手时，我恳求勒夫说，"外边有那么多疯子。"我使劲握握他的手。雷吉没笑；但他的眼神告诉我，他明白。我立刻感觉好些。

我们正往前走着，我撞在一个身材矮胖的女人身上；她宽容地朝我笑笑。当时兴趣正高，我跟她和另一个女人合了个影。她初时还不同意，但我仍坚持要合影；我想留住那天的每一时刻。事后获悉，这个相貌姣好的女人是瓦莱丽·雅雷，巴拉克的高级顾问和福音传道者一类人物。

第十九章 新方向和条幅

后来,我回忆起这次与巴拉克会面的一些细节。我们拥抱时他稍稍有些迟疑。他既没问我眼下在干什么,也没问候我的家人。或许他压根儿就不记得我的名字?他待在这间叫人气闷的小屋里,与这个多年不通音讯的家伙一起坐五分钟有什么意思?我能感觉到他内心的困惑;我甚至能听到他在扪心自问:他为什么这个时候跑来?或许是因为我正在竞选总统?他肚子里打的是什么鬼主意?没人说过他一句好话,也没人说过他一句坏话。这个跑来叫我哥哥的家伙是谁?为什么这么多年都不露面?朝他笑笑,拥抱一下,然后忘了他,赶快去拯救世界。或许这就是巴拉克的真心话。

不过,我宁愿疑罪从无:我只将他视作为人忠厚的君子,不会疑心我找他有什么图谋。待人刻薄、疑心重重是旧时代老派人的观念;如今是年轻人和梦想家的时代,他们不习惯猜忌,而相信人人心中都有个善良的天使。时间将证明一切。

第二十章　新美国已然莅临

音乐的启示

贝德日赫·斯梅塔纳《莫尔道河》①

　　这支由十九世纪捷克作曲家贝德日赫·斯梅塔纳创作的管弦乐曲长度约十二分钟，描绘这条横贯东欧的大河。大河的雄伟气势和力量不禁让我想起巴拉克·奥巴马当选美国总统时我所感受到的那种势不可当的自豪与骄傲。我感到成千上万的美国人正在奋力摆脱恐惧的阴霾，向着希望迈进。

　　我记得第一次听这支乐曲时是在内罗毕读高中，正午时刻，太阳照得教室里热烘烘的。密纹唱片的另一面是《自新大陆》交响曲，由斯梅塔纳的同胞安东·德沃夏克创作。乐曲开始由长笛、短笛及其他管乐奏出春水在山间小溪中涓涓流淌。然后，随着河水力量的不断增大，越来越多的弦乐加入进来，乐曲在雄壮的旋律中如惊涛骇浪一般汹涌而来，达到高潮。这支蜿蜒的溪流一路欢歌，在抵达布拉格城门时终于变成了一条宽广的大河，然后消失在远方。

---

① 莫尔道河，即捷克伏尔塔瓦河的德语称谓。《伏尔塔瓦河》（即本书所称的《莫尔道河》）为十九世纪捷克民族乐派创始人斯梅塔纳的代表作《我的祖国》套曲中的一首。

第二十章　新美国已然莅临

2008年8月,我开始收到陌生人的电话,跟我讨论巴拉克。我没理会他们。

然后,也就是雪华和我结婚的一个月后,伦敦《泰晤士报》发表一篇攻击文章,称我的全名,说我是向美国倾销劣货的不法商人。文章还说我是个狡诈的资本家,意在侵夺美国人的就业机会。

美国的政治如此邪恶,我最不愿卷入其中。一方面,我十分看重我在深圳的宁静、简朴的生活;此外,我不愿蹚这个浑水还另有隐情。我以前行为失检,正在抚平这些过错给我造成的创伤。我相信,这些过错逃不过记者的眼睛,定会被公之于众,因而使哥哥和家人蒙受耻辱。我一方面为巴拉克所取得的成就感到骄傲,另一方面又担心自己会成为坏事的烂人。耻辱深深地埋在我的心底,这些年我越是努力忘却,内心的负疚感就越沉重。

《泰晤士报》的文章刊出后,我每天接到几十个记者的电话,穷追不舍。在一位当时好友的帮助下,我和妻子在外躲避了两周时间,希望此事渐渐平息下来。

一天晚上,我和妻子躲在海南的一家酒店。海南是个滨海省份,以美丽的海滩和热带气候著称。我知道我不得不自行了断。在宽阔的洋面上,天空一碧如洗,新月如钩,一只海鸥在高空盘旋,偶尔投下一道黑影。这是个美丽的夜晚,但我已走到了人生的尽头。

"他会理解我吗?"我问妻子。

她点点头,"他是你哥哥。他当然会理解。"

"我愧对他,愧对我身边所有的人。"

她没再说什么。我心情沉重地在电脑前坐下,给他写邮件。

"我必须告诉他。我只能坦白。还能怎样?"

主题:告白

巴拉克:

在我二十多岁时,也就是来中国之前,我曾犯过两次错误,这可能会给你带来不利影响。我要向你坦白。否则,因我固守这个一直藏在心底的秘密而给你、家人以及国家带来伤害,这将是我难以忍受的。

第一,在斯坦福读书时,我因在硕士学位考试中作弊而被停学。尽管后来我获得硕士学位,但我决定不再回斯坦福了。

其次,来中国之前我丢了工作(我是在9·11事件期间失去工作的),因我想保住房子(如今也失去了)而负债。从那以后,我一直没赚到足够的钱还债。我计划赚到足够的钱后一次还清(眼下,我每月大致能赚到700美金,那篇文章说我富有,实在错得离谱)。我本应回到美国,找份薪酬更高的职位,但我爱这个民族、这个国家;我爱妻子,也爱孤儿院的孩子们。看啊,这个人①。

麦凯恩战略室可能已掌握了这一消息,单等恰当时机向你发起进攻。自从《泰晤士报》文章发表后,雪华、我以及我身边的人接连遭受记者的围攻。我和雪华不得不逃离深圳;今天,他们又在网上刊出我的照片。下周我都不敢回深圳了。我简直不知道该怎么办。

自从来深圳之后,我把精力集中在慈善事业、教孩子弹钢琴以及自己学习汉语和书法方面,只想悔过自新。我来中国原本就打算开始一段新的生活;到目前为止,可以说我一直生活得十分幸福。

倘若今生你我再无相见之日,巴拉克,这对我来说实在是个重大打击。但不管怎样,我深表遗憾的是,我让你和我的国家感到失望。

若需我配合你做些准备,以应对共和党不可避免的攻击,请告诉我。

永远爱你的
马克

---

① 看啊,这个人,典故出自圣经《新约·约翰福音》第19章第5节:"耶稣出来,戴着荆棘冠冕,穿着紫袍。彼拉多对他们说:'你们看这个人!'"德国著名哲学家尼采的回忆录也曾以此为书名《看啊,这个人》。

第二十章　新美国已然莅临

行了。竹筒倒豆子,我已和盘托出。我等待他的答复,但我不知道他是否会在乎。我无法相信他会不在乎。作为兄长他应该明白,我向他说出这些丑事对我来说有多么艰难。由于他公务繁忙,照一般情况来看要等几天才会收到他的复信。可这次他几乎立刻就复信给了我。

马克:

别担心——你的生活属于你自己,不会影响到我的竞选。只要记住一点:你没有义务跟记者交谈。实际上,要是他们再找你的话,避开就是了。他们最终会失去兴趣的。

抱歉,这事给你带来不小的影响。

祝安善!

巴拉克

他鼓励我继续我的人生,别把这些事放在心上。在这段令人沮丧的日子里,是家人——包括巴拉克——在不断地安慰我,令我终生难忘。那天晚上,我趴在妻子的肩头哭得好不伤心;不过,我也由此找到了生活的勇气。

在美国大选期间,我的中国朋友亦喜亦忧,喜忧参半;不过,他们多数持怀疑态度。然而,我清楚地记得朋友戴维的话;他曾帮我首次将捐赠物送到孤儿院,帮我创立公司。报界发现我住在深圳,戴维又将我和妻子送到海南住了一周,使我们获得片刻的安宁。这一时期,在我看来,巴拉克肯定会在大选中获胜。有越来越多的人相信,从前的不可能即将成为现实。

旅行期间,戴维和我开始商讨恢复天下信息咨询有限公司的事。我一直认为,他是商行得以成功的基础,如果我们俩能够再次联手,此事便可万保无虞。

"你能找到朋友投资吗?"我问。

戴维看着我,实在猜不出他葫芦里卖的是什么药。我知道,他眼下考虑的就是如何将全世界的目光转移到具体可干的事物上来。

"我跟朋友们聊聊。"戴维说,"他们仍觉得一个黑人不可能在大选中获胜。他们认为,麦凯恩有一半获胜的概率。"

我认为,倘若我的朋友中有谁真正认识到巴拉克的潜力,这个人无疑就是戴维。可就连他也两头下注。他从不直接说出他的怀疑;他只转述朋友们的疑虑,从而委婉地传达出他个人的观点。这让我感到惊讶。我忘了中国人的行事准则:在商言商,而商人们在对事物的判断上是极端的保守主义者。

"他当然会在大选中获胜啦。"我反驳说。我没考虑生意上的事。我觉得我必须捍卫巴拉克;事实上,我的确相信他能战胜麦凯恩。

"可能吧;但是你要知道,我很难从朋友那儿弄到钱。"戴维的声音渐渐低了下去。我明白,在中国,甚至连最要好的朋友也难以相信:一个黑人会在美国的大选中获胜。

我的很多中国朋友对我的家庭关系不大了解,我倒宁愿如此。他们中的有些人不把我当作黑人,说话也没什么避忌。"你不是黑人,你的肤色太浅了。"有相当数量的熟人都说:白人们不大会投他的票。

说到大选,的确发生了不少可圈可点的事件。从蒙大拿到得克萨斯,从佛罗里达到伊利诺依,从马萨诸塞到加利福尼亚,各行各业的美国人都在共同的事业上团结在了一起。在一股强大的希望潮流的推动下,大家通过投票箱把国家从绝望的谷底拖了出来。

冲破重重阻碍,哥哥当选为美国总统。一个崭新的美国已曙光初露。

2008年11月4日那天,我和妻子在深圳简朴的家中用香槟酒庆贺大选胜利。那天晚上,我们购买了美国有线电视新闻网的播映权,在电视机前观看芝加哥格兰特公园庞大的人群。看到大洋彼岸一张张被泪水打湿的、狂喜的面庞,我们激动得热泪迸涌。

当看到巴拉克登上讲台,我用手机给深圳的朋友发了条短信:

新美国来了。

在我看来,这不过是条私人短信;然而,我的生活如今已发生改变。我实在不曾料到,我的那条短信会被中国(包括香港)和美国的许多家电视台所援引。

我的许多中国朋友欣喜欲狂。如今,他们私下对美国所持有的怀疑态度也烟消云散,或至少有所缓解。公交车上,中国人在屏幕上乍一见有个黑皮肤的美国总统,不禁惊愕得目瞪口呆。大选那天晚上,一位北京朋友告诉我,他瞧见有个中年妇女站在一家店铺外看电视,泪水打湿了两颊。

对于许多中国人来说,这一幕实在太惊人了。记得几年前有一次我从香港回来,晚间乘公交车,女售票员见我带旅行包,却操一口普通话,不禁有些诧异,两人就聊了几句。

"你是哪儿的人?"她问我。

"美国人。"

"美国人?"这个长着红润脸膛的年轻女孩望着我,不禁心下有些狐疑。

"是,我是美国人。"我微笑着说。

"可是,美国人一般都金发碧眼。你不像美国人。"她一边反驳,一边尴尬地摸弄着蓝制服的衣边。我只笑笑,对她内心感到的震动颇为理解。

确实,我既没金发,也没碧眼。可现如今,有个长相跟我相像的人不久即将登上世界最高权力宝座。

很快，我也实现了一个珍藏已久的梦想。那是在2009年1月中，也就是巴拉克大选获胜的三个月之后，恰好在他就职的前几天；他的就职典礼也是我盼望已久的一件大事，很想好好庆贺一番。

在美国的政治骚动打乱我的生活之前，很久以来我一直梦想通过电视节目将音乐介绍给孤儿，尤其想运用这种方式向全中国的孤儿讲授音乐课程。我一直不曾放弃这个美好的梦想。

事情还得从2003年说起。一天，我们一行四人在深圳的一家琴行碰面。我坐在一张不大的木桌前，手指敲击着桌面。左手是戴维，手持公事包；右手是另一位朋友艾丽西亚，正紧张地坐着；对面是琴行老板叶先生。我们正一道筹划举办一场音乐会，为孤儿募集捐款。叶先生的琴行一向为我提供练琴的机会，我知道他是肯于出力的。

"我们能办成这事。"戴维说，"我们可以从商会拉些赞助商。"他攥紧手里的公事包，振振有词地比画着。

艾丽西亚用心听着，审慎地思考着此事的可行性。她刚大学毕业，年纪虽轻，可人很聪明；我十分尊重她的建议。毕竟是她首先把我介绍给孤儿院，在去孤儿院授课之前指导我到有关政府机构办理必要的手续。

"我也能搭一把手。"叶先生说。他用手帕揩着汗；他只不住地轻轻在额上点点，而不是摘下眼镜用手帕揩抹，"我可以安排场地，还能提供最好的钢琴。"

"人人都会出钱出力。这里丝毫没有强迫谁的意味，一切为了孩子。"我说。我们几个似乎意见一致。

只有艾丽西亚不大搭腔。

会面之后，她建议我们谨慎从事。"这事恐怕没那么容易。我们有许

第二十章 新美国已然莅临

多有关外事的规定。"

我心气正高,没听她的劝告。我想,这几位朋友干劲十足,在深圳又各有神通,靠他们几个帮衬,没办不成的事儿。戴维和我向孤儿院主任讲了我们的计划。戴维也信心满满。

"好消息。"他兴高采烈地说,"孤儿院主任说了,一切有关手续他们全包。这是件劳神的事。你知道,跟政府机构打交道有不少麻烦事。"

我注意到,中国人与政府打交道,一般都小心从事。中国的官僚体制错综复杂,百姓不大乐意跟他们打交道。有什么事若能变通,他们宁愿绕开官府,私下了结。

我草拟了一份详细的企划书,但我很快意识到我们遇到了麻烦——这事牵扯到外事纪律。

"当然,我明白你的意思。"我拉一个朋友入伙,她欣然应允,"我对这种马术表演十分在行。中国人喜欢瞧老外耍活宝。算上我一份。"

一位美国驻广州领事馆的朋友报名演奏吉他。有三位女性朋友报名唱歌。有几位中国朋友自告奋勇拉提琴。可这份节目单仍觉有些单薄,因为这时我在中国的朋友还不够多。

一天,我在世界之窗下车,见到一个正在读书的美丽的俄罗斯姑娘。我就走过去,跟她说正在筹划的义演。我知道这家主题公园雇了一些外国舞蹈演员,其中有许多来自欧洲。她绝对是个大美人;我不知道她是否会把我当作古怪的家伙赶走。当时她正在捧着一本书读,正是这件事给了我勇气。

"你在这儿跳舞吗?"我问。

没有片刻迟疑,她立刻回答说:"是的,我跳晚场。"

"眼下,我们正筹划在深圳举办一场义演,为孤儿募捐。你能来跳个舞吗?"

"当然。这是善事,没问题。"

你瞧,万事俱备,单等艾丽西亚和戴维的进一步消息。

341

可什么消息也没有。

我知道,一个人在中国做事,就要有耐性;因而,我一点不慌。我心想,或许他们正为此事东奔西忙。

一晃过去了几周时间,音乐会连个影子也不见。这下我着慌了。最后,戴维终于打来电话。

"我又跟主任谈了一回。他建议我们把义演推迟至明年。"

"什么?我这边样样事都准备好了。"我急得直跳脚。

"这我明白。"戴维一点不急,"可是,你要知道,中国的事就这样。他给我列举了一大堆理由。我想,他并不真想举办什么义演。或许各种手续太难办,而这才是他让咱们延期的真正原因。"

我简直要崩溃了。不说别的,单单把这些素昧平生的志愿者召集在一起,把样样事安排妥当,就要耗去多少心力。我实在要对这些政府官员刮目相看:他们一般对创新和冒险有天然的反感。他们大都心存对失败的恐惧,而这一心理又源自中国固有的文化传统:在中国,一个人有了成绩往往得不到鼓励,而失败的尝试则会受到严厉的惩罚。

六年之后,情况有了根本改观。我在孤儿院建立了稳固的信誉。随着美国大选进程的发展,尤其最终选举结果公布之后,我哥哥巴拉克的知名度与日俱增。利用他的知名度来帮助那些亟须帮助的人,我不觉得有什么歉疚。我决定跟中国朋友一道举办慈善义演,又没成功。绝望中,我打电话给哈利·赛义丁,中国南方美国商会主席。

"我们能办成这件事。我们这儿有个庞大的团队。只要告诉我举办的时间就行了。"哈利人在广州,他在电话里答复我说。

"一个月之内。"

"我跟我的团队说说看,然后联系你。"几天后,他发来了短信。

"我们能办成这事儿,就等你一句话。"

"那就干吧。"我回复说。

第二十章 新美国已然莅临

这回,那些歌星、舞星全都热心加入。1月16日,即在我飞往美国参加总统就职典礼的前夜,我举办了一场钢琴演奏会,一为孤儿募捐,二为在中国人的心中唤起扶助孤儿的意识。哈利——他也跟我一道分享巴拉克获胜的喜悦——和他的团队全力推进这一计划,使我终于梦想成真。在中国扶贫基金会副会长陈开枝的协助下,我们终于获得政府的批准和支持。

音乐会上,我一共演奏了三个曲目:肖邦的一首夜曲、中国的一首有名的民歌,和胖子沃勒的一首爵士乐。我记得我在安稳地坐到琴凳上之前,我一路穿越了无数的闪光灯,眼睛都照花了。按动快门的声音震耳欲聋,仿佛有成百上千只蟋蟀在对着立体音响鸣唱。镁光灯一次次闪亮,我再次闭上了眼睛。人群中不住有人提问:

"马克,你多大年纪?"

"你跟你哥哥说话吗?"

"你会去参加美国总统就职典礼吗?"

我一概不答;我开始弹奏美丽的湖南民歌《浏阳河》。我立刻进入了一个自我的世界、一个纯粹的声音与沉思的世界、一个宁静与内在生命的世界。二十世纪五十年代,这首可爱的民歌被填了词,成为一支毛泽东的颂歌。我一直担心美国的保守党会因我演奏这支曲目而将我视为叛国者。我甚至因此给白宫新闻处负责人写了封邮件,他的复信消除了我的疑惧:

"嗯,倘若这事足以引起记者们的注意,可能会招来一些麻烦。"他说,"不过似乎你有些多虑了,好像他们真的要煞费苦心地去注意你的一举一动似的。"

《浏阳河》一直深受中国人的喜爱。那天晚上,在弹奏到结尾处的高潮部分时,我听见陈开枝在我身后的讲台上大声唱了起来,声音大得我身旁所有的人都听得见。

乐曲结束时,在陡然响起的记者们按动快门声和叫喊声的背后,传来观众们的鼓掌声和交谈声。每弹奏一支乐曲之前,我先对作品作个简单介绍。

下一支乐曲《蝰蛇的一吸》,由取得非凡成就的黑人钢琴家胖子沃勒作曲。我在布朗读本科时,美国一位著名的钢琴家朱迪思·斯蒂尔曼教我弹奏了这支乐曲。标题的字面意思指吸食大麻,在是否向观众介绍这一点上,我跟妻子有不同意见。最后,我们终于决定还是要指明这一点;不过,我还是把吸食大麻这层含义简单意译为"过把瘾"。

最后弹奏的是我最心爱的曲目,肖邦的《夜曲》(作品第9号,之一),他发表的第一支夜曲。我学习弹奏这支非凡的浪漫曲是在读高中的时候,当时我刚开始公开演奏。我还记得在学校礼堂首次弹奏这支乐曲时,科马克神父让每个人都凝神谛听。从那以后,这支乐曲就成了我最喜爱的曲目之一。

我鞠躬谢幕,台下传来观众甚至某些记者的热烈掌声。一个身材瘦削、目光炯炯的记者起身,仍在追问:

"马克,你多大年纪?"

我避而不答。发问的是比尔·福尔曼,美联社中国分社社长。颇具讽刺意味的是,一年后,还是他抢到了对我的首次采访。但这次我一概回避,尤其不谈我的个人生活问题。

音乐会大获成功,我们为深圳孤儿和八个月前四川地震中的幸存者募集了近八万元的现金及物品。尤其重要的是,通过媒体的传播,全国有数百万观众获悉他们所面临的窘境。办成这件事之后,我就可以把注意力集中在华盛顿特区了:下周,巴拉克·奥巴马将在此宣誓就任美国总统一职;届时,我也将与他一同分享获胜的喜悦。

2008年大选期间,我与朋友戴维(隋先生)在海南。与新闻报道的情况相反,我并没在他的烤肉连锁店参股。

2010年,在广州星海音乐厅举办了一场钢琴义演,组织者为中国南方美国商会。图片为我与商会主席哈利·赛义丁(右一)和他聪明的儿子、九岁的联袂演出者迪伦·斯特林,另一位联袂演出者菲利普(陈先生,左一),儿童医院院长夏先生(居中站者)合影。观众及赞助商所捐款项足以使100多名处于贫困中的心脏病患儿获得紧急救治。

我常常公开反对家庭暴力。图片为深圳慈善会举办的一次反家庭暴力活动"家暴受害者站出来",我是这一活动的发起人之一。我要让全世界的人们意识到,甚至在美国总统家里也确曾存在过严重的家庭暴力。正像我站出来一样,其他人也可以站出来。约摄于2012年。

第二十一章　聚首白宫

音乐的启示

赛缪尔·巴伯①《柔板》

这首弦乐四重奏是极富个性的弦乐合奏曲,也是最受人们喜爱的管弦乐之一。诚然,作为美国音乐的代表,科普兰的《为大众喝彩》和德沃夏克的《自新大陆》交响曲更受人们的欢迎。不过,巴伯的作品则通过对一个简单旋律的魔术般的再创作,在一个更小和更内在的背景上显示出美国的本质。就像这支非凡的乐曲,就本质来说,美国即将重塑自我,在绝望的灰烬中再造希望。

深圳,下午的时光过了一半。从南中国海吹来的风刮得棉窗帘窸窣作响,一部分被卷到了窗外,就像舞动在梅林路上空的一对翅膀。我知道,雨很快就要来了。

我手里拿着亲戚寄来的一沓就职典礼期间的照片。照片是用便宜的

---

① 赛缪尔·巴伯(1910—1981),二十世纪美国最卓越的作曲家之一,作品包括管弦乐、歌剧、合唱和钢琴曲,曾任国际音协主席。音乐批评家多纳尔·汉奈恩评价说:"或许没有哪位美国的作曲家能像他那么早而又那么持久地蜚声乐坛。"代表作有弦乐合奏曲《柔板》、歌剧《安东尼与克利奥佩特拉》等。

小型柯达相机拍摄的。

黄金处处有，它就像一条美丽的金蛇，在日常平凡的事物中时隐时现。在旧时代的中国，民间禁用黄色，那是皇家才能享有的特权，一般人用了要杀头的。这些照片中不时闪现出漂亮的黄色，从长兄马利克的妻子颇具异域风味的穆斯林式面纱上，从凯齐娅的披肩上，从金碧辉煌的背景上，以及从五月花饭店内部的鎏金装饰上。重睹这一场景，我心中不由得顿生一丝又苦又甜的滋味。如今，这些欢乐的场景已成过往；而在照片里，我们所有的人全都显得那么快乐，欣喜若狂。

在一张照片上只有博比——如今已更名马利克——和我两个。他的个头高过我，脸黑得简直看不出眉眼。他的一只手指着左方，好像在指挥什么人。他戴着眼镜，浑圆的两颊闪闪发亮，仿佛戴了两副眼镜。我立刻回忆起从前班上同学对我的奚落：四眼！四眼！

在照片里，我战战兢兢地站在他身旁，生怕他倒下会把我压垮。我们俩手上捧着一块镌字的金丝线刺绣品，是我在中国买来送给他的。

就职典礼那一周，肯尼亚的奥巴马家族每天在华盛顿有名的五月花饭店的二层汇聚在一起。考虑到这一家子穷亲戚无力支付旅费，巴拉克自己掏腰包，负担他们的机票和食宿。饭店门外，华盛顿特区的人们沉浸在就职典礼的喧闹中。饭店内相对安静些，但欢乐的情绪与外面的人们是一样的。

另有一张是我与凯齐娅和她的儿子伯纳德、马利克的妻子及两个儿子、我弟弟约瑟夫等人的合影。大家个个兴高采烈，可眼中仍有些许愕然，仿佛不敢相信这一即将发生的破天荒的大事件。尤其是凯齐娅，她的眼神中既有些困惑不解，又有些忧虑，仿佛眼前的一切恰似一场盛大却转瞬即逝的春梦。马利克的儿子穿一件红色卡迪根式夹克衫，两手插兜，脸上挂着甜蜜、喜悦的微笑，既腼腆又安然自适。他仿佛已沉浸在遍地有丁香和雏菊开放、树上长出棉花糖、河里淌着巧克力的神秘世界里。

值得注意的是那些未出现在照片上的人：莎拉奶奶跟马利克不和，眼

第二十一章　聚首白宫

下正在饭店的另一角落。扎伊托妮姑妈①这期间正在波士顿跟移民局的官员干仗,这会儿正跟她的律师在饭店的门廊里踱步;家族中有几个人似乎让扎伊托妮姑妈闹慒了,然后就把她忘了。在整个就职典礼期间,奥玛和女儿阿金侬一直跟莎拉奶奶待在一起,躲着马利克一伙。"基苏木的那些人,他们一直争斗不休。"母亲常说,"我躲得远远的。我可不想掺和那些没用的马乃诺②。"

在另一张照片里,我把手臂搭在凯齐娅的肩上,约瑟夫则搂着伯纳德。对于奥巴马家族内的明争暗斗,我们兄弟俩乐得脱身事外,更别说华盛顿的这场巨大的权利角逐了。

在人生的这个短暂、辉煌的时刻,我们都来了——从肯尼亚、英国、中国……我们齐聚美国首都华盛顿,见证这天下一家美好理想的实现。

2009年1月17日

在飞往华盛顿特区途中,我随意打发着时间。我瞧瞧身边的乘客,他们大都来自中国普通的家庭,此外还有些商人。我朝舷窗外望着,香港及附近被称作新界的各岛屿已远远被甩在了身后。

就职典礼是个界标,意味着我在三种文化间探索的人生旅程的结束。我不曾意识到,事实上,此次赴美恰是下一段人生旅程的序幕,而我与奥巴马家族成员的聚会,便是新一章的起始,它将引导我走向救赎与伤怀、欢乐与净化。

我将在华盛顿停留近一周时间。要参加各场音乐会、典礼及其他活动,还有那么多功课要补,以便跟奥巴马家族成员打交道。

---

① 扎伊托妮姑妈,即老奥巴马的妹妹。其生母离家出走后,扎伊托妮曾与哥哥老奥巴马私自外出寻母,数天后被父亲找回。
② 马乃诺,斯瓦希里语,意思是麻烦事。

"奥科思,Umerudi!"莎拉奶奶用她那熟悉的嗓音跟我打招呼。她说的是斯瓦希里语:奥科思,你终于回来了。

在父亲老奥巴马·巴拉克的生母出走、返回自己的部族之后,这位如今的大族长曾照看过父亲。这之前我最后一次见莎拉奶奶是五岁那年回科盖洛的时候,当年在芒果树下,在周围那些小鸡和玩耍的孩子们中间,她灰黑的两颊在我看来就像桃心木的树皮,是这片陌生土地上的又一粗糙的细部。

在五月花饭店,她坐在一张小凳上,与散坐在一旁的家人叙旧。光线从身后的一扇窗透进来,她的脸部处在阴影里,然而,她脸上的微笑照得整个房间亮堂堂的。她的话语中夹杂了不少卢奥语,我听不懂。我坐在她对面的床沿上。

"奶奶,你身体好吗?"我用斯瓦希里语说。我不懂卢奥语。即使从前懂一些,如今也听不懂人家在说什么。毕竟相隔太久了。

她笑笑,对身边一个年轻女性说了几句话,由这个年轻人做翻译。

"她等了这么久,一直等你回来。她对从前发生的事情感到难过。"

我把凝视的目光从年轻人身上移开,望着莎拉奶奶微笑的脸。我想,可能是我听错了:她对从前发生的事情感到难过。什么事让她难过?我思忖着。她完全可以跟我聊聊我在中国的生活,再不,说说外边的天气也行啊。她可以问我母亲的情况,甚至还可以就最近发生的这些非同寻常的事件扯几句闲话。她可以说说一月天冷的时候恼人的肩背疼痛,说说她如何惦念田里的玉米、豆子和药草。然而相反,她见面的第一句话就说起许多年前的那些时日,说起记忆中我们奥巴马家族走在遍生荆棘的坎坷道路上的一段幽暗岁月。我立刻恍然大悟:我个人的不幸并非无人知晓。我知道奶奶一直爱我;她一直在盼我回家。

"带你的妻子来吧。我想见见她。"她又说了句。

我抹去眼泪,两手紧紧攥住了奶奶的手。她的一口白牙在乌黑的脸上显得格外分明,而她颇为平滑、光亮的脸膛也不再是一个儿童噩梦中粗

第二十一章 聚首白宫

糙的、伤痕累累的外表。在那一时刻,她是照亮我早年幽暗岁月的光明;她盼望我回家,原谅我长久的离去。我向奶奶保证说,我会偕妻子雪华回非洲老家看看。

我还没见马利克的面,就听见了他排山倒海一般的大笑。我顺着楼梯走到饭店的二层,一眼就认出了他;在一群谈兴正浓的肯尼亚人中间,他明显比人家高出一头。他从前那副深沉的嗓音仿佛穿越岁月沧桑,仍在我耳边回响。

"博比。你过得怎样,哥哥?"

他望着我,两眼睁得老大,仿佛不敢相信眼前这一幕。"奥科思,是你。你还好吗,兄弟?"

我们兄弟俩久久拥抱在一起。这是两人相互间亲情的自然流露,那情形竟仿佛我们才分手不久。我被一大家子人包围着,包括叔叔婶婶、堂兄弟姊妹,认不清也记不住。奥巴马家族的人整整占据了一、二两层之间的夹层楼面,背包、手机桌上椅上扔得到处都是,卢奥语、斯瓦希里语、英语搅成一团。我又把大哥仔细打量了一番。

"见到你真高兴,博比。时间过了那么久。"

他摇摇头,"我现在叫马利克。马利克。"

他头戴一顶穆斯林式的小帽,身穿白色长袍。他将一副魁梧的身子慢慢放低,一屁股坐在沙发上,两眼直瞪瞪地望着空无一物的电视机屏幕。

"我每天都会想起他。"他用低沉的语调说,"我每天都能看见他;这让我心里难受。"他不看我。他可能一直在饮泣,我实在说不清。

我见到了他的生母凯齐娅,还有她的小儿子、从英国赶来的伯纳德。

"奥科思,奥科思,真的是你!终于见着你了。"凯齐娅吃力地从椅子上站起身,又跌坐了回去;她显然已力不从心。我弯腰与她拥抱。我也跟伯纳德打了招呼。我知道,她的另一个儿子阿博还没到;这一周的晚些时候会见面的。他手头没钱,我周济他一些。我听说他在英国被拘留一周,受了些罪。

奥玛也有些凶神恶煞要应付,我就是其中之一。她就像《红楼梦》中的人物黛玉,小心侍奉着封建家庭中的大族长贾母。她受了一点怠慢就会着恼,拒绝跟宝玉说话,转身走开。我去五月花饭店看望莎拉奶奶时她也在,可她不拿正眼瞅我;我们也相互拥抱,可我触到的就像是摆在橱窗里的假人。

"奶奶和奥玛跟马利克没牵扯;马利克样样事都要抓在自己手上。他们相互之间不过话。"后来有人跟我说。可奥玛为什么对我也爱答不理,我仍不明就里。

在这些家庭成员的欢声笑语背后,我感到了一部家族史,一部掺杂着情感伤痛、鸡毛蒜皮一类的嫉妒,以及种种微妙的和不甚微妙的权力斗争史。我想加入到这个大家族里来,但愿不被扯进他们的这种明争暗斗。

出了饭店,我走在华盛顿的大街上。整座城市都笼罩在一种特别气氛中。很久以来,华盛顿——以及整个美国——首次感受到自由的气氛,自9·11以来沉重地压在人们心头的那种恐惧和疑虑仿佛被一扫而空。随着新总统的就任,一个崭新的未来已初露曙光。

"由于种族问题,你是否会觉得自己受歧视?"很久很久以前,巴拉克和我首次在肯尼亚见面,他这么问我。

"没觉得。"我说,"我脸皮厚。我一往无前;这些东西我从不会放在心上。"

他默默地注视着我,仿佛不敢相信自己的耳朵;可他什么话也没说。

"你在美国生活怎样?他们接受你吗?"我也回敬了一句。他不回答。巴拉克内心隐藏着许多秘密;不过我能感觉到,这话触到了他的痛处。

巴拉克对种族关系的理解远比我深刻。多少年来,跟母亲一样,对于因肤色不同而引起的种种问题,我一直采取视而不见的态度。

然而,通过这么多年的观察,我发现在为人、行事以及人生道路的抉择等方面,种族问题竟然会产生如此重大的影响。跟巴拉克一样,我拒绝

第二十一章　聚首白宫

将自己局限于种族的狭小范围内；但巴拉克不像我，他如其所愿地到处受到人们的欢迎。他取得了我难以望其项背的非凡成就：为民众所爱戴。

有段时间，我曾为此而心生恼恨。

那天，我分享了他出现在这个大家庭——他绝妙地称之为"缩小版的联合国"——中的荣耀时刻。我母亲是白人，父亲是黑人，而我则娶了个中国姑娘。我的一个弟弟（继父所生）娶了个墨西哥裔的美国姑娘。我的兄弟中既有基督徒，也有穆斯林；姊妹中有一个曾与不列颠白人结婚，另一个有一半印度尼西亚血统。外婆是逃难到美国的立陶宛移民。印度尼西亚、肯尼亚、中国、英格兰、美国、墨西哥、立陶宛。犹太教、基督教、穆斯林、不可知论者。这是个彻头彻尾的全球大家庭，而这个从全球各角落走到一起的大家庭如今就聚首在了白宫。在我看来，这一点便显示出美国的伟大、种族主义的破灭，以及一个真正的全球多元文化时代的到来。

我住在朋友保罗家，离特区不远。就职典礼那天早晨九点左右，保罗开车送我去最近的地铁站。我估摸要花一个钟头才能赶到国家大教堂，参加早祷；然后中午时分，巴拉克宣誓就任总统一职。道路封了，我们花不少时间原路折返，去另一个站口。我匆匆挥手告别保罗，冲下台阶，朝人头攒动的站台赶去。几分钟后列车开来了，车厢里挤满了人，门都关不上。

"下去，等下一列！"有人喊。我拼命往车上挤，被人用力推了出来。列车只开出几码远就停了。

喇叭里播放通知：前往华盛顿的列车延期了。

话音没落，我连忙冲上楼梯，给出租车打直线电话。我打开出租车门。

"去华盛顿。"

司机穿了件卢德狗牌T恤衫,一头浓密的乱发,正一边听耳机,一边填报纸上的字谜。他抬头瞧我一眼,摇摇脑袋。

"特区?"他的音调里略带些中东部口音,"不,所有的路都封了。"

"不能试试吗?我必须去那儿。"我恳求说。他还是摇摇头。

"不,哪儿都进不去。"

我一下从头凉到脚。我瞧一眼手机。马上就要到十点钟了,眼看就要错过参加就职典礼的时机了。

"求求你,你一定得想想办法,把我送过去。我有请柬。"他摇摇头,继续填他的字谜。我冲到第二位司机面前。这是个蓄花白胡子的大块头,他望着我,眼睛里透出几分困惑的神情。

"华盛顿特区。很难通过。"他的声调里带些希腊人或中东人口音。

"求求你,求求你。一定帮帮忙。要多少钱都行。"我说。他凝视着我的脸。我当时的表情一定十分绝望,因为我见他开始摇头,然后就轻轻点了下头。

"我载你去弗吉尼亚。那儿的地铁可能不那么拥挤。"

我跳上后座,于是我们就朝另一个地铁站冲去。可这儿的地铁站比前一个还挤,你甚至连站台都进不去,更别说上车了。列车里人多得邪乎,车门差点就挤爆了。

"这条地铁线堵车了。"有人说。

我又跳上出租车。司机用同情的目光望着我,"你是说,你确实要去特区吗?"

"是的。"

"我打个电话,看看情况怎样。"他用手机跟人联络。

"没用。"他说,"警察把所有通往市中心的路口都封锁了。"

"我有请柬。"说着,我晃了晃手上装有请柬的牛皮纸信封,"他们会让我通过的。我知道我能过去。"

他搔了搔头皮,然后抬起脑袋,透过厚厚的镜片坚定地瞅了我一眼。

第二十一章　聚首白宫

"好,咱们走。"

路上已看不见来往车辆,每隔几百英尺就有带频闪灯的警车在减速带把守;若是没这些警察,我会以为我们已成了地球上仅有的幸存者。我们向前行驶了大约十五分钟,来到高速路的驶入匝道,这儿停着几辆巡逻车。警察招手叫我们停下,一个粗壮的警官从车窗往里看。

"对不起,先生,你只好原路返回了。从这儿进入市中心的道路封闭了。"

"长官,"我用极力讨好的声调说,"我应邀参加总统的就职典礼等活动。我必须及时赶到。"我实在不想说出我是总统的弟弟。

"抱歉,先生。"他说话彬彬有礼,但态度坚决,"任何人不准通行。"

我把请柬递过去,用尽可能礼貌的强调语气说:"长官,请打电话给白宫。你可以向他们查询一下。总统是我哥哥。"

有好大一会儿工夫,我们一言不发。警官死死盯着我看,好像没听懂我的话。我不再说什么。他拿过我的信封,准备打开看。另一些警官也围过来,默默注视着我。然后,那个警官看也没看一眼,就把信封还给了我。

"你真的是总统的弟弟吗?"

"是的,长官。"我恭顺地回答说,"我大老远从中国赶来,就是为了参加他的就职典礼。"

我又把牛皮纸信封递过去。他没接,只笑了起来。

"过去吧。用不着看,你长得像他。"

他向一名警察吩咐几句。一名警官走过来,"我们会用步话机通知沿途的警察,让你通行。"他说。

这时,有些警察向我敬礼。

当此之际,我内心感到无比自豪,仿佛巴拉克的荣耀也让我平添几分身价,在这一重大时刻扮演一个有脸面的角色。

我们继续行进在阒无人迹的道路上,司机保持着沉默。如果说他内心感到有些吃惊,他也没表现出来。

"你知道,我曾在叙利亚获得文科博士学位。"他突然冒出这么一句。我点点头,不知道他要说啥,"我跟家人一起来到美国,眼下正干出租。我有文科博士学位。"

"祝贺!"我不知说什么好。

"我的孩子都在美国读书。他们是美国人,跟我一样。我为自己是一个美国人而感到自豪;有空的话,我也教教课。今天的确是个好天。总有一天,我会找到一份更好的工作。不过如今,在美国,一切皆有可能。"

我们俩开始聊起来。他女儿在读博士,他打算为自己的移民家庭建一所房子,买些家具。十一点左右,我们驶入特区。行近大教堂时,立在坦克旁的一名士兵拦住了我们。我解释了一下。他没检查我的证件,只默默注视了我一会儿,就挥手让我们继续前行。

"好。"他说,"没问题。请继续往前开。"

可当我们正要离去时,他又弯腰凑了过来。他凑近我的脸,压低声音说:"要是你有机会跟他说话,就跟他说'不要问,不要说'①不中用。军人全都痛恨这条规定。"

我点点头,"我明白。"

大教堂就在眼前了。我步履趔趄地钻出车子,司机递过来一张名片。我紧紧攥住了他的手。

"太谢谢你了。我不会忘记你的。"他点点头。

"发邮件给我。谢谢你,先生。谢谢你。"

全美国的人都知道,这一天是要载入史册的。的确,这天,全世界的人都在关注,都在为之惊讶不已。五大洲的人都屏住了呼吸,等待美国大选的最终结果。9·11事件的几天后,法国总理希拉克打了个团结一致的

---

① "不要问,不要说",克林顿当政时期美国政府出台的一项法令(1994),规定同性、双性恋者可以服兵役,并禁止军人侮辱或歧视这个人群。

第二十一章 聚首白宫

手势,说:"我们都是美国人。"如今在大选中,世界上成千上万的人都真切地感受到美国人虽遭受挫折,却仍保持着乐观精神。

可以说,大选给予了种族主义的幽灵——种族主义曾极大地玷污了美国历史——一个有力的回击。它颠覆了种种陈腐观念以及老掉牙的思维套路。每一个少数族裔的美国人都曾应对沉重的种族负担;对于那些跟我一样不曾在有关种族关系的礼仪方面受训的人来说,这一直是个颇感苦恼的问题。在寻求变革的愿望的激励下,有数百万民众在投票中平生首次遵循那些起草《美国宪法》的建国之父们的遗训,相信我的国家能够成为"更完美的城邦"①;大选期间,巴拉克再次重申了这一理想。

一次,我曾对一位好友说:"美国有种奇妙的——或许是独一无二的——能力,它能通过自我更新走出困境。"

此时此刻,我正在参加为庆贺就职典礼而举行的早祷;我站在哥哥讲台前的平台上。在一月的这个大冷天,在林肯纪念堂,冷风一个劲往我的上衣里灌。这时一个人对我说了句:

"你往后看一眼,这场面的确够壮观。不是吗?"

我转过身,对面是华盛顿纪念碑②。广场中央,巨大的长方形水池纵向达数百英尺,一直延伸至高耸的白色方尖碑下。乍一看,围绕这片凝固冰面的很像是棕色薄饼一样的东西。我的两眼因寒冷而变得模糊不清,浑身颤抖。定睛再看,就见这块"薄饼"原来是挤满整座广场的无数民众:这些无量数的民众由深至浅,形成一道道高低错落、不同色阶的瀑布,直至消失在远方的地平线上。

当巴拉克在国会大厦的台阶上宣誓就职时,我的内心同时交集着惊异与感激、谦卑与自豪。我为自己能躬逢盛会而感到幸福和荣耀。不过,我来美国的真正目的,只是想跟哥哥重聚。

---

① "更完美的城邦",见于《美国宪法》序言开篇。
② 华盛顿纪念碑,为纪念美国大陆军总司令暨第一位总统乔治·华盛顿而建。纪念碑始建于1848年,至1888年才大致完成,碑身为方尖碑形,高169.351米。

就职典礼的次日,我在白宫见到了巴拉克。这天早上,雷吉·勒夫打电话过来:"四点左右过来吧。总统要带你们参观白宫,然后拍些照片。"

约瑟夫、多拉和我内心格外激动。我多么盼望能见到巴拉克,当面向他道贺!我特别想跟他单独见个面,哪怕几分钟也好。我想跟他说:我一直大力支持他;我从不曾借我们的手足关系干出有损名誉的勾当,像媒体和某些人恶意中伤的那样。但我未能如愿。

抵达白宫后,就在我们在西楼西翼等待的当儿,门开了,伯纳德、马利克和凯齐娅走了进来,随后进来的是马利克的孩子们。

"你们几个家伙甩开我,想单独跟他见面吗?对不起,让你们失望了!"马利克洋洋得意地对多拉说。他似乎有些恼火。他虽戴着眼镜,但仍可以看出,他的两眼睁得大大的。

已显露出一丝摩擦的迹象;若是在从前那个不和的家庭里,肯定要激起轩然大波了。我只好服从家庭利益。我意识到,打从现在起,只要巴拉克还在总统任上,他几乎就不可能有机会与某人或某两个人单独在一起。甚至在与自己的团队一起工作之余,身边也常有一两个助手、顾问跟随左右;他的一言一行,都处在他人公开或秘密的监视之下。而且更有甚者,家庭成员——包括我自己——若想跟他见个面,也难免带几分私欲的色彩,这就好比封建时代的后宫,妃嫔个个耍弄手腕,全都想把帝王勾引到手。为了调整我们的行为方式,摒除这种空乏无聊的嫉妒和占有欲,看来还需等些时候。

我们这一小群人在西翼等待着。在我的眼睛里,白宫既不华美,也不高大,然而比我在图片上见到的庄严得多:他看上去很像一座博物馆。其实,我当时对这些没大在意。我只想见到哥哥,那种感觉实在太棒了。我生命中的创伤、耻辱与悔恨将通通一扫而光。只要想想我与哥哥不仅在精神上相契合,而且,如今在这间大房里重聚,为改造世界添一把力,实在振奋人心。

中国有句老话:

第二十一章 聚首白宫

爱屋及乌。

这句话仿佛穿越太平洋和美国的五十个州,来到了华盛顿。我成了那只被人喜爱的乌鸦;可有朝一日也许会成为鸿鹄,冲天而起。我瞧着我们一大家子成员齐聚白宫,内心不由升起一股豪情;我相信:的确,一切皆有可能。

忽然,门开了,巴拉克走了进来。他穿一身深灰色西装,脚蹬一双黑皮鞋,脸上带着一副轻松自如的神态,昂首阔步。他走路的姿势不禁让我想起父亲。多拉、乔和我正在大门左手的角落里。或许是因为马利克个头最高,起初巴拉克没看见我们几个,径直朝他们一伙走去。之后他环顾一下四周,看见我,就走了过来。我们相互拥抱。我注意到他的表情。他有点心不在焉,好像脑子里正转着别的事。

"你好。很高兴见到你。"他的男中音清晰洪亮,很有权威。

"见到你我也很高兴,巴拉克。我们都为你感到骄傲,哥哥。"

我把乔伊①和多拉介绍给他。多拉欣喜异常,我从没见她这么高兴过。我的这位墨西哥裔的弟媳崇拜巴拉克。多拉见着我们所有的人都说,上次在奥斯汀见面,巴拉克记起她即将举行婚礼,甚至问到准备情况进展如何。

我们所有人都有礼物送给巴拉克。

"这是我妻子雪华的照片。"我把从中国带来的装了相框的照片递给他。

"是的,我记得她。请代我问好。"

"她确实想来看看你。"

"我明白。很遗憾她没能来。"

---

① 乔伊,即作者马克同母异父的弟弟约瑟夫,乔伊是他的昵称。

"这是给你和米歇尔的。"

我递给他一对瓷质鸳鸯,象征夫妻恩爱,白头偕老;还有一幅手工刺绣的画像,一些药茶。

"你来中国时,能否到我深圳的家里,我们一起吃顿饭?"后来我才意识到,我的这个请求实在愚蠢透顶。可他没笑,只说了句:"我想不行,马克。他们不会让我去的。"

这就证明,甚至世界上最有权势的人,也同样受着某种限制。有些地方他是不能去的。我当时还没意识到他已不是普通人了,竟然说出要他来深圳的话。

我还想再多说几句,雷吉·勒夫插话说:"总统先生,咱们只有三十分钟左右的时间。开始参观吧。"

"对。亲人们,我领你们在这地方参观一下。"

说完,巴拉克在前边领路。我们走进一间装饰着红色家具、墙布的房间。

"我在这儿也还没认准方向呢,还要由沃辛顿给我领路,对吧?"说着,他转向白宫引领员沃辛顿·怀特,一位面带微笑立在我们身边的矮胖男人。他轻轻点了点头。

"这是红厅。"巴拉克说了这么一句,然后就没下文了。过了会儿,他才又加了一句:"我想,这是因为这间屋子的每样东西都是红色的。"我估摸他或许想说个笑话,就等他继续往下说。可他什么也没说。

红厅是白宫的四个接待室之一,由出生于法国的细木工查尔斯-奥诺雷·兰努埃尔设计,它包含了一些拿破仑时代的主题纹饰:斯芬克司、海豚、狮首,以及其他一些极富个性的图案。帷幕采用金缎,桌帷用红色蚕丝,边缘都配有手工编织的流苏。

然后,我们走到另一个通体装饰成绿色的房间。托马斯·杰弗逊习惯用绿帆布保护地板,由此,这间屋子就被称作绿厅。

"这是绿厅。我希望能多给你们介绍一些,"巴拉克红着脸说,"可实

第二十一章 聚首白宫

际上,连我自己也仍在学习。"

当我们走进绿厅,特勤局的一名年轻女官员抬头仰视着他。

"你从什么地方来?"巴拉克问她道。

"阿肯色州,总统先生。"

"我喜欢阿肯色州。那儿有很多好人。"

她欣喜地注视着他,双目炯炯,仿佛巴拉克一句话触动了她的心弦,尽管他不必如此。而相互连接与共鸣的感觉十分重要,他正是通过这种感觉博得了美国民众的爱戴,进而荣膺总统一职。

国宴厅挂着林肯画像,他两腿交叉而坐,手托下巴,沉思地凝视前方不远处。大家在他的画像前肃然伫立良久。我问画像出自何人之手。没人知道。沃辛顿立刻出了大厅,过了会儿才折回。他满脸涨得通红,仿佛刚跑了一会儿步。

"威廉·科格斯韦尔。"他洋洋得意地宣布。

有一间屋子,里面挂了几十幅巴拉克和米歇尔的画像。画像太多了,有几幅就只好搁在地板上了。我小心地走到这几幅画像前。

"这些画像都是人家送的,我也不知道该拿它们怎么办。"巴拉克说。

虽说似乎没有一幅显示出一个伟大艺术家所具有的非凡品质,然而确实,每一幅画像都反映出热诚支持他的美国民众所怀有的梦想、希望和雄心。

"照顾一下凯齐娅。这地方台阶有些陡。"巴拉克悄悄说了句。

甚至在这样一个重大日子,他仍惦念着父亲那受着病痛折磨的前妻。在我们的搀扶下,凯齐娅缓慢地爬到了二层。这时,巴拉克的面容显得异乎寻常的严肃,仿佛整个世界都压在了他的肩上。在整个观光期间,除了照相的时候,他脸上一次也没露出过笑容。与数月前选举期间在奥斯汀的那次会面不同。眼下,他仿佛身在远方,或者说已处在另一世界。然而这天,在就职典礼之后,他仍抽暇欢迎家人来他的新居参观,这实在可以说是他博大精神世界的一个表征。

当我们来到总统办公室,巴拉克提醒我们每一个人:"我的律师请求我告诫你们:在这间房内拍照的照片不能贴在互联网上去。"我们都点点头。

马利克话不多。他一只手抓起桌上的一个苹果啃着,另一只手上攥着一张纸片,那是巴拉克为远在非洲的科盖洛镇上人的签名。他好像对观光一点没兴趣。尽管总统办公室比我预想的要小些,可那张桌子仍给我留下深刻的印象。还有那把椅子。谁能对这把椅子说些什么?高背,皮套,简朴,但格外庄严,仿佛它周围有一股无形的力量。屋里的每一个人都可以在沙发上坐坐,抓起一只水果尝尝,摸一下绿植,可没人敢靠近那把椅子,连孩子也没有。

就在这时,我犯了个大错。我在称呼哥哥巴拉克时,错把重音放在了前一个音节。①

他立刻纠正说:"你应该说巴拉克。"重音在后一个音节。

我向他道歉,可他不接受。他继续说:"已经过去两年时间了,直到今天你仍没学会。"

我惊愕得不知所措,一时间哑口无言。我习惯了父亲名字的发音,巴拉克,重音在前;这对我来说已变得十分自然。后来我才意识到,以前我们见面,我也可能把他的名字读错了。为什么他以前不纠正我?或许他不想让我在公众场合下不来台;或许那时候他觉得这无关紧要。可如今是在家人面前,家里总要有个规矩。"对不起,巴拉克。"过了一会儿,当我们俩单独在一起时,我说。他看看我,有些吃惊。

"为什么说对不起?"

"我把你的名字读错了。"

他把我拽到一边,语气也柔和多了:"别介意,马克。出于安全方面的考虑,我不能去深圳跟你一起吃饭。不过,我一定去见见你的妻子。"

---

① 老巴拉克·奥巴马的名字重音在前一个音节(Barack),小巴拉克·奥巴马的名字重音在后一个音节(Barack)。

第二十一章 聚首白宫

我的心绪一下好了许多。我希望他喜欢我,接受我。过一段时间之后,我才认识到:要做到这一点需要时间,更需要有耐性。

"你们是兄弟。"雪华曾对我说,"这一点你没法改变。他关心你,可他跟你一样,既固执又粗暴。"

我仍记得许多年前在布朗,我对母亲竟那么粗暴。那天穿过马路,我那样凶狠地说她;我觉得她让我丢脸。有时,正是我个性中粗暴的一面伤害了亲友内心的温情。巴拉克的个性中也有这一面;尽管如此,我仍真诚地相信,他的为人的确比我正派多了。在相隔这么多年之后,我怎么竟然希冀冷不丁地跑来,就能跟他和其他家人和好如初,仿佛这中间什么事都没发生呢?

"生命如飞而逝,眨眨眼就过去了。"巴哈伊教①先知巴哈欧拉如是说。我曾经梦想,只需眨眨眼的工夫,我就能与家人重修旧好,并进而与自己取得谅解。这一过程比我想象得要长,不过,我来参加哥哥的就职典礼毕竟迈出了重要的一步。

"哥哥给了我信心,使我能够开启这一旅程。"我跟雪华说,"我为他感到骄傲。"

哥哥送给我的礼物实在是无价之宝:他使我转瞬之间就出现在了全世界人面前;他为我的家人带来荣耀;他使我意识到我可以扩大自己的影响力,以便帮助那些需要帮助的人。我的胸中再也容不下因嫉妒而起的苦涩,或因获得报答而享有的短暂的转瞬即逝的喜悦。崭新的生活已露出熹微。毫无疑问,我与巴拉克之间将持续一段磕磕碰碰的关系;然而,在我刚有信心迈出从前狭小的天地,走向广阔世界的当儿,等待我的又将是什么呢?如今,我已拥有公开自己的过往,甩掉先前的悔恨、希望落空等包袱的勇气。

是的,哥哥,你让我重新打开了面对世界的心灵。单单为这一

---

① 巴哈伊教(一译大同教),十九世纪出现于波斯的一种宗教,源出于伊斯兰教什叶派。其基本信仰为:上帝唯一,宗教同源,人类一家。目前有信徒达六百万人,遍及二百多个国家和地区。

点,我将永志不忘你的恩情。

返回深圳的途中,我不禁回想起刚刚度过的非比寻常的一周,进而联想到此前在广州举办的音乐会。

金钱果真那么重要吗?它确实能使孩子们的生活有所改观吗?音乐对他们而言是一条正路吗?我不希望我所付出的努力在孩子们的心灵上不过是过眼烟云,转眼成空。

"音乐能帮助他们建立自信心。你的学生从前都很胆小。现在,他们一个个自信多了。"孤儿院的教职工常常对我说。

经过一些正常渠道,资金最终汇入深圳的三家孤儿院:保安、梅林、龙岗。

可我一点没瞧出有哪些实质性的改善。没增设新的音乐课程。没增添乐器。好像瞧不出有什么改观。最后,一切又都恢复从前的老步调,尽管我眼下因其他事务繁忙,已改为每月两次授课;以前我每周都来授课。

瓦莲是班里的一名新生,是由别的机构转到孤儿院来的。瓦莲十一岁左右,短发,个头从她的年龄来看显得十分瘦小。她脸上的表情不是显露出惊愕和愤怒,好像受了什么委屈。可每当她跟别的孩子一道弹琴,或脑子里转什么新点子的时候,她的一双乌黑的眼睛就一下亮起来,脸上显露出明朗的微笑。我对她的身世一无所知,不过我猜想,她从一处转到另一处,这让她在偏大的年龄上没能安顿下来。

"她很机灵,可就是不练。"李老师抱怨说,"有的时候,她就是不想学。"

"为什么?"我不解地问。

她耸耸肩,"也许,她对钢琴压根儿就没兴趣。"

可我知道,瓦莲被音乐深深吸引住了;于是,我发誓对她一定要有耐

第二十一章　聚首白宫

心。几个星期之后，李老师就给我发了个短信，说瓦莲从孤儿院逃走了，几个小时不见踪影。她建议这学期就别教她弹琴了。

我担心是由于我的授课无意间惹恼了她。后来，李老师解释说：

"她一直跟别的孩子搞不好关系。早晨，她离开了孤儿院，老师们发疯似的到处找她。后来十一点钟左右，警察在靠近出城的地方找到了她。"

或许瓦莲有心上人了，她出走就是为了去追那个人？再不，或许她要躲避什么东西？我不知道。孤儿院的工作，乃至中国广阔的社会生活，对我而言仍有些模糊不清，仍是个谜。

我担心瓦莲中断学琴。下一周我来孤儿院授课时，她正沉郁地坐在那儿，两眼望着音乐课本。课程照常进行，就像什么事也没发生一样。

几周后，我到孤儿院授课，却没见到她。时间已是午后晚些时候，我猜想她也许正在吃饭。等了一会儿，我问一名年纪稍大的男生。

"她在楼下医务室。"他说。

"什么？为什么？"我愕然地问。

"不知道。"

我起身去医务室。在走廊的尽头，穿过一个个装满医疗器械的空屋，我找到了瓦莲。她正躺在一张白色的病床上，一根长长的管子从她的胳膊连接至吊在她头部上方的玻璃瓶。她的脖子又红又肿，几乎比平日粗了一倍。她一见我就用那只没扎针的手捂住了两眼，好像有些害羞。她不想跟我说话。

"天哪，这孩子是怎么回事？"我问一位保育员。

"她跟别的孩子打架。"保育员说。他们不想多说。也许他们说了，我没听懂。

我央求医务室的人照看好瓦莲。离开时，我走到床边。

"瓦莲，别着急，你很快就会好起来的。"

她只默默望着我，手仍放在眼睛上。从她肿胀的颈部能看出脉搏的跳动。

"你琴弹得真好。我确实为你感到骄傲。不过，"我说，"我希望你能记住我的话。"

她把手从眼睛上拿开，凝视着我。她显露出一副迷惘的神情。她的两眼不安地在房间里逡巡着，仿佛在寻找藏身之所。

"尊重他人。如果你学会了尊重他人，他人也会尊重你。"

一周后，瓦莲走进教室，神态端庄地坐在钢琴前，一言不发就开始弹琴。她的面容仍像往常一样僵硬，两手灵巧地在琴键上跳跃。我暗自思忖，我要想方设法从她嘴里套出话来。我知道，她最近跟别的孩子一道去了趟桂林，此地距广东省不远。

"我听说你们去了桂林。喜欢吗？"

"喜欢。"声音像蜜糖一般缓缓从她的嘴里流出。

"你对桂林山水有什么印象？"

我等待着她的回答，而她却面无表情地盯着键盘。然后，就在我打算改换话题的当儿，她突然扬起下巴。

"我会打电话。"

"什么？"以前的确有电话找她，我想。

"我喜欢打电话。"她又重复了一遍。然后又说些别的话，我没听懂。

"她说，她喜欢给住在宾馆的人打电话。"另一个女孩解释说。

瓦莲开腔了，有如快速的断奏，我连字头字尾都分不清。她在这一分钟里说的话比她一年说的都多。看来，她似乎把从前那种只说一两个字的风格抛掉了。可情况还不止如此。她给一个我不曾谋面的女孩打电话。

"她想弹钢琴。"瓦莲扬起下巴，坚定地说。

话来得快，去得也快。说完，她就低下脑袋，沉默不语了。我接受瓦莲的建议，教那女孩练习基本技法。我惊讶地发现，她已学会了几支简单的曲子。

"你以前弹过琴。你是怎么学会弹琴的？谁教的你？"

第二十一章 聚首白宫

"瓦莲教过我弹琴。"

一阵奇妙的幸福感涌遍我的全身,仿佛我向孩子们传递了某种东西,这种东西如今已超越我,具有了自己的意志与力量。这个两月前从孤儿院逃走、躺在医务室的女孩,眼下已开始表达自我,并向另一个女孩伸出了援手。

屋子里很热,我开始出汗。我用纸巾抹去额上的汗珠。就在这时,有个女孩在钢琴上放了杯水。

我望着那杯水,猛然记起第一次来孤儿院的情形。我记得他们也送来一杯水。

我可以从理论上无止无休地推论为什么我看到瓦莲的所作所为而感到高兴,可问题似乎仍没有答案。多年以前,我曾寻找类似重力的第五种力。但是,物理学也只能描述性质,不能回答为什么的问题。博爱也是一种力,如同爱情,你很难说清它因何而起:它像叶子追逐阳光,像林木间的清风沁人心脾,又像一杯水引起我的无限遐思。

这种要帮助他人的意愿就埋藏在我们的心里,有朝一日,实在也说不清有什么明确的由头,它就抽芽长叶,开花结果了。而这种幸福感同样可以洗刷内心的创伤与悔恨。如今,我的学生们的这种行为已具有了独立性。这生命的洪流奔腾向前,它源自我,通过我;可现如今它脱离了我,反过来又给予我宁静。孤儿院的孩子们教导了我,治愈了我。

可是,我仍等待着我募集到的资金为孤儿院的孩子们带来些许的改善。我不知道主任何时如他许诺的那样,把乐器交到师生们手里。

一天,我像往常一样走进教室,准备授课。瓦莲向我冲过来,既紧张又有些忐忑不安。她挥动两手,像是在赶苍蝇。

她穿了件红色的开襟毛线衣,衣服宽大得盖住了她那副细弱的骨架。她脸上显出一副紧张的神情。

"下楼。你必须下楼。"她突然前言不搭后语地说,声音僵硬得简直听不清她在说什么。

我跟她下了楼。会客室里已聚集了四十来个人。孤儿院的唐主任朝我走来,脸上乐开了花。

"马克先生①,过来瞧瞧我们的成绩。"没容我答话,他一把拽住我的手,把我拉到讲台边。

平常,空荡荡的会客室冷冷清清,里面除了有张会议桌,桌旁随便摆放着几只椅子外,空无一物,前边临时张挂的横幅也耷拉下来。可这天不同,室内被布置得喜气洋洋。

室内已聚集了一些师生。有个男生在弹琴。一排排簇新的小提琴、架子鼓等乐器整齐地摆放在那里,甚至还有中国的竹笛和筝。我认出了另一个正起劲地演奏架子鼓的男生振清。以前每次跟他说话,他都乜斜着两眼,在抓住我的手之前好像压根儿就认不出我。他说话也是一副可怜兮兮的腔调:"马克老师,我想弹钢琴。"

我辅导他弹琴的次数寥寥无几,我从不觉得他是在用心弹琴。可照眼下的情况看,他似乎找到了自己可心的乐器。他兴奋得简直停不住,两手叉腰,一头长发不停地左右甩动着,笑得合不拢嘴。

另一边懒散地坐着一伙人,模样很像是演奏朋克摇滚的乐手。唐主任把我领过去。

"这几位是咱们的志愿者。他们想教孩子们音乐、舞蹈。"

四名男青年起身跟我握手,另两名女青年坐在一旁,咯咯笑着。

"各尽所能,帮帮这些孩子们。"我说。他们点点头。这时,猛然响起的一阵鼓声吓了我们一跳。在伙伴们的怂恿下,振清敲出一连串急速、准

---

① 按照西俗,"先生"不与人名连用,此处当称"狄善九先生"或"奥巴马先生"。一般中国人似不大注意西方称谓的习惯。

第二十一章 聚首白宫

确的鼓点。

"我从没听说他会敲鼓。"一位老师大声说。

音乐的形式多种多样,每个孩子都会找到自己喜爱的形式——只要探索的机会在恰当的时候出现。

李老师新近组织了乐队,他兴致勃勃地跟我说:"马克,我们想给新生组织各种音乐班。长笛——竖笛——我们有很多可供孩子们使用的乐器。如今,我们有能力聘请一位钢琴教师了。"

不久,我们组织了一场音乐会;在音乐会上,孤儿院向我致敬。演出效果好极了。市领导也出面了,表示支持我们的工作。我还获悉,由全市的八十名儿童组成一个乐团,我被推举为乐团的名誉团长。

我的一名学生在音乐会上演奏了肖邦的夜曲。他穿了件半正式的燕尾服。演奏得似乎有点过火,我想。可他在台上显得十分高兴。演出结束后,他开始抱怨自己的状况不佳,很像个内行。

"糟糕!糟糕……琴键有些发涩。简直弹不出声音,只好停住。"

"每次演奏之前,都要自己检查一遍乐器。"我开导说,"你必须自己调琴。尽量不要让别人替你选择乐器。不过,你演奏得很好,别有什么顾虑。"

听我这么说,他点点头,心下宽慰不少。然后他笑笑,说了些别的事:他眼下正打算开一家餐馆,每周日还要去孤儿院义务教琴,的确有些不便。我听他说着闲话,内心思忖着:我在中国的这些年没有虚度;能认识这小伙子以及他的同伴,的确让我高兴。

尽管我每周只跟这些孩子们一起度过很短的一段时间,可是,我感到我为他们的成长尽了一份力。我还记得振清先前只有如今一半大时的情景,每当他遇着什么新奇的事就把嘴张得老大。我还记得另一个男孩——他眼下已长成一个身材高大的半大小子了——一次在院子里朝我跑来,抓住我的手,指着我脖子上挂的一个物件问:

"这是什么呀?"

"狮子的牙齿。"

"我想要。"

"哦,这个不能给你;不过,你可以拿一会儿,行吧?"

我把狮子的牙齿递给他。他把这颗镶金的物件攥在手上,然后又不情愿地还给了我。

"真是狮子的牙齿吗?"

"是的。"我说。然后,他咧嘴笑笑,一蹦一跳地跑开了。

眼下,他就站在舞台上,身量长高了不少,兴高采烈,两眼闪烁着幸福的光芒。我听说他就要去读大学了。

所有这些熟悉的面孔……变化多大呀。时间过得真快。我想。七年时间,一眨眼的工夫就过去了。

几天后去孤儿院授课,我问瓦莲为什么要弹钢琴。在我和李老师的一再追问下,她终于说:"因为我喜爱音乐。"

就这么简单,一语道破。而这也正是我一直想得到的结果。

在白宫,我将西米翁和露丝的合影送给巴拉克。

在就职典礼周，巴拉克领我们参观白宫，包括总统办公室。照片中，我们俩在一同瞻仰亚伯拉罕·林肯总统画像。（多拉·塞佩达摄）

2009年美国总统就职典礼期间，我见到了莎拉奶奶和其他亲戚。站在国会大厦的台阶上，寒气袭人，但我们又如家人一般聚首了。

尾声　肯尼亚之春

音乐的启示

> 卢奥民歌《奥考克,奥考克》
>
> 鸟儿,鸟儿,给我你的白指甲。
> 鸟儿,鸟儿,给我你的白指甲。
> 我也给你我的,咱们交换,
> 然后飞走,飞得又高又远。

2011年1月,我飞抵内罗毕,在老家阿列戈-科盖洛住了三天。上一次回老家是在1972年。我紧张地在邻里间走访,以弥补近四十年不归的缺失。在老家那几天,我学会了卢奥人的这支曲调,是孩子们在维多利亚湖畔牧牛时唱的小调。歌词跨越文化,讲述着一种普遍的认同感、自我发现以及救赎的意义。

"如果我的手是黑色的,他们才不会停呢。"
母亲从车窗伸出手招招,像一面白旗。有辆一直朝我们冲过来的小巴立刻减慢了车速。

2011年1月,我回肯尼亚小住。我决心补偿多年的缺失,恢复与阿列戈族人的联系。我还希望更多地了解早年在内罗毕的生活。

"这跟你的个性有什么关系?"母亲问。

"我希望弄清我个性中不同的方面究竟从何而来。就像马赛克。我是独一无二的,但是,我个性中的每一部分都应来自某个地方或者某个人。这一探寻的过程能帮助我更多地了解自我,让我知道我能干什么,我的生命应走向何方。"

就这样,一个周六的早晨,在我的请求下,母亲载着雪华和我寻访儿时住过的那幢房子。路途蜿蜒曲折,为躲避交通阻塞,母亲熟练地在很少有人通行、被称之为鼠道的小路间穿行。车子迅速驶过科技中心,二十年前,我就是在这儿通过了留美考试。然后,我们一直沿恩贡路驶至亚当斯商贸长廊,内罗毕一处繁忙的商业街区(包括超市及加油站)。燃烧垃圾和木炭的刺鼻气味扑面而来。偶尔有一两辆小巴冲过来,母亲只要用她那只又白又胖的大手一挥,小巴立刻就减慢了车速。

"伍德利从前是个挺漂亮的街区。"在汽车喇叭、轮胎的一片嘀嘀、吱吱的嘈杂声中,母亲大声说,"不过,我仍记得怎么走。"对于一位年过七旬的妇女来说,她驾车的速度的确够快的了。

在亚当斯商贸长廊的绕行线附近向右急转,就来到一处道路纵横的拥挤的街区,周围原是一片碧绿的田野。如今,映入我们眼帘的全是擅自占地者用油布搭建的帐篷和用瓦楞铁盖顶的一面坡式的店面。继续深入这个街区,就能看见一道道整齐、宽阔的篱笆;我还记得以前钻过篱笆,偷吃里边鲜美可口的黄澄澄番茄的事情。

然后转过一个拐角,我认出我们家的篱笆:一个封闭的区域,一道赫然矗立的铁门遮住了里面的房子;可它就在那儿——像个幽灵。这些年来,这幢我和母亲、戴维、老奥巴马一同生活了数年之久的房子一直在等着我的归来。

眼下,这幢房里住着个皱眉头的基库尤女人,她老大不情愿地给我们打开了门。

"已经来过三个人了。奥玛·奥巴马和另一个女人——是个叫萨莉的女人。"她皱着眉头说。眼下,她的房子跟美国总统有了瓜葛。显然,她对我们的闯入老大不乐意,不过,在我们审视这幢房子外观的当儿,她跟母亲拉起了闲话。

因周围映衬着一道常年生长的树篱——这道树篱像一条绿色的带子,将房屋紧紧围住——原本硕大的铁门似乎变小了。窗上的铁栅一点没变,虽说近期加了一道漆。窗洞如人眼一般窥视着我。像一座监狱,我想。我朝屋旁瞟了一眼。两个女人仍在谈天。我走到屋门前,晃一晃门把手。门锁着。我颇觉困惑。从前很多年,我一直想冲出牢房,未能如愿;如今我想走进牢房,反倒被拒之门外了。

我的监牢变小了。或许是由于我眼下再也不是个七岁的孩子。房后那片土地先前是丽塔、博比和我为生日宴会扒窃苹果的地方,如今一半种了玉米,一半用木桩和铁皮搭建了一间临时仓房。

厨房门口站着个六七岁大的小姑娘,在无助地看着我们。

"加唔波①!"我朝她打了个招呼,"哈吧里嘎尼②?"

她仍目不转睛地注视着我。

我心里有些恼火,把目光转向了别处。院子中央,从前只是一片荒草,如今生长着一棵郁郁葱葱的大树。

"在中国,这种树被称作合欢树。"雪华后来跟我说,"合欢预示着财富和好运。"

从前有段时间,我还记得这种树的斯瓦希里语的名称。

母亲仍在跟那个女人交谈。雪华在院子里拍照。

"奥戈拉还住在这儿。"女人突然说,"过去几户人家,就是她的住处。"

---

① 加唔波,斯瓦希里语打招呼用语,相当于"哈罗"。
② 哈吧里嘎尼,斯瓦希里语的问候语,相当于"你好吗"。

尾声　肯尼亚之春

母亲吃了一惊,睁大了两眼:"格拉迪斯?老朋友格拉迪斯·奥戈拉!我一定去瞧瞧她!"

"等等,去之前,给这个小姑娘几个钱吧。"女主人搓搓手指,伸出两手,"给几个买牛奶的钱吧。"她又说。

母亲给了她二百个先令。我们不由得感到一阵悲哀,仿佛她的乞讨一下把我们变成了一般的游客。随着黑色铁门哐啷一响,眼前承载着丰富童年记忆的小院场景立刻就消失了。

格拉迪斯·奥戈拉的确仍住在街对面。相隔四十年后又见到我们——尤其是又见到母亲——她一下怔住了。老妇坐在对面的沙发上,如同一个幽灵。

我们在起居室聊了一阵,老妇将话题转到报纸上奥巴马总统的消息方面来。

"他们从来不提你和孩子,这让我既惊讶又悲哀。"格拉迪斯说。然后,她转向我,"我还记得你爸爸每天晚上站在篱笆外头,又喊又叫。他打你妈的时候,她就跑到我们家来求救。我的博阿兹总是说好说歹,叫你爸爸平静下来。你真是个聪明、淘气的孩子,长得那么漂亮,对样样事情都那么好奇。"

说到这儿,老妇望着母亲,眼睛湿润了。母亲也一样心情激动,她用温柔的目光望着老妇,不住地点头。

"凯齐娅总在报纸上说话,可她从来不提你。这让我心里难过。"她说。

我问她为什么难过。

"你知道,在我们卢奥人的文化里,如果一个孩子改姓另一个人的姓,这意味着他已经与自己的根分离开了。"

我点点头。然后我的目光越过老妇的左肩,只见墙上写着这么一句谚语:

> 不是一家人,不进一家门。

炉台上贴着一张印有奥巴马总统头像的明信片,周围环绕着花束,花束之外还贴了其他照片,整个炉台装点得就像一个专门供奉巴拉克的壁龛。格拉迪斯的丈夫与父亲既是哈佛同窗,又是好友。小屋里到处是书。

"可是,我弟弟戴维喜爱奥巴马家族的人。"我回答说,"他以前常常跟丽塔和博比在一起。他也改姓狄善九了。他们就因此不接纳他了吗?"

"你弟弟是个挺好的小伙子,总是乐呵呵、笑嘻嘻的,"格拉迪斯说,"他们自然会喜欢他,乐于跟他在一起啦;不过,他们心里觉得他已不是他们中间的一个了。正像我说的,在肯尼亚,如果一个人改姓别人的姓,这就意味着他断绝了与本家的关系。通过这种方式,你断绝了跟他们之间的关系。"

"你看,我觉得,当我跟西米翁·狄善九结婚的时候,我自然要改姓他的姓。"母亲不无懊悔地说,"我没想到这对孩子们会有什么影响。"然后,她又说,"当然,就我本人来说,我那时的确是想永远断绝与奥巴马家族的关系。"

我看着母亲,她满脸通红,两眼闪闪发亮。

格拉迪斯点点头,她十分理解母亲的用意。她已断绝了自己与他们之间的联系。母亲的话不住地在我脑子里盘旋。

我不想跟他们断绝关系。二十年后我做出这样的决定,或许太晚了,但无论如何,这是我自己的决定。我最终恢复使用奥巴马这个姓,既无保留,也不后悔;当然,也用不着谁批准。

回到肯尼亚,可说的话实在不少。长话短说,我还是说说家人与宗族、拒绝与接纳方面的故事吧。

尾声　肯尼亚之春

继父西米翁家有两个女用人,罗丝和克拉西。她们都是卢希亚人,不过,罗丝有个卢奥人的祖父,因而在去科盖洛之前,罗丝教了我一些卢奥人方言。在肯尼亚,卢希亚人属第三大民族,人口仅次于基库尤和卢奥。

"克拉西,你会说卢奥语吗?"当她停下脚步时,我问。

"不会。我是卢希亚人。"她微笑着,有些尴尬地回答说。

罗丝插话了:"我们是同一个民族,可属于不同的部族。"

"真的吗?"我愕然问。

"是呀。那个在田里干活的小伙子乔治,他也是卢希亚人,可他属于另外的部族。"

"卢希亚人有多少部族?"

"不知道。很多。我想有十八个吧。我在一本书里读到过。"

居然有这么多部族,我想。而在同一个部族里,又有不同的氏族。

"下周你就要去内地了。你要去见见你那一宗族的人。"罗丝说。

我点点头。正像罗丝所说,我既希望成为"我那一宗族"的一部分,同时,我又拒绝被局限于条分缕析的文化、种族的谱系中。这类此疆彼界要划分到哪一步才算止境呢?

午饭时,我遇见当地的一位政治家。"在肯尼亚如此复杂的部族关系中,你是如何顺利地推行你的日常工作的呢?"我问。此人在肯尼亚各政治派系和裙带关系中受到广泛的尊重。

"我要保证我的办公室聘用的人来自不同的部族。"他说,"我是基西人[①]。我的秘书是卢奥人,部门主管分别是卢奥人和基库尤人。我的保安人员是基普西基人[②]。什么时候该干什么,我全都了然于胸,因为他们

[①] 基西人,属班图人的一支,居住于肯尼亚西部的基西和尼扬扎。
[②] 基普西基人,属尼罗河流域的游牧民族,所操基普西基语属尼罗-撒哈拉语族。在前殖民时代,这一部族以尚武著称于世。

会告诉我的。这些从不同部族聘用的官员会一直留在各自的职位上,直至离开人世。"

"做事就该照这个规矩来。"他的妻子插话说,"你们美国人心里总想着法律。一个东西在肯尼亚卖一千美金,拿到欧洲和美国就卖到了四千美金,因为那边有诉讼呀,保险呀,等等一大套规矩。"

我赞同她的观点;我特别注意到,在提到我时她用了"你们美国人"这一说法。可是,我生于肯尼亚,在祖国长到十八岁;我的父亲是卢奥人,继父也是肯尼亚人。

后来在银行,有位老人严肃地注视着我。我跟他素昧平生,可是,在我与出纳办理业务时,老人仍固执地盯着我看。最后,我终于气恼地跟他打了个招呼:"哈罗。"我跟老人对视着,谅他也不敢说什么不中听的话。

"别介意。你耳朵上戴的那玩意儿没什么。"老人终于说到我的金耳环,"这些年,戴那玩意儿的人也多了。"

似乎我一向是个变形人。确实,我算得上人类的变色龙,总在不断变换自己的颜色和色调,有时是想混入,而另一些时候则意在凸显;然而此类适应环境的功夫全属皮相,内里则是永无止境的寻求自我的艰难历程。

～

"我考取了哈佛全额奖学金,可没钱买机票。"

希拉里·恩圭诺,肯尼亚的一位大知识分子,笨拙地坐在父母家的大沙发上,他一面追忆早年与老奥巴马的朋友、同事飞往美国的经历,一面小心地挺直身子,不让后背靠在沙发上。希拉里曾帮我编辑《从内罗毕到深圳》一书,与父母有多年的交往。他还清楚地记得老奥巴马的一些往事。

"两年后,你父亲才出去。"说着,他小心地呷了一口茶。他的络腮胡子比我记忆中的又白了不少,但他脸上那副快乐安详的笑容则一如既往:

尾声　肯尼亚之春

古怪、不确定、永远乐观。

"我去敲一位政府大员的门。此公在官场上路路通,家里有幢大宅子。我就想,他或许能替我弄张机票。他问我的头一个问题就是:'你是哪一族的?'他得知我是卢希亚人,就说:'你该去找卢希亚人帮忙。'每个民族都有自己的领导人,可那时我才十七岁,还闹不懂这些事。"

希拉里嘴角虽挂着笑容,眼中却流露出悲哀的神情。他稍稍向前佝偻着腰,坐在沙发上的身子略绷着劲儿。

"我就问父亲该怎么办。他把我领到卢希亚人的聚会上;许多其他学生也在告贷。他们要求每个学生在会上发言,条件只有一个,就是要说卢希亚语。我不会说卢希亚语。我一直生活在内罗毕。父亲是一名火车司机,我们住在一间长宽各十英尺的小房里。在这么小的房子里怎么度过漫长的白日呢?于是,我只好整天在外边玩,跟朋友们用斯瓦希里语谈天。我们从不说自己部落的语言。这是在内罗毕。那天,我和父亲两手空空离开了会场。可我仍需搞到一张机票。平日,我常去美国信息服务中心的图书馆读书,一天,我在那儿遇见了格洛丽亚·哈格贝里夫人。她鼓励我,帮我写求援信。'这办法见效慢,但事情总能办成。'她说。"

他放下茶杯,停了片刻。我注意到,他的一双又瘦又长的手总是在不停地工作,如同艺人或钢琴家的手。他提到格洛丽亚·哈格贝里的名字,一下引起我的注意。哈格贝里夫人既是父亲的师长,又是西米翁和露丝的好友,颇受人们的敬重,如今已年过九旬,在内罗毕安享晚年。

"一天,有个美国游客帮我给威廉·伦道夫·赫斯特先生创立的普尔曼工程师协会写了封求援信。我不能再耽搁了,再过两个月就开学了。最终,我不是弄到了一张,而是弄到了两张赴美的机票。我能够成行了!就在动身前,我接到我最先求助的那位大员的电话:'我听说你有一张富余的机票。你知道,还有一些同学需要机票。你能否帮个忙?'"

他使劲探出身子,好像要对摆在面前的饼干展开进攻。可他只呷了口茶,然后又接着讲下去。

"我知道,有个同学考上了加州理工学院,而他恰好是卢希亚人。我倒不在乎他是不是卢希亚人;他要去加州读书,又是我的朋友。于是,我就把这张机票让给了他。"

肯尼亚和美国。我的两个祖国,如今终于可以携手互助了。

同样重要的是我意识到,数十年后,肯尼亚社会普遍存在的种族、宗派势力仍如此强大,以至影响到黑人同胞。希拉里的遭遇很好地说明了部族势力给肯尼亚现代社会带来的挑战,这是另一种形式的拒斥,与跨种族婚姻的子女在美国社会所遭到的拒斥以及种族隔离同样具有危害性。

希拉里走后,我望着母亲。"肯尼亚能跨越宗派的藩篱吗?看看希拉里吧。多精明的一个人,甚至连他也难以摆脱。"

我表达了对肯尼亚能否医治部落、氏族间这类此疆彼界的疑虑。

"我们正在转变,在一点一滴地转变。"母亲说,"如今,肯尼亚已经有了突飞猛进的发展。某些人才来了两周,他们就盲目自信,以为把这里的事全弄清楚了。"

"你是在说我,对吧?"我感到自尊心受到了伤害,就说。

"不是。我是说某些人……"

母亲不承认,但我知道她指的就是我。在自己的祖国,我成了不相关的路人。她的进步实在微乎其微。如今,我似乎闭着两眼就能穿过肯尼亚的针孔,而用不着去管其中错综复杂的关系。然而事实上,我自幼便熟悉的肯尼亚压根儿就不曾有丝毫变化。我有眼睛。

我一天天盼望见到莎拉奶奶,仿佛她正立身于肯尼亚名人、山川、历史和习俗的中央。

艾达·奥廷加——肯尼亚总理卢奥人拉伊拉·奥廷加的夫人——听说我在肯尼亚,便邀我到她的办公室小坐。

尾声　肯尼亚之春

出来迎接我们的是她的秘书。两扇对开的门打开着,只见总理夫人正坐在大写字台后,面前是一台索尼笔记本电脑。她起身绕过写字台,跟我们握手。她个头比我矮些,却像个摔跤手似的抓住我不放,足足看了我半分钟。直至我几乎站立不住,她才终于放手。我把约瑟夫介绍给她。然后,我们坐下谈了一会儿。

这位大骨骼、大身量的漂亮女人谈笑风生,她谈起她的家庭,她在扶助贫困年轻女性方面的工作,以及她在卡伦的庭院,使人如坐春风。我说到我有个移居美国的外婆,名字跟她有些相似,奥廷加夫人告诉我,她的名字源自美国的一位女权主义者和民权运动支持者艾达·贝蒂。"你叫我艾达好了。"说着,她大笑起来。

在说到内罗毕的中国商务事件时,她老练地评价说:"中国人在这个领域还是个孩子。"

"你夫人是中国人,我猜想,你很喜欢中国女人。"她当即大笑起来,"改天让我见见。"

我们谈起家庭问题,说到我们目前正在进行的一些社会工作项目。

"肯尼亚妇女很需要帮助。"她说,"我们曾组织过一个项目,向当地妇女发放了几千个用于净化水的器具。净化水是我们最大的问题之一。"

"将来,我们可能会为这里的妇女、儿童尽一些力。"我说,她点点头。我知道,她高估了我的能力。

然后,她忽然提及她也曾在伍德利住过。

"是的,我以前也在那儿住过。我认识你父亲。在你很小的时候,我还见过你们俩在一起——你和你弟弟。他叫什么?"

"戴维——戴维·奥皮尤。"

"是的。我丈夫跟你父亲是很好的朋友。他十分钦佩老奥巴马……因为老奥巴马的口才极好。"

面对这位机敏的、显贵的妇人,我猛然想起一件事。

"艾达,下周我要去探望我的莎拉奶奶。我要告诉她,我终于回家了。卢奥语中是否有这样的词句?"

"我想到一句话。"说完,艾达·奥廷加起身,快步走到桌前。她在记事簿上写了一句话,撕下那片纸递给我。

"这句话的意思是:奶奶,我回家了。"

我望着纸片上的句子,虽说是用卢奥语写的,但我知道这句话正是我需要的。我一个词一个词地反复练习这句话。她赞许地点点头,然后近前握握我的手。

"在第一个词的后边要停顿一下。这样奶奶就知道,你是在跟她说话。"艾达告诉我,"然后,你再往下说。"

我折起纸片,装进衣袋。临别,她邀我们到家里喝茶。几天后,我们就去了她家宽敞的宅邸,边喝茶边吃饼干。

在谈话的当儿,我提到近日在卢奥语课本里读到的一句话:"奥科克,奥科克,米亚科基马拉科尔。"[①]

艾达激动地坐直身子,说:"鸟儿,鸟儿,飞走前请把我的指甲变白!"

她挥动着双臂,模仿鸟儿飞翔的姿势。她的秘书解释说,白指甲是美丽的标志。

我还记得小时候我多么憎恨我指甲上的白点。我知道,相比之下,白人的指甲似乎总是完美的粉红色。只有黑人才会有这个问题。我想,也许我的饮食有问题。

艾达的卡伦宅邸坐落在一处美丽的地方,既安宁又静谧。但我回忆起2007年那次大选期间,这个国家陷入一场部族战争。离这儿不远处,就有数百人罹难,数千人受伤,成千上万的人逃离家园。就在圣诞节后的几周内,大家——白种人与黑种人、棕色人种与黄色人种、基库尤人与卢奥人、坎巴人与基普西基人——和睦相处的观念顷刻间便瓦解了。我观赏着美丽的庭院,蓝花楹怒放,香柏在头顶上张开粗大的枝杈,但肯尼亚

---

① 卢奥语音译。

的心在流血。我问艾达,鉴于2007年发生的那场暴力事件,国家是否仍有希望。

像母亲一样,艾达·奥廷加充满信心。

"我们会闯过难关的。"她说,"我们能做到这一点。我首先意识到此类事件是在2003年。可能我太天真了,很长时间我一直被蒙在鼓里。我有个基库尤人学生,她总是跟内罗毕大学当局有麻烦。我常常保护她,替她辩护。紧接着暴乱开始了,她一直在鼓动其他人。一天,我跟她说:'你为什么要制造这些麻烦呢?我教过你;咱们交往了这么多年。你为什么反对卢奥人?'她回答说:'哦,不是针对你的。是针对其他人的。'"

她突然不说话了;她的手托着下巴,神情抑郁,仿佛一时语塞。艾达的外孙女——孩子的父亲是卢希亚人,母亲是卢奥人——在远处欢快地叫着;她跟雪华玩得正高兴。妻子似乎已喜欢上这个四岁大的美丽、早慧的女孩。

"我一定要跟你说,马克,尽管由于酗酒,你父亲后来遇到很多麻烦,但我记得他是个了不起的人。他非常引人注目;他一开口,所有的人都洗耳恭听。我丈夫对他十分敬重。请代我向你母亲和继父问好。"

那天晚些时候,提起2007年选举期间的那场暴乱,母亲说,艾达很可能协助她丈夫与齐贝吉总统达成和解,从而终止了暴乱。

不过,我的思绪已飞往别处。我记起了艾达教我对莎拉奶奶说的那句话。不经意间,我又瞅瞅我的指甲。没有白点。再也没有白点了。

~

我盼望着飞往科盖洛;与此同时,我也在搜集更多的有关父亲的事迹。

奥戈萨·奥巴马,族中一个六十多岁的亲戚,个头虽矮些,身材极其粗壮,精力如年轻人一般充沛。我们一同坐在沙立中心——韦斯特兰商业区的一家大型商城,位于内罗毕富人区——的一间小咖啡室里。他眼圈红红的,眼神中透露出一丝哀伤的情绪,仿佛他一生有大半时间在跟自己的天性抗争,常常对自己信心不足。

"你还记得我那次去看父亲吗?"自从老奥巴马与母亲离异后,奥戈萨就一直跟他住在一起。

"是的,我记得。"他呷一口茶,说。

"我退却了……走到楼门前,我转身离去了。"

"那是在晚上。"他慢条斯理地说,"我瞧见戴维进来了,说:'马克在外面。他不想进来。'我瞧见你就在楼里,离开的时候走得很快。我觉得,你当时穿得挺漂亮。甚至还扎着领带。"

我点点头。我怎么忘得了呢,那天我没勇气去见父亲。我费劲地解释说:"戴维事先问过我想不想见;可是,在篱笆那儿我却停住了脚步。我害怕了。我没能迈进房门。这就好像我要返回我生命里的某一时刻,而这一时刻已在我的意识中抹去了。"

奥戈萨点点头,表示理解。

"我跟你父亲说,你不进来;他说:'别担心。总有一天他会回来的。他是我儿子。'"

我从没听父亲这么谈论过我。就我所知,如果说他曾谈论自己的孩子,也只谈论过美国的那位巴拉克;他从不曾谈论过奥科思①。

父亲的话如一颗久已逝去的新星,其光芒穿越亿万年时空,温暖了我。父亲的评语以我不曾预料的方式深深打动了我的心。

他的话太富个性了,既无怨恨,也不后悔:

"总有一天他会回来的。他是我儿子。"

"你父亲,"奥戈萨继续说,"倘若知道你回到了科盖洛,而且还带来了你的妻子,他会为你感到骄傲的。"

---

① 奥科思,作者幼年其父为他起的乳名。意思是"雨天"。

尾声　肯尼亚之春

我希望他为我感到骄傲吗？我在乎吗？我从没爱过老巴拉克·奥巴马；不过，我在学习更多地对他保持敬意。我是他儿子，他是我父亲。我们之间的关系是上天所赐，无可选择。我可以凭借我的一系列挫折和恐惧、追忆和梦幻——而这些往往也是父亲自我选择的必然结果——拼凑出父亲的人生轨迹。在一面破镜的折射下，我与父亲分离了；只有爱，至少是接纳，才是重建这一联系的黏合剂。

"他希望你回到肯杜贝，他母亲就埋葬在那儿。他说，他要修缮那儿的老屋，那房子也许还在。"

"他说过要埋葬在那儿了吗？"

"这我就不知道了。有些事他不跟我说。"

有人说，奥巴马的老家在肯杜贝，我还从没踏上过那里的土地。我们的祖屋所在地阿列戈-科盖洛，我小的时候常常回去，如今在我的记忆里也已变得十分模糊；莎拉奶奶是祖屋的核心人物。

在飞往阿列戈的途中，我的心激动得怦怦直跳。我刚刚学到的卢奥语的一些词句不住地在脑海中闪现。

这段航程很短，总计不过半小时。当雪华和我跨出双桨飞机，曾照亮远方地平线上的合欢树的一抹微红久已消逝，正午的骄阳将尼扬扎省西部的土地炙烤得如同火炉。我有理由相信，当母亲1964年首次飞抵肯尼亚时，她的光洁的手臂、面庞立刻感受到了周遭环境的威压。

正像露丝先前经历过的，雪华和我也不见有人来接机。可就在这时，不知打哪儿走出个穿明黄色上衣的妇人，面带微笑地迎了上来。

"我以前见过你。"她说，"你是奥巴马总统的弟弟。欢迎你回到家乡。"

"对不起。"我应了一句，"你是谁？"

"我叫布赖特。"她说,"机场总监。莎拉妈妈和你们全家人我都认识。"

我记起了另一名机场总监玛丽·拉迪耶,卢奥族妇人;当母亲来到肯尼亚时,她对她十分友好。尽管时光流转,前后已跨越五十年,情景竟何其相似乃尔。

其他人也从荫凉处走出,纷纷前来迎接我们。有个穿黄制服的人迎上来,胖胖的脸上洋溢着笑容。

"你不记得我了吗?"他高兴地说,"我是阿邦戈。在你很小的时候,我就见过你了。"

我们本能地相互拥抱。

"我经常开车送客人去看望莎拉奶奶。我母亲是你姑妈。"他说。这么说,阿邦戈就是从前见过的众多姑表兄弟中的一位。他们所有的人都欢迎我们回家。

芒果树下摆放着几只塑料椅子,这家店铺的老板紧接着自我介绍说:

"我认识你父亲。我出国留学办理护照时,他帮我弄到了认证手续。是个相当友好的人……"

这便是非洲友好的一面,让人感受到家庭的温暖。在等待叔叔赛义德·奥巴马的当儿,大家愉快地交谈着。一会儿,赛义德叔叔就到了。

我们跟这一小群人说了声再见,汽车就朝房后被太阳照得刺眼的那片湖水驶去。我们在基苏木的一家宾馆办好入住手续,然后开车去看望莎拉奶奶。

奥科思。奥科思。

维多利亚湖畔,生着白色冠羽的鹭鸶不住地啼鸣,仿佛是在呼唤我的卢奥人名字:奥科思。赛义德叔叔肯定说,艾达对那首歌的解释是对的。

尾声　肯尼亚之春

赛义德叔叔是祖父奥尼安戈·侯赛因·奥巴马的幼子。他身材高高的,瘦长脸。他的一双充满好奇的大眼颇为引人注目,仿佛因生命中不可逆料的转折而感到惊愕,甚至有些畏葸。

"这些鸟常常围着牛群转。"他说,"等牛群把草丛里的昆虫赶出来,它们就有东西下肚了。"从基苏木机场出来,在驶往科盖洛的柏油路上,我们的汽车被路面的坑洼弄得不停地颠簸,赤道上的太阳无情地喷吐着光焰。

从前,科盖洛曾是夏亚县的一处荒凉的角落,距基苏木四十公里途程,公路年久失修。灌木丛中高耸着蛮烛台①和芒果树,马塞诺的巨大砾石危如累卵,但从未坠落。每隔一会儿就刮起一阵风,仿佛有魔鬼在兴妖作怪,以至吹得尘沙弥漫,不住在地上打旋。

"你父亲每天要赶十八公里的路去读书。"坐在前座的赛义德谈起父亲的往事,"他清晨四点或更早就要起床,到沙姆巴②去挤牛奶、羊奶。六点半左右到校,晚上才回家。还要干各种杂活,包括照看牛群。然后到晚七点至九点,他才开始做作业。"

眼下,赛义德成了我的老师,我悉心倾听他的每一句话。除了赛义德,还有谁能给我讲这些事呢?奥巴马家族的人大都不认识我;即使认识,像莎拉奶奶那样真正理解我的人,又不会讲英语。

"我认为,艰难的生活能让你懂得惜福。"赛义德说完,就陷入了沉默。

车子在父亲曾就读过的高中停下,从这儿就踏进了夏亚县境。除了学校和政府机构,基苏木和阿列戈一派沉寂,就像镶嵌在电影慢镜头中的几帧幽暗的全息图景。街道上行人寥寥,有半数的店面上板了。

"一月份,人人都把钱花在了学费上,再也没钱买东西了,连吃饭都成了问题。"司机解释说。他是赛义德的朋友。

在学校,我们见到了校长助理。这是个约莫三四十岁的年轻人,坐在

---

① 蛮烛台,又称华烛麒麟、大戟烛台,为乔木状多肉植物,属大戟科,高十至二十米。
② 沙姆巴,斯瓦希里语,意思是农庄。

一张已开裂的写字台后面,官气十足。

他说,要是我们明天来的话,他欢迎我们参观父亲的成绩单和照片。不过,奥玛·奥巴马掌管着父亲的档案,她给校长打过电话,不欢迎我到学校来。

但我既没打算参观父亲的照片,也没想看他的成绩单。我只想到这儿来体验一下周围环境。见过面后,我们就在校园里走了走。马塞诺的大树荫蔽着砖砌的低矮校舍的瓦楞铁屋顶。学生们身穿卡迪根上衣和黑色灯笼裤,脚步匆匆,正奋力冲向堆积如山的各门课业。

这一整天,我脑子里不时想起老奥巴马的其他子女:小巴拉克、奥玛、乔治和马利克。所有这些子女都不得不奋力挣扎,在让人眼花缭乱的各种选择中找寻生命的意义,而天性与各自成长环境的差异益发增添了选择的复杂性。如今,哥哥巴拉克一步登天,与我们的人生际遇自然相距太远。我从没见过乔治,但我知道他;他也曾与人世短暂和肤浅的眩惑搏斗了很久。

赛义德告诉我,奥玛就在城里,我决定给她发个短信;她或许不知道我来。在复信中,她愤怒地指责我追念父亲是投机,声言跟我没什么话好说。她仍不原谅我出版了《从内罗毕到深圳》一书;在这本书里,我用虚构手法将父亲施行家庭暴力的行为公之于世。我仍记得许多年前的那一晚,奥玛打开家门,愤怒的父亲冲进房里,用刀抵住了母亲的喉咙。我不知道她是否为此感到忏悔;她或许以为我是在挟私报复。

我悲哀地意识到,奥玛毫不留情地做出这种绝对判断,大约是由于她长期遭受环境及厄运的挤压,因而形成非黑即白的思维模式,不允许有中间色的存在。我对奥玛没有丝毫的怨恨。她的唯一缺点,倘若可以这么说的话,就是她对父亲崇拜得五体投地。

我望着学校大门上方的校训:有志者事竟成。校徽上有一个红十字,一本打开的书,一棵树。

学校恰好位于赤道上。校园里有个小小的圆形广场,种着花,花坛边

尾声　肯尼亚之春

缘的白瓷砖上写着 Equator①，似乎象征着美国人的世界与肯尼亚之间的联系；父亲生于斯，长于斯，并付出一生中的大部分时间与之相抗争。

"他一脚踏在西方，一脚踏在肯尼亚；这对他来说实在不容易。"家里的一位朋友曾对我说，"当他回到肯尼亚，所面对的变化是巨大的。那一时期，对于那些嫁给黑人的白人妇女来说实在够难的。甚至独立之后，现实生活中仍有不少条条框框；当局明令规定，哪些人在哪些区域居住为非法。一个黑人和一个白人要在某处居住，他们就不得不取得官方的特许。"

还记得一次去罗斯林看我们的第一个家——我就是在那儿出生的——母亲讲了一件事。"当时的生活十分孤寂。隔壁是一对白人夫妇，可他们不想跟一个嫁给黑人的白人妇女有牵扯。我不在乎。"母亲不无幽怨地说，"对这类事情，我一向视而不见。"

坚忍不拔。我们全都需要坚忍不拔。母亲顽强地跟老奥巴马生活了七年之久。她没有退缩。

回到车上，赛义德叔叔告诉我："有的时候，你奶奶骑车送你爸爸上学。那个时代，自行车是个稀罕物。我们家那阵子挺幸运，也有一辆。母亲日子过得艰难。她要种豆子、甘蓝，要用袋子背九十公斤重的货物步行十五公里，送到市场上去出售。回来还要照管家务，照顾父亲。父亲要么给英国人干活，要么出国打工。那个时候，她常常送你爸爸去学校。许多年里，她每天都这么苦干。"

"祖父呢，他怎么样？"我问。我想起这位严酷的老人；他把祖母赶出了家门②。

"他那个时候上了年纪，可难伺候了。"

在驶过尘土弥漫的灌木丛和生长常绿林木的地带之后，我们就来到一处平坦的居住区，居民每家有个很小的沙姆巴，一座砖砌的房屋。头顶

---

① Equator，英文"赤道"。
② 此处的祖母指老奥巴马的生母，因不堪祖父的虐待，在老奥巴马很小的时候就离家出走了。

什物的妇女好奇地注视着我们的车子开过。有些上学的孩子见我的肤色不够黑,感到有些吃惊。

"这就是马利克的住处。"赛义德叔叔指着其中一幢房子说。这幢蓝屋顶的房子周围是一片宽阔的草坪,外面有一圈高高的铁栅。时间许可的话,还能跟他见一面。

莎拉奶奶的房子就在前边。一名警察替我们打开院门,我们把车开到砖砌的小屋前停下,窗前有棵大芒果树。我们一直走进简朴的客厅。一会儿工夫,莎拉奶奶进来了。她一见我就连忙奔了过来。

"奥科思,尤莫如迪①。"奶奶用深沉、粗大的嗓音大喊一声。

还没容我回答,她就抱住了我,拉着我的手在沙发上坐下。雪华紧挨我坐。赛义德叔叔坐对面,给我当翻译。

在整个这段时间,我和奶奶的手一直握在一起。

"我的膝盖整天疼。"奶奶说。开始,她没直视我,好像那样的直视让人难以承受;只手拉手,这样的接触才是相宜的。最后,我们的目光终于接触了,我说出了早已准备好的那句话;这也是我与科盖洛之间中断了近四十年的对话。

"埃德沃戈达拉②。"我说。我回家了。

艾达·奥廷加写下的这句话顺畅地从我的舌尖涌出。事先,我已练习无数遍了。几天以来,这几个字母一直在我的脑子里打转,就像佛经上的咒语。

奶奶的脸上浮现出笑容,我们静静地拥抱着。我吻了她的两颊。她也轻轻在我的两颊上吻了吻,模样真像害羞的新嫁娘。

"马伊雅奥达③。"我把雪华介绍给奶奶。这是我的妻子。

雪华拥抱了奶奶。的确,她就是我的祖母。我可以这样叫她,用不着校长或某个记恨我的家人批准。在奶奶的支持下,我回到了祖屋,正像我

---

① 尤莫如迪,斯瓦希里语,意思是你回来了。
② 埃德沃戈达拉,卢奥语,意思是我回家了。
③ 马伊雅奥达,卢奥语,意思是这是我的妻子。

尾声　肯尼亚之春

恢复了自从我一出世就拥有的姓氏一样。

"我让你回来,让你把妻子也带来。今天你终于回家了,你做得对。"莎拉奶奶对我说。

一个年轻女人进屋,拉住了我的手。其他人也一个个进了屋。我们用卢奥语相互问候,小屋里立刻充满了旺盛的生机,仿佛莎拉奶奶的热情和真诚感染了身边的每一个人。她一次次发出开心的大笑,尤其每当我笑的时候,奶奶都会高兴地笑起来。她笑得合不拢嘴,连全身都颤抖起来,脸上的皱纹也多了不少。

"奥科思,你为什么一走就这么久?"她说。说话时,她仍乜斜着眼睛瞅我,仿佛仍不敢相信眼前的一幕。

"由于我所经受的痛苦,这地方有太多的东西我想忘掉。"我努力跟奶奶解释,"由于母亲亲身所感、亲眼所见的太多了。我想断绝跟父亲、跟这里的任何联系。"

"可是,你怎么竟一去不回了呢?"奶奶仍不解地追问说,"我多爱你啊,你也爱我。我还记得你总跟鸡呀、狗呀一块玩儿,还跟我一块玩儿。然后突然之间,就再也不回来了。"

"对不起,达尼①,我让您伤心了。"

我事先学会了这个卢奥语。其实,我已部分地体会到,她最小的孙子竟然离开她四十年之久,一定会让她感到哀伤。每年一度飞越维多利亚湖的鹭鸶像一条条白练,深入非洲腹地越冬。我想,这些迁飞的鹭鸶每年都会勾起奶奶心中的伤痛。

雪华也用卢奥语说了几句话,屋里的每个人都觉得她说得不错。后来,他们还给她起了个卢奥人名字:阿奇翁,意思是白天出生。

"你走了错路。"奶奶说,"路错了,做的事自然也就错了。不过,让过去的都过去吧。如今,咱们重新开始。"

---

① 达尼,卢奥语,意思是奶奶。

"为什么你们没有一个人告诉我父亲死了?"我问奶奶。奶奶和赛义德叔叔谈了一会儿,情绪颇为激动。他们用卢奥语飞快地说着,我和雪华一点也听不懂。

"我想,你母亲是知道的。"赛义德叔叔翻译说。

我心无芥蒂地跟奶奶说,我不记得母亲告诉过我。

"要是你母亲没告诉你,那就是她的错。"奶奶说。

"我不知道是怎么回事。我想,也许她告诉你了,但你不记得了。"叔叔慢慢说。

我点点头。这个解释合乎情理。

客人到了,奶奶让我们跟客人一一打了招呼。然后,赛义德叔叔领我去看父亲的坟墓。让我惊讶的是,父亲的坟墓与房屋相距咫尺,我还以为要开车走一阵呢。我也不大肯定是否要去看一眼。除了来看看莎拉奶奶,其他事——甚至包括到父亲的安息之地去看一眼——都在其次。

我立在他的墓前。

巴拉克·侯赛因·奥巴马
生卒年:1936—1982
IBED GI KWE

后一行字是卢奥语:安息。

我摘下太阳镜。我不知道是由于天气太热的缘故,还是心里有火,脸上的汗水不住地往下淌。我在墓前足足站了几分钟,我感到用黄白两色瓷砖镶嵌的墓地似乎也在望着我,既不谴责,也不开脱。

我身后不远处,就是祖父的墓地。

JADUONG

奥尼安戈·侯赛因·奥巴马

1870—1975

第一行字是卢奥语:老人。

然后,我回到奶奶身旁,与男男女女客人一道聊天,大家围坐在芒果树荫下。我用卢奥语向来客介绍我自己和我妻子,来客中有村中的族长、朋友、亲戚,他们中间有人声称见过我,可我早就认不出来了。看到父亲的墓地,我的思绪仍被刚才见到的一幕深深震撼着。

"奶奶,你对我母亲有什么看法?"我终于问。

"我还记得她。她只跟我们住了很短的时间,可我觉得她是个好女人。不过,我们对她确实不够熟悉。"

"有些人说,由于我改了另一个人的姓,奥巴马家族就把我开除了;我们之所以分离了那么多年,这也是其中的原因之一。"

族长激烈地摇着头。"这不是我们的习俗。"

"也许有些部落是这个规矩,可我们从来没这个习俗。听奶奶怎么说。"赛义德叔叔说。

"你弟弟戴维先前一直跟我在一起,跟我们一块玩儿,一块谈天。不管他姓什么,他一直是我们中的一员。"奶奶看着我说。其他人也都点点头,表示赞同,"你是这片土地上的人。"

你是这片土地上的人。

"奶奶,"我说,"我也是这么想的。我回家了。埃德沃戈达拉。我的名字是马克·奥科思·奥巴马·狄——"

我还没说完,奶奶就打断我的话。"奥科思·奥巴马。在这儿,就叫这个名字。"说着,奶奶爽朗地笑起来。

当我把手从奶奶的手上抽出,挥手向她告别时,已是下午很晚的时候了。我的眼睛湿润了。我深感意犹未尽。当我坐进车里时,奶奶拄着拐杖吃力地立起身,朝这边走来。我赶忙下了车,紧紧抱住这个我挚爱的老人。

"奥立提达尼①。"再见,奶奶。

"别忘了回家看看。"奶奶攥着我的手,回答说。

奶奶的脸离我这么近,她的两眼闪着泪光,既清澈,又明亮。

"我会回来的。上帝保佑您。②"我说。

离开奶奶家,我想去跟马利克打声招呼,但又打消了这个念头。就这么闯上门去显得太随便,太冒失;再说,我仍旧沉浸在与莎拉奶奶重聚的欢乐中,又匆忙跑到马利克家,未免过于轻佻。我想起大选期间奥玛说过的一句话:"世间的万事万物,都有各自的时辰。"

我还记得机场咖啡店的那位老板,他告诉我,老巴拉克·奥巴马以前曾帮过他。一路上,我听到了许多有关父亲体谅人和宽容大度一面的故事,而这善良的一面是我以前从未听说过的。

"他在外面对人家这么好,可在家里为什么对我们那么凶呢?"我问叔叔。

"我们住得远,实在弄不清其中的原因。我们也只知道好的一面。"他说。

他又述说了父亲的许多往事,都是他小时候的亲身经历。其中有一件事尤其令我难忘。

"一次晚上出去喝酒,开车回阿列戈的时候,在街上遇见个邻居。"赛义德叔叔慢慢回忆说,他至今仍颇受感动,"那个邻居朝我们招招手,说她

---

① 奥立提达尼,卢奥语,意思是再见,奶奶。
② 原文是卢奥语。

尾声　肯尼亚之春

的外甥死了。我们帮她把死者抬上车，送回家。路很远。车里的汽油的确不多了，我们就想，这点油兴许不够。可在那年月，又没人能帮她。她穷，只孤身一人。"

离开阿列戈时，我不再怨恨什么。我不再怨恨父亲，甚至连悲哀也没有；这就好像我把先前的我留在身后，开始了新的一章。这新的一章既不是如今给我慰藉、医治创伤的好父亲的故事，也不局限于一时一地；而是关于我向生我养我的人民复归及其感受的经历。

新的一章讲父亲与儿子的故事，讲儿子在其环境力量的驱使下远离家门——就像长着白羽的小鸟，离家飞向远方——数十年后，浪子又返回故乡①。这是关于我在故乡阿列戈、在中国和美国的经历。这是关于我的一段人生失而复得的故事：这段人生包含了太多的困惑，如今这中间仍留有太多的断裂与抵牾；但它至少已复归原处。

Adwogo Dala. Ibed Gi Kwe.②

～

几天后，我们乘红眼航班返回深圳。我向下望着，罗罗公司③的引擎发出轰鸣，城市灯火闪烁，很像一条横跨半岛的宽带。望见眼前这一景象，我立即感到一阵熟悉的喜悦。十几年来，这儿就是我的家。我想。我将回到福利中心的课堂，继续练习书法，弹琴，还要照管我的生意；当然，我还要跟妻子一道前往世界各地去探亲。

先前那种合租的小巴不见了，不过，刚刚修建的地铁各出口都挤满了载客的出租车。年老的男男女女踮起脚跟，领着孙辈穿过摆满麻将桌的

---

① 此处暗用《圣经·新约》浪子回头的故事，见于《路加福音》第15章第11—32节。
② 这两句为卢奥语。前一句是作者对莎拉奶奶说的一句话："我回家了。"后一句是其父墓碑上的铭文："安息。"
③ 罗罗公司（Rolls—Royce），全称罗尔斯—罗伊斯，又译劳斯莱斯。英国著名的航空发动机公司，它所生产的喷气式发动机为世界许多民用和军用飞机所采用。

街道。华城北路的电子商城仍张着疲倦的大嘴,里面挤满了DVD小贩和一个个灵巧的、吞云吐雾的年轻人。在人头攒动的罗湖口岸,有不少从内地抵达的农村姑娘,她们拖着一个个巨大的塑料行李包,两鬓乌黑,睁着一双温顺的大眼睛。有成千上万的人像我一样来到深圳,有的来自海外,有的来自内陆各地;为追求名誉、金钱或爱情,他们穿越田野,或沿着浓烟滚滚的铁路,纷纷涌进这座现代化的大都市。

在追寻自我的道路上,我找到了各种爱:大度的和自私的、贞洁的和淫欲的、纯真的和投机的、全身心投入的和狭隘的、神圣的和贪欲的、严肃的和幽默的、获得回报的和未获回报的——爱超越种族与宗教,甚至可以追溯至时间的起点。

一个儿童避难所,如今已成为了我隐姓埋名或坦然面对媒体聚光灯的真如福地。窗外,景田路两旁高大的红树把根深深地扎进水泥路面下的泥土,而它们柔软的枝柯则为这里的家庭遮风挡雨。我的生活暂且保持着为人所熟知的外貌,就像树叶上的雨滴,随时准备融入汪洋大海。不过,它仍将不断从三个伟大的历史源头、三种文明以及我称之为家的三国土地上折射出生命之光。

2011年,我又在老家科盖洛见到了莎拉奶奶。莎拉是老奥巴马的继母。她如今已年逾九旬,仍愉快地照管她的沙姆巴和照顾附近的孤儿。我漂泊多年后回到祖居之地,奶奶与其子赛义德热诚地欢迎我归来。

2011年，我站在父亲的墓前（紧邻科盖洛莎拉奶奶的老屋）。附近还有祖父奥尼安戈·侯赛因·奥巴马——我将他视作奥巴马家族的第一位世界公民——的墓地。

赛义德·奥巴马叔叔协助我复归科盖洛。

附录一：

奥巴马家族谱系，从1700年至今

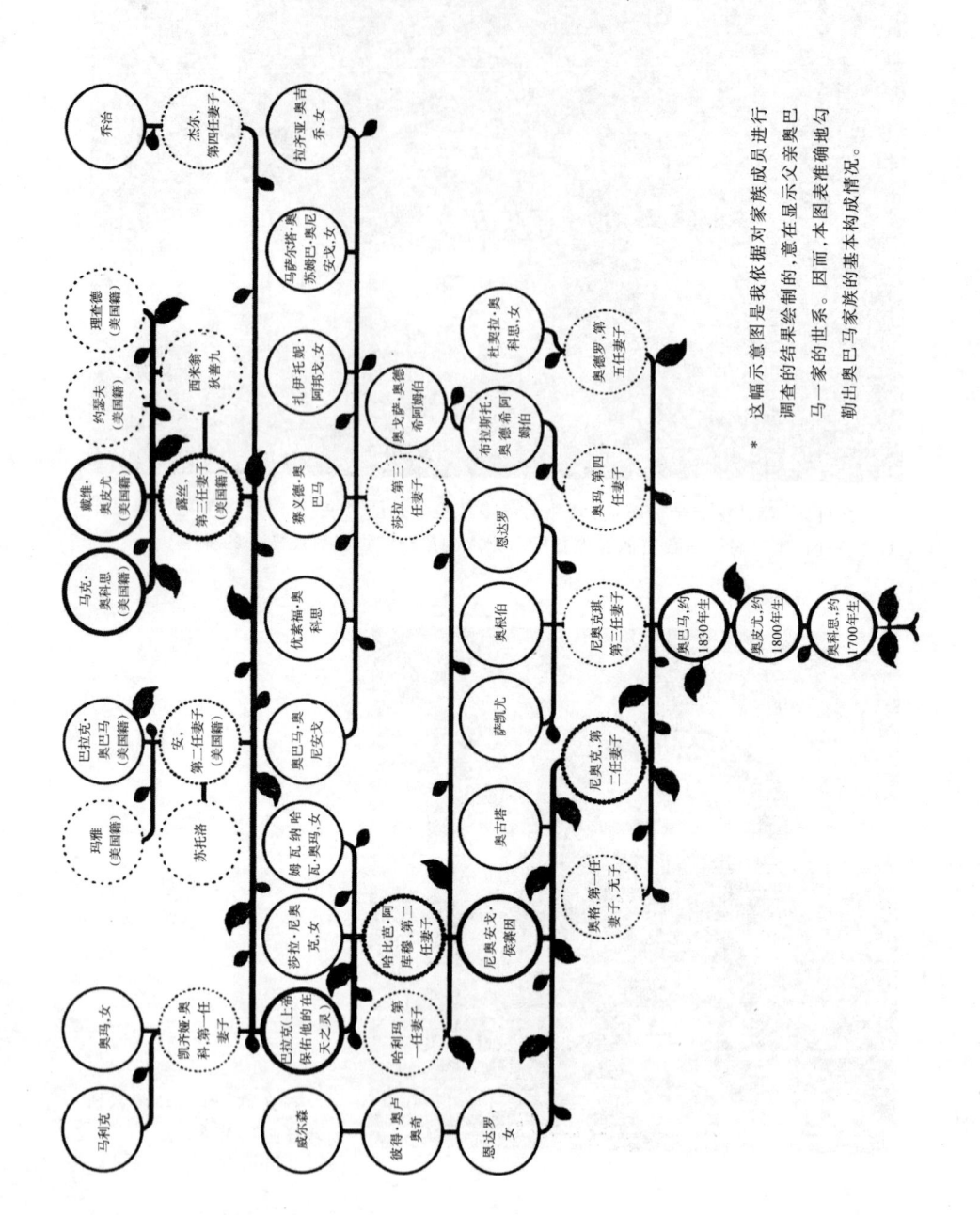

* 这幅示意图是我依据对家族成员进行调查的结果绘制的，意在显示父亲奥巴马一家的世系。因而，本图表准确地勾勒出奥巴马家族的基本构成情况。

附录二：
奥巴马总统自传《我父亲的梦想》节选
——并根据事实——更正

下述对奥巴马总统自传有关内容的更正，其所依照的根据既有我本人的回忆，也有奥巴马家族其他成员的叙述。我既不想冒称这是全体成员的意见，也不想借此诋毁不同意见；我只想就一般大众的观念或想当然的假设作些再评价。引文源自《我父亲的梦想》，巴拉克·奥巴马著，英国爱丁堡修士门出版社2008年版本。

2010年初，《奥巴马传》一书作者戴维·马拉尼斯指出，尽管我哥哥的自传在事实方面有诸多不确，不过，该书仍不失为巴拉克·奥巴马人生历程的精确的心理自画像。在此，我指出一些总须更正的细节，因为这些细节近年来导致流言纷杂，的确已殃及这个大家庭的某些成员。

[奥玛·奥巴马对巴拉克说:]"我怕他。你知道，我出生时他已经走了。在夏威夷，他跟你母亲在一起；后来去了哈佛。他回肯尼亚的时候，大哥博比和我正在童年。在那之前，我们跟母亲一起生活在科盖洛的乡村。他回来时我还太小，记不清了。当时我只有四岁，可博比有六岁了，有关当时的情景他可能会给你讲得更多些。我只记得他带回一个叫露丝的美国女人；他把我们从母亲身边夺走，跟他们一起去内罗毕生活。我记得露丝是我接触到的第一个白人，还记得她突然就成了我的新妈。"

"你为什么没留在自己母亲身边？"

奥玛摇摇头。"记不清了。在肯尼亚，一旦离婚，男人通常会得到孩子的抚养权——要是他们想得到的话，情况往往就是如此。有关此事我也曾问过我母亲，但对她来说实在难以启齿。她只说，老爷子的新婚妻子拒绝与另一个妻子一起住；她认为老爷子有钱，我们孩子最好跟老爷子一起生活。"（《我父亲的梦想》，第213页）

此处有两点更正。首先，奥玛五岁的时候，父亲就把她送到锡卡附近的马利亚山女子学校去了。很可能是由于当时年纪太小，她在家庭地位上的突变导致她对露丝·狄善九心怀怨恨；不过，根据母亲的回忆，"这完全是由老奥巴马决定的。"而且，奥玛的叙述也表明，这种安排也是经过凯齐娅同意的。不管怎样，正像奥玛所言，她没跟我母亲一起生活。

其次，凯齐娅与老奥巴马从未离婚。依照卢奥人的传统：

> 在西方传教士抵达之前，如果女人跟别人私奔，男人是不大在意的，因为他知道，过不了多久女人还会回到他身边，因为她父亲绝不敢接受第二份作为聘礼的牲畜；根据他付出聘礼而拥有的权利，她的所有非婚生子女也都属于他。判别离婚与分居的基本标志，便是聘礼是否返还。（戈登·威尔森：《卢奥人的习惯法与婚俗》，第134页）

根据家人的叙述，聘礼并未返还。因而，老奥巴马与凯齐娅的情况属于分居，而非离婚。

[奥玛对巴拉克说：]"他有个美国妻子，这在当时是十分罕见的——尽管后来他还是跟露丝结婚了，不过，他常常离开露丝，跟我母亲住在一起。要是他乐意，他就还能跟他这位美丽的非洲女人住在一起。

附录二

"我们的其他几个兄弟就是在这段时间出生的。马克和戴维,他们俩是露丝生的;他们出生在韦斯特兰的大房子里。阿博和伯纳德是我母亲生的,出生在她乡村的家里。那个时候,博比和我还不知道有阿博和伯纳德。他们从没来家里看过我们;每回去他们那儿,老爷子也都是自己去,从不告诉露丝。"(《我父亲的梦想》,第213页)

我出生在伍德利,而非韦斯特兰。家人指出,阿博和伯纳德是凯齐娅与另一男人生的,而非与老奥巴马所生。根据卢奥人的传统,由于他们俩只是分居,并未离婚,所以阿博和伯纳德亦应被视为老巴拉克·奥巴马的孩子①。

[奥玛对巴拉克说:]"我跟你说,露丝跟老爷子离婚,心里别提多忌恨了。离婚之后,她嫁了个坦桑尼亚人,让马克和戴维都随那男的姓了。她把他们俩送到一所国际学校,按照外国人的方式培养他们。她让他们俩断绝跟咱们这个家庭的一切关系。"(《我父亲的梦想》,第339页)

西米翁·狄善九是肯尼亚人,不是坦桑尼亚人。我也弄不清她说的"国际学校"是什么意思。我们上的是肯尼亚人的学校,包括圣马利亚学校——该校创建于1939年,也是一所肯尼亚人的学校。母亲从未制止我们与奥巴马家族的往来;是我自己决定不往来的。事实恰恰相反,母亲鼓励我保留父亲给我起的奥科思这个名字,尽管我当时不想保留。小巴拉克来访时,也是母亲鼓励我走出房间,与他见面的。

但几天后,奥玛和我回到家,发现公寓外有辆汽车。司机是个棕

---

① 戈登·威尔森:《卢奥人的习惯法与婚俗》,约翰·W.恩迪斯出版社,1973年。

色皮肤、大喉结的男子,他递给奥玛一张纸条。

"那是什么?"我问。

"露丝的邀请。"她说,"马克放暑假,从美国回来了。她希望我们过去一块吃顿饭。"(《我父亲的梦想》,第340页)

母亲没派人去邀请奥玛和巴拉克。我从不知道有这事,也压根儿不记得家里有司机。一直以来,母亲无缘得知甚至也不想得知奥玛的住处。此外,据母亲回忆,第一次会面没在一起吃饭。巴拉克的来访让父母和我都吃了一惊。那天下午我们没想到会有客人到访,因而,看到奥巴马的另一个儿子从美国来了,大家的感受是既惊讶,又不安。此处巴拉克或许是在展开诗人的联想,不拘一格;再不就是记忆有误。也可能是作者有意要强调我们家富有,在文字上稍加润饰。

我们来到这个简朴街区的一户宅院前,沿环形车道停下车。一个长脸膛、灰白头发的白人妇女出门迎接我们。她身后是个黑人,个头和面部的肤色与我相当,一头浓密的埃弗罗式鬈发,戴一副角质镜框的眼镜。(《我父亲的梦想》,第341页)

如同我在本书中记述的那样,我们没出门迎接。他们进了院子。当时我正在房间里读书,母亲说有客人来了,我就进了起居室。见到从美国来的同父异母的哥哥巴拉克,我也大吃一惊。

"是的,是的。"说着,那男人站起身,"过来,乔伊……见到你们很高兴。"

男孩定定地立在那儿,抬起一双明亮的、充满好奇的微笑的眼睛望着奥玛和我,直至他父亲抱起他,把他带到门外。"来,请到这边。"露丝说着,把我们带到沙发前,开始倒柠檬汁。"我必须承认,听说你在肯尼亚,的确让我们吃了一惊,巴利。我跟马克说,咱们得瞧瞧奥巴马的另一个儿子如今出息成什么样了。你姓奥巴马,对吧?可是,你母亲改嫁了。我不知道为什么她要让你仍用他的姓。"(《我父亲的梦想》,第341页)

母亲否认她说过这样的话。

  我微笑着,好像没听懂她的问话。"那么,马克,"我转过身,望着弟弟,"我听说你在伯克利?"
  "在斯坦福。"他纠正说。他嗓音低沉,是纯正的美音,"我在那儿读物理,已读到最后一年。"(《我父亲的梦想》,第341页)

我没说过这话。实际上,当时我刚到斯坦福读书,并非已读到最后一年。也许巴拉克说的是布朗大学,这年我从布朗毕业,获理学学士学位,物理专业。从好的方面来看,此处他称我弟弟,既没称同父异母的弟弟,也没用旁的什么生分字眼,的确不错。巴拉克很可能把这次谈话与后来我们在旧金山的会面弄混了,那时我刚离开斯坦福。

  接下来足足有一个钟头,露丝不是数说父亲的不是,就是讲述马克用功学习的故事。她的谈话都是针对我一个人的,奥玛只好静坐一旁,摆弄露丝做的千层面。我原本打算吃过饭就离开的,可露丝提议马克拿来家庭相册给我们看,她则端来了甜点。(《我父亲的梦想》,第341页)

根据母亲和我本人的回忆,那次会面她很少开口,而且时间远不到一个小时。"我吃了一惊,不知说什么才好。"她后来跟我说,"看到巴拉克从美国来了,我一下子就懵了。基本上我只愣愣地在沙发上坐着,没说几句话。"

正像前边所说的,这次见面没在一块吃饭,看家庭相册倒是不假。

"别这么腼腆,亲爱的。"露丝说,"马克钻研的那些玩意儿太高深,很少有人能弄得懂。"她在马克的手上拍一下,转身对我说:"还有,巴利,我知道你要去哈佛念书了。跟奥巴马一样。你肯定是随了他的好脑筋。但愿没随他别的方面。你知道奥巴马这人有多古怪,对吧?又酗酒,更糟。你见过他吧?我说的是奥巴马,见过吧?"

"只见过一回。在我十岁的时候。"

"哦,那真是太幸运了。这就可以理解你如今为什么会这么优秀了。"(《我父亲的梦想》,第342页)

母亲否认她说过这样的话。

[奥玛对巴拉克说:]"(老)巴拉克回来不久,就有个白人妇女到基苏木来找他。开始我们还想,这女人肯定就是你母亲安。巴拉克解释说,是另一个女人,露丝。他说,他在哈佛认识了她;还说,她追到肯尼亚来他一点不知道。祖父不信他的话,觉得巴拉克这次又违拗了他的意愿。但我不敢肯定,实际上,当初他似乎不乐意娶她。我弄不清后来是什么缘故,他又改主意了。也许他觉得最好把露丝娶进门。或者他听到了什么风言风语,凯齐娅在他离开这段时间在外边胡搞,尽管我跟他说,那些传言全是胡说八道。"(《我父亲的梦想》,第423页)

母亲当初去跟老奥巴马会合是在内罗毕,不是在基苏木。而且,父亲离开波士顿之前邀请她来肯尼亚,她同意了。

附录二

[奥玛对巴拉克说:]"也可能他挺在乎露丝,只是嘴上不说。不管是什么缘故吧,一旦巴拉克同意娶露丝,我知道,她是不会接受把凯齐娅作为大老婆的做法的。就这样,我们孩子就跟父亲和他的新婚妻子去了内罗毕。当巴拉克带我和博比回老家时,露丝常常拒绝跟他一起回来;她既不让他带戴维,也不让他带马克回来。祖父从没跟巴拉克直接谈过这事,他只这么跟朋友们说——巴拉克也是这么听人说的——'我儿子是个大人物。可他每次回家,都是他妈给他做饭,不是媳妇做饭。'"(《我父亲的梦想》,第423页)

戴维和我科盖洛也不知去了多少回,直至父母离异为止。我记得母亲也曾陪我们一起回去过。根据母亲和家里人回忆,是凯齐娅自己要断绝与她跟老奥巴马所生的两个孩子的关系的。当巴拉克在波士顿认识露丝时,由于两个孩子无人照管,他曾请求露丝同意婚后把孩子接过来同住,露丝答应了。母亲是这么说的:"老巴拉克提起凯齐娅时,从没说过要让她跟我们在一起住——我相信,无论是我还是他,脑子里绝不会生出这个念头的。"用奥玛的话说,是凯齐娅自己觉得两个孩子最好跟老爷子过,因为老爷子有钱。

还有另一个佐证:有的时候,奥巴马家的人也住在我们家。例如,扎伊托妮姑妈——就是因非法入境在美国遭起诉的那位——宣称,我小时候她曾照看过我。实际上,她在我们家只住了一年。露丝同意这样的安排,也足以表明她心地的善良和宽容。

在最近发给我的一封邮件里,母亲这样写道:"我知道,我对你最近挖掘出的如此复杂的情况确实毫无知觉;当时,我的无知保护了我——而且,我不在意巴拉克在书里把我写得多么不招人待见——他并不了解实际情况。"

下一周,我打电话给马克,他建议去外边吃一顿……他比第一次

见面放松多了,不时开个玩笑,聊些他对加利福尼亚的观感以及学术圈里的内斗。(《我父亲的梦想》,第343页)

二十世纪九十年代初,根据巴拉克的提议,我们在旧金山见了一面,那次在一起聊了几个小时,当时我刚离开斯坦福,在AT&T(美国电话电报公司)任职。那次会面,我可能说些有关加州的情况,也可能涉及学术界的内斗。巴拉克这次要见我,他很可能是在为自传搜集材料;他可能把这次谈话的内容混到了他对第一次见面的记忆里。那次他在肯尼亚见了那么多人,大约并没真想记住具体是在哪次谈话中说到了斯坦福。不管怎么说吧,这几页说到的很多事情纯系子虚乌有。

附释:

1. 美联社首次报道我母亲时,说夫家姓耐蒂桑德(Nidesand),显系狄善九(Ndesandjo)的拼写之误。她的娘家姓贝克。
2. 2009年,我们在北京会面后,奥巴马总统宣称,他是在"两年前"见到我的。我们第一次见面是在1988年他去肯尼亚旅行期间。
3. 约瑟夫·狄善九与奥巴马总统无血缘关系;不过,约瑟夫与我为一母所生。
4. 在家里,我们相互间从未使用过同父异母、同母异父之类的称谓。

一个人和一个家族的奋斗